一朵云推动另一朵云

俞敏洪 著

新星出版社 NEW STAR PRESS

目 录

正念篇

决不放弃,才会走得更远! ……………………………… 3
一个中年男人的成长 ……………………………………… 7
只有"全人教育"才能促进人的全面发展 ……………… 17
不断取得进步的几大要素 ………………………………… 32
教育应该一视同仁 ………………………………………… 42
教育到底对我意味着什么? ……………………………… 61
精神丰盈的人性 …………………………………………… 71
科技解决不了教育的本质问题 …………………………… 78
培养孩子的五种美 ………………………………………… 98
真正的影响力是高贵的精神 ……………………………… 108

正道篇

教育的核心是什么? ……………………………………… 121
学习铸造人生:吴清友的精神追求和我们个人的成长 … 132
培养孩子的几种素养 ……………………………………… 139

论个人修养的提高 ································ 157
我们的新东方 ···································· 198
成为一个国际人才，需要做哪些准备？ ················ 237
A better you, a bigger world ···················· 256

正事篇
拥有怎样的精神，我们才不会被打败？ ················ 267
技术进步推动教育变革，老师应该走向何方？ ·········· 278
时代与个人 ······································ 284
人生要素和当好老师的关键 ·························· 293
做好父母有多么重要？ ······························ 310
在一个不确定的时代，有一件事情一定不会错 ·········· 340
做人和做企业是一样的 ······························ 348

编后记 ·· 353

正念篇

决不放弃，才会走得更远！

今天是新东方创办25周年，25周年似乎应该有一个仪式，因为算是一个不错的纪念日。100年如果分成四份，那25周年就是四分之一世纪了。但其实想想也没有什么可以纪念的，日子就这样一天一天过来了。

当时我从北大出来的时候，还是一个年轻小伙子。有了新东方以后，每天都投入到教学、工作、发展中去，不知疲倦一直走到今天。回头一看，发现自己已经从一个小伙子变成了一个中年大男人。

第一个感觉，就是人的一辈子真是做不了太多的事情，能把一件事情做好就很了不起了。做到今天，我也没觉得把新东方做得多好，尽管跟25年前相比，新东方已经有了巨大的进步，但实际上还有太多太多的事情没有做。

在过去的25年中，我和新东方也犯了不少错误，留下了很多遗憾。面向未来，我们要考虑是不是能够坚持走在正确的道路上，是不是在教育领域中能够抓住更多的机会，在人生道路上是不是能够走得更宽更加远。

就我个人而言，我觉得随着年龄的增加，自己对于新思想新事物的接受程度，其实是下降的。现在看"90后""00后"那种冲劲闯劲，无所顾忌往前冲的感觉，真的是好让人羡慕。尽管他们身上也有不成熟，但我们成熟的代价是，面对很多事情变得瞻前顾后不敢闯荡了。

面向未来，新东方到底能不能把握住时代飞速发展的机遇，把互联网人工智能等很多新科技所带来的机会，赋能到教育领域中去，并通过新东方，继续打造出为孩子们健康成长所需要的教学系统、知识系统、服务系统？这需要很多的努力。

有一点我是清楚的，面向未来的新东方，一定要让越来越多的年轻人参与进来。如果今天让我白手起家创造新东方，我未必比当年30岁的时候干得更好。因为年轻的思想，才是一个企业真正的财富，才是一个企业发展的推动力量。

25年一瞬间，创业开始的日子，仿佛就在昨天。歃血为盟的热酒，余温还没有散尽，新的征程又在召唤着我们重新出发。回头看，我觉得自己是幸运的。因为我做的事情，是自己一直喜欢做的事情。教育是我喜欢做的，教书、读书和团队成员在一起，是我喜欢的。为了事业为了某个目标拼命努力，在遇到困难的时候互相鼓励，和团队成员一起大碗喝酒大口吃肉，一起骑马一起滑雪，这样的日子是我从心底喜欢的。

但25年也留下很多遗憾，比如自己该学习、该变革的时候做得不够到位；比如自己对于家庭、孩子的照顾和给予的时间非常不够；比如在人才使用上，并没有真正去挖掘世界上或者中国最优秀的人才，来跟我一起共同把新东方做得更好。尽管新东方已经有了非常多、非常优秀的人才，但我觉得其实还可以做得更好。比如在正确教育理念和教育之路的坚持上，面对资本，面对外来的压力，也会有妥协的时候。

回顾过去的25年，我觉得一个人的一生，真的没有太多道路可以选择。你选择自己认为值得往前走的路，拼命往前走，不管这条路上遇到多少艰难困苦，也不管这条路上遇到多少美好风景，只要你在这条路上走下去，风雨兼程，不畏艰险，你就一定会越走越远，当然有的时候道路也会越走越宽。

不管你走多久，只要在路上，道路就会往前延伸，你的生命就会往前延伸，你未来所遇到的事情，不管是可知还是不可知，都将发生。每一次这样的发生，都会对你的人生和事业，产生新的挑战，也会创造新的成就。我的最大感受是不要放弃，不能放弃，因为人有时太容易放弃，因为人毕竟是脆弱的，遇到困难、遇到艰苦、遇到挫折，很容易就气馁，一旦气馁，往往就会前功尽弃。

回想过去的25年，我觉得自己做得最好的一点就是，不管开心也好，悲伤也好，绝望也好，希望也好，我确实没有放弃。我深深知道，放弃的背后不是一帆风顺，而是万丈深渊。新东方，这么多人聚在一起不容易。新东方，作为一个有教育理想的机构，能够做到今天也不容易。新东方，毕竟有了这样一个巨大的平台，在这个平台上面，我们还可以团结更多人，来为中国教育做更多的事情。

回顾过去的25年，我觉得新东方还是做了不少好事。至少几千万个家庭的孩子，在新东方学习都得到了成绩的提高，很多孩子因为新东方去了名牌大学或出国留学。新东方也为贫困地区的教育，为贫困地区的老师培训，做了不少好事。对于一个事业来说，25年，真的不算长。世界上很多教育机构都有百年以上的历史。像北大、清华，百年以上都算是时间很短的教育机构。很长的教育机构都快上千年了,耶鲁大学、哈佛大学是几百年,牛津大学、剑桥大学是八百年左右,像意大利的博洛尼亚大学那都是将近一千年了。

我特别希望,未来新东方能够百年存续下去,至于说新东方挣多少钱、未来是不是一个上市公司,都不重要。最重要的是,新东方可以一直存续下去,用教育的真心,实实在在为孩子们的成长、为家庭的幸福、为国家的发展,多做一点儿事情。其实不忘初心,就是用简单的心思做事情,不说白话不说空话,实实在在把心里想做的事情做好,新东方就能够长久存续下去。只要新东方的心正,只要把新东方的教育理念落实到位,只要一心一意为家长和孩子着想,一心一意提供紧跟时代最优质的教学服务,新东方就必然有存续下去的理由。

当然,我也希望新东方不断年轻化。尽管我本人已经五十多岁,但新东方从长久来看,还是一个年轻的机构。所谓的年轻化,一是要跟年轻人更加贴近,要让孩子们感受到新东方的活力。二是要时时刻刻跟上时代,跟上文化、科技、经济、政治和世界的发展,能够始终保持伫立于发展的潮头,在历史的关键时刻做出正确的选择。

25周年,算是一个阶段。过去的25年,我们交了一份基本及格的答卷;未来的25年,或者100年,我希望交上一份良好的答卷。我相信新东方会不断努力,不断在教育领域中勤耕细作,为中国孩子提供更好的产品和服务。

对于新东方,11月16日是一个特殊的日子,既是为过去画句号,也是为未来打开新的篇章。只有面向未来,我们才能更好!

一个中年男人的成长

当腾讯让我来做演讲的时候,我刚开始是拒绝的,因为我一看都是张杰、黄圣依,还有佟丽娅等,全是明星;而且我预料到在场有很多他们的粉丝,会举着各种各样的闪光牌来为他们助威,而在现场不会有任何一个人举我的闪光牌。(果然不出我所料,我上场的时候发现一个闪光牌都没有。)

后来我想,腾讯跟我关系也不错,就答应这个演讲吧。最后说讲什么题目,我想对于我来说最方便的就是讲讲自己的故事,讲讲自己对青年的励志。结果腾讯说这些东西不行,你这些东西在网上随便一搜就搜到了,你必须讲一个从来没有讲过的题目。我说讲什么?他说现在中年人有很多困境,你就讲讲中年人吧。我想这是故意要糟蹋我的味道了。尤其是我一看演讲排序,如果把我排到易小星后面,或者放在马原老师后面感觉还好一点儿,结果放在了黄圣依和佟丽娅两个美女之间,这明摆着就是糟蹋我了。但中年男人说话一诺千金,既然答应了,把我放在哪儿我也得走上这个舞台,尽管可能没有一个我的粉丝在下面。

要讲中年男人,不可避免要讲到冯唐写的文章《如何避免成为一个油腻的猥琐男》。其实猥琐男不仅仅限于中年,我看到过很多少年猥琐男,也看到过很多老年猥琐男。

我自己在北大的时候就是一个猥琐男。《中国合伙人》电影出来的时候,我一看电影把我形象描写得那么糟糕。黄晓明演的成冬青,大家都觉得很励志,在我看来那完全不是我。后来呢,看完这个电影,我去看我的大学同学,我说你看这个电影把我拍得真不好。他说怎么了?我说把我拍得很没有出息的感觉。他说,老俞啊,这个电影已经把你拍得特别好了,你在大学的时候不光窝囊,还挺猥琐的。

其实每一个人都有自己的成长历程,把大学时候的我和今天相比,其实我更加喜欢今天的我。有两个标志:第一个标志,在大学读的书不如我今天读的多,我在大学死命地读,也就读了800本书。今天的我,已经读了几千本书。而且大学读书是死记硬背,今天的我再读书,是可以认真总结其中的智慧的,就像刚才马原老师讲的一样,可以提高哲学境界。在大学的时候,大学五年,一个女人都没有爱上我。今天至少还有很多女生坐在下面耐心听我讲,这就是中年男人的胜利。

冯唐也说了很多中年油腻男人的特征,警告大家不要这个不要那个,其实我一看就知道冯唐自己陷入了中年恐惧症。我这样从来没有中年恐惧症的人,是从来不会写这样无聊的文章的:老子就是中年了,你怎么着吧?

冯唐说不要成为胖子,不要停止学习,不要待着不动,不要当着别人的面去谈性,不要教育晚辈,不要老去回忆从前做了什么事情。确实我认为这就是冯唐自己的恐惧,因为冯唐写的书,要不就是谈性的,要不就是以无比自恋的状态回顾自己的青春岁月的。

这个时候就有人跳出来了:高晓松就跳出来了,高晓松说冯唐你说得不对，胖子跟中年油腻男没有一点儿关系，我一看高晓松就是贼喊捉贼，没事自己找事型的。你说你一胖子说这话干什么？你要想说也应该让我来说，这样才有说服力啊？

紧接着是黄渤，黄渤也差一点儿演中国合伙人中我那个角色，我觉得黄渤比黄晓明更像我。黄渤的粉丝跳出来说，脖子短头大也不算油腻男。每一个人都急着出来撇清自己，到底自己是不是油腻男，其实不是你说了算的。不过一个标签贴上去以后，人们都会觉得很麻烦。

网友也说了很多油腻男的标志，什么身上挂一串钥匙，什么抱个保温杯，什么喝着普洱茶，什么唱个草原歌曲，什么穿个唐装。所以我刚刚特别害怕马原老师穿着唐装出来。他一出来我就吓了一跳，以为穿了一件唐装，因为我是近视眼。后来我仔细一看原来是个白色的衬衫外露了，我觉得他也是怕自己成为油腻老头，才这么做的。

其实外面的标志跟油腻男没有太大的关系，在网上还有很多人又提出来，如果你不被认为是个油腻男，你应该要做一些事情。比如你要寻找自己的偶像爱豆，我今天在下面看了半天，到底张杰是我的偶像？还是佟丽娅是我的偶像呢？还是易小星呢？我搞不清楚。说既然爱上了偶像，你就得坚韧不拔地爱下去。我想除了我爱我的孩子可以坚韧不拔地爱下去，谁还能在世界上可以让我坚韧不拔地爱下去呢？人情关系总是流动的，今天我还爱你，说不定明天就不爱你了，怎么着吧？你今天爱我，明天说不定就不爱我了，那又怎么着吧，对不对？

很有意思，大家都在对各种各样的中年人提建议。说要做这个，要做那个，这样的话就可以不被人认为是油腻男了。还说要学会年轻人的网络语言，比如，当你要拼命支持某人的时候，比如刚才这么多的粉丝支持张杰，就要疯狂地为张杰"打CALL"。当你跟别人谈话的时候——比如，如果我跟张杰谈话，跟杨紫谈话的时候，一定要"心里有B数"。

后来我想，我跟谁讲话都是心里有B数的。我曾经在哈佛大学以4B为主题做过一次演讲，全场学生听得欢声雷动，我想这个东西我早就会了。比如刚才易小星演讲的时候，希望大家能够笑到打鸣，笑成猪叫，我刚才听大家好像还是有点儿像猪叫的感觉的，我一想，这些东西好像我也懂。

有人跟我建议说，现在你要打《王者荣耀》，我说我倒是很想打，新东方的学生也在打。但是我觉得，我打《王者荣耀》这个时间不够啊，我每天开着四五个小时的管理会议，还有时间打《王者荣耀》吗？我也曾经年轻过，年轻的时候为了打《坦克大战》，每天坚持打8个小时，打成了北大第一高手，所以，其实我们都年轻过。我想说什么呢？年轻人做的事情其实并不一定适合我们中年人做，我们中年人要做的事情只要做好了，其实也不过时。

我问新东方的年轻女生们，我像个油腻男吗？女生说你除了外表上和年龄上是个中年以外，好像还不太像油腻男，紧接着又给我加了一句说，所谓的油腻男，其实就是种心态。不管是20岁、30岁、40岁还是50岁，只要他内心充满了油腻，再也不成长了，充满猥琐封闭的东西，那就是油腻男，而且如果是女的还可以叫作油腻女。

我就放心了，我想一想到底什么是油腻人的特征呢？我就总结了几大特征。

第一特征是贪。当你身边有个人特别喜欢贪小便宜，什么东西都跟你斤斤计较；当一个政府官员心里想的就是贪污点人民的财产，当一个女人和一个男人结婚想的就是这个男人身边的钱，这个男人和这个女人结婚想的就是女人的美貌而看不到她内在的美好，所有这些行为都是贪。恨不得全世界的好东西都是自己的，所有的坏东西坏运气都到别人那边去，这样的人就是典型的贪人。我们在座的，不管是年轻的还是年老的，只要遇到这样的人就要避而远之，因为他们实在太猥琐，太油腻了。

第二个叫作俗。俗是什么概念？不仅仅是我们说的世俗，不仅身上穿得俗，不是像个别中年大嫂一样穿得花花绿绿一样的，那还不叫俗，那叫民俗。真正的俗是什么呢？比如我们喜欢炫耀，炫耀什么呢？炫耀自己的外表，炫耀自己的地位，炫耀自己的名车，炫耀自己家里有钱，炫耀自己吃了什么好东西，甚至还有人把自己的人品拿出来炫耀。这些人我认为他其实就是油腻的人。为什么？除了外表的东西和自己可以骄傲的物质之外，他从来不去追求自己内心的丰富性。

第三个特征是放弃自己。我觉得一个油腻的人，很明显是放弃了自己对于美好前途追求的人。他放弃了心中的远方，放弃了心中可以把自己提升出来的美丽的东西，他心中可能不再有崇高，他放弃了自己的进步。并且他始终认为，这个世界已经一切都固定好了，你再努力也改变不了自己的命运。如果当你认为自己再努力也改变不了自己命运的时候，你这辈子就真的改变不了自己的命运了。因为人是拥有心灵的动物。一个人想着未来就会有未来，一个人想着不要未来，未来永远不会来到他的身边。我一直认为，即使很多好的东西，已经被别人占领了，这个世界上依然还有更多的好东西在等待着我们，而我们要做的，就是始终要相信未来。这个是我觉得一个不油腻的人的典型标志。油腻是什么？流不动了，像猪油一样凝固在那儿了。如果我们能像黄河水一样滔滔不绝地流动，如果我们能像长江水一样奔流，甚至像马原老师讲到的山泉水一样的，浇灌人的生命，我觉得我们就一点都不油腻。流动就意味着我们要走向远方，翻过那座山，去看那个海，这才叫作不油腻。

油腻的第四个特征是装，我身边碰到过不少，年轻人有，中年人有，老年人也有，就是装。各种装，装自己好像已经获得了智慧，把自己装成个国学大师，动不动就背《道德经》，动不动就背《论语》，把自己装作某个领域的专家，在年轻人面前装得自己正气凛然。最后，如果有错误的话还坚决不承认自己犯了错误，在任何人面前不敢坦荡地面对自己这样的装，我觉得这也是一种油腻。

我自己对照了一下，发现我好像挺愿意承认自己的错误，也挺喜欢调侃自己的，我从来没有觉得自己完美过，所以我觉得我不算装。尽管有时候也被人认为我装了，比如我喜欢分享自己的读书笔记，喜欢分享自己的旅游笔记，有人觉得这是一种装。但我觉得这就是我一种生命的自然流露而已，所以挺好的。

最后一个特征就是懒。懒是什么？外表的脏，不洗澡，像冯唐说的一样，不洗澡、不刮胡子那是外表的懒。最怕的是人内心的懒。内心的懒就是不愿意开动自己的思考能力，不愿意开动自己的心去追求新的东西。有的时候懒是用勤奋的方式来体现的，比如个别女人一天到晚关注自己的外表，表面很勤奋，实际是一种懒。为什么？因为她对自己内心的丰富不够有自信。男人一天到晚到处社交，去认识这个人，认识那个人，今天想认识马云，明天想认识马化腾，这是一种懒，因为他对自己的生命成长没有信心。

所以，懒并不是说一天到晚躺着睡觉。在管理学上有一句话叫作，最懒惰的企业家是用战术的勤奋掩盖了战略上的懒惰，这是真正的懒。当我们只关注这件事情如何做到投机取巧，而不关注整个企业大势应该如何发展的时候，不能预料未来的时候，那就是一种真正的懒。当我们坐在这儿天天追着明星，但没有想到自己成长的时候，也是一种懒。因为你想借追求别人的成功来掩盖自己的无能。

作为年轻人也好，中年人也好，老年人也好，想避免自己是一个油腻的人，非常简单。不是表面上不穿唐装，也不是表面上不戴手串，也不是表面上不喝普洱茶，我就抱保温杯，我就喝普洱茶，因为温暖的普洱茶能温暖我的胃，让我变得身体更加健康。

重要的是，作为一个中年男人，我们到底应该做什么？我觉得中年男人其实已经拥有了世界上非常多的东西，他们成熟，他们有智慧，他们就像一架待飞的飞机随时可以冲上天空，甚至他们飞上了天空。他们可以做很多的事情，因为他们的欲望已经能适当地控制，他们知道用自己的名声来为社会做好事，他们也知道钱财可以用在什么更加重要的地方。

他们也有着重大的责任，他们下要对自己的子女负责，上要对自己的父母负责，再往边上对自己的领导要恭敬从命，面对自己的同事又要充满尊重。他们非常难，更加重要的是他们还是国家的栋梁。大家有没有看到，从中国最高领导人，到中国最有名的企业家、科学家、思想家，几乎都是中年男人。这些男人承担着无比重大的任务，从家庭，社会到企业。他们深刻地知道，他们永远不能弯下自己的脊梁骨，因为如果他们弯下自己的脊梁，整个世界将要坍下来。

尤其是在座的年轻人，都要知道你们的父母多么不容易，他们作为中年男女，为你们顶开了一片天地。现在我们年轻人随便就说中年男人不懂得自由，不懂得享受，没有个性。请你们记住了，你们的自由、个性和你们的地盘，全是因为你们父母为你们顶上了一片天空，他们以牺牲自己的自由，牺牲自己的享受，来换取了你们今天和未来更大的世界。

请记住了，中年男人不好当，这是真的。但是我们不能为中年男人的一些懒惰开脱。对于那些自暴自弃的中年男人，奋进是你们唯一的选择。我觉得不管是中年还是老年，只要有魂在身上，只要有进取心在心里，就是好男人。

刘备在四十几岁的时候，三分天下与他没分毫关系。有一次他和刘表在一起聊天，说，"吾常身不离鞍，髀肉皆消。今不复骑，髀里肉生。日月若驰，老将至矣，而功业不建，是以悲耳。"他之所以能打下蜀国天下，就是因为他心中有着壮志未酬、功业不建、内心悲伤的情怀，所以他的生命才能往前。姜太公在七十二岁的时候在渭河边上钓鱼，等着周文王，让他能够有帮打天下这样的机会，最后周文王、周武王两代帝王用姜太公打下了周朝天下，并且姜太公以八十多岁的高龄缔造了中国古代最著名的一个封国——齐国。

所以，人的生命多少岁都能发出光彩。里根七十岁竞选美国总统成功，成为美国历史上伟大的总统之一。而特朗普，大家都知道去年竞选总统的时候，一个商人的身家，最后以七十岁的高龄也变成了美国总统。他们如果能七十岁改变自己，并且还想改变世界,请问我们在座的年轻人,我们还有什么理由懒惰呢?

我曾经想了一下,我后面一直活下去的话,我到底应该干什么?我对自己定了几个标准。第一,必须始终与年轻人为伍,帮助他们成长。道理很简单,我们作为中年人能够利用自己的资源,利用自己的财富,利用自己的渠道,来为年轻人无穷无尽地做事情。新东方的发展为年轻人,我做洪泰基金为年轻人,来演讲也是跟年轻人交流,今天我说我是来学习的,就是为了跟年轻的演讲者来学习。

第二,我要为中国教育继续做事情,中国孩子们的全面成长教育,中国的家庭教育,中国教育与科技的融合,中国的贫困地区教育与城市的均衡发展,以及中国教育的政策建议,在我这个身份上,我都能做一些事情,要努力去做。

第三,我要让自己始终成为一个有趣的、有意思的人。生命尽管要有意义,尽管要严肃,但是我觉得有趣、有意思更加重要。所以,我保持每年在世界上几个国家行走并且写文化游记的节奏。到任何一个地方,我寻到那儿的美食、好玩的人,拜访当地的居民跟他们聊。每到任何一个地方我都会认真研究这个地方过去的历史、现状,以及未来的可能走向。并且把我的这些观点,跟年轻人分享。我也参加一些有趣的运动,骑马、滑雪、游泳、徒步,都是我的专长。

我也要把自己变成一个永远有上进心的人,到现在为止我每年能读大概100本书,这就是一个上进的证明。上进还不仅仅限于读书,上进更多的是你要不断吸纳新思想,不断与引领这个世界的人打交道,而且你还要不断地为自己跳出舒适区。人最容易待在舒适区,我这样的人很容易待在舒适区。但我们要走出舒适区，走向未来，为你事业的进一步腾飞做准备。

最后，我想说的是，当到了我们这样的年龄的时候，我们更加知道财富的意义所在。吴晓波曾经说过，"有钱让浅薄的人变得更浅薄，让深刻的人变得更深刻。"我希望自己变成一个深刻的人，我深刻地知道我怎么变得深刻——就是帮助别人，传递美好生命。这个世界上美好和善意都是通过传递得来的。

大家可能听说过这样一个故事，一个农民把一个小孩从池塘里救了起来，这个小孩的父亲是一个大贵族，过来感谢这个农民，要给他一笔钱，这个农民说不要钱，贵族灵机一动说这样，你的孩子跟我的儿子差不多大，把他们都送到城里一起去上学吧。最后这个农民的孩子去上学了，这个孩子长大以后进了医学院，发明了青霉素，这个孩子叫弗莱明。而这个贵族的孩子在二次大战的时候得了肺炎，已经快要死掉了，最后通过青霉素，把这个孩子的生命给救了，这个生命被救回来的孩子，他的名字叫丘吉尔。这两位都是世界著名的人物。

这个故事也许是编的，但是背后的意义非常重要，这个意义就是当你把善意传给别人的时候，这个善意会被传递到世界，最终会传递回我们本身。人生最大的悲哀不是没有可能，放弃是你生命最大的悲哀，生命最大的悲哀是你一个人自娱自乐，生命最伟大的地方就是通过我们把善意传递给另外一个生命，让这个世界变得更加美好。

只有"全人教育"才能促进人的全面发展

关于我对于培训机构的呼吁,我想大家应该都看到了,全国政协开会的时候,我就向中央领导提出了培训机构领域整顿的必要性以及整顿中不合理的地方,这些建议也受到了一定重视。

总理在政府工作报告中,不断强调要激发行业活力,我想我们这个行业一定要做到的是以下两点。

第一,我们要遵纪守法,国家的任何法律法规我们绝对不能违反。第二,我们要行业自律,让我们不断提高教学质量,不断提高社会美誉度,让我们自己有能力把那些不合格的进入者排除出去,而不是等着国家的法律来进行制裁。为了我们行业的健康,能够尽量做到不让一颗老鼠屎坏一锅粥。我们当然有很多不足的地方,中国的每个行业都有不足,都有一个不断改进的过程,我也特别同意张熙说的话,我们总比那些做游戏的公司要好一些。因为毕竟孩子们走进我们的教室、打开我们的视频,还是能学到点东西的。

总理的政府工作报告,反复强调就业是 2019 年最重要的问题。刚才邦鑫也说了,民办教育领域,包括培训领域,每年吸纳的就业人数大概能达到应届毕业生的 5% ~ 10%,这是一个巨大的数字。在座大量的培训机构也可以叫作中小企业,政府工作报告还反复强调了对于中小企业要不断进行保护和鼓励,并且在适当的时候要进行资金和政策上的支持。谁也不会把教育机构排除在中小企业之外,我们是教育机构,但同时我们也是企业,我们应该受国家保护的。

话说回来,今天我演讲的主题是"倡导'全人教育'理念,促进人的全面发展"。那我下面讲一下全世界通用的对人的培养方向,其实都是一样的。

习近平总书记在全国教育大会上提出了,"要培养德智体美劳全面发展的社会主义建设者和接班人,要努力构建德智体美劳全面培养的教育体系,形成更高水平的人才培养体系。"我觉得教育部的重点,是要真正去设计什么叫德智体美劳全面发展的教育体系,把教育体系、课程体系、考评体系全部往这个方向发展才对。光从一个培训机构说要减负,我们同意有些培训机构确实给学生增加了负担,但我觉得这个负担最终的根源是不是在培训机构,是有待科学的验证和讨论的。我坚决支持习近平总书记说的这句话。

我们再来看"社会主义核心价值观",大家就明白我们要培养什么样的人。一个国家培养的人才,就是必须符合这个国家的核心价值体系,这个核心价值体系从字面上理解没有一条是错的。"爱国、敬业、诚信、友善",中国每个孩子变成这样的人多好,如果确实有着"自由、平等、公正、法治"的氛围该多好,中国要是"富强、民主、文明、和谐"多好啊,我们是往这个方向走的。党和国家的领导人真心希望往这个方向走。其实要做好两件事情。

第一件事,我们的核心价值观必须以国家的体系和制度为保障,所有的体制和制度必须沿着国家的核心价值观设计,不能说体系和制度要的是一种东西，核心价值观的口号要的是另外一种东西。

紧接着要把"社会主义核心价值观"实现，一定是要有民间和国家同时用行动和教育支持和支撑的。请问我们的培训机构中，有多少人是在教导"社会主义核心价值观"的这些东西？我们上课的时候是不是首先做到诚信了；我们要法治，那请问我们有多少是遵纪守法的。你要问一下自己，有没有昧着良心做培训。从我们自己做起，国家从上往下走，我们从下往上走，一起把"社会主义核心价值观"做好，如果能把这个做好，"全人教育"就有了。我们国家从领导人到核心价值观，其实都在讲"全人教育"。

那我们来看看全世界的其他人，他们有没有讲过"全人教育"？很明显也是有的，而且基本上是一样的。

"全人教育就是满足社会需求的前提下，充分尊重学生的主体价值，把人的均衡发展作为教育的终极目标，充分激发学生潜能，帮助学生在德、智、体、美、情、群等方面得到提高，最终成为有独立人格的有价值的人。"

你看这句话和我前面说的"社会主义核心价值观"和习近平总书记的话有区别吗？是不是只不过用了另外一种语言说出来？隆·米勒正式提出了"全人教育"，"全人教育"的目标是全面发展，以人的和谐、整体发展为导向，培养具备整全知识、完备人格的全人。

他讲全人的六大基本素质，智能上的发展，包括了学习、创造力，批判性的思维。情感上的发展，要有关怀鼓励。身体上的发展，不仅仅包括了健康、营养、体格健壮，还包括了身体在承受过大的情感压力和创伤后，有能力对自己的生理健康进行恢复。

还有社会性，还有审美，还有精神性。最重要的是最后一点，因为精神性是六大素质中最具有决定性地位的东西，它比知识和技能更加重要，教育不仅应是知识和技能的培养，更要注重对人的情感、创造力、想象力、同情心、好奇心等内在情感体验与人格的全面培养。

想一下，我们有多少机构除了教学生知识和技能以外，对待学生的情感、创造力、想象力、同情心、好奇心是怎么做的？有人说家长不认这个，他们只想让孩子的成绩提高，但是你没想到在孩子成绩提高的同时，我们能让孩子身心更加健康，创造力更加丰富，我们是能做到的，但我们常常倒过来利用了家长的焦虑心理。

罗杰斯是美国著名的心理学家，他讲到了美国的现实教育，其实更有点儿像在说中国。现实教育是一种知情严重分离的教育，可以解释为知识和情感严重分离。情感和认知是不可分割的两部分，教育的目的不仅仅是教学生知识和谋生的技能，更重要的是针对学生的情感需求，使其在认知、情感、意志等方面均衡发展，培养健全人格。

大家想想古代培养人，提出的是"仁义礼智信，温良恭俭让"。这样的东西，其实就是在培养躯体、心智、情感、心力融为一体的人。现在，我们的学校教育中很多老师的心智都是不完整的，你会发现老师打骂学生，侮辱学生，甚至性侵学生，这样的禽兽老师不断出现。昨天我还看到一个消息，幼儿园的老师因为被骂了两句，就给全班的同学下毒，23个学生全部中毒，幸亏最后没有生命危险。

杜威，大家非常熟悉的人物，他把教育区分为"内在价值"和"工具价值"，"内在价值"是就某一事物自身的意义而言；"工具价值"即外在价值,是就某一事物能达到的外在的目的而言的。从这句话可以判断,从公立学校到培训机构,90%的情况下我们在做工具价值的事情,我们给了学生一种考高分的工具,让他们最后进入了大学,但是灵魂失去了,内在价值失去了,这就是为什么北大、清华的学生,包括中国顶级的大学生,现在也有很多处于不读书的空虚状态。

我曾经在北大做过调研,我们当时在北大读书时,北大学生不论文理科,平均读书是每年80本到100本,这是我们20世纪80年代的统计数据。现在北大的学生如果把教科书放掉的话,大概每年读的书是10本左右,中国顶级的学校也就是如此而已。

我曾经在无数次给中小学老师的演讲中问他们一个问题。这些演讲都是当地组织的中小学老师,一组织就是一两千人。我问,请问除了教科书以外,你作为老师一年读过5本书的请举手?举起来的手从来没超过10%,也就是说我们有90%的中小学老师一年是不读书的,或者少于5本的。那他怎么可能教好学生呢?所以他只能是工具价值,因为工具价值很狭窄,功利非常容易做,只要把教科书让学生背熟了,考试就是高分,不需要有任何外延的知识和思考,而中国的教科书都是以标准答案为主,所以也不需要引起学生的任何思考,任何在教室里的异想天开都会被老师严重打压,因为超出了老师自己的认知范围。现在的孩子们获得知识的渠道比老师多,老师知识僵化的速度比学生快,家长为了孩子的进步还能上上网看看知识,老师除了他教的课以外其他的一概不管,很少有老师主动积极地迎接现在的知识架构和知识水平,他也没有这个水平来进行知识的重构。

所以,如果把西方教育学家对"全人教育"的理解总结一下,没有超出我们刚才所讲的"德智体美劳"全面发展。

日本有一个著名的教育学家叫作小原国芳，他还做过实验，自己从幼儿园办到了大学，整个学校的名称叫作玉川学园。他说了教育的十二条信条，没什么特别："全人教育"、尊重个性的教育、自学自律、尊重自然、高效率的教育、立足于学的教育等。

"对立的合一"是什么概念？这个我特别感兴趣，一个人身上可以同时有两种品质，你可以既是一个坚毅的人，又是一个丰富的人。一个人如果一味地固执，这个人肯定是很单薄的，但是你这个人对于某些事情很坚毅，但是对于某些事情却又很温柔，那就是一个有情义的人，又是不怕失败和困苦的人，这就叫作对立的合一。我们希望一个女人身上有温柔的特征，同时也会希望这个女人能够自立自强。我一讲就会讲到女性，因为在我心中女性永远是最永恒和神圣的话题。

还是小原国芳的话，"全人教育"就是完全人格、和谐人格的教育，它的教育内容应该包括人类文化的全部，而缺乏人类文化的教育则是畸形的教育。他说的这些不都是中国现在的教育吗？他认为在现实的教育中，那种为入学考试的教育，死记硬背的教育，填鸭注入的教育，考试作弊的教育，预备学校的教育，补习学校的教育等，都是破坏真正人的教育。按照他这个观念的话，我们培训机构也是必须关掉的，没办法。他认为"全人教育"应该由六个方面组成，学问、道德、艺术、宗教、身体和生活，在中国可以先把宗教拿掉，但是可以换成信仰。学问的理想在于真，道德的理想在于善，艺术的理想在于美，宗教的理想在于圣，身体的理想在于健，生活的理想在于富。

今天早上一个同事跟我发微信说，今天听过一句话特别有启示发给你一下，他说其实我们人最好的房子不是外面买的别墅，而是你的身体，你身体好了才能有真正住在里面安心的地方，因为我们的灵魂只能住在身体里面。我也始终不相信灵魂不灭这个说法。现在，我老妈有点老年痴呆了，有点不认识我了，她的灵魂渐渐没了，但是她还活着。我相信随着身体的去世，灵魂一定是烟消云散的，但你的灵魂可以留在文字上面，可以留在录音上面，可以留在你的视频中，这些东西现在比古代的人更加牛一点，你说李白有没有灵魂，他的灵魂就在他所写的诗中间。苏格拉底有没有灵魂，他的灵魂通过他的言语一直传到了今天。我们要身体健康，更加需要灵魂健康，说到底这六个方面就是身体健康加上灵魂健康。

深圳市有个中小学生综合素养八大行动。包括品德素养提升行动、身心素养提升行动、学习素养提升行动、创新素养提升行动、国际素养提升行动、审美素养提升行动、信息素养提升行动、生活素养提升行动。

这八大行动可不止几句话，当时深圳的八大行动写了六千多字。大家想想如果一个孩子能培养成这个样子那多牛啊，全世界最伟大的作家、文化专家、雕塑家、电影导演、科学家、工程技术专家、世界级别的终身成就领导人、联合国秘书长肯定全在中国了，外国想抢都抢不到，因为我们十几亿人，中国人这么聪明，随便照这个方向培养一下，那些岗位都是我们的了。

但是我们的现状却是相反的。中国的学生，对于考试知识狭隘地被动获取，并没有完善知识结构。独立思考能力、想象力、创造力、独立精神的缺失再明显不过了。我们整个教育体系不欢迎孩子们独立思考，很奇怪，讲了这么多年的独立思考，政府领导人也在讲，国家也在讲，怎么孩子没有独立思考能力，后来我想了想到底是什么问题？当然有些原因我们也不太好直接说，有一个是可以说的，因为我们很多的老师和家长也是在没有独立思考的环境中长大成人的，他们就把不需要思考的认知一代代传递下去，在中国稍微动点脑子思考一下，就会带来某种不确定感，所以干脆就不动脑子。

以自我为中心的排他主义现象盛行，严重缺乏换位思考能力。这个跟独生子女有点关系，现在放开二胎大家又不想生了。如果一个人以自我为中心，刚才"全人教育"讲的全部是利他主义和善，一个以自我为中心的人不可能有利他主义和善的。现在孩子的自我中心，真的是很天生的一种能力，因为他出生以后没有兄弟姐妹跟他抢任何东西，父母、（外）祖父母的千万宠爱集一身。随之而来的是情绪失控，我从我孩子身上就能感觉出来，任何东西被挡住以后就失控了，他们认为那是他们应该有的。比如说大学毕业了找不到工作，父母就应该养我给我钱，这是中国不少大学生的想法，所以啃老族变得越来越多，而且没有任何羞愧心理，很自在。

我们当时要到了22岁大学毕业养不活自己，肯定不活了。我们毕业以后不光要养活自己，还要寄回去给父母一半，当时北大每个月给66块钱，我每个月必须寄回去一半。

情绪失控到最后一定会导致极端思维。紧接着由于对社会的内在运营逻辑缺乏理解和宽容，只要碰到任何不满意的事就会深恶痛绝。"只有一种英雄主义，那就是在认识了社会的真相以后依然热爱这个社会。"这件事情在很多中国孩子身上我认为完全不可实现。因为，他们始终抱着这个世界就是欠他们的心态。很奇怪，他们是在溺爱中长大的一代,但是总觉得世界欠他们的。我们在"文革"时被整得半死不活,反而觉得我们欠世界太多了。所以,人有的时候被剥夺是有好处的,当你生活都陷入困境的时候,到最后这个社会突然变得更加富有,你通过自己的努力获得生活越来越好的时候,你真的会特别感谢这个世界。

最后的结果就是孩子的抗打击能力差,现在跳楼事件已经蔓延到中小学生了。生命不可承受之轻,因为他身上不承担任何的责任和义务。昨天我还写了一句话,人的一生有两个东西特别重要,你生而为人身上必须有责任和义务的,不可逃避,要想逃避人生一定会出问题的,你作为子女对父母的责任,作为父母对子女的责任,作为社会的公民对社会的责任,作为共和国的一员对共和国的责任;但是最重要的是,在责任之外还要让自己的生活更轻松,你要培养自己的兴趣和爱好,这些东西很重要。我们一头扎进去被责任压得半死,但是如果你背后不留下任何自己可以回旋的空间就很麻烦。

我今天发了一篇文章,28号新东方在线在香港上市,在上市之前整整一个星期在进行路演,29号坐飞机从香港回来,本来30号和31号想在家里睡两天,实在太累了。但是我的一个朋友发了一段视频过来,发在群里,大雪纷飞,说现在可以滑雪,我说北京都春暖花开了,你那怎么还能滑雪呢?他说我这儿现在今天温度是零下十度,下雪下了大概五寸厚,结果我立刻改变了我的行程,跑到滑雪场滑了一天半的雪。生命从你被压得半死的责任和义务中间,稍微逃避一下,让你的整个灵魂新鲜一下,这样回过来再干事情就有了勇气和持续能力。

现在的孩子,由于生命有了不可承受之轻,所以他不觉得他身上需要有什么负担,以至于现在包括北大、清华的学生,拥有家国情怀、忧国忧民担当的人越来越少,反而告密的学生越来越多,把优秀教授告到离开讲台为止。现在让我到北大上课我坚决不去,我还真怕学生告状。

是什么在阻止"全人教育"的实现呢?

"全人教育"在中国还没有达到共识,一方面讲需要培养完整的人,但是另一方面又觉得社会不需要这么完整的人,当然,我是充分相信,如果你变成了一个完整的人,一定在这个社会上更加吃香。在遍地都是谎言的社会中间,只有说真话的才有力量。在遍地都是骗子的情况下,只有真实才有生存的空间。我们都知道中国的企业家中能做大生意的人都是比较诚信的人,至少我到今天为止没有发现柳传志他们身上有什么骗人的地方,至于他们在商业上的运作,只要符合商业规律就行,这个非常重要。一个独立思考,情感丰富,人格健全,摒弃虚伪的人,他不能沿着正道发展就很麻烦。

第二点是对于封建传统道德的抛弃。我们抛弃封建传统道德,我认为是对的。比如三从四德,夫为妻纲等的三纲五常都是陈旧的东西。但是这么多年打碎了一切旧的传统道德以后,新的道德体系没有建立起来。我们刚才说的"社会主义核心价值观",非常好,这是新建道德的开始和基石,我是坚决支持"社会主义核心价值观"的。但是,所有我们希望回归的道德,到现在还没有附着体,不知道放到什么上面去,这就出问题了。

社会结构的急速变革导致生存为先,急功近利。改革开放40年的发展,是经济一路发展,道德一路衰退,老百姓变成"乌鸡眼"的过程。现在碰瓷的,上访的(当然上访的人有很多确实是有冤的)等,各种坑蒙拐骗都是因为社会急速发展,道德和法制管理跟不上导致的。尽管经济在全球化,我们中国的经济确实融入了全球,从这次美国跟中国的反复贸易谈判就能看出来。但是文化和价值体系上还没有真正的全球化,我们文化和价值体系上还是固守着我们自己原来的那一套东西。真正地融入是思想、文化、精神、价值和经济体系的一起融入。

共识与现实之间的矛盾,我们可以看到四个问题。

第一个是高考作为大学唯一的选拔标准,使人的成长通道变窄了,学科学习占据了学生80%的时间,这个一点办法都没有。我曾经设想过很多种高考的体系,我自己有的时候会想,中国要怎么考才能让学生全面发展呢？后来想了想发现也没什么别的办法,因为在中国你一旦用别的办法,作弊的空间就会大大扩展,因为不诚实已经变成了一个普遍现象。而各种全人素质和综合素质的考量,缺乏可量化的公平指标。我们讲了那么多的全人素质,"德智体美劳"全面发展,我们现在只有在智方面,智方面还只是智中间的知识点这部分是可以考核量化的,其他的都不可量化。不可量化、不可考核就没法评判,没法评判就没法作为孩子进入大学的标准,这是最大的难题。

整体老师素质和家长素质的参差不齐,也影响了一代又一代人的综合发展,因为"全人教育"应该在中小学阶段完成。在国外有的孩子说要当垃圾工人,家长不会在意。他是不会在意,因为国外的家长认为工作不管做什么,只要你开心就行,但是你作为人的存在必须是全人的。

我儿子小学时,在国外的一所小公立学校学习,他的班主任是哈佛大学经济系毕业的。我问他你为什么哈佛毕业要来当小学老师,他说我喜欢,我喜欢跟孩子在一起,我喜欢探讨孩子们的发展路径,我喜欢把我自己认为孩子成长过程中重要的想法跟孩子一起交流,中国的小学老师能说出这样的话来?中国现在有多少个小学老师是北大毕业的?应该几乎一个都没有吧?不要忘了,在民国的时候很多中小学老师是著名的学者,朱自清、鲁迅、陶行知、晏阳初全是知名学者在中小学当老师。我经常想为什么"文革"之后我们农村的孩子能上好大学,是因为"文革"反右把好的教授反到农村去的,我的语文老师是"右派",我的英语老师也是"右派","右派"当时就是高级知识分子的代名词。

现在中国的老师也很艰难,尽管现在工资升了一点,但是培训体系没有,大家对老师这个职业有点心有余悸,本来中国两个最好的职业,一个是医生一个是老师,现在大家都有点不太愿意去做,因为动不动被家长打一顿,动不动被家长围攻,这个事情很麻烦。新东方也有中小学,孩子稍微出点事,胳膊摔伤了家长围着老师一个星期,孩子在课间打闹总有摔倒的时候,那种不依不饶的家长实在不地道,我只是说个别的家长。

这种状况出现以后导致老师心有余悸。孩子出事以后,校长直接放了命令,以后孩子课间休息不许跑,他不许跑还是孩子吗,跑了摔伤了还是会被围攻的,摔伤是另外一回事。孩子就得跑,不跑怎么能行,他学习成绩不好,至少课间跑一跑可以快乐起来。整体老师和家长的素质等情况,确实不容乐观。

所以教育的改革绝对不是一纸文件和政策的问题,不是国家出一个综合素养大纲就能解决的问题,它需要通过几代人,而且是在方向正确的情况下不断地努力。当有一天,中国一百位名牌大学的毕业生中,很多愿意去当中小学老师的时候,尤其是愿意到农村去当中小学老师的时候，我相信中国的教育才会有真正的发展。

今年开始，我会找一个农村中学自己当校长，当然我不是当全职校长，我去当名誉校长，但是我会每年去这个农村中学8~10趟，去跟老师进行教研和座谈，跟学生进行演讲，给学生上课，希望通过我的努力，看能不能把这个学校教师的素质水平往"全人教育"方向上提一提。我想到农村中学去，农村中学的孩子某种程度上说是被放弃希望的孩子，我想看看通过我三年的努力，这些孩子有没有能考上中国前10位大学的人。

新东方帮助学生同步辅导，在某些高考、国外考试和研究生考试需要推一步的时候，努力推一步，同时学生如果跟不上的时候以补差为主。我有一点还是比较骄傲的，我们从来没有跟公立学校一起通过某种考试，帮助公立学校选拔所谓在某个城市的优秀学生。这个不要做，你一做就意味着你在排除绝大多数老百姓的孩子进入学校的机会，不要在学科学习难度上推波助澜。我是提倡特长教育的，一个城市总有几十个学生对数学感兴趣的，而且就是数学特牛的，那你就可以培养这几十个学生，但是不要把这几十个学生跟公立学校的招生去连接起来，总有几十个学生对物理感兴趣的，或者对英语感兴趣的，但你把奥数普及到全体学生，不上奥数就上不了最好的小学，这就是推波助澜。

不要造成家长的焦虑和恐慌，我们很多时候在利用家长的焦虑和恐慌，有的培训机构故意渲染，这个就不太好。心平气和地把正常的教学质量做好，把老师培养好，让学生喜欢我们的教学内容，让学生喜欢我们的老师，提高了学生的学习兴趣，提升了他们对于知识的内在热情。生意可以慢慢做，那么着急干什么呢，说到底并不是每个机构都能上市的,当然有人会骂我说你说漂亮话,你两个公司上市了你还让我不上市,但是我做了30年了,整整30年。

不要和公立学校联合,这是我最想强调的,公立学校就是公立学校,跟我们"水火不相容",但又是互补关系,我们的补充不是跟他们联合的补充,而是实实在在把公立学校不能个性化关注的学生,把学生中间自卑的同学,让他们通过我们再次自信和光彩起来,再次有勇气面对未来的学习,这是我们要做的事情。

不要说我们做不了"全人教育",要认真努力研发"全人教育"的学习系统,新东方正在努力研发,我不做单独的"全人教育"体系,因为做不起来,家长不认,把孩子送过来两个星期,学习成绩不上升就说你的培训机构不好,我们还是要满足家长的现实需求,但是,更加重要的是我们老师上课的过程中,能不能把健全的价值观以及健全人格,一个优秀的学习态势融入进去,这是我们要对老师的培养。

为什么我从北大出来干新东方?那么多人喜欢新东方,不是因为我英语教得好。但是,为什么依然有成千上万的学生来到新东方的课堂,因为他们发现除了在我们的课堂上使他们的考试成绩提高,更重要的是获得了生活的自信和坚强,获得了更光明的前途看法,这是我在课堂中一以贯之的态度。我是一个对生活从来没有失望的人,尽管我经历过更多的苦难。"全人教育"就是遇到困难的时候乐呵呵的不死,这是一个简单的道理。

一定要有一个"知其不可而为之"的勇气,认为"全人教育"必须要国家做,个人就做不了,这种想法是不对的。要"不以善小而不为",改变一个学生是一个学生,改变一个家庭是一个家庭。对于培养身心健康、人格健全的下一代，要有宗教般的热情和坚持，绝大部分的孩子是有灵性的，我们作为培训机构是不是可以做一点开发的事呢？我们在座的老总是不是可以把自身的素质也提高一点点呢？这是我们作为教育工作者的要求，你千万不要说我们是教育家，你成不了家，但是我们是教育工作者。

如果我们的目标和境界是一致的，我们就一定能让世界改变一点，让中国改变一点，向好的方向改变，这就是我们要做的事情。小，但也可以伟大。

不断取得进步的几大要素

今天,首先要恭喜获奖的三位同学,获得奖学金是对自己之前努力的一种肯定。但奖学金不是最重要的,重要的是要让自己一直保持进步,变得越来越优秀。

让自己变得越来越优秀这件事情,我觉得不难,其实就是几个要素。前两天我在听一个朋友讲,他说不管是一个人的进步啊,还是人类的进步,其实主要基于两点,第一点就是对于未知世界和知识的不断探索的精神,第二点就是不断反思错误,纠正错误的能力。这是人区别于所有动物的最核心要素。

动物一般有了地盘后,比如说一只老虎,它占有两个山头,如果这两个山头上有足够的食物吃,它就不会再去想占领第三个山头。如果这两个山头上的食物都吃完,它可能会到第三个山头去,但也就仅限于从一个山头到另一个山头。但人不是这样的,人会在几个维度方面不断去拓展。

一个是空间维度,这就是为什么我们的祖先非洲人,从非洲出发,最后走遍全世界的一个重要原因。在空间上不断地拓展,他对地平线外面的世界产生了很大的好奇心。当然还有另外一个原因,在原来的那个地方,可能没有粮食了,不得不到更远的地方去找粮食。但更加重要的,是对外面的世界有好奇心。大家现在可以想一想,凡是你没去过的地方,是不是都特别想去?这是人天性中所拥有的一种冲动。我没有去过的地方,我就想去。

第二是认知上的拓展。除了从空间上往外走以外,你在认知上是不是希望自己变得越来越聪明?这件事情,每个人都希望。为什么?因为这件事情,跟你的生存条件是直接相关的,跟你未来的生存状态是直接相关的。我们的原始人和动物,靠肌肉的力量,不需要有多大见识,我比你力气大,我就可以当王。比如狮子王、猴王,都是这样,只要是群体动物,谁最厉害谁就是头儿。但是人类是完全不同的,项羽为什么会输给刘邦呢?就是输在了脑子这里。对于人类来说,人类的进步最重要的是脑子。我们出生的时候,每个人的智商差距不是那么大的。这儿的大部分同学智商都在100左右,跟我差不多的。智商到了130以上便被认为是智商很高的了,比如说北大和清华学生的平均智商大概是130左右。我尽管是北大毕业的,但因为我参加了三次高考才进北大,所以是智商低的。智商到170就属于极致智商,据说爱因斯坦是170。到了正常智商后,你的认知能力的发展就不再靠智商了,靠其他因素。

这些因素,第一个是勤奋。在同样智商的前提下,我比你更勤奋,我每天比你多读半本书,我未来的认知能力一定比你强。你一辈子只读了10本书,我读了100本书,我的眼界,我对世界的认识和看法一定比你更加丰富。也有人一辈子只读一两本书,据说林肯一辈子只读了一本圣经,但实际上是说着玩儿的,林肯是当时著名的律师,你想他作为一个著名的律师,怎么可能只读一本圣经呢?他只是说,世界上除了我读的其他书,圣经是我读得最多的,这个说法应该是成立的。所以说,勤奋是变得成功的首要要素。在班里学习，成绩比别人更好，托福、雅思、SAT比别人考更高这件事情，一方面可能跟你的智商和记忆力有关系，你智商越高，记忆力越好，也许考了更高的分数。但更多的，是跟你的勤奋有关的。所以，我一直自认为，自己是一个很勤奋的人，因为我靠不了我的智商，所以只能靠自己的勤奋来弥补。

第二是思考。读了东西，学了东西，你会去想，这也是人类特有的。这就是为什么很多宗教，会喜欢让你去做冥想这件事情。比如在佛教中，有禅定、思考，英文就是Meditation，翻译过来就是深思或者思考的意思。这件事情就是你的思维能力可以进一步发展，人还有一种本领，通过思考，把一件事情的因和另外一件事情的果，两件事情的逻辑关系不断联结起来。因此你打通自己的任督二脉，就是你的逻辑推理能力和形象思维能力，两种能力都会变得很强。形象思维能力来自你读文学性的作品，以及刚才我说的通过空间去行走世界，而逻辑思维能力就来自你进行的思考和训练。这就是到了大学以后，这门课你学了喜欢不喜欢没关系，你学这门课对你一辈子的工作，其实不一定有必然的联系，但你一定要去学一门课，这门课是能锻炼你的思维能力的。我特别反对某个人只是去学一门语言。比如说我在北大就特别亏。我觉得在北大学中文、学英语，学语言类的学生是最亏的。为什么？因为语言的提升只需要你动用记忆力和重复能力，不需要动用你的思辨能力。但是你学另外一门课，思辨能力马上就会出现，包括你学历史、地理、物理、化学、数学、法律、经济等，它们涉及很多学科之间的关联。所以从思辨能力这个角度来说，我给大家一个建议，就是未来你选择大学的时候，你不要去挑容易的学科，我知道这里很多同学可能会选商科，会选英语，或者说选一些你觉得学起来比较简单的专业。这样选择呢，对你来说上大学会变得容易一些。因为通过记忆重复课程就学好了，但有可能你会像我一样，一辈子有一个严重的缺失，这个缺失就是思辨能力和逻辑能力的缺失。按照西方说法，叫 Critical Thinking，这是一个特别重要的思维能力。Critical Thinking 实际上是要你思辨能力提升和推理路径提升。你会发现在华尔街，不少人不是从金融专业毕业的，从哪些专业出来的呢？是从数学、物理、电子工程，还有计算机这些领域出来的。还有从历史、哲学这些专业出来的。为什么会这样呢？这些人到华尔街全部进入金融系统了，跟他们原来学的专业没关系，而且过了多少年以后，他们学的专业也忘掉了。大家马上就会得出一个结论，"他们在大学不是白学了吗？"其实没有白学，为什么？把思辨能力和对问题的分析能力全部留下来了，成了他们工作的一种能力。把所有的东西都忘掉了，但把好的思考习惯留下来了，在没有意识的情况下就去用了。比如说你对别人很善良，见到人就问候，你肯定不会在问候人之前想想，这个人过来我要不要问候，赶快去检索，原来我小时候我母亲叫我见到任何人去问候，所以我现在赶快开始问候。你这么一想，你想问候的那个人大概已跑出去两公里远了。这完全是一个自觉反应的过程，就是说习惯性，但习惯性反应来自你背后的反复训练。你只有在一门学科中，对于你的思维进行反复训练，才能完成你的思维习惯。你是数学系毕业的，但是你毕业后不从事数学相关的工作，你数学训练的方法和能力还是全部留在了你的头脑中。

除了认知能力，人之所以进步，能够占领世界，还靠另外两个能力，一个是语言能力，一个是合作能力，合起来我叫作群体能力。第一个是语言能力。就是人由于有了语言能力，可以在不同的人群中进行交流和交往。动物是没有语言能力的，猫狗之间应该是互相不存在语言交流能力的，即使有也是最简单的，所以动物不可能构成一个团队。有矛盾了能解决，解决了还能形成更大的团队，更多的人起来就形成一个国家。语言能力，一个最重要的要素是什么？是语言背后讲故事的能力。因为正是语言背后讲故事的能力，能把一群人团结起来，为了那一个故事去奋斗去努力，这个是动物不可能做到的。比如说一头公狮子不会召集所有的狮子开会，说我们来一起讲个故事，来讲一个把非洲占领的故事，现在我们开始分工，你这头狮子往那跑，你往那跑，最后把整个非洲都给占领了。动物是不可能具备这样的能力的，但人类有这个能力。共产党最后打败国民党，成立了新中国，靠的也是讲故事的能力。最初毛泽东他们成立共产党的时候，新中国还是一个并不存在的故事。他们只是心中觉得，我们这些人团结起来，团结广大的劳苦百姓，就能创造一个新国家。在新国家里，没有任何人不平等，没有任何人不自由，没有任何人不幸福，没有任何人不富有，所有人都会幸福平等自由富有。这样的故事足够激励当时一无所有的几万万中国同胞，一起共同为了这个目标而奋斗。所以，对于你们来说，未来的成功与否，其实也是一个给自己讲故事的过程，就看你给自己讲了一个多大的故事。如果在你的故事里，相信未来5年或者10年，能够在某个领域博士毕业，这就是你给自己的一个故事。你所有的志向，所有的理想，都是你给自己的故事。你也可以几个人联合起来，讲一个故事。几个人联合起来，创办一个公司，最后超越马化腾，变成中国最大的互联网公司，这也是故事。你不用去想做得到做不到，你只要有讲故事的能力，就说明你对未来有期待。最怕的是，你从来不对自己讲故事。故事有很多，小的方面，我们可以想象未来的爱情婚姻生活，大的方面，就是我们一生事业的故事。我们一个小组，一个年级团结起来也能讲不少故事，我们几个年级团结起来又能讲更多的故事。最怕的是我们从来不去讲。其实对我来说，我觉得我的成长，其实也是有点对自己讲故事的过程。有的故事讲成功了，有的故事没讲成功。比如说我一心想要上大学，这个故事就讲成功了。后来出国这个故事也讲了半天，希望自己在哈佛、耶鲁这样的名牌大学读书，就没有讲成功。

新东方成立后，我把大学同学从国外请回来，大家都知道王强、徐小平这些老师。当时的新东方年收入只有几百万，他们在美国有七八万美元年薪的工作，我根本就不可能给他们发工资。我不能给王强承诺，说你回来吧，你现在拿8万美元一年，你回来我给你发100万元人民币。王强问：回去你能给我什么？我说：我是绝对不会给你发工资的，那是对你的侮辱。他说：我一家老小要养，你不给我发工资，我跟你回去干什么？我说：你看当时我是咱们班的穷光蛋，一无所有，现在我一个人在中国一年已经能做到几百万元人民币。你的能力比我强多了，如果我们回去一起做，不就有可能做到几千万吗？这个钱如果拿到了，不就比你在美国赚的钱多吗？这就是故事，就是这样一个故事，把他们给吸引回来。后来我们几个人联合起来，一起把新东方做成了美国的上市公司。当初毛泽东他们手里，一杆枪都没有，他们要解放全中国，那是讲故事最厉害的人。但是不管怎么样，小目标到大目标都可以。通过语言能力和讲故事的能力，把自己激励起来，激发出来。

第二个能力是合作能力。大家想想,如果当时我一个人做新东方,肯定不可能有今天的新东方。今天的新东方,后面是5万多名员工和老师。之所以能够一起努力,就是因为有共同的故事和共同的想法,联合起来。一个人做不如和大家一起做,能做得更好。像高薇校长,她到任何一个国际学校当校长都可以,但高薇校长不会一个人做一个国际学校。她为什么选择这儿?可能是觉得跟俞敏洪结合,跟其他老师结合,跟新东方集团结合,未来发展的前景更令人期待。这就是我想讲的群体能力,包含语言和讲故事的能力,合作团结一起做事业的能力。所以,你们从现在的同学中,交到一批好朋友,保持联系,而且交往越来越深入,十分重要。当然要尽可能找志同道合的,未来还要找到更好的朋友。有的人交的朋友都是烂朋友,有的人交了朋友一辈子,是没什么讲故事能力的朋友,因此只能原地踏步。一个人最厉害的,不是你自己厉害,而是你身边有一批比你厉害,而且还愿意带着你跑,你也可以带着他们跑的这一群人。我在大学的时候,是一个没有人愿意多看几眼的人。我又不是好学生,也没拿到过任何真正的学习奖学金,成绩又比较差,家庭也比较贫寒。所以我在北大,没有体现出今天我有的那一点点领导力,但是为什么后来我能把北大很有才华的同学朋友叫回来?他们在北大是我的班长,团支部书记。我在北大很注意挑选朋友,我认为有才华的人,愿意跟他们走得更近。与人交往有两种方式,一种是领导别人,振臂一呼,你们跟我走。另一种是追随别人。作为引领者的,毕竟是少数。你去追随别人,一点都不丢人,但追随就要看哪个人气度大,哪个人能力强,哪个人未来可能有比较大的发展,哪个人能带着你跑得更好。

现在世界给我们带来一个比较麻烦的状态：你好像有很多朋友，但实际上朋友很少。大家微信群里聊得很多，但互相之间有事想要请人帮忙，别人根本就不来，因为跟你其实没什么深入关系。而且一不小心，你还会被人反过来攻击。所以大家在学校，要尽可能交往到真正的朋友，这件事情其实还是蛮重要的。

第四个要素是日常行为能力。我把它也分成两类，第一类是自律行为能力，你所做的事情到底是否能够让你被社会所接纳的能力。高铁上霸座位不让，不排队，在公共汽车上抢方向盘，都是不能被社会所接纳的。另一个案例就是，一家中国人到了瑞典，不遵循西方的住宿规矩，提早一天去，还非要免费住在宾馆大堂里面，也属于行为规范和规矩能力不够。行为方面的原则其实就跟中国古人说的一样，己所不欲勿施于人，你自己不想做的事情，你就不要对别人做了。在社会中，你的行为只有时时刻刻关注到别人，并且充满善意，才是好的。吃亏不吃亏，不用太计较。我在大学的时候，为同学服务了不少，打水扫地，但带来的好处是他们潜移默化对我的认可。这也是为什么我到美国去，把这些大学同学叫回来创业，他们马上就回来的一个原因。他们有一个直觉，跟着俞敏洪干，干成功了不会吃亏，干失败了也无所谓。

项羽为什么会失败？大家都知道项羽的妇人之仁。他底下的人跑到刘邦那里，说项羽以后一定会失败，说项羽要人干活的时候答应各种分封；封赏的时候，项羽把印放在手里，把角都磨掉了，还舍不得给封赏。这样的人，你跟着他肯定没希望，他有了好东西也舍不得给你。但刘邦的气度就不同。当时韩信打下了齐，就是山东北部，给刘邦一封信，说由于这个地方没人管，能不能先封我一个假齐王，我帮着把这地方给管了。刘邦刚开始也很生气,想把派来的使者骂一顿,刚一拍桌子,张良给他踩了一脚,刘邦立刻就明白了。他继续拍案,说封封封,封什么假齐王,要封就封真齐王。结果韩信就被封为了真齐王。当然后来韩信被刘邦干掉了,倒不是因为刘邦小气,也是因为韩信犯了一个超级要命的缺乏气度的错误。

这个错误表明了韩信的胸怀不够,胸怀不够一定会给自己招来灾难。在韩信攻打齐国前,刘邦派了一个大臣叫郦食其去说服齐王投降,齐王想了半天,说我要投降了,万一汉王最后不认我怎么办?郦食其说我就在这,如果汉王不认,你把我给烹了,就是放大锅里煮了。齐王相信了,放下武器,天天跟郦食其一起喝酒,等着汉王来接收。没想到韩信过来了,他手下说,不能不打,郦食其凭着一张嘴,就说下了齐国七十多个城池,你打了半天,总共打下来六七十个城池,等到全国平定后封王,你还不如他了。你打下来,最后汉王肯定给你封得更大。结果韩信听信谗言,就去攻打,韩信打仗能力相当强,而且齐王措手不及,武器都已经放下了,根本没有防备。最后齐王失败,先把郦食其给烹了。这是刘邦最信赖的人,刘当时没法发作,因为韩信手里兵强马壮,必须要等全国打下来后,再把他收拾了。所以人做事情要大气。韩信如果足够大气,齐已经收服,还去打它干什么?项羽拿了封印,在手里磨个半天,也不愿意给人,也是不够大气。不够大气一定会有后遗症。与人打交道,大气善良这两个要素把握好,就什么都好了。

行为第二个方面就是要日日精进。你是每天都在浪费时间,还是确实在学很多东西,最后的生命会完全不同。你一天到晚玩游戏,一天到晚走来走去没事干,那属于不精进,不精进就没进步,到最后就会被别人落得越来越远。人一辈子落下的距离,哪怕一天只差一步,一生来看,比你走得快的人,就已经到了望尘莫及的程度。我到今天为止还每天都要求自己不要浪费时间,比如我每天要散步1万步以上。我会一边散步一边听课,听网络上的音频课程。所以像北大经济学课、金融学课等,一门一门课,我都是在散步的时候听完的。一边散步一边听课就双倍利用了时间。充分利用时间,让自己不断长进,特别重要。

最后一点,一辈子最重要的,是找到你真正喜欢做的事情!这个事情不是你父母心中值得干的事情,也不是老师眼中值得干的事情,而是你经过反复衡量理性分析,觉得值得去追求的事情。这件事情不是为了未来能赚更多的钱,也不是为了未来有更多的名。这件事情干起来可以日夜忘我,最后能够带来人生的快乐和幸福。当然找到这样的事情不容易,但从现在开始找,远远比到了几十岁后,回头才发现干的都是自己不喜欢的事情要强。有这样自己喜欢的一件事,生命的充实度和丰富度,就会高很多。

教育应该一视同仁

今年是新东方成立25周年,但在新东方成立前,我已经干了3年了。所以改革开放40年,有3/4的时间我是在培训领域工作,另外1/4的时间是在北大当学生和老师,所以改革开放40年,我跟教育就没有分手过,只不过是不同角色的感受不同。

在北大当老师有种高高在上的骄傲感,也积累了跟中国智商很高、当然情商不一定很高的一批学生学者打交道的经验。到今天为止,新东方跟北大还有一点渊源,因为新东方有不少北大毕业的人。

做了培训机构后,感觉就完全不一样了。在北大高高在上的感觉没有了,因为这是一个完全需要自力更生,刚开始还被人看不起,到今天也不见得被人看得起的行业。但就像中国的民营企业一样,中国的民营企业为中国作出了重大贡献,从提供就业到经济贡献、产品贡献、社会繁荣度贡献、GDP的贡献都非常强大。但是我们也可以看到,中国民营企业的地位依然不如国有企业。现在网上讨论最多的就是国进民退的问题。国有企业就否认说我们没有国进民退,但国有企业手里的资本、资源、权利确实非常多,可以进入民营企业经营的领域,或者把民营企业看上的给买下。中国今天的民营企业数量是在减少的,国有企业规模不断扩大。但是未来中国要真正发展，就像习近平主席不久前说的一样，我们要坚定不移地继续支持民营企业发展。但是这个支持发展肯定不能是一个口号，还要有行动。在中国的教育领域，毫无疑问民营教育现在已经占到了中国教育差不多1/3的分量。我们先不说培训机构，先说大学，三本大学几乎80%都是民办大学。这些民办大学每年招生差不多200多万人，占了中国大学招生量的差不多是1/4，张部长在这儿，应该可以证实这个数据差不多。全国的民营中小学中，学生人数其实也占到了差不多所有中小学加起来的大概1/6。民营幼儿园已经占到了幼儿园总量的70%了，培训机构几乎百分之百都是民营的。这么多的民间教育加起来，已经构成了中国教育力量不可或缺的、起到重大作用的地位。但到今天为止，大多数搞民办教育的人，没有感觉到是真正有地位的。包括在大学，我曾经当过民办大学的理事长和校长，当过一段时间，后来就退出来了，为什么退出来？因为跟国家的大学竞争，完全不在同一个档次上。

比如说老师待遇，公立大学的老师待遇，评上教授就是教授，国家是认的。民办大学的老师，即使叫教授，那也不算教授，那是你们自己评的，跟国家序列没关系。再比如说，不管大学还是中小学，还是幼儿园的老师，国家的规定是中国的老师是准公务员待遇。公立学校的老师退休后，他们拿到的退休工资和他们在岗位的工资差距并不那么大。但是民营机构的老师，和准公务员没有任何关系，只要退休了，退休金和他在校拿到的工资相比，要低很多。所以，不管你民营机构给老师的待遇多好，他们都不太愿意来，因为他们想得到的不仅仅是现在的高工资，还有退休后的保障。

我们民办培训教育机构就更惨了。现在教育部要求我们每个老师都要考教师资格证。原则上，如果考上了中华人民共和国的教师资格证，就应该是共和国的老师，不管是在培训机构工作还是在公立学校工作，应该一视同仁。因此待遇原则上也应该提升为准公务员待遇。这样的话才能叫作平等对待，一碗水端平，才是对老师真正地表示珍重。培训机构的老师，他们也是老师，他们影响学生的程度一点都不比公立学校的老师差，在某种程度上，甚至影响得更好。学生们更加愿意跟培训机构的老师打交道，为什么？一是上课生动灵活，第二是老师对学生平等相待，而且学生没有压力愿意和老师交流说实话。公立学校说把学生和家长当作上帝，那是口号，民营机构把学生和家长当作上帝，那是实实在在的上帝。所以问题提出来了，每个民营机构的老师都要拿教师资格证，但是相应的待遇却没有。

特别希望未来教育部门，真正能把所有老师一视同仁。既然你提出了跟公立学校一样的要求，我们也愿意有这样的要求，那背后的福利待遇也应该被考虑到。你不能一方面要求所有老师都必须达到国家所有的老师标准，一方面说民办学校的老师跟公立学校的老师是两回事，这个东西就是中国的问题，总是有区别对待的情况。

中国从改革开放开始，从最初20世纪80年代就有价格双轨制，岗位的双轨制。现在中国依然还有双轨制存在。就是同样的一个工种，同样的一批人，在民营机构工作和在公共机构工作待遇就是不一样的，这就叫双轨制。中国的价格双轨制取消了，迎来了中国市场经济的大繁荣大发展。中国的人才要每个人真正心甘情愿发挥自己最大的才能的话，人才的双轨制和区别对待也一定要取消。

我们绝不贬低公立学校任何老师或者公共机构的任何人员，他们也在为中国的发展起到重大的作用，我们只是希望不要再区分对待，让所有为社会做贡献的人，在社会保障和社会地位上是一样的。

创业成功四要素：热爱、专业、耐心、舍得

在讲创新之前，有几个关键词要跟大家说一下，这几个关键词，第一我把它叫作热爱。我觉得做任何事情都要有热爱。当然你为了挣钱，那也无可厚非。但在教育领域，我尤其觉得热爱这件事特别重要。我自己也思考过，为什么后来我坚守在教育领域，没有进入其他领域，比如说进入房地产领域，或者在我身边出现的其他机会。为什么不进入呢？就是我觉得虽然能挣钱，但是不符合我的心愿。我看到房子跟看到学生完全是两种不同的感觉。我看到学生是兴奋，看到房子是冷淡，这意味着什么？意味着面对教育我会自然而然产生兴奋感，产生热情。

前两天我听到一句话：进入一个领域，如果你没有热爱没有痴迷就想把这个领域做好，是不可能的。因为在这个领域中总有一批人是对这个领域无比痴迷、无比热爱，愿意用生命去投入的一帮疯子在那儿做。如果你只是抱着想赚点钱、沾点水的方式，你要跟一帮疯子去比拼，那是完全不可能的。所以你要想在教育领域干好，你就得把自己变成教育领域的疯子。这个疯子就是，除了教育领域，别的什么地方你都不想去，这才是真正重要的东西。非常庆幸到今天为止，我对教育领域还是充满了热爱。看到教育领域，因为高科技兴起，高科技和教育结合，带来了教育领域无穷无尽的潜力，我内心也感到十分兴奋。

第二，有了热爱还不行，就像你爱一个人，你光爱她是不行的，你要知道怎么去爱。我们多少男生在大学的时候都追过女生，就是追不上，为什么？因为你只是爱这个女生，但是你并不知道怎么去爱，也不知道她心里在想什么。如果要一个人看得起你，爱上你，你身上必须有某种特殊之处。我喜欢一句话是说，草原太辽阔，与其作为一匹公马拼命在草原上追母马，还不一定能追上，不如把自己变成一片丰美的草地，让所有的母马都到你的草地上来吃草。这句话其实也饱含了领导学的原则，作为一个领导人，你一天到晚去追赶人才，人才并不一定到你这儿来。但是如果你是一个充满宏大气势的领导人，能够带领大家做大事业，人才自然就聚集到你这来了。

在教育领域，就这么一个概念。你光喜欢教育领域是不行的，你要有专业能力。教育领域有切入点，你不可能对所有的教育领域都热爱，你必须得切入你的某个热爱点。比如说你对教育跟科技结合感兴趣，这涉及了教育跟移动互联网的结合及教育和人工智能的结合。在人工智能中你还涉及教育跟语音识别技术的结合，以及跟人脸表情识别技术的结合等，你是跟音视频技术的结合，还是跟数据系统的结合？你从开始做的时候一定要有一个切入点。

你要做教育，你是做0到3岁的教育，还是3到6岁的教育。如果是做3到6岁的教育，你是做幼儿园教育，还是搞幼儿园之外的内容产品的研发，还是做到6岁儿童的家长教育？这其实都有切入点。你只能从一个点进去，你才能变成专业，如果这个点切入以后扩大了，那是因为你的能力增加了，不断扩大的结果。

我在北大当了6年半老师，我最熟悉的人群是谁？大学生。

我对大学生的一举一动，他们的想法都很了解，所以我出来做，我只针对大学生。新东方前6年没有一个中学生，没有一个小学生。全是大学生。为什么？因为我对大学生这个群体太了解。新东方的国外考试针对大学生，国内考试针对大学生，当时王强老师做的美国口语也是针对大学生。新东方的出国咨询针对大学生，新东方的人生咨询也是针对大学生。

但今天的新东方，4到18岁的人群，已经占到了新东方3/4的分量。那是为什么？因为新东方做大了，你可以吸引各个领域的专业人士进来，在各个领域进行八爪鱼似的延伸和开发，你的主体强大了，就可以长出更多的树枝来。但不要一上来就什么都想做。

我常发现有些机构做得其实不算大，一看他的业务范围，所有年龄段全跨，所有项目全跨，那就很麻烦。如果你做的是平台那可以，因为你的平台是被别的专业人士来用，你平台全覆盖，你的专业是平台，不是教育，是另外一个概念。努力专注专业，把业务做到领域中最牛的水平，这个特别重要。

第三要有耐心。现在很多人做教育，上来就想要资本融资。我每天至少收10份以上各个教育创业者给我发来的商业计划书。但大部分都不靠谱，或者说还处于幻想阶段。如果说这世上有一个行业，只有靠耐心才能做成的话，那就是教育行业。大家会说，现在资本横行的时代，如果不跟资本结合，我们的机会是不是就被人抢走了？这种想法说明了什么？说明你其实不是在做教育，是在做资本，或者说你希望通过资本来迅速推动你的成功。其实资本跟教育的成功是没有太多关系的。大家稍微想一下，在已经上市的中国教育公司中，有几家已经倒闭了？有几家是这几年完全没有发展？按说他们都已经对接了资本市场了，不管是香港的、美国的还是A股的，但最后成功了吗？

以A股某一教育公司为例，通过各种忽悠，曾经市值达到了500亿元人民币，号称要把中国的教育领域，包括新东方在内都收到旗下。但今天这个公司的市值只有几十亿元人民币，而且还面临爆仓的危险。再往这些公司的内部看，要教育产品没有教育产品，要教育内涵没有教育内涵，要教育系统没有教育系统，就是在资本市场玩一票。那些玩精的人在500亿市值的时候，套了几十亿老百姓的钱走了，留下一个烂摊子，让中国老百姓埋单。你说这是做教育吗？现在还有一些机构，不管上市还是没上市的，靠各种忽悠拿到大量资本。但这些机构中有一部分机构，连基本的商业模式都没出来，到最后极有可能形成现金流断流。用后面的钱来补前面的钱，用老百姓预收款来压自己的营销花费，没有商业模式，没有可持续发展计划，到哪一天资金链断裂了，倒闭了，吃亏的又是老百姓。上海前不久就有一家做在线一对一的机构跑路了，留下一地垃圾。做教育是个良心活，你得时时想着，如果万一你倒闭了，给老百姓会带来什么损失？如果今天新东方倒闭了，新东方将要支付老百姓至少50亿元人民币的预收款。2003年非典时，新东方曾经出现过一次资金紧张，非典的大环境要求很多班都得停课，报了名的同学就来要求退款，但是学生交的钱，为了安排暑假的教学都已经花完了。学生来退款没钱，我好不容易向周围的朋友借了2000万元人民币，把来退款学生的钱全退掉了。从此我就意识到了，你不要以为培训领域好做，你越是先收钱，就越容易产生一个幻觉，以为预先收完的钱就是你自己的钱。但那是学生的钱，跟你半毛钱关系都没有。你一旦倒闭了，是要把钱还回去的，还不回去是要负法律责任的。从非典后，我就要求新东方任何时候账上的钱，都必须超过学生们的预收款。新东方今天账面上的钱，比预收款多了一倍。为什么这么多资金放那儿不动？因为我搞不清新东方哪天倒闭。倒闭了我对自己良心的要求，是不能欠家长和孩子一分钱。媒体常报道培训机构卷钱跑路。其实根本就没有钱，也没有卷钱，就是跑路了，因为把预收款全花完了，发不出老师工资了，付不起房租了，不跑，没有办法了，只能关门跑路。但背后是几千个家长的损失。所以教育是要有耐心的，你要想清楚才能干，做的事情既要对得起自己的良心，还要对得起时间的考验。

第四是要舍得。什么叫舍得？因为教育不是一个能够迅速获利的行业，教育能不能获利？当然能，但教育不是一个马上就能赚钱的行业。你舍得什么？你舍得自己的精力和时间。一旦进入教育领域，你的核心要素就不再是挣钱。尽管挣钱很重要，没有挣钱的能力，表明你一点商业头脑都没有。你一点商业头脑都没有，进入一个已经商业化的领域，就是自己找死！

有不少人既没有商业头脑，也不懂得教育，只是觉得教育领域是刚需，好干，看到别人挣钱眼红，自己也赶紧进入，但这是错的。你投入的时间精力要跟你的商业敏锐性相结合，并且还要舍得放弃其他很多领域的诱惑。今年我碰上好几个教育创业者都失败了。他们来找我问原因，我问除了创立这个公司以外，你原来创立了什么公司？我一看创了四个公司，每一个公司和另外一个公司的领域都是没有关系的，四个公司全失败了。我说你为什么要在四个领域干四个公司？他说因为那一刻那是风口，做这个领域最可能赚钱，所以一定要进去。他说马云不也是做阿里巴巴之前,干了四个公司吗?我说你这是鬼话!你干的四个公司,互相之间是没有任何关联的,你只是觉得教育领域一时风起云涌,那么多上市公司,那么多人成功,那么多资本进入教育领域,你就来教育领域了,你懂教育吗?你有对教育的热爱吗?

马云从做第一个翻译社起,就是为中小企业服务,核心从来没有变过。不管是一开始的翻译社,还是现在的阿里巴巴,他离开过中小企业吗?马云的心态从来没变过,因为浙江这个地方有无数中小企业,马云非常敏锐地意识到了,中小企业的升级不光对中国商业有好处,而且对世界繁荣都有好处,马云的理念从来没变过!他服务的对象也从来没变过。服务对象没变,服务的手段不断提高,这就是很牛的事情。

如果你开始的时候通过地面教室对学生进行教学,后来互联网来了通过互联网对学生进行教学,人工智能来了通过人工智能提升学生学习效率,你服务的对象永远是学生,这是在同一领域的不断升级。你今天觉得卖菜好,去卖菜了,明天卖猪肉好,那就去卖猪肉了?

所谓的舍得,佛教中的舍得是什么?舍得其他一切诱惑,舍得其他一切享受,而专注于这件事情,你愿意把生命的所有焦点,你的能量都用于这个领域,用于你想服务的人群,并且从此终生无悔,这才叫作舍得!我们有多少人会这么想?你如果这么想,你就是我的同道,你没这么想,你就是我的敌人。

创业的关键:技术、资本、政策、竞争

我们再来看教育创业几个要考虑的关键。刚才已经提到过了,任何一个领域都不是一成不变的。在中国古代,从唐朝写诗一直写到清朝，不管是七律还是五律，都没有太大的改变，为什么？因为这是一个不变或者说缓慢变化的时代。现在我们一年创造出的 GDP，可能是中国古代 100 年创造的 GDP，我们现在一天之内接收到的信息，可能是中国古人一生都接收不到的信息。今天科技所带来的社会进步，包括组织结构改造所带来的社会进步，是中国古代两千年都没有达到的。在这样一个多变的时代，我们必须适应在发展中求生存。

我们要考虑到不断变化的外界对你的影响，对商业模式的影响，包括你个人进步的影响。现代人如果只是坚守一个理念或信念不采取行动，是不管用的。你要把理念和信念外化到能够和这个世界对接，甚至能够在领域中引领世界发展。要做到这一点是不容易的，因为我们大部分人都习惯跟在别人屁股后面跑。思考一下，我们在座多少人创造的商业模式，或者说培训模式，跟其他机构相比有典型的不同，有独到之处？大部分人都没有。所以乔布斯为苹果提出的口号是很厉害的："think different"，就是要与别人不一样，要与众不同。

但与众不同，谈何容易。其实一开始模仿没有关系，关键是要有能力超越。就像腾讯，很长一段时间都是别人做了什么他做什么，模仿能力非常强，效率非常高，超越水平也非常快。现在的腾讯，是一家很有创新的公司，"微信"就是腾讯创新的典型产品，它已经变成了一个不可或缺的，人与人之间进行交流和沟通的强大工具，甚至变成了我们头脑延伸的一部分。模仿没关系，但模仿最重要的在于超越。

整体上，我们无法逃避社会结构、科学技术等大环境对于教育的影响。我刚才说新东方疲于奔命，就是因为没有超前意识导致的。新东方最初是大学生教育，现在变成了包括中小学教育在内的全方位全年龄段教育体系。模式的变革还没完成，移动互联网就来了，移动互联网跟新东方的教育结合还没完成，人工智能就来了，大数据就来了，云计算就来了。现在区块链技术对教育到底会有什么影响，大家也在拼命研究。由于技术变化太快，对教育的影响也非常大，甚至说具有颠覆式影响，我们就必须投入大量的资源和资金去进行探索和研究。

技术对于教育的影响，对于知识传播和模式改变，有着重大影响。比如原来我要听哈佛大学老师上课，一定要走到哈佛校园，每门课还得交2000美元。现在哈佛著名教授的课，在全世界都能找到，网易的公开课就有几十位哈佛老师的课程在上面，一分钱都不用，你就可以听到世界上最精彩的课程。

未来人工智能的介入，将会对教育带来更加深刻的影响。这意味着什么，还没有人能够说清楚。因此，基于技术和教育的结合，我们到底该去做什么？这件事情从哪里切入，才能把技术和教育的结合做到极致？这是大家需要思考的问题。

第二，资本对教育的影响。我刚才已经说过，尽管教育的最终成功跟资本没有必然联系，但现实是，如果商业模式正确，把技术和教育结合得很对路，能够让教育投资领域的人，一眼看过去就觉得东西做出来一定会很牛，你就一定能拿到资本，资本也能够助力你快速发展。

新东方上个月刚成立了一个15亿元人民币的教育基金，找的就是教育领域有创意的项目。如果项目靠谱，拿到资本，你就有了先发优势，就算再来一个跟你一样靠谱的人，也是后发劣势。经济学家分成两帮人，一帮人说中国的经济有后发优势，当然后发优势很明显，因为中国40年的改革开放，经济确实取得了巨大发展；但另一方经济学家说，后发一定会有劣势，劣势只不过还没有体现出来。从今年开始，中国经济出现的问题我们也看得出来，是有后发劣势成分的。在技术与教育的结合以及资本对教育的影响上，后发劣势会非常明显。所以我们一定要想办法做先发优势的事情。先发优势是什么？基本条件是你有颠覆和创新能力，这种颠覆和创新，不一定现在就能赚到钱，但能够在某个领域中产生巨大影响，并且构建成一个新的商业模式。

现在在教育领域投入一个亿、两个亿人民币都算小数的。投入一两亿美元变成了正常的。资本在追捧教育，这个时候你要抓住机会。抓住机会不是说你天天跟资本去打交道，而在于构建新型的商业模式，无论怎么挑战，你从头到尾都能够说得通，让人感觉就是未来的发展方向。这样你才能跟资本进行结合，也能借助资本的力量，把你的竞争对手远远甩到后面去。

第三，政策对于教育的影响。从今年开始，大家看到政策对于教育的影响是巨大的。一系列政策下，实际是对培训机构的一次大整顿。整顿从一方面来说有好处，确实把一些烂机构给挡在门外了。但从另一方面来说，对我们也有不利的地方，让我们的经营环境受到影响，好机构有时候也被列入整顿范围。甚至有些人利用这个机会来为难你。但不管怎么样，中国的现状就是，一个政策可以让你活得很好，另一个政策也可以让你死得很惨。面对政策，我们要做的是两件事情，第一是要跟政府部门反复沟通，这种反复沟通，包括了政策的合理性，执行的期限以及可执行的范围，通过反复沟通，让政府政策制定部门能够充分理解我们，理解这个行业的特点，以及政策对于行业的影响。很多政策制定出来未必跟现实是符合的，那一定要让决策机构有更改的理由。我在这方面已经做了不少工作，为新东方，也为培训领域的健康发展。这就是森林和树的关系。在一片森林中，一棵树容易活得更长久，活得更兴旺繁荣。你什么时候看见过沙漠中有树的？我们所有机构加起来就是一片生态，森林繁茂兴旺发展，你这棵树才有更好的生存余地。

我最烦的就是各培训机构之间，用低劣的手段互相恶心。也不知道脑子是怎么想的？很多人脑子里只有竞争对手，难道没有合作吗？我跟张邦鑫说，咱们作为两大行业标杆，绝对不能做互相恶心的事情。所以我们有一个原则，叫"在业务层面良性竞争，在战略层面和理念层面精诚合作。"

业务层面良性竞争，互相通过竞争增加活力，这是一件好事。但在战略层面和理念层面精诚合作，这样我们才能构成一股力量，来告诉国家，我们教育培训行业是能够实实在在为国家的教育发展做贡献的。好未来和新东方成立的"情系远山"公益基金，已经在中国的教育扶贫中产生了比较好的影响。未来我们还要号召教育培训行业的人，来一起参与。这才是教育行业应该做的事情。

第四，竞争对于教育的影响。经济学家最喜欢反垄断，但商业领域是很难真正垄断的。只有一种垄断是真正的垄断，那就是国家垄断，某些行业只能国家资源进入，民间不能去碰。其他领域应该让民间力量充分竞争，在竞争中才能有创新。反垄断意味着什么？意味着把某个领域最有引领作用的带头人给按住。微软被控告过垄断，差一点被瓦解掉。后来还好微软留下来了。但微软在很多方面，早就被Google、Facebook、苹果等大企业超越了。中国的培训领域总产值每年接近万亿元人民币，新东方年收入就200亿，也就占到了2%。竞争是有巨大好处的，没有竞争，新东方绝对不会每年投入接近10亿元人民币经费搞研发。尽管到今天我们还没有研发出太好的产品来，但如果没有竞争，新东方一定是死水一潭。生于忧患、死于安乐，这是真理。所以竞争对教育领域的影响整体是好的，但大家千万不要陷入恶性竞争中去，千万不要因为竞争就降低了品位，降低了质量，降低了人格。

做教育，就是做品质、做创新、做良心

下面这三大核心要素是做教育最重要的。第一重要的就是产品质量。教育领域不是一个随便可以进来的领域，其根本原因是，一旦你想在教育领域立脚，你就必须提供客户需要的最好质量产品。这个产品如果现在能够跟优秀创意结合在一起，跟互联网、人工智能结合在一起，创造出一种更新的产品形式，那就是最厉害的。

为什么小地方的中小学老师辞职出来办教育培训机构，不管外地什么大机构进去，依然很兴旺？因为他们是当地中小学最牛的老师，他们在当地自带流量，他们知道当地学生的水平和素质在什么地方，运用自己到位的教师素质和教学质量，切合当地实际进行教学。他们拿出来的产品是什么？是当地所有学校当天进行的各种考试卷子和考试方向，跟当地的政策密切结合，完全没有脱节。所以像新东方这样的机构要到当地，把这种老师办的培训竞争掉，非常困难。对于做得比较大的全国性机构来说，唯一吸引当地学生的办法，就是你比当地人要牛，你的产品形式、产品创意、教师素质、教学质量，确实比当地牛才行。为什么不少机构到外地去办了分校后，基本上铩羽而归，没有成功，原因就在于你跟当地拼不过，拼不过你只能举手投降。

新东方教英语还算比较厉害的，但我们曾经进入一个城市，这个城市有一个培训机构，每年只招2000个中小学生，不多招一个，在当地排队要排三年后。我后来跟创始人聊天，他说只有在2000人的时候，才能让学生的学习效率达到最佳状态，我不要挣太多钱，我要的是教学质量和结果。2000个学生中很多人考上当地最优秀的名牌小学，最优秀的名牌中学，最优秀的全国名牌大学。我觉得这个哥们儿比我厉害，他是真正在做教育。在当地，只有进不去他那里的学生，才跑到新东方来。他取胜的法宝就是专注、专一，质量弄到极致。

这就涉及我等会儿要说的第二条：专一极致。他把自己的学生弄到了任何人都抢不走的水平。新东方是多元连接，最初新东方只做国外考试的时候，没有人能把新东方的学生抢走，我把全国的托福、GRE、GMAT学生全抢到了新东方。但后来新东方多元连接，处处漏风，每一个领域都做得还不错，加起来依然是全国收入最高的培训机构，但每个领域都出现了竞争对手。新东方把专一极致放弃了，换来了地盘的扩大，但地盘的坚固程度却下降了。所以多元连接不是随便能做的，多元还要做到极致，是太难的一件事情。

第三条，系统应用和客户满意是紧紧连在一起的。小的学校可以靠人，大的机构一定靠信息系统。如何充分利用IT技术、大数据、人工智能、移动互联网，包括未来虚拟现实所带来的系统，让客户更加满意，变成了大家思考的主题。新东方在这方面每年投入很多，但到现在为止也没有做出一套能够覆盖全部新东方业务的高效应用系统。光投入还不行，要有架构能力。

但对于小机构来说，系统需要投入很多钱怎么办？很简单，用别人的。现在做教育平台的公司很多。有人会说，我用别人的平台那我的数据不就给别人了吗？我说你那个数据值钱吗？新东方的数据是值钱的，因为每年500万学生。如果我用别人的系统，新东方就丢了一大笔财富。但如果你总共加起来几千学生，你为了这几千学生，你自己开发一套应用系统，花几千万甚至上亿，实在不值得。所谓的边际成本等于边际效应是什么概念？就说你的任何投入都要达到最合算的那个点，你才能够去做。所以不要随便想着什么事情都自己做，并不是说你不能做出来，而是说做生意，就是怎么合算怎么来。

下面我再讲讲教育创新。教育创新的表现形式，大概有四种。第一是颠覆式创新，我举一个在线外教口语的例子。在线外教为什么是颠覆性创新呢？在线上外教口语这件事情发生前，中国的学生要向外教学习，只能是外国老师跑到中国来。现在通过互联网，把全世界可以教英语的几万个老师与中国几万个愿意通过在线学英语的学生进行连接，这件事情就是对中国地面英语教学的一种颠覆。

现在很多人在研究人工智能取代老师上课。人工智能取代老师批改作业也算半个颠覆。新东方做的智学批改系统，直接把所有学生写的英文作文和口语在线上进行批改。原来一个学生的作业至少花十分钟批改，现在一秒钟机器就批改完了，这也算是颠覆或者半颠覆式创新。这种创新在教育领域中会出现很多很多，所以我头脑里思考最多的是新东方未来的哪个业务会被颠覆掉，哪个业务不会被颠覆掉。

第二种方式叫接入式创新，什么叫接入式创新呢？你想什么东西都自己做，是没有必要的，那你就必须接入别人的系统，接入别人的系统后，你能够迅速做出改变。比如你可以借助别人的智能化教学系统、备课系统、题库系统，你不用投入太多的钱。很多系统让你免费用，因为他要的是你背后的数据，不是要你的现金，同时你要的是迅速提升自己的教学创新水平。平台公司拥有数据到一定量的时候，就可以在这个数据上跑通很多其他商业模式。你运用平台的帮助抢时间增速度。双方互惠互利，相得益彰。

第三是增效型创新。比如说部分人工智能的应用就是增效型创新。举个简单例子，语音语调的纠正，语音语调原来必须老师和学生一对一纠正。现在学生进入系统自己练，练习多少遍都可以。老师的负担越来越轻，老师抓住最主要的东西来给学生进行教学，注意力就会越来越高，学生的学习效果也更容易提升，这就叫作增效型创新。

当然在管理上也可以增效，很多自动化的系统用到管理上，使管理变得更加轻松。比如说排课系统，新东方一年要排几百万次课，如果光靠人工得几千人去排，但人工智能自动排课系统的介入，已经省下了新东方差不多 2/3 这方面的人力。这也是增效型创新。

第四种是渐进型创新。为什么我要说渐进型创新？对于一个机构来说，成立以后再去革新，难度是很大的，尤其像新东方这样有了体量、已经有点僵化的机构。对于大机构，你想把原有的商业模式全部颠覆掉，是不太可能的事情。所以新东方只能是渐进型创新。你必须根据自己的资源，自己的现状，去配比合适的，不带来太多风险、又能够跟上时代的商业模式。在某种意义上，新东方是渐进式创新的代表。

再讲最后一个话题：面向未来的教育。我认为面向未来的教育，跟技术没关系。我们刚才讲的那些未来教育，都是在讲人工智能、大数据对教育带来的影响。但不管是外教线上口语，还是网易公开课，还是通过移动互联网把知识传播到贫困地区去。技术是个问题吗？技术不是问题，技术是开放的，每个人都能用。背后最大的不同在什么地方？内容。你传播什么内容才是最重要的，你传播什么教育理念才是最重要的。就这点上来说，我觉得教育部要解决的，不是每年花大量的钱布局信息系统，教育部最需要解决的，是认认真真把全国的教育专家放到一起来讨论，我们教育的最终目的是什么？这个问题到今天也没有解决。我们要培养健全的孩子，要让他们快乐，要让他们成长，要让他们有创造力、想象力。目标本身尽管很重要，但走向目标的路径其实更重要。目标和路径相反的时候，我们永远走不到目标。我到上海来，我可以从北京飞到上海两个小时。我也可以反过来飞，从北京飞到北极圈，再绕到纽约，再从纽约绕到南极圈，南极圈绕过来也能到上海，但那完全是一个不同的路径。如果说我们的理念和我们的路径背道而驰的话，很难到达目的地，有的时候甚至永远到不了目的地。

教育的最终目的是什么？如何让孩子有好奇和探索精神？我们的中小学老师几十年的教学方法没有太多的改变，不管是互联网还是人工智能都没能改变老师的教学方法和教学理念。大部分情况下，很多老师依然以死记硬背或者标准答案的方式教学生。科举考试是要死记硬背的，现在的学习必须要让孩子拥有好奇和探索精神。但这种教育的改变真的不是一天能完成的。

今天早上，我在听"六神磊磊读唐诗"。他说唐诗的发展，从隋炀帝就开始了。隋炀帝大家都知道是暴君，但他其实做了很多贡献，包括开挖大运河等。他的另外一个贡献，是文坛的贡献。他希望有一批人将文风打开，自己亲力亲为写诗，但并没有打开。到了唐太宗，唐太宗也写了很多诗，他觉得在他手下，一定能超越历代诗歌，结果写诗写了几十年，也没有做成大诗人。又再过了上百年才出现了李白、杜甫。从隋炀帝开始对诗歌重视，到唐太宗的重视，一直到李白、杜甫、白居易等的出现，花了100年的时间。所以一样东西从开始到繁荣，需要时间的积淀。尤其是整个民族，全民意识要改过来，是一件多难的事情啊。

所以，我们谈教育改革容易，但中国的教育改革要真正改成能把学生的好奇心、探索精神培养出来，中小学老师首先要自己变成拥有好奇和探索能力的人，并且教学方法要焕然一新，才能让学生有好奇和探索能力。老师的脑子是木的，是僵化的，孩子们却一个个变成了具备创造能力和想象力的人，这是不可能的。要先改老师、要先改家长。

尽管我们是做培训机构的，但我们要有做教育的崇高精神，要有救民济世的情怀。如果做教育，你不是抱着让孩子们因为你而变得更好的心态，不是抱着对中国的未来负责的心态，只是为了一点功利的目的，只为了赚点钱，只是因为在别的创业领域失败了，所以到教育领域中来试一试，我建议你还是尽快退出教育领域。因为在教育领域里，我们真的需要拥有救民济世情怀的人。让我们一起拥有共同的情怀，共同的格局，在业务层面良性竞争，在理念层面精诚合作。

教育到底对我意味着什么?

今天,我来这里为大家介绍一下新东方,我自己,以及教育。我想在座的大多数人都在为教育做些事情。但教育是最难定义的事情之一。比如说医院是治疗人们疾病的地方,药品是对人们健康有益的东西。但当我们谈到教育时,我们在谈论什么呢?我们在字典中寻找它的含义时,我们会发现它的定义非常模糊,"教育是一个受教育的过程"。当我们查询什么是"受教育"时,会发现字典的解释是"受教育就是教育的过程"。

我们知道,人类对于世界的认识已经取得了很大的进步。从亚里士多德的时代起,他坚持地球是宇宙的中心。然后,哥白尼诞生了,他说太阳是宇宙的中心。然后,我们有了牛顿的自然定律,又有了爱因斯坦的相对论。在我们前进的每一步中,我们对世界的理解越来越多。回到今天,人类对于当今的世界仍然充满了无知和愚昧。有时候,我们的头脑中仍然坚持一些错误的观念。教育已有近三千年的历史。两千多年前,我们已经有了像柏拉图、亚里士多德、孔子、佛陀、耶稣这样的智者,在这个世界上有很多如此聪明的人。但今天我们仍在讨论教育问题。我们仍在努力理解我们能为我们自己做些什么,能为我们的后代做些什么,我们怎样才能让世界变得更美好,我们如何互相了解而不是互相伤害。

　　让我以自己为例来谈谈教育。首先，我想谈谈我的母亲。每个人在他或她的教育之旅中都有一个向导。事实上，我母亲是个农民。她不识字。人们可能会问的最直接的问题是：既然你妈妈是文盲，她怎么能教育你呢？我想说的是，作为一个母亲，每个母亲都希望她的孩子成为一个有远大前程的人。为了让她的孩子有一个美好的未来，她为他们设定了目标。我母亲就是这么对我的。因为在中国，农民的生活是非常艰苦的，过去一代又一代农民在田间辛勤劳作，没有其他出路。我母亲不想让我过农民的生活，她想让我当一名教师。在她当时的脑海里，这意味着一个村庄的老师。中国自古以来就有尊师的传统。老师不需要做农活，附近的人经常给老师食物吃。所以，我母亲一直认为老师是受人尊敬的。她也想让我长大后当一名老师。当我年幼的时候，她让我尽可能多地阅读，尽管她自己不能阅读。从四五岁起，我就记得她从来没有给我买过玩具，而是手掌大小的漫画书——这就是我从四五岁就开始自己的阅读生活的原因。

　　幸运的是，我还有一个比我大五岁的姐姐。我四五岁的时候，她在读小学二三年级。这样，她就可以把汉字读给我听了。通过这种方式，我逐渐学会了很多汉字。因此，当我在二年级的时候，我能够阅读小说，包括中国古典名著《水浒传》等。从这时开始，我逐渐喜欢上了学习。在我的一生中，虽然我不擅长数学，因为我家里没有人能教我，但我的语文一直很好。

　　当我在高中的时候，我在升学问题上遇到了一些困难。但是，我母亲还是不遗余力地支持我接受高中教育。当我高中毕业的时候，中国刚刚开始改革开放。这给了我一个通过高考接受大学教育的机会。我开始努力准备考试。我父母一直希望我能离开农村上大学。我非常努力地学习,参加了三次高考。第一年我没有成功。第二年我又一次落榜。在第三年,我对母亲说:妈妈,你能不能让我今年不要做农活,我想把全部时间用在学习上。她同意了,最终我取得了非常好的成绩,进入了中国最好的大学——北京大学。从这里,我开始了一段旅程,它教会了我教育的真正意义,也为我将来成为一名教育家播下了种子。

当然,我的父母对我还有很多其他方面的影响。我性格中的善良、好客、乐于助人,都是从父母那里学到的。他们在艰难困苦中的坚韧不拔,对我产生了很大的影响,让我在困难的时候也能坚持下去。我相信这些品质比我在学校接受的教育更重要,因为它们为我的成功奠定了重要的基础。

所以,可以得出这样的结论:教育不是比教你的人更聪明,教育不是教授教你已经知道的知识。教育或教育工作者可以是像我的父母一样的文盲,他们不会读或写,但他们教给你去超越自己,超越你在这个世界上的使命,超越你的极限,超越你的天赋。你将获得新的才能,教育可以让你帮助别人。他们试图推动你,让你的潜力得到释放。你将会对这个世界有更多的了解,并且变得开放,让你努力地去挑战你自己。你会变得更加宽容,远离无知。

在北京大学学习对我来说是一个人生转折点。我很幸运进入了中国最好的大学。在那里学习的五年里,我学到了很多东西。首先,我读了更多的书,因为北京大学图书馆里有 700 万本书。现在,书的数量应该超过 1000 万本。更重要的是,我在北京大学遇到了很多朋友,包括我的同学和老师。他们不仅教会了我学术知识,还教会了我如何独立思考和追求精神自由。每个人都知道,精神上的自由和独立的思考是所有学习的源泉，也是一个人在多个维度上反思自己生活的源泉。

所以，在北京大学的这段时间里，我真正学会了所谓的独立思考，所谓的独立人格，以及自由的心灵和自由的精神。我变成了一个全新的我。在那之前，我一直认为你从大学获得的教育就是学习你的专业。如果你的专业是英语，那你就只学习英语。如果你的专业是数学，那你就学数学。但后来，我认为教育远不止于此。它远远超出了专业范围，超出了考试，也远远超出了老师教授你的东西。教育是关于你如何回归自己，如何获得关于世界的真正启蒙，以及如何形成自己对这个世界的思考和观点。这是北京大学给我的。所以，除了在大学里获得的学术知识，我在大学里还做了几件事。

总结一下，我在北京大学完成了三件事。第一，我的知识基础得到了极大的丰富和加强。除了阅读本专业的学术性书籍，我还读过数百本不同主题的书。第二，我和一群真正独立思考并性格各异的人交上了朋友。通过这些朋友，我学会了如何独立思考自己的生活，以及如何追求精神自由。这些人不仅是我终生的朋友，还在我后来经营新东方的事业中发挥了重要作用。他们中的一些人也成了我在新东方的合伙人。第三，因为我的专业是英语，经过两年的学习，我逐渐有了阅读英文原著的能力。它极大地减少了我探索外面世界的障碍。结果就是我们英文专业的学生能够比其他同学更早地看到一个更大的世界。这段经历让我理解了任何问题都可以从多个角度来看待。它还帮助我养成了多维度思考的习惯。

总之，进入这样一所好大学无疑是我人生中的一个转折点，也是一种特权。最重要的是能够从那些比我更优秀的朋友那里学习，如果你追随一个比你更好的人，你迟早会变得更好。

我记得沃伦·巴菲特曾经说过，与比你更优秀的人交往。挑选出那些比你优秀的伙伴，你就会朝那个方向发展。毫无疑问，我在北京大学就是这样做的。这不是一个深思熟虑的选择，而是这样一个环境给我的一个机会。当然，从某种意义上讲，这也是我个人追求的结果。

毕业后，我留在北京大学当英语老师。实际上，我不是真正意义上的老师，而是个助教。我教大学一年级的学生英语课，当时中国要求每个大学生都要学英语。学生还必须通过大学英语四级和六级考试。如果考试不及格，他们就不能毕业。于是，一些英语专业的毕业生留在了校园，成了一名英语教师。虽然教学生英语只是一个无意的行为，但是它让我留在北京大学，继续获得更多的知识。这段经历给了我两个好处。首先，每周只有八个小时的教学时间，让我有足够的时间去图书馆学习。其次，作为北京大学的一名助教，它让我有机会接触到许多著名的教授，与他们交流并提出问题。我从这些教授那里学到了很多。

我在北京大学当了六年的教师，度过了一段非常愉快的时光。我在美丽的校园中散步，向著名的教授讨教，和优秀的学生交流。这也是我个人发展的一个很好的铺垫。在六年的时间里，我读了很多书，在北京小房子的书架上，摆满了上千本书。

后来，我周围的学生和我的大学同学开始出国学习。随着越来越多的人留学美国，我也有了这样的想法。我通过了托福和GRE考试，申请了美国大学。不幸的是，没有一所大学给我提供奖学金。那时候，作为一个穷老师，我负担不起出国留学的费用。

于是，我开始在一家培训机构当家教，挣些钱，希望能有钱到美国去学习。通过这些经历，我看到了一个象牙塔以外的不同世界，并发现中国的培训行业是非常繁荣的。我也意识到很多老师在教学上并不是很有效率。此时，我已经获得了丰富的教学经验，所以，我决定开办自己的培训课程。然而，北京大学对我开办这些课程感到不满。我因为在外面做家教而受到了学校的惩罚，这也直接导致了我的辞职。因为，在我看来如果一个人在工作中得不到赏识，那么他最好另谋高就。我在那个时候就下定决心，如果我离开北京大学，我将开办一所培训学校，用我的教学技能来指导更多的学生，帮助他们获得高分，以便他们能够追求更美好的未来。回顾过往，北京大学的惩罚也为我未来的成功埋下了种子。

离开北京大学，断送了我成为一名大学老师甚至大学教授的道路。我变成了一家培训机构的企业家。准确地说，我不应该称自己为企业家，而应该称自己为个体户。在当时的中国，这个词带有负面的含义，指的是放弃铁饭碗，从体制中出来赚钱的人。

正是我在北京大学教书的经历，让我深刻理解了老师对学生的巨大影响。例如，如果老师一直是被动消极的，带着负能量，他或她将把消极的东西传递给学生。如果教师是积极的、明智的，并具有引导学生的能力，他或她将对学生的未来产生重大影响。

我当了多年的教师，非常尊重这个职业。在新东方，我们有将近35000名教师。我一直要求新东方的每一位老师都能给学生带来积极和良好的影响。我一直在认真思考这样一个问题："作为一名教师，最重要的事情是什么？"我认为一个好老师有以下五个特点：

第一，好的教师应该激发学生追求知识和真理的热情。我相信老师应该教给学生知识和真理，而不仅仅是为了帮助他们通过考试，也不是为了让学生记住一些知识点才能进入大学。从小学到中学，再到高等教育，我认为教师最重要的是向学生灌输一种追求知识和真理的热情。

第二，好的教师应该能够用一种积极的语言来教授和讨论知识，从而激发学生的思考能力。如果教师对教学内容漠不关心，学生就不可能积极参与。只有当你以一种投射积极的快乐和激发思考的能力的方式进行教学时，知识才会更有意义。

第三，一个好的教师要注重学生的全面发展。许多教师在实践中是单向度的，只看学生是否在课堂上解决了问题，学生是否学到了知识点，考试成绩如何，或者文章写得好不好。我相信，除了这些，更重要的是关心学生的个性发展，他们的福祉和道德。除了向学生提供建议外，他们还应为学生树立榜样。我也相信知识的传授必须以智慧为基础。知识教学不是要记住知识点，而是要把知识内化到学生对生活和事业的追求中去。

第四，好的老师应该鼓励学生追求自己的梦想和未来。一位好老师必须总是帮助学生展望未来。教师应该培养学生在困难面前尽最大努力追求梦想的精神，鼓励他们不要放弃，赋予他们毅力和韧性。因为，当我们展望未来美好的事物时，眼前的痛苦和困难不再让我们绝望。他们成为可以用来磨炼一个人的意志和推动你更努力工作的东西！

第五，好的教师也应该是家庭教育的专家。教师应该能够与家长充分沟通。教师可以极大地促进儿童在正确的方向上成长，如果他们在孩子的教育中与父母处于相同的波长上。我一直相信合格的父母会培养出合格的孩子。这就是说，除了教师对孩子的影响之外，他们还必须对孩子的家庭产生影响。家庭和学校之间的合作对于儿童的良好教育是必不可少的。

以上五点是我二十多年来在北京大学和新东方任教经验的总结。现在，我想谈谈新东方。

新东方从一个只有13名学生的小型英语培训班开始，经过26年的努力，已成为一个涵盖0—30岁教育需求的综合性教育体系。我们的业务包括幼儿园、中小学课后辅导、国内外考试备考、留学辅导、素质教育、STEAM教育、图书出版、线上教育，等等。我们在逐步建立这样一个综合性的体系。我们的目标是将所有的业务系统联结起来，为孩子们创造一个终身学习的平台。我们致力于使新东方成为终身学习的内容提供商和平台。

在我们的发展过程中，新东方的使命经历了四个阶段的变化。我们的第一个使命是成为学生出国留学的桥梁，归国就业的彩虹。新东方从留学备考开始，帮助了许多中国学生到美国、英国等地学习。我们也帮助他们毕业后回到中国工作。当然，很多中国学生毕业后都留在了美国，但是越来越多的人回到了中国。后来，新东方拓展了提供全方位英语学习的服务，我们的第二个使命就是使新东方成为"中国人学习英语的地方"。之后，新东方继续强化英语培训的优势，并进入许多其他学科的培训，包括数学、语文、物理、化学等。新东方不再是一个单纯学习英语的地方，我们的使命变成了"为梦想而来新东方"。当然，它有点模糊和宽泛，所以我们有了第四个使命。我们希望通过我们的努力，培养出一代具有"终身学习、全球视野、独立人格、社会责任"的中国人。大家可以看到，我们其实是逐渐进入教育的核心，因为我们相信教育应该是"全人教育"。所谓"全人教育"，不只是知识教育，而是让学生成为更好的人，更好地为社会服务。我认为这四个方面是相当重要的，即"终身学习、全球视野、独立人格、社会责任"。这一使命是我们对学生的责任，我们任重道远。

新东方做了很多事。然而，就我们的目标而言，我们才刚刚开始。我们对中国学生所做的远远不够。新技术的出现，无论是互联网、人工智能、大数据，都对所有行业产生了重大影响。在教育领域，它将产生更重大的影响。如今，新东方所要做的不只是教给学生知识或为教师提供工具和内容，而是将其与移动互联网、人工智能和大数据相结合。新东方成立了研究人工智能＋教育的AI研究院，尝试尖端技术与教育的结合。我们正在努力开发产品，使学生能够更有效、更聪明地学习。同时，新东方也正积极与公立学校合作，为公立学校推广一套高效、智能的教育系统。这样的系统已经开发了几年，可以提高公立学校学生的整体学习效率，为他们提供完整的解决方案。

中国也面临着教育公平与均衡的挑战。改革开放40年来，中国在教育方面投入了大量的资金。这项投资比以前多了几十倍。但是，我们仍然面临着教育不均衡的问题。农村和山区的儿童无法像城市儿童那样接受高质量的教育。随着远程教育、双师课堂等技术的发展，我们可以做很多事情来提高我国的教育均衡水平。我相信中国未来的真正发展，必须是透过科技推动教育平等，使每一个角落的儿童都能接受中国最好的优质教育，让每一个儿童都有机会进入世界一流的大学。

作为一个像新东方这样的教育机构，我认为我们必须有为国家和社会服务的能力。我们应该培养学生独立思考的能力，良好的个性，扎实的知识和创造力。更重要的是，我们需要赋予学生终身学习、全球视野、独立人格和社会责任方面的技能。这是我们今天的任务。对于新东方的未来，我们希望成为中国和世界优秀教育内容、系统和学习平台的集成商和提供者。我们希望新东方成为终身学习的服务商，提供从学前教育到终身教育的高科技产品。我们还将努力探索技术和教育与人文教育的结合。更重要的是，我们将致力于促进中国的教育均衡，为中国农村儿童提供高质量的教育服务，为他们的未来开辟一条光明的道路。

最后，我想谈谈我的个人目标。

第一，我希望为中国儿童的"全人教育"和他们的全面发展作出贡献。第二，我希望在家庭教育方面多做些工作。新东方在这方面已经工作了十多年，我仍然觉得还有更多的工作要做。第三，我希望为科技与教育的结合作出贡献。第四，我希望做更多的工作，帮助农村儿童获得更好的教育。例如，今年我打算到贫困地区的一所农村高中担任名誉校长。我希望努力为这些学校带来一些高质量的资源，帮助那些毫无希望接受高质量教育的农村孩子，有朝一日能够进入中国或其他国家的名牌大学。

对我们来说，当我们来到这个世界上，除了满足自己的衣食需求，除了照顾我们自己的家庭成员，我们总是渴望做一些有益于人类发展和社会进步的事情。新东方就是这么做的，我也是这么做的。我们也期待着与其他教育机构和来自世界其他地方的伙伴合作，为世界创造更好的教育。我们常说，经济是为了今天，政治是为了明天，但只有教育才是为了人类的未来。

现在新东方有一个口号是"A Better You, A Bigger World!"让我们成为一个更好的自己，帮助我们的孩子走向一个更大、更光明的世界。

精神丰盈的人性

我到这个讲台上完全是被王博给"绑架"过来的。面对这么多大学者和在北大专门研究哲学的师兄、师弟、师姐、师妹们，让我来讲哲学是为难我。我今天不会像孙教授讲那么多理论，也不会像杜维明先生讲儒家思想在新时代的实践，而张世英先生是研究黑格尔思想的专家，那种深奥的哲学理论我更不懂。所以，我真不知道讲什么，我跟王博开玩笑说，是不是我站10分钟什么都不说，也体现了另外一种哲学境界？哲学的英文是 philosophy，这个大都知道，这个单词拆开了就是爱和智，所以哲学就是爱智慧的学问，或者更精确地说是爱智慧的态度。

哲学的主要争论是唯心主义还是唯物主义，这不是我要讲的话题。我认为哲学就是为了解决我们人生中的切实问题的，概念只是学者为了争论而创造的。在我看来哲学最重要的就是两个方向，第一是如何解决我们个人的问题，怎么活着的问题，怎么活着更好的问题，怎么活得更有意义的问题。北大是有哲学意味的地方，你进北大会被门卫问三个问题，你是谁？你从哪里来的？你要到哪里去？这是一个人很重要的问题，我们为什么来到这个世界，我们要往什么方向去？我们现在的生命状态是怎样的？哲学的第二个方向主要就是解决个人与世界的关系问题，刚才孙老师讲得特别到位，我们从来不可能一个人独立存在在这个世界上，总要和其他人发生关系，和物质发生关系，和社会和思想发生关系。如何把个人和世界的关系处理好，如何个人能够有意义生存，是很难的事情。至少我个人做到今天还是一团糨糊的状态。但是有一点非常重要，我们必须不断努力掌控自己的生命，让生命展示出应该的意义和内涵，也就是"我的生命我做主"，这个事情是比较重要的。我们在座的没有一个人会愿意自己从身体上到精神上被人控制。但这个世界上总有人想从身体上到精神上控制你，而且我们在一定程度上是被控制的，我们甚至都不知道自己被控制了。当奴隶习惯了你会忘了自己是奴隶了，不当奴隶还难受的感觉。今天我的生命就被控制了一下，因为今天我本来是在三百里外的郊区参加一场我非常喜欢的活动，但是因为答应王博来到现场，我早上5点钟起来，开车从三百里外过来，然后在半路上，他发了个微信说你必须穿正装，我就只能赶快折回家穿了正装过来，我是从来不喜欢穿正装的。这两件事情是我自己不想做，被王博掌控了做的，我的生命形态也因此在今天发生了改变。当然我是可以一口拒绝王博的，但之所以最后来了，是因为我知道来了能够学到东西，有杜维明教授、张世英教授的演讲，我是值得来听一听的。至于开幕式上校长的讲话，我真没有什么兴趣，因为表示欢迎的话，谁都会说。

  我们的生命就是在被别人或东西掌控中，和在自我掌控的努力中一路向前的。如果最后更多是被你自己掌控了，拥有了生命的主动权，这就是好事；如果更多是被别人掌控了，那就是坏事。比如张世英教授在"文化大革命"中，他的学术研究没法展开，但是又不得不每天写各种文章，那是很难受的事情，自己的思想和才能都没法发挥,生命变得没有意义。但到了"文化大革命"之后,他能够开始做自己的学术研究,表达自己的思想,包括今天在九十多岁的高龄能在这里发表自己的观点,而且这种观点是出于自己的内心,这就是掌控了自己的生命。

我们不知不觉就会被有形无形的东西掌控,人一旦被掌控就会出现异化。异化也是哲学中非常重要的概念,比如很多人有钱有权后就会被异化,我们追求名利,但是最后被名利所控制。社会关系和社会环境也会把人异化,思想观点和宗教信仰也会把人异化。而且一旦被异化,纠正起来就特别难。比如我们都不喜欢"文化大革命",但是现在很多60岁以上的人,他们的言行,对事物的判断,或多或少有"文化大革命"不可磨灭的印记,非红即黑,看法极端等,都是标志。每个人都以为自己站在真理的那边,但其实大部分人都错得离谱,离开真理有十万八千里的距离了。

我就是被异化的很好的例子。比如新东方这个事情,从最初为了满足自己的物质基本需求,因为在北大工资实在拿得太少了,60块钱一个月,后来120块钱一个月。到美国留学没钱,办了一个培训班叫新东方,本来是想赚个十万八万到美国留学算了,但是每天点钱非常开心,就不愿意放弃了,后来做成了一个事业,还做成了一个上市公司,也变成了号称富翁,但这个过程我就被异化了,自己最想要的书斋生活没有了。我想从新东方退出来,完全退不出来,每一次退的努力都像踏入了更深的沼泽地,后面有太多的责任和义务要承担,当然新东方是一个平台,我希望自己的人生充实,也就不愿意轻易放弃新东方这样好像有意义的事业,实际上就是被新东方"绑架"了。我的性格也是"绑架"我的一部分原因,我如果真按照自己的心性干活,王博找我会一口回绝,我没有资格参加也不想参加,这个话题太严肃,我讲不来,让我讲吃喝玩乐可以。王博说这点面子都不给?所以面子就起到了"绑架"我的因素。

　　寻找生命充实和精神的丰满,构成了大部分人的话题。但我不认为是每一个人的话题,因为我碰到很多人追求的不是生命的意义,他们更多追求身体的享受,吃喝玩乐,面子虚荣。有的人在为寻找生命的意义而艰苦跋涉,有的人躺在繁华世界如行尸走肉,所以每个人对于生命意义的追求是不一样的。我们小时候崇尚的是唯物主义,一直认为世界是客观存在的,是不以人的意志为转移的。但后来我在北大读了一些书,我不学哲学,但也读过一些哲学的书籍,柏拉图的《理想国》,叔本华的《作为意志和表象的世界》,尼采的《查拉图斯特拉如是说》,黑格尔的《哲学史讲演录》,罗素的《西方哲学史》,康德的"三大批判"等,尽管从来没有读懂过,但是综合起来对我还是产生过某种影响,把我从唯物主义转向了对唯心主义的思考,甚至认为唯心对于一个人的影响,比唯物更重要。当然我不否认唯物主义的重要意义。外在的物质存在不需要依赖人,但人的存在和外界发生的关系一定要通过人心才能发生。所谓的天人合一,其实也是把人心和天地联结起来的一个重要过程。人的思维、意志和意识,决定了你生命状态的高低和你的精神是否充盈充实。从这个意义上来说,人活在自己的理念里。之所以我到今天为止还很有信心活在这个世界上,是因为我觉得经过这么多年的努力,我的生命形态是我自己选择的结果,我至少部分意义上掌控着自己的生命的一部分,我的存在部分由我自己决定。生命永远不可能圆满,但是你至少可以向这个方向努力。

我一路从贫困走向富有，从失意迷茫走向事业，从单身一人走向结婚并被婚姻束缚，一路上我的追求，主观上就是怎样让自己活得更好的追求，客观上是不是达到了是另外一回事。这一追求包含了两个方面，一是物质上，二是精神上，如何让自己活得更好。后来我发现物质上让自己活得更好更加容易做到，每个人对物质的需求不一样，有的人天天山珍海味也不满足，有的人一间躲风避雨之所，几本反复吟诵之书，三两可以深聊的朋友，就十分满足了。尽管我现在进入了经济自由状态，但我确实是一个在物质上没有什么太多追求的人，我更加喜欢简朴单纯的生活状态。当然，这个不影响我继续挣钱，并不意味着我完全排斥物质享受。钱可以干太多太多的事情了，吴晓波曾说过，钱让浅薄的人更浅薄，让深刻的人更深刻，我一直认为自己是一个深刻的人。除开物质的层面，精神上的追求，变成了我过去二三十年重要的主题，我的追求可以总结为如下六个方面：1. 追求在精神上更加充实；2. 追求自己的心性更加回归自然；3. 追求在智慧上不断提升，当然也包括知识上的不断更新；4. 追求在事业上的不断完善；5. 追求在感情上的更加真挚；6. 追求善缘上的广施，用善行更广泛地为更多人服务。这些追求都跟精神层面相关。实际上为了自己能够更加专注于更加充实的追求，我会故意避开任何物质方面对我可能带来的烦恼和影响。比如，我家里基本没有超过一万块钱的东西，家里放着上万本书，小偷也不会偷我的书。人被物质所役是一件很难受的事情。我亲眼看到一个朋友游泳把15万的手表丢了，他难受得三天三夜睡不着觉。我身上几乎没有任何名牌的东西，我的手表是200块钱的玩具表，丢了也就丢了。我对自己的要求是，第一，绝对不能把自己变成物质的奴隶，第二,所赚的钱必须用在正道上,用在符合上面我说的六个方面的追求。

我也尽可能不做让生命变得更加复杂的事情。年轻的时候会做一些不靠谱的事情,现在不断学习,相对能控制了。比如对各种欲望的控制上,我比原来控制得要好很多。当然,这并不意味着我不欣赏美食美女,但是能够尽量放在不越矩的范围去做。这一方面意味着我在变老,少了很多少年轻狂;另一方面也意味着生命的进步,而不是老而糊涂。到今天,我还有一点没有控制好,就是喝酒,因为我从小就喜欢喝酒,我父亲是酒鬼出身。我原来每年能喝醉四五十次,现在我一年喝醉七八次,已经有了很大的进步。之所以还喝酒是因为我个性中豪爽的一面,喜欢和朋友们聚会山侃海聊。同时,我已经努力放弃了任何带来虚荣或者空虚的享受方式,比如出入灯红酒绿的各种场所,或者参加各种名利场中的名流聚会。我做不到像在座的释明海大师那样遁入空门,但我已经能够做到摒弃一些只是带来纯粹世俗欲望得到满足的享受。

总结来说,我对哲学是没有研究的,既不懂康德也不懂黑格尔,马克思的著作也没怎么读过,也不懂现代科学对哲学带来的重大影响,像量子力学、混沌理论等,但我觉得作为普通人,一生只要弄懂两到三个点就可以了:第一是自己如何能活得更好更有意义,活得更好由自己来定义,每个人的境界都是不一样的,各人过自己适合过的生活,只要不伤害他人,其他人就没有理由干涉;第二是如何让这个世界变得更好,你如何能够参与到这个世界中,力所能及推动世界的进步和发展。哲学如果只是一种理论,只有哲学家自己能够讨论,自己看得懂,那我觉得哲学是没有意义的。哲学就是指导人如何生活和世界如何进步及幸福的一种学问。最后，我用释明海师弟的一段话来结束今天的讲话："生命念念常新，是活泼泼的。这是一个毋庸论证的真实。在这里，一切理论、言谈、造作、追寻俱显多余与苍白。禅正是在这里拯救了我们，茶也正是在这里封上了我们的嘴，把我们带入静默的当下。这一杯茶，也是亘古常新的，它似乎就是人类几千年、几万年上下求索的最终答案。尤其在今天，当越来越多的人陷溺于五欲尘劳，在浮尘光影中迷失了自心的时候，赵州和尚的'吃茶去'让我们跳出来，与佛祖相见，与心性本来相见。"这段话非常好，能够把我们从迷失拉回本性，使我们在面对尘世的时候，同时又能够超凡脱俗。

科技解决不了教育的本质问题

其实我是民盟快 20 年的老盟员了。民盟对于教育的重视大家都是知道的,我在民盟教育委员会一直是委员,也是这两届的副主任。我其实也没有为民盟和中国的教育做太多的服务,不过新东方每年跟民盟联合搞的"烛光行动",还是为农村地区教师的教学水平提升起到了一定作用。连续 10 年培训了大约 3 万名农村老师了,或多或少起一点作用吧。

去年我们在 10 个比较偏远地区的县高中,给高三的学生进行了大概 6 个月的高考辅导,通过互动在线的方式,使这些学校的平均高考,本科的录取率增加了 20% 左右。这证明了一点,农村孩子一点都不笨,只不过农村孩子没有办法接触到优质教育资源。如果他们能够跟城市孩子同样享受优质教育资源,并且老师有耐心跟这些学生去沟通交流的话,学生的进步是非常大的。

有一次,我在四川大凉山地区,看到山里的孩子,在听成都七中实验班的课。我发现孩子们有一个问题,就是这些孩子根本就跟不上。因为成都七中是四川最好的中学之一,老师对学生讲课都是快速跳着讲的,学生的基础太好了,高考水平可能都是 600 分以上。但是山里的孩子大多是二百多分,所以信息化也要根据不同的对象,进行不同的设计。新东方进入这些高中的时候,我们做了一些事情，我要求老师对学生进行摸底考试，之后根据学生的学习水平来备课，并且还要把参加高考作为目标，起到了一定的作用。其中有一个学校，在2017年的时候，一本只考上一个，到了今年2018年，一本考上了63个，这是一个巨大的进步，再一次证明了，只要我们中国教育能够均衡发展，中国的农村教育问题，偏远地区教育问题是可以部分得到解决的。当然，我今天不是来讲均衡教育的，因为这个论坛主题是面向未来的教育，我根据这个题目来跟大家随便聊聊天。

今天（9月28日）非常奇怪，在我的朋友圈、微信群没有一个人提到是孔子的生日，但今天恰恰就是孔子的生日。当然怎么算出来的我不知道，你上百度查，今天也是孔子的生日。但是，我的一个朋友，国外大学的一个美国教授，今天早上给我发了上面这条信息：September 28th is the 2,569th birthday of Confucius. I hope you will celebrate appropriately. 这个教授是个美国人，我非常诚恳地回复他，说我都不知道今天是孔子的生日，谢谢你的提醒啊。下面是百度上的信息：孔子（公元前551年9月28日—公元前479年4月11日），子姓，孔氏，名丘，字仲尼，春秋末期鲁国陬邑（今山东曲阜）人，中国古代思想家、教育家……孔子的儒家思想，我们也可以把它叫作教育理念，加起来是15个字："仁、义、礼、智、信；温、良、恭、俭、让；忠、孝、廉、耻、勇"，这15个字应该能够概括90%的儒家教育理念。

中国在改革开放以后，也可以说是从新中国成立以后，是反传统的。我们希望把传统观念的糟粕扔掉，结果同时扔掉的还有传统观念中的精华。儒家的思想观念确实有一些传统的糟粕，比如说"君君臣臣"这些东西是不明辨是非的服从概念，对于现代社会也许是应该抛弃的。但是我们做事情比较绝对，常常会把洗澡的脏水给泼掉的时候，把孩子一起泼掉。新中国成立以后，打倒儒家，打倒孔家店的同时，我们把维系了中国社会，尤其社会基层老百姓几千年的真正道德水平的东西全部给倒掉了。"仁、义、礼、智、信、温、良、恭、俭、让、忠、孝、廉、耻、勇"这些东西在中国从此以后再也不讲了，并且得到了彻底的批评。如今的社会主义核心价值观，捡回来了一点点，比如"诚信""友善"。去过台湾的人都知道，觉得台湾的老百姓怎么比大陆的老百姓更有礼貌、更加谦让、更加懂事？比如在台湾你很难发现霸座男或者霸座女的事情，也不会发生一家三口在瑞典不按照规矩办事，死皮赖脸吵架、坐在地上打滚撒泼的事情。

为什么台湾人整体素质好像更高，但大陆这样的事情一件接一件出现？我觉得最典型的原因，先不讲社会制度，只讲中国传统文化的保留问题。中国传统文化中最精华的东西没有了，没有这些，维系中国老百姓基本的行为准则的网络没有了。除了硬性的法律，社会层面变成了一个没有道德依据和底线的状态，每个人都发现只要撒泼，只要强横就可能占到便宜，就占上风。所以，在我们讲未来的教育之前，其实应该先回到过去的教育，因为我们这个民族毕竟是从这个根起来的，如果把根丢掉了，我们讲未来教育是没有根的，变成了无源之水，无本之木。未来教育在某种意义上就是异常虚幻的。今天这个日子那么巧，我以为是民盟中央故意安排了这样的日子来开这个教育会议的，但是我看了一下前面的议程和讲话，都没提到孔子，所以今天我先提一下。

讲完了孔子，我们来看一下蔡元培先生，他可以说是现代教育的先驱，也是大家在教育领域最钦佩的一个人物。在民国时期三大教育人物，一个蔡元培，一个是梅贻琦，一个是南开大学的张伯苓，三个人号称"民国教育三杰"。他们实际上是把中国的教育从过去的传统封建教育，提升到了跟现代教育结合的真正先驱人物。后来梅贻琦、蒋梦麟和张伯苓联合起来办了西南联大，西南联大继承的也是蔡元培的教育理念。蔡元培在近百年前就已经说过了："教育不为过去，不为现在，而为将来"。

说了半天，蔡元培的教育思想到底是什么？我相信大家或多或少都读过。蔡元培当时提倡了一个教育叫"五育并举"，五育并举是"军国民教育、实利主义教育、公民道德教育、世界观教育、美感教育"。我们对前两个可能有点陌生了，第一个是针对当时中国国贫民弱的情况，老是被别的国家欺负，而且当时已经面对国外列强，包括日本的虎视眈眈。蔡元培认为中国要强大起来，要全民皆兵，让老百姓先强壮起来，所以军国民教育什么概念？就是全国人都应该接受和军事相关的教育，全民皆兵。

实利教育实际上就是科学教育，当时因为还没有科学教育这个明确的说法，当时叫赛先生。公民道德、世界观、美感不用我解释。但在这五个中，蔡元培当时最强调是什么？是以公民的道德教育为中心，再把智体美联合起来的和谐发展。当时提出德智体美和谐发展，在中国近代教育史上也是首创的，因为刚刚从科举制度中摆脱出来的中国，大多数人还没有想到应该提出这么先进的教育理念。蔡元培在另外一次讲话中又说，教育一是在引领，教育指导社会，而非随逐社会，也就是说我们不能追着社会，而是要想到这个社会未来需要什么，我们就要为社会培养未来需要的人才。二是在服务，在学校里面养成的人才，将来一定要进入社会做事的,是为社会服务的,不是为了升官发财的。

"兼容并包、思想自由"是蔡元培教育思想的核心,这使得北大成了新文化运动的堡垒,科学民主思想也得以传播。所以大家可以看到,在蔡元培那个时代,蔡元培是完全做到了教育往前看的,不要忘了他讲这些话的时候,中国刚刚摆脱清朝的统治没有太久。

由蔡元培的话题引发我们今天的话题,就是未来教育。我们要把"需要什么样的人才"这件事想清楚才行,如果不想清楚我们需要什么人才就开始培养,我们是可以用现代高科技、人工智能、互联网,来提高教育的效率、提高学生接受教育的内容和程度,但如果我们教的东西是错的呢?如果我们教出来的孩子们不健全呢?所以,我们在讲未来教育之前,要解决的首要问题就是中国未来需要什么样人才的问题。

教育部长陈宝生讲的下面这段话,在网上引起了热烈的讨论。他说:"2049年中国教育将稳稳地站立在世界中心,引领世界教育发展,到那个时候中国的标准将成为世界的标准。"如果真的2049年中国的教育要稳稳站立在世界的中心,那请问中国教育现在应该做什么?教育部有没有给出明确的解释?有没有一个到2049年的教育发展纲要,让我们能够明确看到2049年就是新中国成立100年的时候,中国的教育确实远远超过了美国、英国、欧洲和其他所有的教育发达国家,包括日本。喊口号是容易的,口号也很容易引起别人非议,这就是网上对这句话非议很多的原因之一。我们先不说2049年中国教育能不能稳稳站在世界中心,我们先问问自己,今天的中国教育,到底应该做什么?

再引入一下耶鲁大学校长的一句讲话,我跟他当面做过交流,这是他在耶鲁一次毕业典礼上的讲话,他说:"真正的教育是自由的精神,公民的责任,远大的志向,是批判性独立思考,时时刻刻的自我觉知,终身学习的基础,获得幸福的能力。"你要仔细去分辨的话,这句话包含了太多的内涵。自由精神、公民责任、远大志向、批判性独立思考、自我觉知、终身学习、获得幸福。从知识结构到人格基础,没有一个是不包括的。他认为耶鲁大学就应该培养学生的这些能力,当然这些能力耶鲁大学是通过什么课程来培养的,我们不知道,但是我们至少知道美国大部分的大学,尤其是著名大学,对人文学科、社会学科、科学学科的基本思维的重视,对大学生的人格和思维养成教育,是非常明显的。我的女儿在国外读的大学,第一、第二年基本上就没学什么专业课,学的或多或少是和建立个人独立思考能力和个人更加宏大的学识体系相关的课程。

中国人讲历史的时候,只讲一个历史的事实、年代,发生了什么,让学生记住,并且考试的时候把教科书上的东西,照本宣科填下来,教科书上说太平天国好,你根本就不能填坏,如果说太平天国是完美的,你不敢去分析太平天国到底哪些地方不完美。为什么?因为我们不需要思考的教育,我们只需要记忆,但如果这样,独立性的批判思维,公民的责任,自我觉知能力怎么培养出来呢?所以中国教育出来的人,大多数人遇到问题不过脑子,人云亦云,这种情况非常普遍。

下一句话这个校长说得更狠,他说如果一个学生从耶鲁大学毕业时,仅仅拥有某一种专业的知识和技能,这是耶鲁教育最大的失败。一个大学不是教专业知识和技能的吗?我们进大学不就是去学物理、数学、电子工程、土木工程等,不都是为了找份工作吗？是的，他这句话的意思并不是说不要专业知识和技能，而是不能仅仅拥有专业技能。

　　反观我们中国的大学，从大学一年级开始很多专业课就进去了，而且不少大学，尤其是二三本大学，只上专业课，为什么？因为通识课既不是重点，又不直接有用，还增加教学费用，到最后我们学生是学了一点专业，学了一点技能，但却不是有着完整学识的人，非常单薄，甚至找工作都很难找到。其实企业都非常希望找到综合素质很好的人，希望这个人除了有专业知识，是有完整学识的。如果有人到新东方来应聘，我面试的话，我问他的问题一定不是他的专业问题，一定是更加广博的，他对于社会、经济、政治、世界的看法，如果他讲不出来，这个人专业知识再好我也不一定要，因为他太单薄了，薄得像纸一样，你知道他不可能有大的发展潜力。耶鲁大学校长说的这些东西，跟未来有关系吗？有关系，但更重要的不是未来，问题就在现在，但影响到了未来。

　　再来看一下，马丁·路德·金所说的一句话，他说："一个国家的繁荣不取决于它的国库及饮食，不取决于它的城堡之坚固，也不取决于它的公共设施之华丽，而在于它的公民的文明素养，在于人们所受的教育，人们的远见卓识和品格的高尚，这才是真正的力量所在。"我们先不说中国把钱花到什么地方去了，只是请问为什么中国在教育上总是缺钱呢？难道因为我们在教育领域钱真的投太多了？我们太浪费了吗？其实不是，是因为我们应该投到教育中的钱，还没有投到教育中。回头再看看以色列这样以教育领先、科技领先的国家，几乎把GDP的10%左右扔到教育中，我们统计全国教育花费已经超过GDP的4%，但实际上从国家财政收入转移支付到教育上的花费来说，还是不够的。4%是各个地方政府往上报，把数字加起来说超过了4%，其实有没有4%还不一定。中国地方政府，有虚报数据的传统。中国的国库殷实不殷实？应该算殷实了吧？到处花钱，包括援助其他国家。城堡坚固不坚固？每一栋政府大楼都比另外一栋更加漂亮，更加壮观。公共设施也足够华丽，但是公民的文明素养呢？刚才我们已经提到了。霸座男、霸座女、各种碰瓷的人、敲诈的人，越来越多。表面上我们上大学的人越来越多，但实际上大学生的素质并未变好。老百姓普遍的远见卓识和品德高尚，在中国离得很远。中国有没有远见卓识的人和品德很高的人？有，但是这些人基本上是靠自觉生成的，不是靠广泛的教育。任何一个时代，即使在最坏的时候，也都会有一些品德高尚的人独立于世。即使是希特勒时代，也依然有一些德国人从来没有参与过纳粹对于犹太人屠杀的，但是这毕竟是少数。连著名的哲学家海德格尔在二战的时候都投向了希特勒，这是号称全世界最有智慧的人物之一，也失去了远见卓识和高尚品德。

　　我们再看看联合国的报告，联合国发表了三份教育报告，我就不一一读了。1972年发表的第一个报告叫《学会生存——教育世界的今天和明天》，这个报告当时抓的重点是对的，是说科学技术的发展带来了科技变革，社会进入了学习化社会，教育应该变成终身教育。1996年联合国又发表了第二个报告，《教育——财富蕴藏其中》，当时这个报告非常乐观，觉得进入21世纪以后整个世界上所有问题都能得到解决，和平稳定，贫困问题，宗教问题，艾滋病问题。但是这份报告对于未来的预测完全错误了，因为进入21世纪以后，整个世界很多问题变得越来越突出，包括贫富悬殊，疾病问题，宗教矛盾，还有战争，从"9·11"开始，刚进21世纪就开始了。到了2015年，联合国又发了第三个报告，《反思教育：向"全球共同利益"的理念转变》，报告主张大家要从注重个人利益向关注共同利益转变，教育要为人类持续发展承担责任，要尊重人，尊重人格，尊重人类，尊重和平，共同发展。当然，这份报告的主题永远不会错，因为整个人类的发展确实都要靠这些东西，不光是整个人类，一个国家的发展也是靠这些东西，如果一个国家的教育不能以人道主义为基础，不能教出尊重人、尊重人格、尊重人类、尊重和平的人来，这个民族就是没有希望的。

著名的教育专家顾明远，他认为教育应由科学主义向人文主义转变，未来的教育不管如何随时代变革，有一点是不变的，既"立德树人"。培养高尚的人格，尊重人，尊重世界和平，也要培养学生的批判性思维，在这些方面其实都是大家的共识。

不管是教育专家，还是普通教育工作者，都意识到，中国的教育最缺乏的就是作为人的教育。我们的学科教育很好，各种考试中国总是排在前十位，上海还曾经排到过第一位，但在合作性等方面，我们排在了倒数第五位。这就是中国的现状，鼓励每一个个人成功，鼓励每个个人英雄主义，鼓励每个个人尽可能占据有利地位，以攫取更多资源，但是却不鼓励这个人去帮助别人，以及帮助社会进步。

世界的问题来自于政界、宗教、民族之间的不同，政治态度不一样，政治体制不一样，宗教之间的看法不一样，民族之间习俗历史不一样。解决的方法其实只有一个，就是在价值共识的基础上，这个世界一定会有某种价值共识的，求同存异，对于你不同意的东西，采取宽容和谅解的态度。如果你加入了某种价值共识,但不遵循价值共识,那一定会出现重大问题。

虽然我认为美国和中国的贸易战是不可避免的。因为美国这个国家很霸道,从来不会允许任何其他一个政治体或经济体有超越它的倾向,一旦出现他们会想尽一切办法来进行制约。所以这次贸易战,中国是被动应战,错并不一定在我们这一方。但至少他们找的理由是中国加入WTO后,这么多年,很多应该遵循的WTO的契约没有遵守,给他们落下来口实。这个理由是什么?价值共识上你没有去做,你签下字你同意了但是你没去做,所以要解决的话,一定是在价值共识上的宽容和容忍。大家都知道60%的战争都是由宗教引起的,宗教之所以引起巨大的战争,是因为宗教之间的不宽容,本来宗教是为了安慰人的生命和人的心灵的,但有的时候却起到了相反的作用,因为利益、因为不宽容、不容忍、不共存、不利益共享。我觉得中国的教育如果要做好,只能从核心价值观入手来做。为什么?因为这是国家从上到下已经达成的共识价值体系。社会主义核心价值观中的"富强、民主、文明、和谐、自由、平等、公正、法制、爱国、敬业、诚信、友善",有些地方已经把古代的传统美德给捡起来了,比如说诚信、友善,这些东西都是传统美德中的东西。但到今天为止,我们的核心价值观还没有下过精确的定义,比如说"富强"到底是什么?"民主"到底是什么?这是要有体系的。体系就意味要定义,没有精确的定义就不知道往什么方向走,还有可能被别有用心的人所利用。核心价值观是要把这些内容变成一个人的行为准则,最后内化成自己内心的理念,以至于在完全不自觉的情况下,一个人还能够照着这些规范去做,这就叫核心价值观。这也就构成了我们对于孩子们从幼儿园开始的教育方向,就像美国小学就要给孩子们上美国政治体制课一样,让他们明白这个国家到底要往什么方向走。我们社会主义核心价值观所构成的中国社会主义应该往什么方向走,确实应该让孩子们从小就开始理解。核心价值观不是一句口号,核心价值观必须以国家的体制、制度、行动和教育来支持和支撑。

现在全国人民都会背核心价值观,中小学生背得更溜,我曾经到一个城市,这个城市的每一条街,每一个商店门口几乎都贴着社会主义核心价值观。后来我到那个城市的中学去演讲,请同学们站起来给我说一说,"富强"到底是什么?"民主"到底是什么?学生基本上说不出来。

价值观是要有行为规范的,比如说新东方也有企业价值观,我要求每一条价值观至少要有三到五个考核指标,也就是说行为上违反了这些指标,就要受罚,奖金就会被扣掉,而不是说你会背企业的价值观就合格了,所以社会主义核心价值观怎么样和教育结合起来?我认为这是一个非常重要的事情。

我们再问自己一个问题,我们刚才上面讲到的这些教育观点和理念,从孔子到蔡元培,到耶鲁大学校长,到马丁·路德·金,到社会主义核心价值观,请问这些观点和理念会因为互联网、人工智能和未来科技的发展而改变吗?我想大家的答案是不会,因为这是人之所以为人的本质,社会之所以为社会的本质,以及社会之所以能够稳定发展,人类之所以能够和谐共处的本质。这些本质要是变了,社会也就乱套了,或者不存在了。

讲面向未来教育的时候,我们要搞清楚未来我们要培养什么样的人。我们讲了一大堆走向未来的教育手段和技术,或者说学习的手段和工具。教育的普及来自于技术的进步,这个没有问题。

古代的时候光有口语没有文字的时候只能靠说唱,今天我们读到的荷马史诗《伊利亚特》到《奥德赛》都是靠说唱传下来的。我们中国古代没有一部传下来的说唱文献是吧?我们真正传下来的,真正的文本文献已经是有文字了,可以在竹简上写字,在竹简之前是甲骨文。从文字发明到印刷技术,从收音机到电视和互联网,从移动互联到人工智能到未来科技,每一步教育都得到了进一步的普及,进一步消除了人类的愚昧,进一步使世界进步。

从大面上来说,我们可以看到由于技术的发展,世界是在不断进步的,人类的整体水平和智慧程度是提高的,不再那么愚昧了。但我们依然发现世界上有一些地区,这些东西都有,却依然那么的愚昧,依然有各种冲突,依然那么顽固不化。难道说这些东西本身没起到作用吗?它起到了作用,但有的地方恰恰起到了反作用,因为技术手段更加发达了,统治者也会利用这些东西来进一步愚民。所以一定要有正确的理念引导,技术才能真正推动教育的进步。

科技手段不等于教育本身。大家看看媒体报道,报道的全是科技手段:"某校量身打造,为每个学生配上了电子身份牌,学生跨入校园的那一刻将被自动识别,学生进入阅览室、操场、科学室,电子身份牌也将会记录下他们的经历,家长们通过终端登陆就能实时了解孩子在校生活轨迹。"这样做可能是帮助学生更好的学习,或者对学生实行更好的管理,但从另外一个角度来说,你是在帮助学生还是在监控学生?也就是说它是两可的,就看你怎么想了。如果技术工具让老师和家长更加方便监控学生,进一步限制孩子们的自由,甚至操控孩子们的快乐空间,这样就会产生更多的问题。还有的学校,在高中生的教室里装上了对学生一举一动进行全面监控的摄像头，包括孩子们递纸条等这样的行为都直接被记录在案，连一点点调皮的空间都没有。这就是不把科技用在正道上，学校想的是用这些技术来更好地控制学生，而不是说怎样让学生更好地利用现代设备发挥他们的创造力和想象力，让他们更加放飞自己的成长。再看下面一段："今年某地方政府以'互联网＋教育'为抓手，投入6000万元专项基金，全面推广智慧学习建设，到2020年所有学校实现校园内无线网络全覆盖，同时推进云计算、大数据、物联网等技术，在智慧校园创新运用电子身份证认证系统，构建课堂教学，教师教研，学生学习管理评价，家校互动，学校安全管理等一体化智能校园环境，推动教育现代化。"这都没问题，这个方向是对的，但是你推动了用来干吗？这件事情要想清楚。就怕的是好心做坏事，关注了技术，却忘了教育的本质。

科技手段不等于教育本身，我们一定要把教育本身的目的想清楚再来讲科技。"科技＋教育"我们需要更周到的思考，科技为教育手段赋能，有很多好处，新东方做科技和教育结合的实验相当多，一年投入接近10个亿在做这方面的工作，人工智能中的语音识别、图像识别、人脸识别都在做和教育结合的试验，确实都很好，提高学习的丰富性和生动性，提升老师教学的能动性和互动性，提升学生学习的兴趣和效率。这些都很好，场景从单纯的教室和老师变成了随时随地通过智能和学生连接。

举个简单的例子，当初我在北大学英语的时候，尤其是语音语调的纠正，那叫一个难学，宿舍里也没有录音机，语音语调纠正全靠老师当面纠正。像我这样农村来的孩子，连普通话都说不好，老师纠正多少遍我也说不对，老师就会不耐烦，你自己也会超级难堪。但现在通过智能化英语教学系统，你模仿一万遍机器也不会说你真笨，况且你模仿好了，机器还会给你打出一个鼓励的分数来，让你感觉到自己不断进步。

从整个世界范围来说，现在你在网上，只要进入几个公开课或者学习系统，全世界最著名的教授的课程你全能搞到，而且大多是免费的。你想要上哈佛的课程你不用去哈佛，上耶鲁的课你不用去耶鲁，所有课程在网上都可以找到，甚至不懂英语都没关系，比如说网易公开课上的几乎所有课程，下面都有中文翻译。北大教授薛兆丰原来在北大上课，只能对经济学系的几百个学生上课，一年的工资也就几十万元，后来在"得到"上开了一个北大经济学课程，注册学生30万，每个人199块钱，总共收入接近6000万元。老师的主观能动性和教学的热情从来没有这么高过。实现知识无边界，获取知识的成本从来没有这么低过，很多课是免费的，知识传播手段也从来没有这么丰富过，音频、视频、文字、手机、平板电脑、电视、家庭音响都可以。我儿子在家里学习，把自己的学习系统接到电视上去，面对大屏幕学习，比坐在教室里的感觉都要好。因为高科技，教育资源均衡普及，有望走进现实。刚才我们已经听到任主任举的例子，农村孩子有望享受到均衡教育，这些都是好处。所以我从来不反对科技，就像不能反对印刷、不能反对电视是一样的。

但科技也会给教育"负能"，"负能量"的"负"。比如学生学习更加不动脑子了，答案太容易找了。现在很多学生做题目，咔磕扫个二维码，或者说网上搜一下，答案就出来了，抄完答案家庭作业就做完了，自己完全没懂，这种情况比比皆是。学生思考的过程被取消了，或者被缩短了。我们发现，一方面有一部分学生依然非常牛逼，但很多学生好像学习的反应反而越来越迟钝了。

他在解题的过程中不用去冥思苦想、深思熟虑，他一有不会，就去找帮手。大家稍微想想，如果你一遇到困难就找帮手，你这辈子能力能提高吗？不能提高。工具的丰富性严重干扰了学习的专注力。一个人的能力提升，专注力是极其重要的。很多学生表面上把题目做完了，但实际上没有经过深度思考，脑子里的逻辑思路是没有打通的，思维方式是没有培养出来的。

再说说科技和隐私的关系。你把摄像头装到教室里，这到底是监控学生、老师，还是在帮助学生、老师？这件事情就值得商榷了。凭什么一个男学生给一个女学生递个纸条，老师3分钟以后就把男学生叫到办公室去臭骂一顿。凭什么？学生这样朦胧的爱情难道不是很美好的青春回忆吗？你有什么资格去干扰和打断呢？这样做是违反人性的。但很多老师都是粗暴地管理，没有能力让学生放飞自己的情感但又能防止学生的情感脱缰狂奔。如果我们做的事情，对于学生身心有伤害，我们就需要考虑这种行为的正当性。

另外，高科技不等于硬件的投入。我到很多农村的边远地区去，发现国家花了那么多钱，安装的信息化设备都被蜘蛛网覆盖了。有的老师根本就不会用，会用的也不知道教育资源到哪去弄，弄出来的教育资源跟当地的老师水平和学生水平完全不匹配，每一个教室可是花了几万到十几万块钱的设备啊，过了3年，硬件都是3年过期，再重新换一批，国家的报告中说得非常好，我们在信息化教育发展中投入了几千亿。几千亿，但实际的用处呢？如果把这些钱给农村老师多发点工资呢？是不是效果会更好？

我在两会上，连续两年提出了给农村老师多发薪酬，高出城市老师20%～30%。只要在农村地区教书的老师，别管他身份是城里的还是农村的，就必须比当地城市老师工资高出30%，这样才能形成优质老师资源的回流，回流到农村去。我们小时候农村教育水平反而很好，因为很多"右派"被分配到农村工作，我的语文老师、英语老师虽然是两个"右派"，可我的英语水平和语文水平是所有学科中最好的，老师的水平决定一切啊。

现在农村老师工资拿得又低，又没有希望，连培训的机会都很少，你说他怎么可能教得好呢？光给他一套现代化设备，他怎么用？他工资那么低，他连上课的心情都没有。在学校高科技硬件上我们花了很多钱，但老师工资却不见增加多少，投入和产出，到底应该投在什么地方呢？很多人做事情喜欢一哄而上，喜欢表面工程，喜欢政绩，而一件事情的实际效果如何却不是考虑的重点。

对于我们来说，解决当前的教育问题就是面向未来的。我们不要只去想未来的教育，不要一想到未来的教育就是高科技。谁还不会玩高科技啊？但是教育要培养什么人的问题没有解决，一切以应试为核心的选拔体系没有解决。从幼儿园升小学就开始选拔，明的不让暗的来，中考、高考明目张胆，到最后都是以单向维度选拔学生。这样的面面俱到的应试考试，残害了学生的兴趣，消灭了学生的特长和兴趣，一定需要变革才行。

中国学生等到考上大学的时候，就变成一块鹅卵石了。很多学生每门课都考到接近满分，智商都那么高，却没有对一门课感兴趣的。北大、清华的学生进来以后，40%的新生表达了人生迷茫。北大心理咨询中心的负责人跟我说，要请残疾人艺术团到北大演出。为什么？通过残疾人的那种乐观演出，给正常的北大生励志。连北大的学生都需要这么去励志，怎么弄啊？我们当初进了大学好像没有这么迷茫的，都是天真单纯地努力学习，快乐生活。但现在大学生对于学习的兴趣，反而减少了。高考每门课都是高分，但就是对于学习不感兴趣。

中国高中生的数学水平平均比美国学生要高出一倍以上，但是全世界前100位数学家我们几乎没有，美国就有80个。这就是现状，可以说是中国教育的失败。全中国，每年900万到1000万高考生，每个人数学考那么高干什么呢？人的生命是有限的，你必须让孩子们把生命用在最感兴趣的事情上面。从更大范围来说，允许学生思考、质疑、批判、挑战的教育方法没有形成，标准答案教育，老师说一不二的教育，任何质疑和思辨都被当作异端邪说的教育，是中国教育的普遍现象。未来要跟世界竞争，如果学生没有学会质疑和辨析能力，没有是非判断能力，怎么可能呢？我们现在不是在国内竞争，从1840年开始就在跟世界竞争，这一竞争就是真正有创造力的人才培养的竞争。

某些以未来教育为主题的论坛，老师们讲得很好。比如贺永老师讲了如何提升儿童青少年智力发展水平，要研发准确客观评价儿童青少年脑认知发育水平的方法；郭秀艳教授论述和展示了对人类认知规律的研究，如何给未来教育实践带来有益启示；马少平教授通过实例介绍了人工智能的主要技术和解决问题的思路。王殿军校长指出，学生要为未知而学，教师要为未来而教，为未知而学，其核心是培养探索未知、创造未知的能力与素养。为未来而教，就是切实引导学生的多元化、个性化，选择性地发展，追求各美其美，美美与共的教育境界。都讲得特别特别好，但是讲得不够，我们所有的教育专家都不愿意去触及这样的技术性背后真正的问题到底在什么地方。以下万伟老师的观点，也是网上搜到的，说到了教育的五个方面，我也挺认可。

第一个方面是工具与技能，学校教育必须给孩子基本的知识与技能，让他们掌握一定的工具，毕业后能够有基本维持生存的能力。第二个方面兴趣与特长，学校教育另一大主要功能就是要保持孩子的兴趣，真正持有的动力，一定源自于内心的兴趣，最佳的生活状态就是兴趣与职业的统一。第三个方面是文化与传承，教育的另一大功能是文化的传承，学校教育为民族的未来，培养人才，承担民族复兴重任的年轻人，必须深谙民族精神的精髓，传统文化也成为一个重要课题。第四个方面事业与境界，强调传统文化并不是主张封闭，文化的生命力在于创新与融合，年轻人需要有宽广的事业，需要了解外面的世界，知道世界上其他民族的文化，明白其他国家同类人的思维方式。第五个方面挑战与勇气，国外的教育十分重视体育，体育对人的体能的挑战，培养的是团队精神以及克服自身能力极限的勇气和意志。

这五个方面说得非常好，我们可以看出来，中国的教育人士都在反复探讨中国的教育到底应该往哪个方向走，但是探讨了这么久我们就是没有往真正的方向走，这是中国教育最大的问题。

中国教育要回归常识。中国的很多问题不管是政治、经济、文化、教育，甚至是体育都在于常识的缺乏上。比如说中国的体育，中国的体育就是为了得奥运冠军，似乎没有别的指标，如果不想得奥运冠军，就不要搞体育了。中国的体校，学生就单一在体育上下功夫，文化课一塌糊涂。前段时间，体育总局的某位领导找我，说你能不能帮帮忙，我现在两千多所全国的体校，文化课实在太差了，因为文化课差，家长都不愿意把孩子送到体校来了，你能不能帮我把文化课的水平提升一下。美国很多奥运冠军都是名牌大学的学生，而且很多人还在科技领域进行过巨大的创新，我们的人才培养却很单一，奥运冠军就是专业体育人员。

除了体育，其他领域也差不多。不回归常识，功利主义和实用主义主导了一切的发展。北大教授钱理群说北大正在培养"精致的利己主义者"。我自己和北大学生打交道，也感觉到北大的学生忧国忧民的情怀变少了，为国奉献的意愿变少了，但怎样利用自己在北大的身份和地位来为自己获取利益的能力增加了，功利主义和实用主义主导了一切，不管是经济还是文化还是教育，权力和金钱插手每一个领域，腐蚀了太多的灵魂。

这种权力和金钱插手已经腐蚀到了小学生身上，甚至幼儿园孩子的身上。连幼儿园的孩子都知道，一到逢年过节就得给老师送礼，而且倒过来向父母要，说别的孩子送了，我不能不送。你看中国的现状，不给红包不开刀，不给老师红包老师上课的时候不关注你。当然不是每个医生、老师都这样。一个缺乏理性和常识的民族是没有未来的。怎样回归常识，路径在哪里？你搞不清我也搞不清，常识回归需要制度和法律的保障，这个保障到底在什么地方？

再举个简单例子，政府天天在讲要支持民营企业发展，但实际上民营企业所获得的市场份额和地盘却越来越少，因为国有企业占据了太多的资源，国有企业可以跟权力轻而易举结合，跟资本轻而易举结合，可以随时跟银行贷到大笔的资金来收购民营企业。对民营企业的发展没有制度和法规保障，只有口号来进行保障，而口号通常是起不到实际作用的。

有一次易中天讲一个教育观点，他说："我的口号就是今天的主题'望子成人'。什么人？真正的人，有标准吗？有，8个字，真实、善良、健康、快乐。"他说得非常好，但我觉得易中天说对了一半，如果一个国家不把人格平等，思想自由，精神独立作为教育的前提，也会教育出真实、善良、健康、快乐的奴才。

美国南北战争的时候，美国南方是奴隶制，北方要解放黑奴进行战争。但是在南方后勤部队里有很多黑人，帮着南方军队运粮和做保障工作，其中不少人是出于自愿，理由是我们不需要北方人解放，我们在主人的照看下活得很好。美国南方的这些黑人，就做了非常真实、善良、健康、快乐的奴才。

根据易中天的教育观念，我做了对于教育观念的思考。我认为教育应该：以良知、理性、仁爱为经，以知识、科技、创新为纬，造就新一代人格平等、思想自由、精神独立的公民。我认为未来世界需要的人，一定是品行到位、感情丰富、精神独立、个性自主、事业创新、全球格局的民族精英。我不认为高科技的应用会对中国教育的本质带来多大的影响，我也不认为现在的高考改革对中国教育会带来多大的促进。因为本质问题没有解决，就一切都得不到解决。现在迈出的每一步都在通向未来，如果出发的方向错了，我们将和未来擦肩而过。所以，我们不要急于出发，要先想清楚脚步的方向。一个民族的未来依赖于教育的方向，也就是说，教育的方向决定了民族的方向。

我拍过一张天门山盘山公路的照片，这条路真的是九曲十八弯，但它的方向是没有错的，就是要到达山顶。我们教育的道路，也是不平坦的，是九曲十八弯的，所以犯错不怕、探索不怕，但大方向一定要把握住，千万不要把自己给绕晕了。

目的地在哪里？我们不能忘记。

培养孩子的五种美

0到6岁这个阶段的教育,是孩子一生特别重要的阶段。在这个阶段,最重要就是以幼儿园为核心。尽管我们未来对这个年龄段的教育还有比较宏大的布局,包括0到3岁我们怎么做,0到6岁的家庭教育我们该怎么做,我们未来在幼儿园这个载体上,能否为中国0到6岁的孩子开发出大量真正能够帮助孩子成长的、健康的、有趣的、让人爱不释手的产品来,从动画到图书,从影视到人工智能这样的产品。

在这个板块我们可以做太多的事情。中国的家长最愿意投入资源的,不管是金钱上还是时间精力上,就是帮助自己孩子定型和成长的阶段,也就是0到6岁这个阶段。心理学、行为学的实验,也深刻证明了中国古代的一句老话"三岁看小七岁看老"。其实一个孩子在7岁前,当然我们现在可能说是在10岁前,所有的思维习惯、行为习惯、个人爱好,包括个人的性格情绪特征等,都已经很大部分被定型了。

如果一个孩子没有养成良好的习惯,他这一辈子将会受到从0岁到10岁形成的坏习惯影响。他在小时候养成的好习惯,可以自觉无意识地一直延续下来,养成的坏习惯,也一模一样会自觉无意识地在身上不断重现,甚至不管你怎么反复去纠正,关键时刻依然会体现出来。

所以，0到6岁的教育是多么重要的一个阶段，他们比小学教育、中学教育、大学教育都要更加重要。回想我自己，我觉得我身上的一些优秀品德，基本上也是在小时候养成的。新东方的成功靠的是什么？靠的是我在北大学到的知识吗？靠的是我学到的英语能力吗？靠的是我在北大结识的一帮优秀朋友吗？是的。都是。但是，新东方之所以成功，最重要的还是靠我从小到大养成的个性特征、行为特征、与人打交道的特征。这些东西占到了新东方成功百分之六七十的比例。我常常开玩笑说，如果我没有考上北大，还在农村的话，我现在应该也是江南地区比较有名的一个农民企业家。一个人身上的成功特征一定会展示出来的，会用在某个地方，不用在这儿就用到那儿。有了新东方我用在了新东方，没有新东方我一定会用到别的地方去，进了北大我用在了知识体系上面，如果没进北大我可能会用在乡镇企业上面。

我用这个例子只是想说，一个人的成长，儿童时期特别重要。这就意味着我们在座的每个人，承担了十分重要的责任。你们面对的孩子，不是这个孩子今天的吃喝拉撒，孩子到底听不听话，而是一个孩子代表了一个未来，一个孩子的未来，因为你的出现可能从此与众不同，你对孩子的呵护、爱护、正确的培养方向，都会使这个孩子未来可能取得不同的成就。如果你对孩子训斥、冷漠、不公平，可能会在孩子心理上留下终生的阴影。

我常说中国的教育是倒置的。中国最优秀的老师、最优秀的人才，其实应该进入到中国的幼儿园系统，而不是进入到小学、中学和大学，中国工资拿得最高的一帮人应该在幼儿园系统。未来在新东方，我希望能够让新东方的幼儿园系统给出有竞争力的待遇，吸引最优秀的人才。

幼儿教育到底要做哪些事情，其实一句话就能概括，叫作"爱是一切的核心"。就是说面对孩子，我们必须像父母甚至比父母更加到位地去爱这些孩子。

扬州新东方学校有一个口号，叫"爱每一个孩子"。这个口号很好，爱是没有问题的，但如何爱才是重点。我特别喜欢孩子，在路上看到那些小孩，我一定会蹲下来跟他们说说话，如果父母允许，我会摸摸小孩子的头，我觉得太可爱了。那种感觉，就是一个孩子真像一朵刚刚开放的、沾上了露珠的鲜花的那种感觉。对于绝大多数父母而言，对孩子的爱是根本挡不住的感觉。爱是对的，但是爱最重要还是要知道到底如何去爱。中国的家长有一个毛病，爱和溺爱是不分的，是没有边界的。有一半以上的家长，竭尽了自己的全部能力去爱孩子，结果却把孩子给毁掉了，因为他们不知道如何去爱孩子。今天我想跟大家讲讲爱的五个方面。

第一个方面，我觉得大家首先要培养孩子对于世界的热爱，也就是培养出孩子对于世界的审美能力。前两天有个徐霞客文化旅游大会，邀请我去讲话。我提到了一个人一生成长最重要的几个方面。我说中国的语文课本应该多收入唐诗宋词，以及挑选出最优美的散文，比如说像《岳阳楼记》《滕王阁序》等。因为孩子可以从这些文字中读出整个世界的美，读出大自然的美，读出人性的美，读出情感的美。

我一直相信如果一个人能够得到唐诗宋词以及中国古代最优美的散文的浸润和滋养，他的生命就一定会变得特别丰厚，精神也会自足和丰富，遇到挫折和艰难，心里有一片美好和退身之所等待着他。如果我们培养一个孩子，长大以后他遇到任何现实生活中的艰难困苦,寻求退身之所的时候,精神是健全的,对世界的美好是留在心间的,他的生命就不会是脆弱的。当然,唐诗宋词并不是用来背的,如果不做到位的讲解,就让学生死记硬背,学生会把唐诗宋词恨得半死。

唐诗宋词只是一个象征,我们不一定非要让孩子学唐诗宋词,但是这种对于世界之美的教育一定要有。要让孩子从小心目中坚定一个信念,我来到这个世界上,有很多美好的东西在等着我,不管是情感之美还是现实之美,不管是名山大川之美,还是鲜花四季之美,对于这种东西的感知特别重要。

所以,爱的第一种表现就是让人有审美能力,有爱美的能力。你不要说这个事情并不难,每个人生下来就有爱美的能力。是的,男的长得英俊,女的长得漂亮,一眼能够看出来,是动物性爱美的一方面,但是非动物性的真正审美能力,以及在审美中修炼完善自己的能力,大部分人其实是没有的。很多人一点常识都没有,行尸走肉般的人多的是,你能说他们有真正地对世界之美的欣赏能力吗?所以,新东方幼儿系统,应该对如何从小培养孩子的审美能力进行研究,如果能够开发出完整的课程体系,变成产品,往全中国分发,那就真的是为中国教育作出了贡献。

第二个方面,我觉得要培养孩子的人性之美。什么叫人性之美?中国虽然开放了二胎,但大部分家庭还是只有一个孩子。独生子女最大的问题是什么呢?在被父母和爷爷奶奶宠爱的过程中,把人性之美给泯灭了。因为人性之美最害怕的就是自私,一个人一旦自私了,对我有好处我才干,对我没好处我不干,其实就已经违反了人性之美。人性之美是什么呢?是人与人之间平等的、坦诚的、通畅的、互相帮助的相处和交往方式。这种交往方式在古代家庭中，是通过兄弟姐妹的关系可以达成的。兄弟姐妹之间打架了你不用去劝和，因为一天到晚在一个家里吃饭，你不能不和好。如果出现一个人把所有东西都占了，那兄弟姐妹之间的关系就没法儿弄了。父母必须保证孩子之间相处的时候，分享东西的时候是平等的，关系是美好和宽容的。兄弟姐妹必须学会团结，学会合作，团结合作就是人性之美。现在这种行为在很多家庭不太容易做到，因为就一个孩子，不知不觉就会满足孩子的一切需求，养成了孩子一切以自我为中心的自私意识。

幼儿园一大堆孩子在一起，尽管不是一个家庭的，但来到了幼儿园就是一个临时的大家庭。在幼儿园里，孩子之间怎样达到人性之美，互相帮助、互相爱护、互相分享、互相宽容，互相争执后继续成为好朋友，这种人性之美的教育，是特别重要的。总而言之，要让孩子们学会用美好的方法，与人打交道。一个不会与人打交道的人进入社会后，一定是处处受挫的，而受挫最后的结果是他可能对人世产生怀疑、仇恨，会出现极端倾向。

所以这是第二个我们要培养孩子的重点。现在有些家长不太明白培养孩子的要点，孩子在幼儿园受点委屈，或者运动受点伤，就来拼命吵架，鼓励孩子横行霸道。家长爱孩子心切我们能够理解，但很多家长确实不懂教育之道在什么地方。但是我们作为幼儿园的老师，比家长还重要，所以必须懂。今天早上我还看到一幅漫画，说我真的是不想去上课，大家以为这是学生在说，结果第二句话是：不要忘了你是个老师啊。学生是真的可以不去上课的，但作为老师是不能不去上课的，因为你对学生的未来负有责任。

第三方面，是要培养孩子的价值之美。什么叫价值之美，就是每一个人成长都是有价值观的，一个孩子长大的过程，我们认为哪些品质对他来说最重要。从人性之美往下传递，比如积极乐观开朗的个性就是一个价值体系。

一个有着审美能力、人性之美的人，原则上都应该是积极乐观开朗的。一个人面对挫折用什么态度来对待，是不是锻炼了坚毅、坚韧不拔的个性，也需要有课程体系和行为体系的设计。日本的幼儿园让孩子洗凉水澡，自己背着书包去上学，在幼儿园经历各种体育锻炼的摔打，其实就是在培养一种个性和价值体系。这个价值体系加起来就变成了一个民族的精神。我们看到日本人身上有种不屈不挠的精神，身上有所谓古代传下来的武士道精神，其实这种精神在他们的中小学教学体系中还在持续。中国未来的孩子，应该培养出什么样的价值体系来，是值得我们深思的问题。

内心的价值体系，长大以后，就会变成一个人的自然反应。比如有的人不会随便占小便宜，但有的人看到便宜就会去占，是从小价值训练的结果。价值体系不断被重复，就形成了一种甚至是无意识的思维习惯，重复成习惯，习惯成自然、自然成个性，个性成命运。

我们的行为是被什么决定的？其实是被两种东西决定的。第一是生物学上的意义决定的，我们看到一个东西的天然反应，在你思考之前，你的身体就已经做出了反应。所以第一反应一般都是生理反应。比如你看到悬崖峭壁一定会退避三舍。我们的另外一种反应，是后天通过教育产生的反应，比如喝啤酒，我第一次喝的时候觉得很难喝，后来喝习惯了，觉得也挺好喝。现在过一段时间，就主动找啤酒喝。这种反应就是被后天培养出来的。再比如日本人的垃圾分类，形成了每一个人的习惯，现在如果不让日本人进行垃圾分类，他们从内心就会特别难受。但垃圾分类一定不是天生的，是后天培养出来的。

这样的价值体系培养，内化成一个人的内在控制系统，他外在的任何一个行为，都是被这套价值体系所影响的。这是特别重要的一件事情，但前提条件是我们知道什么是正确的价值体系，这套体系对于孩子一生的幸福、成功是至关重要的。这是第三个在孩子培养过程中间特别重要的要素。

第四个是人的行为体系，就是由价值体系转化成为的行为体系，我把它叫作"行为之美"。如果需要为行为之美找一句话，就是"越自律越自由"。为什么越自律越自由？因为这个世界不是你一个人的世界，是所有人的世界。所有人的世界就意味着，如果你不自律，处处都去冒犯别人，侵犯别人的利益或者行为上失控，那么你一定会被别人惩罚，被社会规范惩罚。中国整体上是一个自律能力比较差的民族。自律不是绝对服从，盲目服从，是在平等的基础上和自觉的基础上大家共同遵守约定的规矩。中国古代的时候，知识分子的自律，主要靠儒家那套系统的约束。后来我们把儒家那套系统打破了，仁义礼智信的自律行为就没有了。

我们的社会行为形成了一个很奇怪的状态，就是越凶悍越能得到更多的东西，越闹越能得到更多的利益，越强横越能得到更大的权力。高铁霸座男、碰瓷老年女，一茬接着一茬。这些东西其实不能怪老百姓，要怪还得怪中国古代的皇权体系。因为皇帝什么都能做，大官僚什么都能做，你看高俅的儿子强抢了林冲的老婆，林冲一点办法都没有，只能被逼上梁山，倒过来林冲就是杀人啊。你把我老婆抢了，还想要我的命，我根本就没有任何可以申诉的地方，我只能变成绿林好汉啊。

所以在中国，我们常常有个感觉，就是自律没用，我自律以后好东西都被别人抢走了，我为什么不先去抢，所以最后连排队都要抢。这个传统已经延伸到了我们幼儿园的教育中，家长也动不动就到学校来闹。因为越闹老师越害怕，要求点什么就越能得到满足。独生子女也带来这一做法的强化。家里一个孩子，稍微一哭一闹家长就怕，赶快用更加丰富的物质或者委曲求全来补偿。这个孩子终于发现了一个规律，闹得越凶得到的东西就越多。前不久的新闻，去瑞典的那一家人，跑到瑞典早去一天不愿意付房费，非要住在人家大堂里面，结果被警察抓起来扔到外面去了。都是活该的行为，行为没有自律没有边界，没有边界一定会出大问题。还有前两天在北大附属医院的那一家。去生孩子，医生告诉他，你们可以自然生，比剖腹产更好，那男的非要剖腹产，医生不干，就把医生打了一顿。一家三口把那个医生打倒在地又踢又踹，女儿还是19岁的大学生，后来这一家人父亲和女儿被警察抓起来了。如果没有视频，又是一件重大医患事故。

只要我不讲道理我就能得到最大的好处，只要我不讲道理我就能占更多的利益。这样的影响，对于我们的下一代要不得啊。不要忘了现在的孩子，未来是走向世界的，走向世界你不守规矩就不行。我相信，中国人会不断进步，不断进步就意味着，每个人的行为都有边界，行为有边界，自律了，你才能得到最大的自由，所以越自律越自由这件事情是不会错的。

最后一点是知识之美，就是培养孩子对于知识的好奇心和探索精神的追求。我把它放在最后，是因为我觉得前面四件做好了，最后对于知识的追求才能顺其自然。所谓知识，就是加快孩子对于世界的认知水平。现在政府出台了一些政策，说幼儿园不应该再教孩子语文、数学、英语。这样做其实是走向了另一个极端。

我反对在幼儿园把语文、数学、英语当作学科来教，当作幼升小的考试来教。但3-6岁，是孩子的认知水平突飞猛进的阶段，如果用的手段非常恰当的话，一个孩子就能在6岁之前对于文字和数字产生爱好，这一爱好能够让他对于学习的兴趣持续一生。我记得我小时候6岁之前就认识了几百个汉字，这直接奠定了我从小喜欢语文的基础。

中国教育的问题在什么地方？都是把知识当作考试来教。在幼儿园的时候学英语是为了考上好的小学，学数学是为了考上好的小学，学语文也是为了考上好的小学。那孩子当然对学习不会感兴趣了。我们要做的，是每一门课的设置应该以"如何激发孩子对于知识的好奇和探索的最大兴趣为核心点"。如果这样，数学就不是枯燥的3加3等于6的事情，而是3加3背后一套优美的图片和故事；语文就不是一个认字的问题，是唐诗宋词体现出来的人性的优美；英语也不是一个纯粹的语言学习，不是apple跟banana背诵的问题，而是一种新的文化，一种对世界的期待。

从这个意义上来说，我们让孩子在学识上变得聪慧非常重要。我小时候，母亲就给我买小人书，母亲告诉我：你的玩具爸爸会给你做，爸爸是木工，爱做什么做什么，但是用钱买玩具没门，就给你买小人书、连环漫画。当时连环漫画还没有彩色的，都是黑白的。但对一个农村孩子来说，见到连环漫画那个感觉就是不一样的，打开了一个又一个的世界，所以不知不觉，我在5岁的时候就认识几百个字。如果一个幼儿园只是拼命让孩子去认字、算算术，把学习过程弄得索然无味，这个幼儿园是不合格的。但是如果把我刚才讲的审美之美、人性之美、价值之美、行为之美结合起来，再把学识之美和上面的四美结合起来，这个幼儿园就是天下无敌的好幼儿园,也是孩子最好的成长中心。

我们要跟家长一起来做这样的事情,并且要把这种理念不断向家长灌输,让家长和我们一起,把孩子的审美之美、人性之美、价值之美、行为之美、学识之美培养出来,让孩子们成为新一代面向世界、幸福开朗、自信自律的优秀的地球村民。

真正的影响力是高贵的精神

我在这儿要表示真挚的感谢,在座的都是被选出来的优秀代表。优秀这两个字,意味着你为新东方付出了很多,付出了自己真心真情的努力,被周围的同事认可,被你所在的机构认可,也被新东方认可。所以,我相信大家的优秀一定是实至名归的。也就是说,这个荣誉,你是用自己的努力真心换来的。所以,我要向在座的各位表示感谢。正是因为有了大家的带头作用和努力,我们新东方显得生机勃勃,不断精进,也让我们新东方在 2019 财年取得相对不错的成绩。

任何一个组织都需要引领者,这个引领者从最高引领者——我和新东方的总裁办公会,到新东方各个机构的第一负责人,到新东方的主管,到新东方的老师,到新东方的员工,都可以担当。我们在座各位就是新东方引领者中的佼佼者。没有引领者的组织将会失去方向,没有引领者的组织将失去勇气和斗志。一个国家是这样;一个民族是这样;对于新东方这样的小机构,其实也是这样。不管一个国家的制度多么完善,它们都在呼唤着伟大的引领者。从美国建国到今天二百多年,美国的制度一直比较完善。这个制度保障了美国的底线,保障了美国的稳定,也保障了美国的正常运营。但是,美国历史上一次又一次伟大的变革和进步,都是来源于引领者。比如,华盛顿、林肯、罗斯福、里根等。今天美国的引领者是特朗普,作为一个商人,用了所有商人的思维来经营一个国家。尽管我们可以看到美国短期内获得了经济收入的增长,也获得了就业人口的增加。但我们可以看到,由于特朗普缺乏一个政治家的宏大思维,他其实在把美国搞乱,也在把世界搞乱。我一直认为,不管怎么样,特朗普将会为世界留下非常大的遗憾,这就是美国人把引领者选错了。那为什么现在的世界领袖当中,会出现这样的错选领导呢?是因为随着世界经济的变革,经济资源的再次配置,导致了某些心态不平衡。比如说,美国中下阶级失业率的增加。中下阶级失业率的增加很容易带来民粹主义的热潮。所以,特朗普要在墨西哥建一道墙,要跟中国打贸易战,就赢得了美国中下阶级很多人的支持。大家也都知道,中下阶级只是在意眼前我好不好,我有没有工作,至于说国家怎么样,未来怎么样,这不是他们关心的问题。一个国家,连美国制度这么好的国家,都会出特朗普这样的引路人,那么我们也就知道,任何一个国家和组织,都有可能出现这样的状态。我们中国之所以有改革开放 40 年这么好的伟大成就,当然首先来自于伟大的邓小平。如果没有邓小平的改革开放,今天中国是怎么样的不知道。我们后面也有一系列的领导,也在不断支持改革开放和走向全球化。中国今天的心态是完全开放的,比美国更加的开放。贸易战不是中国挑起的,是美国挑起的。在挑起贸易战的前提之下,中国现在的领导层不断克制自己,依然不断展示希望跟美国共同发展的愿望。同时,向世界各个国家,各个地方展示中国向全球开放的态度。我认为这就是一个好的态度。大家都知道,任何一个组织一旦封闭起来,一个国家一旦封闭起来,最后带来的永远是贫穷、落后、痛苦。

引领者有两种人,第一种人叫作权力引领者,就是你手中拥有权力,所以你引领。在中国历朝历代的皇帝,他们都是权力引领者。因为他们有权力,他们都是家天下。所以,我们就会发现某一个朝代的某一个皇帝好了,中国就好,某一个皇帝坏了,中国就坏。甚至会出现这样的皇帝,前半段很好,后半段很坏。比如说唐玄宗,这是大家应该都熟悉的。唐玄宗前半段是无比的英武,创造了唐朝历史上最繁华也最开明的时代。唐玄宗,励精图治。但是后半段,看上了杨贵妃,但我个人觉得不是因为杨贵妃,而是因为到了后半段他觉得可以坐享其成了。还没到五十岁就开始糊涂了,用了一系列的奸臣,又落在了女人的温柔窝里。结果,用人不明,辨人不清,导致唐朝出现了急剧的衰退。如果没有唐玄宗后半段出问题的话,唐朝的历史至少再延长一二百年。因为唐朝的基础是非常好的,但是这个基础基本上被唐玄宗给折腾掉了。这是权力者带来的影响力,当然是非常大的。引领者的影响力,向好的方面引,就会向好的方面走;向坏的方面引,就会向坏的方面走。从这个意义上来说,我们每个机构的第一负责人,都是某种意义上的权力引领者。给了你这个岗位,你就能在这个岗位上发号施令,这就是权力引领者。但是,在人类的思想史上,还有另一种引领者,那就是思想引领者,或者叫作影响力引领者。这些引领者不一定要有任何权力,力量的力,权力,就是power,不是rights,也不一定要有任何的岗位。但是他们依然能够改变这个世界的走向。大家都知道林肯是作为总统的岗位解放了黑奴,但是马丁·路德·金,是通过自己的演讲,*I have a dream*,通过自己的影响力使美国的白人和黑人最终不得不走向真正的平等。

这个就叫作精神影响力或者思想影响力。曼德拉，前半生其实是靠精神影响力，直接影响了南非的千千万万的老百姓，最后呼吁走向平等，走向种族隔离制度的取消。曼德拉后半生因为当了总统，所以他是把精神影响力和权力影响力合在一起，最后再一次使这个国家走向了进一步的平等和开放。在一个民族的发展过程中，如果有一个人是能把精神影响力和权力影响力合二为一的话，这就是民族之大幸。在美国历史上，出了不少这样的人。刚才我说的华盛顿、林肯、罗斯福、里根，某种意义上都是把精神影响力和权力影响力合二为一的。在中国的历史上这样的人不是太多，唐太宗可能算是一个。因为唐太宗虚心纳谏也好，作为国王开放宽容也好，算是某种意义上带有一定思想境界的，而且唐诗的兴旺，是因为唐太宗喜欢诗歌引发的。但是如果遇到朱元璋和他的儿子朱棣这样的人就麻烦了。朱元璋把功臣和知识分子几乎全部杀光了。有一种说法，朱棣夺权后，一个方孝孺跟他顶了一下嘴，说你杀我十族我都不会妥协的，就方孝孺这么一句话，朱棣果然给他杀了十族。说一个家庭总共只有九族，怎么会杀到十族呢？连方孝孺的弟子全部干掉了，方孝孺一个人有上万个弟子，就是他有上万个学生，他是明朝初期的大儒。结果全部干掉，一个不剩。像遇到朱元璋和朱棣这样的人，就是民族的噩梦。中国精神的衰退和萎缩实际上是从明朝开始的。因为朱元璋认为明朝不需要有思想的人物。当一个民族的领导者认为这个民族不需要思想的时候，或者禁止所有人去思想，这个民族的精神就被阉割掉了，民族的发展基本上就是没有希望的。

我记得在20世纪80年代初的时候，邓小平说要改革开放，说的第一句话就是要解放思想。在媒体上，人们进行各种解放思想的大讨论。我们今天之所以有这样自由的环境，可以在微博上微信上、发表言论，可以知道全世界在发生什么，其实就是解放思想所带来的结果。

　　从国家讲到新东方，我一直力求自己变成一个具有思想影响力的人。在新东方，我有权力影响力，因为我是新东方的创造者之一，是新东方的董事长。在一个企业组织中，董事长是最高领导。我有着让在座各位在不在新东方工作的权力，不管你工作好不好，我有着要不要你的权力，我有给你定工资的权力，给你定福利的权力。但这些权力是双刃剑。一个企业的领导人或者领导群体，光是有着这样的权力领导力的话，离灭亡或者衰退也就不远了。所以，我们新东方一直在打造思想或者精神影响力。对于我来说，我对自己的思想影响力的要求，要远远高于现实中我的权力影响力。我可以把权力影响力交给总裁办公会，交给在座的任何一个校长，任何一个总经理，但是我希望我能发挥我的思想和精神影响力。思想影响力，对内，是希望新东方能打造一个开明的、开放的，拥有思想自由的，拥有人与人之间平等相待，拥有人的尊严的组织氛围。所以，咱们新东方从没有真正有过那种严厉的对大家的行为上的限制。我宁肯在座的每一位，以及新东方的每一个人，哪怕语言上、行为上犯点错误，依然觉得我们新东方有一个宽松的环境，当然宽松不意味着懒散。这样一个宽松的环境对新东方的发展带有一点影响，正面影响。新东方人才济济，每个新东方人都是一条龙一只虎。我很不愿意新东方人都变成机器上的一个螺丝钉。我希望给每个人自由发挥的余地。当然，这有坏处，比如新东方的系统化、标准化、流程化的建设变得很慢，而且很难。其实标准化、流程化、系统化，和开放宽容是不矛盾的。我刚刚讲到美国历史，美国的社会制度结构是最完整的，但并没有影响到美国人的自由发挥。新东方就应该做到，既保持我们的思想自由和创新自由、人格独立，又能够使新东方高效运作，系统效率整体提升。在我心目中，保留大家自由发挥、自由创造这样一份个性，是比较珍贵的。业界大家都知道有一个说法，新东方是教育培训机构的黄埔军校。新东方人，出去一干就能干出一个好公司来。我鼓励个人发展，只要不做破底线的事情就行。所以新东方出去干的人，常常一边抢着新东方的生意，一边还到我家里吃饭去了。有人说俞老师你是真的心里不妒忌不恨他们，还是你表面上装得大度？老有人问我这个问题。我是真心看到了就喜欢。为什么？因为他们都在我身边待过。如果在我身边待过的人一个比一个矮，那不就说明我很矮吗？一个比一个英雄，那不就说明我是英雄吗？因为只有英雄才能带出英雄，狗熊只能带出狗熊。为什么离开以后有很多人还怀念新东方？还有一些人一边骂新东方，一边又思念新东方。这是新东方的某种精神气质导致的。我为什么会花这么大的力气去演讲，对大学生演讲，中学生演讲，家长演讲，政府领导演讲，坦率说真的不是为了新东方的生意，也不是为了个人的名声。如果是为了新东方的生意，我演讲的时候就带一个二维码，扫一扫先付钱再演讲。我们下面好多人做销售的时候就是这么干的。但我说不行，我去演讲的时候，如果新东方的人在外面放一个二维码卖课就会被我骂个半死，因为我希望我的影响力是纯粹的。这也是为什么每年我要花那么多的时间去读书、去写作。前几天高考的时候，我提了五点建议，最后是七百多万人阅读。为什么会有七百多万人阅读？因为总共一千万考生，父母加上爷爷奶奶、姥姥姥爷就五六千万人了。所有的家长一看就知道，既然是高考建议那我不能不读啊，孩子不能不读啊。说到影响力，我们就要去想，是好的影响力还是坏的影响力？我们做的一定是好的影响力。在我心目中，我认为新东方加上我加上新东方所有人，在座的每一位，我们要做的事情，就是如何努力使社会更加进步，更加开明，孩子更加成长，就这么简单的一点事情。围绕这个事情我们再去做的自己事情，你就明白了到底什么该做，什么不该做。这就是新东方应该做的事情。这是我想讲的第一点。我希望我们在座的每一个人，尤其是管理者，不要以自己的管理岗位为重，也不要以自己管理上的所谓权力为重，你要做的最重要事情，是发挥影响力。用你的人格、才能、魅力、思想，用支持社会进步的态度，来领导你周围的人，领导新东方一起把新东方做得更好。

我想讲的第二点是，既然我们要产生思想影响力，我们就要想办法成长。因为只有你成长了，你才会有影响力。大家都知道，到森林中，常常仰头去看的那棵树一定是森林当中最大的那棵树，长得最快的那棵树，对不对？人也是一样的，人只会跟随那些成长最快的人。成长分很多方面，性格的成长，人格的成长，知识的成长，智慧的成长，领导力的成长，管理能力的成长等，太多了。从这个意义上来说，尽管我认为这一屋子的人都是被评优的人，但是我还是认为这里面有不少人评上优秀是不合格的。大家知道在三年前，我就对新东方的评优提出了一个要求，凡是参加评优的人，每人每年至少要读 20 本书以上。因为，这是成长的一个显性标志。你读不读书是成长的一个显性标志。我不相信在座的接近一千人，每个人都读了 20 本书以上。曾经我想搞一个严肃的仪式，凡是参加被评为优秀管理者、员工和老师的人，你必需经过一个观音菩萨的像,告诉她你读了20本书。如果没有读过的话,就自动退出去。当然后来没这么搞,因为太神神道道了。我还是充分相信在座的自觉性,而且也深刻意识到了有些人在管理工作上或者是比较忙碌,或者由于各种原因,确实没有读过20本书,但你依然还是很优秀的工作状态。我想跟大家说的是,如果每年我能读50到100本书,而且我还能写出至少10到20篇的读书笔记,你没有理由不读20本书以上,对吧?你不是想要成长吗?如果你在新东方,你的目标是俞敏洪总不为过吧?任何一个进入新东方的人,不想当新东方的CEO,就不是好新东方人。套用拿破仑的话,不想当将军的士兵不是好士兵。你没有理由不成长,没有理由不读书。所以,我再次请求大家,如果在这儿评优大会领完奖后,还没有读完20本书的朋友们,请回去迅速读完。如果明年你还想评为优秀人才的话,那么我也希望你们能继续把书读下去,明年在走进这个礼堂的时候,可以堂堂正正地说:"我已经读过20本书了。"

　　成长还关乎于什么呢?成长还关乎于你的意愿。比如你是不是有意愿向别人学习?你是不是真的放开了胸怀,摆脱了自己的自私心理,愿意跟别人合作,同时帮助你周围的人一起成长。这件事情也非常重要。我发现优秀的人才有两种。一种是,只顾自己优秀,他看到别人优秀了就特难受,这个就叫特朗普心态。特朗普之所以把中国整得这么凶,就是因为他看到中国好像一点点跟美国靠近了。他觉得中国对美国来说是一个巨大的威胁,以至于最后到了不要脸的地步,专门整中国华为一家公司。甚至放出了狂言,说只要把华为整倒了,比打十个贸易战还要更加管用。当然在这一点上我们也要表扬一下任正非爷爷。在中国,在战略境界上和思想境界上比任正非高远的人寥寥无几。所以，网上有评论说，任正非一个人兼做了科技部、信息部、外交部所做的全部事情。在中国企业界，让我佩服的人也不多，褚时健是一个，老爷爷已经去世了，任正非是一个，到今天我还没有亲自见过他，也从来没有提出过这个请求。没有见是因为抱着一份敬畏，抱着一份觉得离他的差距太远了，不敢见的敬畏。到哪一天我能在差距上缩小一点的时候，会恳请他见我。我再次回过来说，人的成长是没有极限的。你总要给自己生命中竖一些标杆，所以，在这个世界上，所有伟大的企业家，伟大的思想家，伟大的政治领袖，可以说都是我们的标杆。我们生命中应该去找一些标杆学习。

前两天有一个新东方人跟我聊，说什么叫新东方精神，什么叫真正的新东方人才？给了我八个字，我觉得说得特别好，叫：志存高远，贵族精神。新东方人就必须志存高远。大家都知道我们的核心价值观，应该都能背出来。诚信负责，这是做人的底线。如果你做人对朋友对事业都不诚信、不负责，那你就玩完了。真情关爱，这是人与人关系的底线，后面是好学精进和志高行远，基本上就是志存高远。好学精进意味着成长，意味着进步，意味着读书和学习。志高行远就是志存高远，一样的概念。第二个是贵族精神。后来我说不要说贵族精神了，因为在中国没有贵族。什么叫贵族精神啊？我们一提贵族就是贵族小学，暴发户，开豪车，这是贵族。这是典型的对贵族精神的侮辱。贵族这个词在英文中叫noble, noble spirits，就是高贵的精神。在英国二战的时候，英国贵族的孩子牺牲了一半以上，没有任何商量余地，就是打仗贵族的孩子先上战场。在春秋时期，宋襄公打仗非常有意思的，那是中国唯一有贵族气的时代，春秋时期是最浓的。另外还有一个时代是在宋朝的时候，展示了一点点，在宋朝以后，元明清就变成了奴役时代，只有奴性的中国人才能够生存。有骨气的中国人，有贵族气的中国人就没法生存下去了。春秋战国时期的战国就不行了，战国时期是真的打仗了，互相之间你死我活了，所以各种阴谋诡计全出来了。但在春秋时期不是这样的。春秋时期打仗都是讲好了的，走多少步，后退多少步，杀掉几个人这个仗就算咱们胜利了。有的时候甚至一个人都不杀，做个仪式，仪式没做好，就算失败了。在后来中国历史上不断被嘲笑的宋襄公，就是典型的贵族气。他怎么做的？应该是跟楚国打仗，他的部队都已经全部布兵排阵了。敌人从河对面跑过来，跑到河边的时候，这边的指挥官就告诉宋襄公说赶快打，他们现在乱七八糟的，我们打就胜利了。宋襄公说不行，这不符合礼仪，继续等。等到敌人过了一半，指挥官说，过半而击，这是我们百分百胜利的时机。宋襄公说不行，这也不符合礼仪。等到楚兵过了河，将军说打吧，过了河他们还没排好队，我们这时候还能打赢。宋襄公说不行，等他们排好了队，和我们一样了再打。结果对面排好了队，把宋襄公打得屁滚尿流。最后这就变成了一个笑话。这个笑话背后透露的一个什么东西呀？贵族精神。不符合礼仪的事情老子坚决不干。当然中国古代的礼仪比较僵化。但回过来说，其实西方社会中有一模一样的状态，骑士打仗是很少杀人的。骑士打仗就是穿着盔甲比画几下，你的枪被我挑走了，或者你的马脚步乱了，或者是你从马背上滚下去了，我就胜利了。西方的骑士精神和咱们春秋时期的打仗精神差不多。再回过来说，西方的这个社会机制，从来没有大的革命性变革。唯一革命性变革，把贵族阶层差不多给干掉的，就是法国大革命。当然法国大革命有进步的一面，因为，法国当时也是一个集权国家，人民要取得自由平等。但是法国大革命也有它后遗症的一面，现在欧洲国家最会闹事的是哪一个国家？法国，你看黄背心，闹到今天闹了半年了。法国已经变成了一个以平民为主，缺乏贵族气的国家。你看其他的欧洲国家从来不怎么闹，为什么？他们真的还是以贵族精神作为国家的核心，尤其是英国，当然这并不妨碍平等对待老百姓。贵族精神的第一个精神是什么？牺牲精神。不要忘了，牺牲精神。第二个是责任担当，第三个是社会榜样。就这三个要素。所以一个人不具有牺牲精神，不具有责任担当，不能成为社会榜样，你就从贵族队伍里滚蛋。咱们中国的贵族是什么呀？暴发户，会花钱，会捣乱，气质低下，天天炫富。这就叫中国贵族。所以贵族精神，实际就是崇高，就是伟大，就是牺牲。我说，为了避免混淆，新东方可以叫高贵精神。高贵精神是什么？无私。高贵精神是什么？愿意为社会进步而付出努力。高贵精神是什么？不去做那些下三烂的事情，并且能把周围的人带得同样高贵。

我们新东方，如果所有人都能够坚守志存高远，高贵精神这样的原则和方向，来打造我们的精神世界的话，再配以新东方在高科技方面的不断运用，在系统化建设方面突飞猛进，在产品研发中追求极致，在管理方面不断追求效率，我们新东方就是优秀和卓越的一家机构。我相信在中国所有的企业里，包括在中国的所有培训机构中，如此强调精神层面的丰满，强调每一个人个人层面的发展，以及把个人的完善发展和组织的完善发展联系在一起，这样的机构在中国并不多。希望新东方是其中出色的一家。我们大家一起努力。

正道篇

教育的核心是什么？

这个时代的变化非常巨大，每天都有新的信息、新的政策、新的国际变化出现，对人才未来发展也有更新的要求。在剧变的时代面前，教育到底应该做什么，成了大家要认真思考的问题。

中国教育面临的问题，是我们原有的教育内容、教育体制的设置，和面向未来的社会变化发展之间的矛盾，我们未来孩子应该怎样培养。

大部分的学校，老师们最重要的任务，就是想办法让学生的分数提高。我们很多老师甚至校长，考核指标都跟学生分数相关。如果分数高，老师就会受到表扬加薪，但孩子对于分数背后的知识，到底有没有真的理解，其实不太在老师的关注关心内。中国的教育会出现这样一种情况：很多人在高考的时候，考了很高的分数，但却没有学习能力，也没有思想（思考）能力。这种情况，在北大、清华的学生中都不在少数。很多学生进了名牌大学后，感到迷茫，不知道人生往什么方向走，也不知道大学生活对他来说有什么意义，甚至有的时候还用高中的学习方法，一学期到了最后一个月，通过死记硬背，把考试对付过去。

这就有问题了。问题在于学生最后确实分数考得不错，学生高中毕业各个学科的平均水平，几乎都比国外的平均学科水平要高,尤其是理工科数理化。文科我们不说,中国的文科教育,教的内容既不够深也不够广,教的知识点,甚至观点有的时候都不对。但如果人文思想基础没打好,学生未来的综合判断就会出现比较严重的失误,专业能力也会变得单薄。

中国中学生的数学能力是非常强的。大概是1980年,中科院少年班就开始办了,一直办到今天,出了一个又一个的少年天才。但全世界著名数学家排前100位的,咱们中国大陆的应该寥寥无几。诺贝尔奖获得者与日本相比,日本应该到了二三十人,咱们中国近年来就两个,一个是搞文学的莫言,一个是搞生物的屠呦呦。我们把那么多的时间花在了学习上,但最后不能产生真正的成果。这个问题不在于孩子对知识的吸纳能力,而在于孩子的思考能力、创新力、后续爆发力和想象力。下面我分四个方面来尝试着阐述一下。

第一个是孩子思想(思考)能力的提高。中国的中小学教育,甚至包括大学教育,能对孩子进行思想(思考)能力教育的学校不多。大学里很多教授基本上也是知识灌输,对自己所教的学科,以及学科相关的其他问题,也没有自己的看法。即使教授有思想,如果表达一些自己独立的思想,跟社会主流不吻合的话,就有可能受到批判,甚至可能会被劝退。

如果一个孩子从小到大不拥有自己的独立思想(思考)能力,这个孩子的发展前途在哪?所谓的思想(思考)能力是什么?是对大是大非有自己的独立判断能力、独立思考能力,是从小就学会不人云亦云,拥有自己的思想和视角。思考能力应该从什么时候培养起,就应该从小学开始培养起,一旦长大了,思维能力就有可能被定型。

我们这一代人，就是被耽误的一代。因为不可能获得独立思考能力的培养，到今天思考能力也有很大的缺陷。到了北大后我大吃一惊。在进北大前，我只有一种思想，到北大后，通过阅读大量的书籍，哲学、历史、政治、经济的，才发现很多东西有另一种说法。比如太平天国，除了我们教科书上学到的，还有另外一种说法；比如对于资本主义和社会主义的看法，也有各种不同的说法。这些说法引起你的迷惑，你的思考，你的成长。

我儿子现在是高二，在一个国际学校学习，昨天给我带回来一道历史题目，这题目是在国内中学里看不到的：请根据汉娜·阿伦特的《艾希曼在耶路撒冷：一份关于平庸的恶的报告》这本书中提到的"平庸之恶"这个概念，来分析1965年和1966年，印度尼西亚屠杀了近百万中国华侨的那些刽子手，为什么到今天为止，依然还为当时的屠杀行为沾沾自喜，请问这些人身上的"平庸之恶"体现在哪几个方面？

我相信在座的大部分老师没听懂这个题目，这里面涉及很多历史知识、政治知识，涉及没有标准答案的独立思考。你要首先了解汉娜·阿伦特是谁，其次要了解她写的这本书里"艾希曼"是谁。艾希曼是一个在二战时期屠杀犹太人的总指挥官之一，后来逃匿到阿根廷，以色列派特工把他抓回来，在耶路撒冷进行审判。这个家伙丝毫不认为他对屠杀犹太人有任何良心方面的谴责，他认为自己就是执行上级的命令而已。

紧接着你要去研究什么叫平庸之恶。平庸之恶这个概念体现在哪几个地方？然后还要研究当时印尼为什么屠杀了那么多中国华侨，紧接着还要进一步去研究当时的杀戮情况。大约10年前，美国的一个记者专门去采访这帮刽子手，拍出一部震惊世界的纪录片《杀戮行动 The Act of Killing》，里面每个刽子手都兴高采烈地跟他描述当时是怎么杀人的。有一个人最多杀掉了上千个活生生的人，有妇女、孩子还有老人。

这种题目就是让孩子们去进行独立思考：这个世界为什么会发生这样的事情？它的原因是什么？未来怎么防范这样的事情发生？为什么在一个开明的世界，到了20世纪60年代还有如此残忍的杀戮行动出现？启蒙运动是18世纪就出现的，人生而平等，作为社会的共识早就出现了。尽管美国出现过奴隶制，实际上美国在1865年的时候，就进行了南北战争，取消了奴隶制。

在这样的背景下，20世纪30年代，希特勒开始杀犹太人，杀掉七百万，20世纪60年代，印尼干掉上百万中国人，我们的"文化大革命"干掉了很多知识分子。这个社会为什么没有进步？为什么那么多人热衷于执行命令，热衷于参与一个团体的集体杀戮，并且为了证明自己是团体中的一员，会更加积极地去做这样的坏事，内心不会遭到一点谴责。再往前问一步，良心是人心中天生的吗？我们中国的哲学家王阳明说过，人只要一辈子致良知就不会做坏事，那这个良知是怎么来的？如果良知是人内心天生的，为什么还有那么多人杀人不眨眼呢？

这些东西，我们的小学生中学生大学生，都是没有机会思考的，因为我们的老师不可能出这样的题目。这一道题足够一个学生研究一个月。如果一个孩子没有明辨是非，建立自己人生观、价值观和世界观的能力，到了大学毕业以后，就可能随时被某种利益所诱惑，把自己变成一个"精致的利己主义者"，做出为了利益没有道德底线的事情来，甚至变成"平庸之恶"的代表。

这个问题提得有点大，我们有多少中小学老师有这样的能力给学生带来思想指导呢？我们至少可以做一件事情，现在知识来源是非常丰富的，我们可以引导学生去懂一些基本的东西，比如政治学的基本常识，经济学的基本常识，历史的基本常识，哲学的基本思考。现在流行的"得到"APP，上面有经济学课、中国史纲、世界史纲、艺术发展史等，都值得一听。通过学习产生思想碰撞，通过思想碰撞，让孩子们拥有一个明辨是非、能够独立思考的头脑。培养独立思考能力之所以重要，是因为孩子们没有自己的思考，长大后就会人云亦云，不明是非。与高考成绩相比，学生的独立思考能力，明辨是非的能力更加重要。

第二点是精神能力。现在的孩子动不动就自杀，动不动就忧郁症，动不动就精神空虚，北大的学生调研发现，进入北大的新生，40%左右处于迷茫状态。精神能力有如下几个要素构成，理想和志向、抗打击能力和乐观心态。人生要有理想和志向，没有理想和志向你的精神就起不来。为什么共产党打天下，一举能把国民党拿下，国民党还那么好的装备，因为国民党没有精神气，是腐败和萎靡不振的，但共产党却雄起起气昂昂，以解放全中国人民为己任，要让天下穷苦人翻身过上好日子，这种理想和志向的力量是十分强大的。邓小平说让全中国人民富起来，改革开放40年成就斐然，为什么我们非常热情地参与改革开放，因为邓小平的理想和志向，是人民需要的。这就是志向和理想的能力，国家可以激发人民的志向理想，我们可以激发学生的理想和志向，我们也可以激发自己的理想和志向。

但我们现在给学生的是什么呢？给学生的是高压之下的成绩。这个成绩跟志向理想没关系，成绩最高也就是去了北大、清华，有多少学生能想明白进了北大、清华后未来到底该怎么走？我在北大跟学生进行座谈，能说出来的一半学生都不到。没有理想志向，哪有精神？

每个人的理想志向，高度不一样，也并不一定要一步到位。在考北大以前，我的理想志向是进大学，进了北大后，我的理想志向是在北大当老师，后来理想志向是出国，没成功，后来干了新东方，我的理想志向是让自己多赚钱，后来赚到了钱，有新东方这么一个平台，我可以为中国教育多做点事情，理想志向一步步推着我前进。

人的一生是不断构建自己理想志向的过程，只有构建了这种能力，你的精神能力才会成长。一个人有了精神能力，大部分的情况下都能成事情。有了精神能力后，马上就会出现一个很好的品质，就是人的抗挫折、抗打击能力。一个人有了志向后，有点挫折是不会在乎的。就像当你知道山顶上有最美丽的风景，爬山的过程中摔跤了，你还会继续爬山。但如果山上什么都没有，你可能摔一下就不爬了。人就是这样，有了某种理想后，任何挫折打击，对于人来说都是小事。有了天将降大任于斯人的志向，劳其筋骨，苦其心志都是小事。凡是对未来向往的学生，遇到挫折都是无所谓的，要是对未来迷茫的人，基本上没有抗挫折、抗打击能力。在迷茫的情况下，在本身就失落的情况下，老师还冷嘲热讽，家长还嬉笑怒骂，这个孩子不跳楼往哪跑？所以现在跳楼的孩子就越来越多。

对未来有想法，就会有积极乐观的心态。当年共产党两大能力，一个是革命的乐观主义，一个就是抗挫折、抗打击能力。爬雪山过草地，那么艰苦的生活，到解放战争前，解放军还穿着草鞋，充满乐观主义精神，解放全中国。

孩子精神能力的构建，如果是一个三角形的话，最顶上那个角就是理想和志向能力，另外两个一个是抗打击能力，一个是乐观积极向上的心态。把这三个东西培养出来，不怕我们的孩子不成功。几个月前一条新闻，两个初中生，一个第二名的初中生把第一名的初中生捅死，因为第二名就受不了另外那个孩子一直第一名，你说这孩子的思想和心胸有多窄，才会做出这样的事情。

精神能力的构建，几乎不在我们学校的教育体系之内；思想能力的构建，也不在我们教育体系之内。我们的教育到底在教什么呢？教学生数理化，高中毕业三年就全忘光了。我们在座的每个人都是读了大学的，请问你还记得多少中学时学到的数理化知识？但是为什么大家都忘了，但有人成功了，有人没成功？成功的人整体上具备我说的两种能力。他们培养了自己独立思考能力和独立精神能力，这两种能力构建起来去探索世界，加之奋进能力，就是成就自己事业的基础。

第三种能力，叫作社会能力。现在我们孩子大部分都是独生子女。独生子女家庭最大的问题是，一切以孩子为中心，孩子也认为自己得到一切都理所当然。这种情况导致孩子的社会能力缺乏。整个社会结构和社会发展的状态，又使社会能力受到很大的破坏。本来在一个社会中，互帮互学、互相支持、互相保护，是社会能力的核心概念。可中国的现状是什么呢？谁不讲道理，谁得到的东西最多。中国形成这样一个氛围，只要你足够不要脸，不讲道理，你就一定不会吃亏，所以中国培养了那么多的上访专业户。当然，上访专业户中一定有被冤枉的，但很多上访专业户真的是无赖。中国闹的人很多，病人打医生的、去酒店想提前无偿入住的、乘客抢夺司机方向盘的，都是匪夷所思的事情，在神州大地到处上演。

从家庭到学校到社会，在孩子成长过程中，都在培养一种孩子明哲保身、自私自利的精神，所谓北大钱理群教授说的，"精致的利己主义者"。在这种状态下，怎么可能培养出来为国为民、忧国忧民的学生呢，怎么可能培养出来无私奉献、为社会进步做出努力的学生呢。一个又一个只为自己考虑的人，高铁霸座男、霸座女、打医生的女生，居然都是大学毕业生。

所谓社会能力，首先要培养孩子面对社会的平等公平心态，其次是和他人进行平等交流、互相合作的能力，同时培养在一个群体中的团队合作能力。现在学校是如何衡量学生的？衡量的是你追我赶，第一名光荣，下一名耻辱。我们有多少老师从心里认可，名次不重要，团结合作才重要，互相之间成为一辈子的朋友，在困难时互帮互学，努力一起过好美好的童年生活和少年生活，才是最重要的，成绩是不重要的？

现实中，大部分老师的态度是，你为什么考最后一名，你看看第一名，你好意思吗？家长也是这样的口气，让孩子无处藏身。所以孩子要是碰上一个真正的好老师，是一辈子的幸福。我回想高考补习班的老师，就特别好。我们全班都是高考落考生，到高考前三个月，前面十个同学考上大学估计没有问题了。老师就跟我们说，你们只有几个人考上大学，哪怕考到北京大学也不牛逼。要想牛逼，你们最好全班都上大学。最优秀的同学，要一个帮一个，全班前10名的同学，帮全班最后10名的同学，中间20个不用管，后边十名往上赶，中间就会拼命，谁掉到最后十名，谁就属于被帮扶的对象。结果我们几乎满堂红考上了大学。这个班到今天都很团结，我们每年回去，都会去拜访这位老师。老头子每次都高兴得不得了。

如果我做个自我分析，在我的能力模型中，最成功的就是社会能力。总结起来有以下几个特点：第一是平等、公平、坦诚，不盛气凌人；第二是谦虚，谦卑，礼让；第三是对朋友和同事全心帮助，全心扶持。这些能力有些是从小父母教的，有些是后来自己领悟到的。拥有社会能力，可以让一个孩子在世界上通行无阻。没有任何人愿意给自私自利的人让道，给占便宜的人让道，给盛气凌人的人让道。我们孩子品德教育和素质教育的一部分，就是社会能力教育。社会能力教育包含了一系列在社会中如何做人做事的品德教育，这方面我们的学校也是缺失的。

第四个能力是知识能力，知识构建能力的教育。我们现在的知识构建能力，就是完成教学大纲，高考考高分就行了。我们教的地理、历史、政治、哲学知识，过时不过时，不在老师的思考范围。数理化知识，过时不过时，也不在思考的范围。计算机科学已经流行了20年，中小学中开设计算机课程和编程课的学校寥寥无几。美国小学80%的孩子，学计算机编程已经学到中等水平了。

中国学校教育的知识架构不仅落后，要命的是教的知识还有可能是错误的。我们所有的东西都在找标准答案，连一篇语文课文，分析《荷塘月色》，孩子都必须按照规定的套路来。如果发挥了自己的想象，描述文章的主题思想，就有可能拿到零分。《荷塘月色》的主题思想不就是让人欣赏月光下荷塘的静和美吗？每个人看到的感觉和体会是可以不一样的，甚至是可以相反的，为什么要寻找一个标准答案呢？这样做是限制孩子的想象力和情感能力，还是鼓励孩子的想象力和情感能力呢？老师会说，如果不这样做，高考就会得零分，这样的判断标准，是不可能培养出情感和思想丰富的孩子的。

中国的知识构建能力仅限于教科书。除了教科书，别的书学生最好别读，读了浪费时间，对分数增加没有好处，你读它干什么。我们的中小学生12年读了多少课外书籍？居然有学生因为读课外书籍被老师逼死的。我发现中小学生很少喜欢读书的。如果碰到喜欢读书的，一定是父母摆脱了中小学要考高分的思维，或者遇到了一个喜欢阅读的老师。我们也没有多少老师有能力给学生介绍思想性书籍的，尤其是那些能打开学生心智，给学生独立思考能力，让学生眼前一亮的那种书。我们也没有多少老师关注世界上最新的知识和思想体系变化，并及时介绍给我们的学生，让我们的孩子们不落后于时代。

所以，我们的所谓知识构建能力，就变成对教科书死记硬背，一直到高中毕业，学生的知识结构是不完整的。很多中国高中生到国外大学后，突然发现一个礼拜要读5本书，当场脸都吓白了，因为在中国高中三年，都没读过五本书，每本书都这么厚。中国的高中毕业生，第一年到国外去读大学，压力都特别大，成绩好的不多。但中国孩子其实很聪明，到第二年就习惯了，思维能力迅速得到提升。我们教学生历史，基本上都是几几年成吉思汗到了什么地方，又几几年建立了蒙古帝国，又几几年被朱元璋打败了，就是这样的一个东西，没有纵向的深入思考，也没有横向的历史脉络，显得非常单薄，所以孩子们是没有办法构建自己的知识体系的。

我挺幸运的，去了北大。北大的20世纪80年代，刚好是中国思想最解放的10年。在这个环境下，我彻底变了一个人，终于懂得了思考能力的重要性，精神能力的重要性，社会能力的重要性，以及知识构建能力的重要性。尽管由于我没有受过严格的学术训练，到今天在学问上依然东拉西扯，但至少我明白了自己和下一代孩子努力的方向。今天我把四大能力跟大家稍微做一个交流，尽管说得很浅薄，但希望大家从中能够得到一点体会。

学习铸造人生：吴清友的精神追求和我们个人的成长

我跟吴清友先生有过一面之交，有一次一起参加一个活动，也是做一次学习分享，分享嘉宾就是我跟他两位，我先上去，发表了一通我是怎么读书的，怎么学习的。

吴清友先生上来以后，做了非常认真的PPT，用了20分钟时间讲了他做诚品书店的理念、思想和个人情感的变化以及人生的目的。结果两人一比较，我发现自己是一个浅薄的、无聊的、做事情很不认真的一个人。吴清友先生真的是从商人最后真正走进了精神、思想、文化平衡的境界。

后来，我很悲伤地看到新闻，吴清友先生去年因为心脏病发作去世了。其实他年轻的时候就有心脏病，他是带着一个随时生命终止的心态，用了30多年的时间把诚品书店打造成了先是台湾地区，后是香港地区，后来整个中国一个巨大的学习品牌。

他在我心目中一直是我特别钦佩的一个人。他生前接受一位女作家林静宜的采访，做了一本书叫《诚品时光》。书店如果有的话，大家可以买来看一看，如果书店没卖的，可以在电子书上看一看。

他30多岁的时候，发现人生光赚钱是没有任何意义的。他说一定要把自己的心安下来。把自己的心安下来的方法，就是希望自己能够做出一个人人都喜欢的书店和阅读空间。他在台湾做第一家店的时候亏损了整整15年，当然他15年不止做一家店，做了好几家店，但是一直亏损。从做生意的角度来说，完全没有必要做下去了，但是他坚持做下去了。这件事情说明了内心的信念是多么的重要，因为他的信念始终坚持这件事情一定是人们所需要的，是可以给人们心灵和精神营养的。他也逐渐摸索出来可持续发展的一种模式。15年后诚品书店开始有了盈利，有了扩展，不光是在台湾，也在大陆。苏州的诚品书店巨大，现在在中国要找到这么巨大的地面书店是非常不容易的一件事情。

而且诚品的发展不仅仅是把书卖给大家，而且把各种活动，各种文化场景，孩子们成长的环境，带给了大家。

我做一个总结吧。第一，人一辈子干不了太多的事情，你一辈子能干一两件大事就足够了。这个大事可大可小，只要在你心中是大事就行了。我对大事的定义比较简单，一个女人如果带出一个特有出息的孩子，就是一件大事。一个男人能写出一本影响哪怕只有10个人的书，也是一件大事。当然有的大事特别大，那就是建国立业，像建设中华人民共和国的那些伟人们，毛泽东、周恩来、邓小平。

从我个人角度来说，我在自己的发展过程中有几个要素，后来我开始逐渐明白了。做事情最好是有两个边都能沾上。第一个边，这件事情你是无比热爱去做的，你喜欢做。第二个边，同时还能保障你的生存条件。我说的生存条件不是说你能赚多少钱变富有，而是这件事情能够带来经济收益，有可能是滞后的，也可能是同时的。

比如有些画家，大家到北京可以看到，累得半死，热得半死，画出来的画根本就没人买。我不知道解勇教授最初做雕塑的时候，有多少人能够识货。我估计也不见得有多少人看得上。因为源于热爱，所以就能够坚持。

第二，你做的事情一定能够让你的心灵和精神得到丰富和满足，给你带来的不仅仅是生理的快感，因为快感是一时的，而喜悦或者欢喜（某种意义上）是可持续的，而且随着时间的推移，这种喜悦是能够增加的。比如你收藏了一幅艺术作品，常常会越看越喜欢。

我记得有一次王菲唱歌的时候说过一句话：她过去唱歌是为了赚钱，因为曾经没钱过。但是她现在每唱一首歌都是因为喜悦。她后来有没有做到，我们不知道，但至少从她唱的一些歌中，能感觉到王菲是上升到哲学和宗教高度在唱歌的，达到了内心欢喜做事情的境界。

最庆幸的是我自己，最初出来做新东方真是为了赚钱，因为在北大已经穷困潦倒了。尽管我很喜欢北大的学术氛围，也很喜欢在北大当老师，但一个月120块钱的工资真的是连家人都养不活，连孩子都不敢生。后来有机会出来做培训班，真是为了赚钱，当初只是一个目标，赚点儿钱到国外留学，其他的以后再说。很少有人把事情想清楚一辈子的。

吴清友也是到了35岁以后，应该是38岁，完全是因为两方面的原因，一是自己确实做生意赚了钱，对于随时随地受到心脏病危险的他来说，钱本身对他的意义是迅速减弱的，于是，如何用钱来构建自己一个完整的生命体是最重要的。这个生命体肯定不是仅仅把身体养好，而是把精神外延成某种时代的存在。今天，整个诚品世界就是吴清友先生精神外延的存在。

在新东方，我很快就满足了自己对钱的愿望，我对钱的愿望不算太高。最终选择继续做新东方，不是因为能赚更多的钱，尽管确实赚的钱越来越多。但更加重要的，是我发现新东方给我带来了某种精神上的满足。现在回过头来做总结，一个人的精神满足和丰富性一定会在两个方面呈现出来：第一，你发现做的事情是在帮助别人，或者给别人带来喜悦，给别人带来快乐，给别人带来成长；当时我觉得，我上课让成千上万的学生不但考到外语高分，并且到美国名牌大学去读书，这件事情是功德无量的事情。第二，能给自己带来不断成长，就是你自己个人也在成长。这件事情非常重要。就像吴清友先生说的一样，没想到做了诚品以后，经历了那么多，经历了原来做一般的生意从来没有过的那种苦难和坚守。在这种艰难和坚守中，自我不断地成长，灵魂不断净化，进一步坚定自己的信念，让诚品书店在世界上发光开花。

我坚持做新东方做到今天，就是因为新东方既可以帮助无数人成长，也可以帮助我自己不断成长。我可以讲两三条我成长的主线。

第一条主线是商业能力的成长。新东方最初是办一个小小的培训班，既不需要管理能力，也不需要领导力，也不需要理解公司法，更不需要去理解所谓美国上市公司的规矩。我是以完全意想不到的方式进入了这样一个世界，跟中国改革开放40年的后面25年完全吻合。新东方是1993年成立，邓小平1992年南方讲话，是我成立新东方一个重要原因。紧接着1993年中国《公司法》出现，2002年《中国民办教育促进法》出现，2006年新东方到美国上市。对于一个北大出来的老师，一个充满书呆子气的人，经历这样一种历程是想不到的，但命运就给你安排了。某种意义上它不是我主动的安排，但这个安排让我一路经历了新东方从一个小小的培训机构，一个个体户，最后变成了中国第一家教育集团公司，变成了第一家美国纽交所教育上市公司。

毫无疑问，这个过程我会经历很多的成长。因为商业如战场，商战如大战，在这个过程中要确保自己不犯大错误，确保坚守自己的道德底线，确保在商业模式上大的范围之内，不能出错，并且要确保团队成员都能得到相应的回报，确保所有人整体的价值体系、价值观要跟你保持一致，这是非常不容易的一件事情。

我在上个月刚刚录制了15个小时的新东方25年成长历程这样一门课，大家如果想听的话，可以扫一下这个二维码，不过要收99块钱。为什么要收钱呢？因为我发现一个现象，免费的东西，很多人是坚持不下去的。人生需要付出代价，即使这个代价很小，也一定能够让你愿意更加认真来对待你付出了时间、精力、金钱。我觉得人生享受免费的东西太多了，有时候对你来说是一种伤害。当然你享受奢侈品，昂贵的东西，不在你能力范围之内的东西，对你来说是一个更加大的伤害。

第二条主线是知识结构的成长。这件事情也是跟新东方的成长连在一起的。随着新东方的成长，我不得不去读有关公司结构、组织治理、管理学、领导力、金融学、经济学等方面的书籍，我把这些书籍当作有用之书来对待。但这种有用之书，最初我是讨厌读的。对于我来说，任何时候读《红楼梦》《唐诗宋词》，以及小说、诗歌、散文、历史、哲学，都比读金融、管理等书，要更能引起我的兴趣。

但人生有的时候不是完全由你的情感和兴趣决定的。任何一个人，一辈子如果只是随着情感和兴趣往前走，一定会把你带向弯路的。因为人生的最高统帅不是情感，而是理性。只有理性能指导你去做你必须做，做出业绩来的事情，也只有理性能够控制你，不去做情感主导犯错误的事情。

比如，人的情感天生倾向"今朝有酒今朝醉"，这都是情感诉求。比如中午我跟几个朋友喝酒吃饭，他弄了不少苏州本地菜和阳澄湖大闸蟹，给我上了10年老酒。我平时一看就会完全控制不住，一醉方休，何况还有金鸡湖这么美丽的场景。

但我今天中午喝酒非常克制，吃螃蟹也非常克制。为什么？我的理性告诉我，今天下午有那么多看得起新东方、来到诚品书店现场的朋友等我。人的理性决定着你去筛选哪些东西应该做，哪些东西不应该做。当然情感也非常重要，情感处理好了，往往能够让我们更加幸福更加充实。

通过读书，通过商业实践，一定会出现第三条成长线，会提升你的思考能力。同时也会把你带到终极问题上去。比如人生最终的幸福到底是什么？以及此生到底哪些应该干，哪些不应该干，这些问题也变成我日常思考的问题。

对于终极问题的思考，会带来很多有益的结果。比如我不是一个生活奢侈的人，因为我觉得奢侈对于生命没有任何意义。车是用来代步的，房子是用来住的，所以过分豪华的房子以及过分豪华的车，都是一种资源的浪费。把节约下来的资源，可以用在更重要的地方。这也是为什么这十几年，新东方支援大量贫困地区的孩子，包括贫困地区的大学生，帮助他们学习，给奖学金，到贫困地区去建希望小学，以及通过移动互联和人工智能的方式为贫困地区的孩子远程教学上课。

总而言之，人生是你自己经过不断琢磨，不断思考，越来越走上正路的过程。生而为人，我们跟动物不同的是两个方面，一是理性，一是思考。我家那条狗坐在那儿一动不动，趴在那儿很忧伤的时候，我在想，它是不是也有理性和思考能力呢？后来事实证明它是没有的，因为你给它一块骨头，足以让它做任何事情。但我们生而为人，有人给你一根骨头，你就愿意为他做任何事情的话，你就失去了作为人的本质存在。我特别希望大家一起通过阅读，通过人生经历，来健全自己理性和思考的人生，不要随波逐流。尽管没有任何人可以改变洪流的走向，因为我们任何人都是洪流中的一滴水，但我们依然可以选择是作为一滴清水，还是一滴浊水，是随波逐流，还是拥有自己的浪花。我们依然可以在无可奈何的世界里，活出我们自己的精彩。

培养孩子的几种素养

今天是礼拜天，又是秋高气爽的日子，这样的周末，带孩子休息活动是教育孩子的最好方式，所以很感谢大家来听我演讲。

我有两个孩子，他俩跟我关系相当不错，不管未来孩子成功不成功，当父母的难处，真是体会到了，到今天还在体会中。因为孩子们现在的知识结构，包括英语水平都比我高了，所以我给他们做榜样做示范，指导他们学习越来越吃力。

比如昨天我儿子给我带回来一个历史题目，这样的题目是我在国内中学里看不到的。题目是，请根据汉娜·阿伦特《艾希曼在耶路撒冷：一份关于平庸的恶的报告》这本书中提到的"平庸之恶"这个概念，来分析1965年和1966年，印度尼西亚为什么屠杀了大概接近百万的共产党员和中国华侨。到今天为止，这些刽子手依然还为当时屠杀中国华侨的行为沾沾自喜，请问这些人身上的"平庸之恶"体现在哪几个方面？

作者、书和历史我都知道一点，但要帮助他去做作业这个事情，真是太不容易了。我不得不把汉娜·阿伦特《艾希曼在耶路撒冷：一份关于平庸的恶的报告》这本书看一遍，还要去了解她写的这本书里"艾希曼"是谁，还要去研究什么叫"平庸之恶"，平庸之恶这个概念体现在哪几个地方。还要研究当时印尼为什么屠杀了那么多中国华侨,紧接着还要进一步去研究当时的杀戮情况。10年前左右,美国的一个纪录片《杀戮行动》,里面每个刽子手都兴高采烈地描述当时是怎么杀人的。有一个人最多杀掉了上千个活生生的人,妇女、孩子还有老人,一点内疚都没有。

我们发现人类过了几千年,文明的进步其实非常有限,愚昧和平庸不断重复出现。我们很多家长可能没有这样的知识结构,或者没有时间去研究这些东西,所以只能交给培训机构、辅导机构,或者是听天由命。

讲到孩子成长问题,我想从下面几个点跟大家做一点分享。孩子每个阶段的成长是不一样的,但是很多核心点是相通的。

今天来到学校,我非常震撼,因为一进校门就是艺术品。校长告诉我,整个学校两个方面做得特别好,一个是艺术方面,一个是体育方面,当然学校的学科成绩也非常好。

这与我对教育的看法高度一致,我认为对孩子最开始的教育,应该是美的教育。

在此前"中国徐霞客文化旅游大会"上,我讲到徐霞客之所以能够成为文学家、旅游家、地理学家,是因为他放弃了中国知识分子传统的想要升官的道路。虽然这是因为家族受罚的一个被动选择,但也因此,这个家庭就流传了一个习惯,不参加科举考,就做两件事情,一个是读书、赋诗、旅游,一个是经商。所以徐霞客家里比较有钱,经济自由就可以精神解放了。徐霞客精神解放,同时还有中国文人的一个能力,就是文笔特别好,有记录的习惯,同时走过全国各地后,眼界开阔,游记自然而然就出来了。

我一直说,孩子的教育应该从唐诗宋词开始。因为唐诗宋词中包含了你能想象到的几乎所有对于大自然美的描述、对于人性美的描述。读唐诗宋词，不是让孩子死记硬背地去读，而是去理解其中那种美的境界、美的意识、美的表达，这些特别重要。如果说一个孩子成长过程中，一开始就经历了美的训练，那对这个世界就多了一份好感和希望。

对于古诗词的喜欢，也来自老师本身拥有审美能力后的讲解，而不是让孩子去背。通过这样的讲解，能够对孩子心灵有一种冲击。对语文老师审美能力和教学水平进行大大的提升，是中国教育真正的难点。

人生不如意十之八九。人生不管做什么事情，总会碰到很多不容易的事情。人生遇到不如意的事情，有两个事情特别重要，一要用积极的态度去对待自己不如意的事情，所以我们要教育孩子面对艰难困苦时的乐观心态。人是必须要有预设的，艰难困苦是为了让你成长，并且你要从内心产生这样的感觉，而不是说遇到问题就颓废放弃了、对人生绝望了。

第二种能力是，能够给自己心灵上一个退身之所，这个可以是精神上，也可以是肉体上的。比如说中国古代的文人侠客，当遇到挫折绝望后会退隐山林，这是物质上的隐居，但更加厉害的是他们精神上也有一种退隐，并且在精神退隐的时候，能写出非常伟大的文学作品。

比如说苏东坡，从湖州知府的位置下来后，被贬谪到黄州后，写出了非常经典的前后《赤壁赋》。因为他们从小有对文字的美感，一旦隐退，精神可以投射在文字上，最后成为不朽。包括欧阳修的《醉翁亭记》、白居易的《琵琶行》等，都是在人生不如意的时候写出来的。如果你的孩子小，我推荐两个APP，一个叫凯叔讲故事，这是新东方投资的，里面有对唐诗宋词的朗诵、讲解，配上美好的音乐，值得孩子一听。还有一个叫"婷婷唱古诗"，就是一个叫婷婷的母亲，把所有的古诗词用音乐的方式，表达出来，唱出来听。

一个人要拥有能够把心中的感受描绘出来的本领。一个人心理上有问题，有两种出路，第一种出路是倾诉，这就是为什么鼓励孩子要跟父母多进行交流。到了初高中跟父母进行交流这个路径常常就断了，那怎么办呢，只有两种可能，一种是碰上一个十三不靠的老师，这个老师愿意跟孩子平起平坐，学生们也愿意什么都告诉他，这种老师帮助解决大量的心理问题。另一种就是同学与同学之间的关系，这就是为什么要鼓励孩子多交朋友，能够一起说真话的朋友，能够发泄心里的情绪，能够一起骂骂老师的朋友。但实际上还有一种更好的方式，就是可以把所思、所想、所感，写下来，这样不仅能够提高语文水平，而且也是一种心灵倾诉，可以对你的生命轨迹进行记录。

我非常庆幸，虽然我母亲不认字，但她给我提出一个特别高的要求，要我长大了当个先生，先生这个概念就是乡村老师。所以我从小就有一个规矩，家有零钱不能买玩具，玩具都由身为木工的父亲做，只要有零钱就买书。

我大概从4岁开始，我母亲就开始给我买书，当时是连环漫画。我不认字，但老天给我一个很好的机会，我姐比我大五岁，所以我读连环漫画的时候，我姐已经上到小学三年级了，所以她能读，她读我就坐在边上看，不知不觉到5岁的时候，我就已经认识了六七百中文字，这样我就可以自己读了。我在小学二年级就把《水浒传》读完了，尽管没有任何人指导我，读书这个习惯就留下来了。而且从小学到高中毕业，我的作文经常是范文，这种鼓励进一步促使我愿意去写去读。

直到今天，我写作的习惯也没变。平均一年出一本书，我的读书笔记、游记、心灵思考，都会在书里呈现出来。这又带来另外的收获，我的每本书销售量至少是20万以上，我能拿到100万的版税，我再把版税捐给贫困地区的孩子，觉得自己做了一件特牛的事情。

这样一个习惯，其实就是源于母亲对我的一个要求。父母提出要求以后，不能随便变，我母亲要求不高，就是想让我未来当一个乡村老师，所以她希望我读书。

如果你的孩子有一门课，老是在班内第一名，他对学习是不会绝望的。我从初中开始到高中，数学一直都是在五六十分中徘徊，不及格的时候多，及格的时候少。所以我对数学到今天也特别绝望。当时的高考分成三支，一支是外语考试，一支是文科考试，一支是理科考试，文科考试和理科考试都要考数学，我其实最想考的是中文系，因为我当时英语水平根本就没有，农村孩子怎么可能有英文水平。但外语考试，数学不记入总分，这就是为什么我选择学英语的原因。一部分是我喜欢，英语毕竟是文科的，跟语文有相通性。我连续两年高考失败，也失败在外语考试上，因为我等于从零学起，第一年英语考试考了33分，江苏师范学院当年的录取英语单项分数线是40分，我差了7分；第二年，录取分数线到了60分，我考了55分。但是我看到外语水平的进步，我料定第三年坚持考的话，英语分数一定能上去，结果第三年我的英语考了92.5分，满分是100分。当年北京大学英语单项分的录取分数线是85分，就这样我到北大学英语去了。

今天我依然没有放弃对于中国文化和中国语言的兴趣，因为这是从小喜欢的，真的会喜欢一辈子。为什么我要告诉大家让孩子学唐诗宋词？如果从小真的喜欢上了这个东西，一辈子的中文功底，和中国文化功底会极好，对于他未来的生存发展和社会地位会起到极大的作用。如果你的孩子是初中或者高中了，有兴趣，依然可以重新拾起来学的。这是我的第一个建议，要让心灵自由放飞，要让精神自由放飞。

我觉得有两种家长是不对的，一种是告诉孩子长大了必须去做什么，另一种是告诉孩子，每门课的分数必须到前面去，根本就不管孩子的兴趣、能力、爱好所在。孩子最后有可能每门课都考到一定分数，上了名牌大学，但孩子一辈子的兴趣爱好、个人情怀、自由精神都被毁掉了。

第二个要素就是孩子长大的过程中，会一门艺术方面的特长会特别好。这个特长不是说去比赛拿奖，而是真正的爱好。我不能把它叫特长，应该叫爱好，不管是绘画书法，还是唱歌跳舞，总而言之，根据孩子的特征，选出一个让他从小就训练，这个训练千万不要当作考试晋级，而是当爱好来训练。如果孩子到了一定程度，参加一定的比赛，让他有成就感也是很好的。因为人是在不断的成就感中成长起来的，对于孩子，小小成就感都要鼓励。任何一个孩子都是有特点、有特长的，这个特点你要进行鼓励，就会慢慢发挥出来。

我来讲一个美国老师的故事，这是一个黑人老师，她所在的学校是黑人区，最乱的地方，是被放弃希望的地方，但这个老师居然培养出很多名牌大学的学生。她是一个小学老师，她的学校从小学一年级到八年级，所有这些孩子，她都鼓励着来教学。她举了一个例子，一个孩子的一份卷子上有12道题，有10道是错的，一般老师的习惯就在 10 道错题上打 10 个叉，但她的做法是 10 道题全留白了，只在两个对的题目上边打两个勾，并在下面画一个笑脸。

学生拿到卷子后很感动，在一次次激励下努力学习，后来上到了美国不错的大学。这个老师不光教学，还把她认为值得培养的孩子，一个个送到最好的私立高中或者公立高中去读书。她成了美国一个在贫民区，培养出了很多大学生的老师。

这个老师只做了两件事情，一个是对学生的爱，第二是对学生的鼓励，就这么简单。所以大家做家长也一样，一方面要对孩子投入，第二方面要理解孩子，第三方面要鼓励孩子，让孩子逐步进步。

再回来讲艺术问题，我刚才讲人最重要的是锻炼自己的心灵广阔度，精神的广阔度和审美能力的广阔度。这三个比学任何学科都要重要。艺术能力，会使孩子对于世界的认知，从审美的角度出发，同时对自己产生一种能力认知。他觉得这个世界上的美是可以被我展现出来的，可以被我描绘出来。

除了艺术，孩子还有另一件事情要做的，就是有一项体育是比较不错的，因为人的健康就是身与心的健康，我们刚才讲的是心的健康，那身的健康呢，就是靠运动而来。一个弘扬运动的国家，这个国家老百姓整体的健康程度，一定比一个不弘扬运动的国家要高很多的。

现在我们对孩子身体的锻炼，还是非常功利性的，也就是说并不是为了孩子的健康开展体育运动，而是为了组织几个运动员去参加比赛，为学校获奖。对于大部分学生来说，最多是在课间稍微打打篮球、跑跑步、在操场上打打闹闹，就算是体育完成了。

可以说,学校给予孩子体育的时间是远远不够的。给孩子培养一个体育爱好真的很重要。

这个体育爱好培养到什么地步呢?培养到他跟别的小朋友在一起玩,不差,能参与,就算好,当然如果真的能引领,那就再好不过,这样孩子很多方面就可以得到更加完善的体现,包括朋友交往等方面。

我女儿在文艺方面和体育方面,从小就挺关注的。我女儿在音乐方面是有点天赋的,钢琴弹得非常好,现在带来一个极大的好处,晚上回家没事干,就可以弹钢琴,这样她就有一个心灵的出口。她的绘画也相当不错,我过生日的时候,她就把一张我跟她小时候的照片画成油画送给我。体育方面,她六七岁的时候,开始练花样滑冰,但非常遗憾,在12岁的时候,练习中一不小心骨折了,从此花样滑冰就跟她无缘了,后来又跟我学滑雪,滑雪单板也滑得非常好。

在冬天,如果在家待着很闷,我和孩子扛着滑雪板就上山了。除此之外也是一个父母和子女之间交流的渠道。所以凡是孩子喜欢的体育运动,我一定也会努力学会。现在我都50多了,孩子扛着滑雪板去滑雪,我都是跟着一起滑的。他们喜欢潜水,我就跟他们一起潜水,那是要冒着生命危险的,但就觉得特别好,陪伴孩子的成长。

我儿子弹钢琴和绘画不算好,但我也依然要求他,至少有一个艺术才能。我和他说,男孩子长大后,你可以拿个乐器,然后把女孩子吸引过来。所以你可以选择吉他,也可以选择萨克斯,最后他选择萨克斯,现在也在学校的爵士乐队了。儿子的运动,滑雪没有问题。但他有另外一个运动,打篮球,不算高手,昨天我还跟他一起打了半小时篮球。他原来是不会打篮球的，后来我发现，他不喜欢那种跟人在一起的体育运动，唯一的运动是打网球。他怕跟人发生肢体冲突，一个男孩如果怕发生肢体冲突是很麻烦的，我差点把他送到李连杰那去学武术。我说必须参加一个冲突性的运动，毫无疑问，不是足球就是篮球。这个时候他已经快14岁了，从来没碰过篮球。但他长到1米85了，肯定能打篮球，当时我儿子很宅，宅在家里做作业或者打游戏，或跟同学微信，碰到任何冲撞性的运动就不愿意去。

我在孩子心里还比较有威望，尽管他开始不想去打篮球，但还是被我说服了。我并不期望他变成篮球明星，但我希望他克服身上两个问题，第一是不敢跟人去撞，一是不能在家里一个人闷着，到最后连朋友都没有。他知道我是坚定的，决定不可更改的，就每个礼拜去跟教练打，打了一年有点感觉了，然后学校篮球队招新去试了一下，就进去了。尽管不是篮球队主力队员，但是没关系，至少已经跟一群人在跑了，慢慢就能抓到球了。打了两年半，到现在已经16岁了，我家门口，刚好有一块空地，我给他装了一个篮球架，就可以自己玩玩，有的时候晚上回来跟我玩玩。更加重要的是，他有了一帮篮球队朋友了。篮球队员们周末没事的时候，去三里屯逛逛，一起吃吃饭，同学们聊聊天，我觉得这个事情就变成了小男孩很好的一种生活方式了。

我觉得这就是家长应该安排的。举个简单例子，如果你的孩子很内向，你就应该让他学唱歌或者跳舞，因为唱歌跳舞能激发孩子的表演欲，表演欲出来以后，就不那么内向了，这个也非常的重要。

如果你的孩子太外向，太好动，你就让他练书法或者绘画，因为这是要坐着静下来才能做好的事情。你一定要了解孩子的个性,根据你对孩子的观察,对他的个性做出某种纠正,或者发挥他个性中的特长。这就是为什么我说,文艺和体育,不能叫作才能,作为爱好对孩子来说就特别重要。学两个就行了,不用学太多,文艺方面选一个,体育方面选一个,跟孩子的个性比较吻合的就特别好。

第三个我想讲的要素,也是刚刚绘画老师告诉我的,说我们孩子绘画不是只在房间里画的,一到放假的时候,就跑到大山里,跑到陕北去画画的。这个恰恰就是我想说的第三点,在有条件的情况下,一定要带孩子行走世界。这个行走世界可以有钱的走,也可以没钱的走。现在就算到美国去,在淡季的时候,在不奢侈的情况之下,飞机票来回几千块钱就够用。在中国就更加方便了,没有必要把钱花在没用的地方,应该把钱花在刀刃上,最大的刀刃是什么,带着孩子旅行,给孩子买书,这个是最大的刀刃。

我每年一般全家旅行两次。这两次旅行是什么呢?不是去度假,尽管也算度假,但主要是出去文化历史考察去了。我一定会带他们到某个地方,让他们对那个地方的文化习俗、民情产生了解,包括去当地的博物馆、文化遗址看看。为了让他们学到更多的东西,我就要自己先做研究,到任何一个地方之前,我都会提前一个月把那个地方所有的历史文化典故的资料看完。我带着孩子旅游十几年,基本没有碰上导游能够给我讲到心服口服的。通常的情况都是,等到他讲了一天以后,第二天导游就说,我来安排车,俞老师路上就你讲。目前我只碰上一个,在西西里岛,碰上一个导游,他原来是国家运动员,有一天到西西里岛去旅游,突然就爱上了那个地方,从此就没回来,在西西里岛开始做导游。

他本身对当地的文化历史特别了解,所以我到了西西里岛之后,他给我讲整个西西里岛的历史、文化、宗教、黑手党,我就觉得这个很牛,你能从他身上学到东西。结果两个孩子也喜欢这个导游,喜欢得不得了。你看,做什么事情,都要做到极致状态,就一定会有人喜欢。这个导游,后来我专门为他写了一篇文章,放在我的"老俞闲话"里,结果他的订单就来不及做了。

我到一个地方就给孩子做讲解,写心得笔记,比如说今年2月我带孩子去了埃及,一路过来,我自己写埃及的感悟记录写了两万多字。夏天带他们到了希腊,驾车一点点去考察古希腊文明遗址,孩子就自然学到东西,他们对历史文化就非常感兴趣。今年十一,我带他们去了世界上最幸福的国家不丹,6天时间我带着孩子把不丹走了一遍,写出了19,000字的旅游笔记。这些笔记之所以能写出来,是因为我上边写的内容,其实都是我给孩子讲的内容。

带着孩子旅游,亲密接触,文化交流,还能扩大他们的眼界。当然你孩子还可以交给别人去行走世界,比如说你可以参加夏令营、游学营,让孩子更加独立。我女儿15岁的时候,她要参加一个非洲的组织,这个是组织志愿者到赞比亚的山区去教书,我一查那个地方离野生动物园很近,据说狮子会跑到村子里去,我想我要不要放她去,而且路上要坐三十几个小时的飞机,我老婆死活不让去,说一个小女孩,坐三十多个小时飞机,下飞机就是非洲,那么乱,也不知道那个组织到底怎么样。我说孩子想去,就让她去,跟她讲清楚路上可能出现的各种问题,剩下就是她自己的运气了。结果我女儿就去了,孩子出去一个月以后回来,真的能明显看到她的成长,我女儿现在身上有一种独立精神,展示出来的工作能力、学习能力，跟同龄人相比，的确要高一些。

第一点唐诗宋词，第二点是体育文艺，第三点是行走世界。你看我都没讲到学习呢，这表明了什么，学习不是最重要的。学习重要吗？我用了三年时间考大学，第三年我考上北京大学，考上北大有用吗？当然还是有用的。其实，考试好不好不重要，重要的是，即使考到全班最后一名，还依然有自信，这最重要。我们不能期待孩子在学校成绩都是第一第二第三名，中国的孩子到第二名就开始自卑了。中国的教育最大的失败是什么？家长和老师只关注孩子的成绩，如果孩子成绩不好，家长满肚子的怨气和抱怨，班内十名以后，很多老师就会把孩子忽略掉。

有句话说，伟大的老师是关注全班最后十名的老师。你看就算最后一名，其实也没什么。我跟孩子们说，重要的不是名次，重要的是你看到自己的进步。比如说你从倒数第一名结果变成倒数第二名、第三名，一个一个再超过去，这个感觉很好，你的成绩是不是这次考了25分，下次考到30分了，那是不是有进步了，总而言之，不能让孩子们感觉到，只要成绩不好，就一切完蛋。这就是我刚才讲的另外那几个要素重要的原因，至少有一门课或者说一项特长，他是可以抬起头来的，这个抬头很重要。

你看中国很多富人的孩子，没什么特长，唯一能抬起头来的就是有钱有跑车，那就麻烦了。这种物质性的东西抬起头来，是害死孩子的事情。你要让孩子厉害的是，打篮球最好，打乒乓球也行，拿出一个最好来，能坚定自己的自信心。有了对生命的热爱，个人的发展就有了根基。

在学习方面，让孩子循序渐进在学科方面，不断去努力成长。当然学科方面努力成长，一个是要培养孩子的好学心态，其实要从小培养的；第二就是家长给予示范指导。我从来不要求孩子成绩好，只要在班里达到中游水平，确保不被学校落下就行。这是一个家长心态问题，孩子在我身边是没有压力的，因为我不对他们有成绩上的过分要求。这是另外一个话题，我的重点不是讲成绩，是培养孩子的个性。

刚才讲的包括你带孩子出去旅游，让他们读唐诗宋词，还是文艺体育，都是为了培养孩子的一个能力，叫作对生命的热爱，对生命的热爱，有时候还需要家长参与。比如我问大家一个问题，你有多少次曾经带孩子跑到太湖边上，专门去看十五的月亮从太湖里升起来？我们有多少家长带着孩子扛着帐篷，跑到草原上，然后在草原上搭上帐篷，晚上在草原上看繁星满天？这些东西其实都是为了培养对生命的热爱。我常常带着孩子去看大自然，所以他们对大自然是有热爱的，对大自然热爱，对生命也会有热爱。尽管他们也有迷茫，我女儿到现在还在问，爸爸我后半辈子到底要干什么？我说没关系，人总有迷茫的时候，爸爸已经迷茫到了56岁还在迷茫。实在没事看看星空，看看大海，背个包到非洲走一趟，到贫困地区支教一年半载，这都是你们能做的事情。

我要讲的下一个要素，是从小培养孩子守规矩的能力。有没有发现中国现在出那么多事情，是因为大量的人没有规矩意识，没有规矩意识又厚颜无耻，想占便宜，各种事情就发生了。我们现在社会上的行为规范是严重缺失的。但是不管怎样，你要让孩子未来在社会上，不管国内还是国外，有一个好的生活，有两件事情必定要做。

第一是自律和守规矩的能力，当然不是不讲道理的规矩。自律守规矩的能力，比如在家里，该自己把房间收拾干净，父母坚决不去收拾，该几点起床，该几点睡觉，一定是规矩。每天或者每个礼拜玩多少小时的游戏，这也是规矩，这都是自律。帮助父母该干什么，洗碗也好，买菜也好，该做的就做，还有要求孩子遵循一些礼仪规矩，客人来了要让座，要有礼貌；早上起来，晚上睡觉一定要问父母好。你要知道，你对孩子要求越严格，孩子会越孝顺，当然这个严格不是说不讲道理，不是说乱发脾气，也不是说高兴的时候孩子什么都能做，不高兴什么都不能做，而是一种真正严格意义上的自律行为。我从上小学开始，我母亲对我和我姐的分工就是，我姐洗碗，三顿饭的碗都是我姐洗，我扫地，每天早上不扫完地不许上学，一直到18岁。我上大学也没停过，到了大学后，我看到扫把手就痒痒，所以我大学四年宿舍的地，大部分是我扫的。到今天为止，在家里收拾屋子，我也一定会参与，干净整洁变成了我的一个习惯和自律。

我母亲从小要求我，做事情几点你就应该去做什么，比如说放学回来要去割猪草、割羊草，那是不能偷懒的。晚上吃完饭后，要读书、要写字、写作业；我母亲纺纱，我跟我姐在两边写作业，所以我跟我姐的成绩还是不错的，因为母亲管着，这就是规矩。

有句老话叫3岁看小，7岁看老，就是指孩子的生活习惯、学习习惯、行为习惯，基本上到7岁就已经定型了。我常说中国家长有两种家长，一种家长是孩子从小到18岁，过得比较辛苦的家长，一心一意要把孩子弄好，家长方法也比较正确，所以等到孩子18岁上了大学后，后半辈子就无比幸福，因为孩子一切都好。生个好孩子，把他培养好特别重要。其实每个孩子都是好孩子，关键是你能不能培养好。很多家长从小对孩子各种宠爱、没有规矩，孩子个性各种爆发，家长的脾气也常常失控，到最后不光是一到18岁累个半死,关键是18岁以后,更要你的命。中国古代就有这样的例子,小时候,孩子到邻居家偷了个橘子,回来以后母亲说,偷得好,赶快吃,孩子就形成了偷的习惯。长大后越偷越多,最后被抓起来,官府要把他斩头,这个人说我再见一次我妈妈。过来以后,孩子说妈妈你能不能让我吃一次你的奶,母亲还真把乳头拿出来想让他吃奶,结果他一口就把妈妈的乳头给咬掉了。妈妈说,我一辈子对你那么好,你为什么要这样。儿子说,你要是从小对我严格要求,让我不去偷人家东西,偷了东西,你第一次把我打个半死,我就绝对不会有上刑场的这一天,我一生都是你害死的。

我在新东方认识的一个家长,是一位母亲,她跟老公离婚了,我问离婚孩子能带好吗?她说:当然能带好,她就把握两个规矩。第一告诉孩子,爸爸是个好人,爸爸之所以跟妈妈离婚,是两个人很多生活习惯不一样,她从来不在孩子面前说一句前夫的坏话,尽管心里把他恨得半死。很多人会怎么做呢?天天在孩子面前嘀咕爸爸的不行,孩子在爸爸那边的时候,爸爸又倒过来说妈妈怎么不行。结果让孩子无所适从,心理崩溃。这个妈妈一直说爸爸好,爸爸那边也知道妈妈在说他的好话,所以爸爸也从来不说妈妈坏,所以孩子一路长大身心健康,最后考上了世界名牌大学。

相反的,离婚以后如果妈妈没事就天天在孩子面前骂她前夫,觉得跟孩子相依为命了,对孩子宠爱无度,要什么给什么,父母离婚,孩子心理本身就有些扭曲,这样一来,孩子一路长大过程就是一路走向滑坡的过程。

回头看,我特别感谢我母亲,因为我母亲特别宝贝我,在我两岁的时候,上边是有个哥哥的,4岁,结果得肺炎死了。这样3

个孩子变成了两个,我母亲看我看得很紧,好不容易剩下一个儿子,很宠爱。但另一方面,因为农村生活条件苦,我母亲也非常在乎一碗水端平,不能太偏向我跟我姐姐之间的区别,会让我干很多农活,从小要求守规矩,这种规矩意识也在我心中扎下了根,结果就有了我的今天。

当然还有一件很重要的事情,要让孩子学会什么叫作自律能力。自律能力中有一个特别大的要素,就是要让孩子变成一个愿意为别人服务的人。我发现这个世界上,成为最好的人,就是愿意为别人做好事的人,愿意帮助别人的人。你身边有哪个斤斤计较,自私自利,目光短浅的人是真正生活好的?真正生活好的人,常常是愿意为别人提供服务的人。

你如果做的事情,不是只考虑自己,也考虑别人的感受,有这个能力,一辈子基本上不会太吃亏。因为人与人之间是面镜子,心心相印的镜子。你对别人好,别人感觉到你这个人好,没有坏心,周围就会有很多朋友,当你需要帮助的时候,别人一定会愿意帮助你,没有人会不愿意帮助一个好人,但没有人会帮助一个自私的,斤斤计较的,背后满肚子坏水的人。

新东方成长的过程,就是一路互相帮过来的。做新东方后,我希望我的同学来跟我一起创业,今天新东方的CEO,也是我中学的同班同学,因为大家互相信任,年轻的时候就互相帮助。

朋友之间如果没有互相帮助,都死了十回八回了。我跟自己有一个要求,你可以笨一点,你也可以少赚一点钱,但是一定不要做对不起周围朋友的事情,不要做对不起社会的事情。这个也是从小培养出来的。我小时候,有一次下雷阵雨,母亲带着全家把邻居的稻谷收了,结果我们家稻谷还没收雷阵雨就下来了,稻谷就被淋湿了。我问母亲为什么不先收自己家的,她说远亲不如近邻,肯定是先把人家的弄好,以后有什么困难,邻居都会帮忙的,说得多实在。我们村东头有一户人家,家里五个儿子,夫妻两个,加上爷爷奶奶,一家九口人,他们家的粮食永远是不够吃的,所以我母亲每年都会拿簸箕,让我把家里剩的粮食给他们拿去。我父亲是个木工,他有个习惯,穷人家造房子,过去一碗酒,大梁架好,走人,从来不收工钱,但有钱人一定是要收工钱的,区别很清楚。

我觉得父母传给孩子再多的财富,都是不管用的,你必须把品德传给孩子。像我这么忙的人,在孩子身上花的时间已经很多了。我觉得这是很值得的事情。我抓住一切机会和孩子进行交流沟通,除了微信沟通外,还要当面沟通。我带他们去旅游,也是为了沟通,不管怎样,非要跟他们打成一片不可。打成一片,最重要的是用我的行为、理念来影响他们,让他们变成比我更好的人。我的孩子很有善心和爱心,我觉得这个就很好。有没有出息没关系,有善心、有爱心,这个世界上就会有人保护你,有人保护你,就不怕受到太多的伤害,这是我认为最重要的东西。

我今天只是从我个人作为父亲,跟孩子打交道的角度,以及从我父母身上学习的角度,来跟大家分享交流。至于说你的孩子未来到底是在国内读大学,还是在国外读大学,其实区别是不那么大的。我的建议是,如果你的家庭经济条件不错,高中毕业后可以选择国际上优秀大学去读本科,算是一个不错的选择。因为未来孩子的两个平台特别重要,中国平台,懂中文中国文化。一定要尽可能读到高中毕业再去,因为中文水平高。中国平台不能丢,但是西方平台现在也不能丢,英文和西方文化,如果出去读四年本科，基本就学到手了，这样未来就有了一个世界的平台，在世界舞台上能够拥有自己的能力。这是我觉得孩子可以选择的方向。但如果家庭经济条件并不那么好，我不建议非要到国外去读书，你可以在中国上感兴趣的学校和感兴趣的专业，等到大学毕业后，再去国外读个研究生、博士生，这是有奖学金的。

不要为了孩子，无限量地去支持孩子。过分宠爱孩子，孩子有的时候是不会感激你的。一定要量力而行，告诉孩子，我们家庭就是现在这种状况。我发现有些家长会出现问题，因为孩子说，你看我的同学出国了，我也要出国，父母跟他说，咱们家没钱。孩子说，没钱是你们的事情，反正我要出国，家长就开始到处借钱。我觉得这是家长的失败，什么叫钱是你们的事情，你懂不懂父母的辛酸，你懂不懂父母为了你，已经付出了全部的努力，你懂不懂这个世界是有不公平的，父母不是说不去挣钱，而是父母已经尽全力了，你必须体谅父母的辛苦。一个不懂得体谅父母的孩子，既不成器，也不用指望他未来有什么出息。所以父母不要无限制宠孩子，要根据家庭情况，量力而行，让孩子跟你们一起共同成长，让孩子最后长成一棵独立的大树，这才是作为家长真正重要的东西。

论个人修养的提高

我们都知道,在座的各位是帮助老师的老师。当老师呢,我们都是从零做起的。我刚到北大当老师时,还不会当老师,从把每一堂课讲好,到通过讲课,把各种各样的知识点、背景串联起来,到后来除了串联知识点,还能够把当今世界上正在发生的事情,把自己的某种态度、看法都能串联起来,需要一个很长的过程。实际上,一个好老师,能够非常自如地把宏观和微观,整体和细节,主题和论据,上课的逻辑和幽默轻松的语言都完全结合起来。这种结合我们把它叫作"一个成熟老师应有的态度"。

新东方初创时,我知道一个老师的成长要有一个过程。我当时提出了一个最核心的要求,所有老师在上第一堂课前,就必须把所有要教的课程内容都备得滚瓜烂熟。也就是说,你上第一堂课时,就要求你把最后一堂课也备得滚瓜烂熟,至少在你所教的课程范围内能够做到纵横交错,旁征博引,互相引用,交替说明。只有这样,才能达到一个好的效果。新东方做托福班、GRE班和GMAT班的时候,我就要求任何一个教这些课的老师,必须把课备得非常熟练,才能开始教第一堂课。

这样的话,至少达到第一状态,也是最低底线,就是一门课如何上好。老师拿着他上课的内容走进教室,已经完全能够达到我刚才说的上下贯通,不至于讲一课是一课,讲一课再备一课,这是最低要求。

当初我对教托福和GRE的老师说,要求你们学贯中西,把世界发生的事情都联结起来融入课堂,可能不切实际。但至少你们做到两点:第一,你们对于所教课程内容是滚瓜烂熟,最好能做到把课本扔掉,也可以在课堂上课。第二,你必须能用轻松、幽默、愉快的语言把内容表述出来,引起学生的兴趣。大家都知道我们现在的学生分为三个阶段:小学、中学和大学阶段。这三批学生的要求也是不一样的,小学阶段的学生,是以互动为主,老师如果能够达到与孩子无缝互动,让课堂气氛活跃起来,把孩子的注意力吸引过来,就算是比较好的教学服务。到了初、高中阶段,互动已经不是特别管用了,但是互动依然重要。比如我两个礼拜前,跑到腾格里沙漠的一个农村初中去。他们说,俞老师,你来给我们上一堂课吧。我就去给他们讲了一个小时的英语课。

这次课我就采用了把两者结合起来的上课方式。既要和学生保持不断地互动,还要把他们所不知道的知识点、兴趣点以及我个人对某件事情的看法交织起来。这些因素交织起来后,最容易引起学生的巨大兴趣。我讲了一个小时课后,孩子跟我说,俞老师,如果我们的老师能跟你一样上课,我对英语一定会感兴趣。他们说,我们现在最不感兴趣的就是英语课,因为老师就让背单词,背句子结构,再就是考试,我们都觉得非常枯燥。教学实际上是一个双向的过程。到了大学阶段,基本上是以单向教学为主,除了小课堂的研究生教学双向交流比较多,其他的课程方式,尤其是大课,包括网上教学,都是以单向传授为主。

单向传授为主的课程,从技术层面上来说,就需要做到刚才所提到的几点：对课程内容的精准理解，采用简练的语言，抓住学生吸引力，用轻松、愉快的方式传递知识。这些因素整合在一起，你才能够完成一个作为老师，面对大学生应有的吸引力。

第二个层面，作为老师最重要的职责就是把教学和世界及未来联结起来，这是一个悟的层次。人学到一定程度后，如果只是把课本上的内容反复循环，滚瓜烂熟，对于提高学生的境界是没有用的。对于学生来说，只是通过你的教学，提高了分数。除了提高学生的分数外，我们能不能提高学生的认知，这是第二层次教学的主要目的。

作为培训师，做到帮助老师在教学中提升学生认知这个层面，学生的收获就是加倍的。做到第一个层次，学生的成绩会得到提升；做到第二个层次，学生对世界的认知变得更加清晰，人生的高度也会变得更高。这种认知还能更好地有助于成绩提升。当一个学生对世界认知变得清晰，他会更加愿意去追求世界上的未知。学生的好奇心和探索能力被激发，必然有助于学生自我学习能力的提高，因为他知道提升是他走向未来更精彩世界的第一步。教学达到第二个层次，既调动学生内在的学习积极性，又帮助学生从内心去感受学习的快乐。

学生可以分成两类人：一种是天生喜欢学习的人。他并不是觉得学习不难，而是他深刻意识到学习能给他带来一个怎样的未来；另一种学生就需要外在推动力来学习，因为他不知道学习除了考满分来满足父母的愿望外，对他来说到底有什么用。所以，当我们把教学过程和世界及未来跟学生进行连接，学习对于学生的吸引力就会大大增加。

我一直在总结当老师的经验，我发现学生对我上课感兴趣的一个重要因素，是在不影响教学内容的前提下，在课堂中加了其他有益的内容。我在北大当老师的时候，第一年甚至第二年，只能勉强把课本上的内容给学生讲。但课本内容讲熟练后，因为知识结构比大一、大二的学生要丰富很多，我就给他们增加了课本外的内容。比如我会给他们讲GRE、托福考试的内容和出国留学的好处，把他跟世界联结起来；给他们讲古希腊神话故事，加深他们对西方文化的认识；讲圣经故事，让他们对基督教的起源和发展有所了解。他们原来以为学英语就是学英语，就是跟着老师把精读泛读学好，把单词背好，把考试考好，现在他们发现英语课可以延伸成一门西方文化课和西方宗教课，可以延伸成一门如果到美国留学，可以帮助他打开走向世界大门的课，学生对于英语学习的兴趣就会明显提高，自我学习能力也会得到增强。

我们在座的培训师想要把老师培养到悟的层次，首先自己要达到这个层次才行。我们有些培训师可能自己还停留在术的层面，要想把老师教到第二个层次，就是不太可能的事情了。

第三个层次，也是最高层次，就是把世界融合起来的层次，叫作道的层次。这个层次是什么概念？就是已经有了一个对世界观、人生观、价值观非常清晰的认识，对于人和人之间、人和世界之间应该如何和谐相处有了明确的认识。确认自己的三观是符合大道的，并在教学过程中，把自己的价值观、人生观和世界观通过教学影响学生，让学生沿着正确的方向安排自己的一生。

比如王阳明教学生，实际上就是在道的层面教学。所谓心学，就是教自己的学生怎样做到知行合一，认识到良知就是真理，这是更高的层次教学。通常情况下，老师教学的第一层次是教内容，第二个层次是教内容和实践的结合，第三个层次是把我们的价值体系跟学生进行对接。我们从小遇到的老师，对我们影响最大的老师是哪一种老师？一定是在价值体系上，还有对世界的看法上给你带来影响的老师。

所以有些老师能够通过自己对事物的感悟，帮助你重新认识世界，并且在你的个人价值体系上有所体现。第三个层次能够让学生充分认识到一个人在世界上、在群体中、在社会里，到底应该是怎样的状态，世界发展的走向是怎样的，自己应该是一个怎样的走向。这样的教学就是到了一个更高的层次，摆脱纯粹技巧教学的状态。

既然我们是老师的老师，我们要在这三个层面给自己提出一个更高的要求才行。如果你不提出一个更高要求，把自己停留在一个普通老师的水平，是不够的。

个人的三观到底如何修炼

我们常常讲三观，大家都知道是世界观、人生观和价值观。我们上哲学课的时候，常说世界观就是唯心主义世界观和唯物主义世界观，我们坚持唯物主义世界观，实际上这是一个非常僵化的概括。因为涉及每一个人而言，把世界观具体一下，就是我们对于世界的看法，这个世界包括自然世界、社会世界和人的世界。很多事情，用唯心主义和唯物主义两分法，是说不清楚的。

你能不能培养出自己的某种能力，这个能力决定着你对待世界的态度。世界美好可以从科学角度来看，宇宙是奇妙的，地球是奇妙的，大自然是壮观的；也可以从社会的角度来看，社会是人类相处的集合体，是美好还是丑恶，需要你自己去界定；整个社会又包括世界发展的政治系统、经济系统和社会管理系统，我们如何看待这些发展,哪些做法是美好的哪些是不美好的,这是世界观的问题。

在某种意义上,世界观决定了我们的人生态度。如果你觉得这个世界值得过下去,这个世界是美好的,那么你的人生态度相对来说也会比较积极。你在世界上就是一滴水,你是你自己的全部。作为一个独立个体来到世界后,从生到死,这条路你要怎么走,这就是你的人生看法、生存目的和价值意义。我们每个人,都会问自己为什么要活着。有时候我会想起家里养的巴哥狗,因为家里常没人,早上出去晚上才会回来,它会郁郁寡欢,满脸忧郁。我就在想,它是不是在思考自己的狗生,作为狗为什么要活着。也许狗没有这样的能力,它只是看到主人就开心,主人不在就伤心,可能这就是它的狗生观。

人是有灵性和理性的动物,我们生而为人,给自己赋予了一个非常重要的精神世界。有人也许会认为,一个人不管处于任何状态,只要物质生活能够得到满足,就能处于一种满足状态。但我认识很多有钱人,也认识不少演员明星,他们不缺钱,很有钱,但你会发现,他们依然在问,我为什么要活着?你会发现一些曾经很有成就的运动员、演员,后来变成了无趣的人,吸毒的人,甚至走上了自杀的道路。因为他们没有能够解答这个问题:人为什么要活着。

自身就很贫寒的特蕾莎修女,一辈子都在印度帮助濒临死亡的病人和穷人,让他们有一个安身之所,她永远不会想我为什么要活着,因为她的工作赋予了她充分的意义。这就涉及一个很值得我们思考的现象。前两天,我在北大纪念讲堂观看了中国残疾人艺术团的演出,这是残疾人艺术团到北大演出的第7年。北大为什么要请中国残疾人艺术团到学校演出呢？因为北大心理咨询中心的老师发现，北大学生不少人没有人生目标，感到迷茫和痛苦的学生越来越多。这些学生好不容易以很高的分数考进北大，结果发现进到北大后，没有学习的热情，没有生活的热情，甚至连谈恋爱的热情都没有了。

到了这个地步，整个人生就变得很荒谬。本来进入北大，中国最著名的大学学府，是一片多么广阔的天地，没想到迎来了痛苦绝望。当然，处于人生过渡阶段，从中学一切有人安排好的状态，进入到大学一切都要靠自己安排，有这么一段迷茫时期也是正常的。但很多学生长期走不出来。所以北大说，我们要用残疾人来激励健康人。

为什么要用残疾人激励健康人？残联的领导告诉我，你别看我们是残疾人，但是残疾人有一个生存法则。我问他，什么生存法则？他说，我们残疾人只看自己得到了什么，不看自己失去了什么。我们耳朵聋了，聋了就聋了；眼睛瞎了，瞎了就瞎了，我们只会想，聋了、瞎了以后还能做什么更加美好的事情。我们艺术团的人心理都很健康，尽管他们身体有残疾，但他们的精神常常比健全人更加健康。

我想，这是因为艺术团的残疾人，解决了人为什么活着的问题。

通过这件事，我找到一个核心，就是你的生命除了为自己活着，还有很大一部分是为别人活着。而为别人活着，往往比为自己活着，更加容易让人充实。当你发现别人因为你的帮助，变得更好或者更加幸福、更加成功，你才能同时解决自己为什么活着的问题。

当初，我创立新东方，是因为北大一个月只有120块钱的工资，生活很艰难。我给自己定了一个目标——赚到30万元人民币。因为我当时要到美国留学，差一万美元，6万元人民币可以换一万美元，还剩下20多万元人民币可以换3万美元，当时我感觉3万美元足够活一辈子。后来新东方越做越大，挣钱也超过了30万元人民币。生存问题解决了，经济宽裕了，但接着我就开始问自己，做新东方，除了挣钱，你打算如何让人生更有意义。我不断去探求生命的意义和人生的价值，才发现一个真理：生命，除了满足自身的需求，只有不断帮助其他人，才变得有意义。

今天早上，我刚刚参加了中国扶贫攻坚颁奖大会，我被授予了"奉献奖"。为什么是奉献奖，因为新东方每年大概出几千万人民币为贫困地区的孩子们提供各种各样的教育服务，提供资金、设备和教学培训，创建希望小学等。我一直认为教育是解决贫困问题的最重要法宝，你可以给贫困地区捐钱，你可以给贫困地区修路，但都不能解决根本问题。

要解决根本问题，就需要为贫困地区培养出一批真正优秀的大学生。因此，我们在想方设法通过互联网和科技手段，把优质教育资源输送到贫困地区。比如百县百校计划，就是通过双师课堂等互联网手段，为100个贫困县的100所普通中学，提供新东方优秀老师的远程教学服务，提高学生的高考分数。

人不为己，天诛地灭，但我们一辈子不能只做为自己的事情。世界上的确有这样一辈子只为自己考虑的人，但这样的人生是可悲的，人生的快乐也体会不到。因为他天天处在斤斤计较，利益纠缠，以及想方设法挖空心思去占别人便宜的状态中。当然，我们也没有必要都像特蕾莎修女那样，一生永远在为别人做好事。至少我们可以做到，既为自己，也为别人。

为什么活着？有人说，我要让孩子健康成长，所以必须活下去；还有人说，我要为父母活着。这些都是小我境界，这些东西都很重要，但本质上并没有解决你为什么要活着的问题。

当你把整个社会和你联结起来，把世界联结起来，发现自己已经被社会所用，被世界所用，你做的事情有价值，能够给别人带来影响，并且这个影响是正向的，是正能量的，是对别人好的影响，这个问题才算解决了。

有人问，俞老师，你为什么要写"老俞闲话"？我写"老俞闲话"还是很勤奋的，不仅仅是因为我写完"老俞闲话"，每篇文章都有几万人在读，文章后会有几十、上百个甚至上千个评语，大多是各种各样的鼓励。这个是属于虚荣心层面。

更重要的是，我发现写的文章对有些人是真的有用。读完之后，他也许改变了自己的心境，改变了人生态度，改变了迷茫状态，甚至确定了人生方向。这些事情好像时有发生。我写的文字帮助到了别人，同时满足了自己内心的成就感和虚荣心，这是再完美不过的事情了。

我一直认为，人在做好事的时候，有点虚荣心，不是一件坏事。我甚至认为遁入空门的弘一法师，都是有一定虚荣心的。弘一法师遁入空门后，一生深入研修，潜心戒律，始终遵循着最严格的律宗要求。但是，弘一法师依然会到全国各地去传道，传播佛教教义。一方面他要救大众于苦难之中，另一方面我觉得从某种意义上来说，他在这个过程中，内心一定也有被信徒认可后的满足感，以及弘扬教义的成就感。

其实两者是不矛盾的。我个人做事情，不论是写文章，还是演讲，一方面是自己的精神得到满足，另一方面对他人也是有用的。虽然我还会有痛苦迷茫的时候,但从整体上来说,我是一个勤奋精进的人。勤奋精进的原因是因为活得来劲,活得不来劲你不可能勤奋精进。之所以活得来劲,是因为新东方的事情,还有我个人做的事情,都有一定的社会意义。

价值观也很重要。一个人拥有什么样的价值取向,什么样的价值目标,什么样的价值追求,决定了这个人的生命价值。我们这一生有什么是值得我们去追的?值得去追的东西太多了,金钱有很多人追,美女也有很多人追,财富、友情、社会地位都值得追。

到底哪些东西应该放在第一,哪些东西放在后面,你要先看你追求的目的是什么。比如说,对于财富的追求,到今天为止也是我孜孜不倦的目标。因为财富可以让你去做太多有价值的事情。我很欣赏吴晓波说过的一句话:金钱,让浅薄的人更浅薄,让深刻的人更深刻。

过去我对财富的追求,是为了摆脱贫穷;今天我对财富的追求,是为了让财富帮助到更多的人。如果钱只用在自己身上,天天吃喝玩乐,各种享受,只能暂时满足空虚的心灵。只有当你把钱用到能够让精神和心灵保持长久充实的事情上,感觉才会完全不同。追求任何东西都没问题,但追求的目的一定要想清楚。追求美丽,男人追求美女有问题吗?美女追求有才华的英俊男性有问题吗?没有问题。但如果把财富本身作为唯一目标,把美女俊男本身作为唯一目标,没有想清楚追求到手后,财富做什么,结合在一起组成一个什么样的家庭,成就一个怎样的世界,这个时候就有问题了。

一个人的三观,与他自身的层次是密切关联的。弗洛伊德讲过人的三我,本我、自我和超我。如果一个人的世界观、人生观和价值观只跟本我相关，只满足自己的本性欲望，那这个人就跟衣冠禽兽差不多；如果一个人的三观与本我和自我相关，那么他可能是一个在社会中可以安身的普通成员；只有一个人的三观跟本我、自我和超我都相关，更多偏向超我，你才能够在这个世界上站得更高，看得更远，也就意味着世界上更多的东西才会为你所用，你能够为社会创造出更多有价值的东西。下一篇我们就来讲讲弗洛伊德的三我理论。

人，走向堕落还是自我超越

弗洛伊德的本我、自我和超我理论，大家都很熟悉。我在大二的时候开始读弗洛伊德的《梦的解析》，了解到本我、自我和超我的概念。当时我就给自己提出一个要求，尽管本我还没有得到满足，但希望自己尽可能往超我方向发展，最后发现，在30岁以前，我一直被本我和自我所控制。

当你的欲望还没有满足的时候，你想达到超我是很难的。本我在一个人年轻的时候，是一种强烈的自然冲动，是在潜意识下，生物性冲动的欲望，比如性欲等，具有很强的原始冲动力。

本我只遵循一个原则，就是享乐原则，这个方面我深有体会。

到我现在这个年纪，如果想掩盖自己的本我——人原始的本性，还是可以掩盖得很好的。但我发现，即使到现在，也会有掩盖不住的时候，比如喝醉了酒，你会丧失超我意识，本我就暴露出来了。

但如果一个人把本我完全屏蔽掉，生活也会了无情趣。所以有本我其实没有问题，只是这个本我如何在规范中体现，不超出社会规范，不打破社会规矩，或者不变成一种伤害他人的行为。

今天，我的本我其实并不比年轻的时候少多少，但由于我对自己的超我，有着比原来相对明确的要求，所以，本我引导我犯错误的可能性就变得少很多。

一个人没有必要完全抹杀本我，如果看到美女完全不动心，看到美食完全不动心，我觉得这个人也就不是人了。

现在一个男人只能娶一个女人，一夫一妻，这是现在的社会规范。古代一个男子可以娶好几个老婆，那是当时的社会规范。我这次去不丹，由于历史原因，不丹不少人仍可以娶两个以上的妻子，一妻多夫的现象在不丹北部地区也存在。在这样的社会规范下，一夫多妻或一妻多夫是被社会认可的。

认可是什么意思？就是在自我层面大家遵守共同的规范。所谓自我层面，就是个人有意识的层面。一个人为什么要有意识？因为你生活在社会里，你要跟别人打交道。人一出生，就处于各种各样的规矩中，这就是卢梭所说的：人生而自由，却无往不在枷锁之中。这个枷锁就是社会行为，社会规范，你与其他人相互关系的制约。所以，你必须培养一个自我意识，用来调节和控制本我，免得本我像脱缰的野马，横冲直撞。

超我是人的更高层次，道德和心灵层次的需求。超我是你想比别人更高贵，比别人活得更加像人；活得跟其他的人一样，是自我；活得不像人，是本我。

人生活在现实社会中，要遵循现实原则，用合理的方式来满足本我的要求。什么叫合理的方式？在动物界有没有一个合理的方式？没有。两只雄狮打架，谁打赢了，一群母狮就是它的了，这不是合理方式，是强权原则，适者生存。它不存在道德体系，不存在狮子之间怎么样更有道德的问题。

不论是合理的方式，还是现实原则，背后都包含了一个概念。这个概念就是社会认可性。即在社会层面，你做出来的事情不会被社会所排斥。当然，社会也分为宽容的社会和严苛的社会，也会有完全压制众人本我的社会体系和本我可以合理释放的社会体系之分。由于我们通常没有能力改变社会体系，所以选择生活在哪个社会体系中，这一点就非常重要。

第三个层面是超我，超我是人格结构中的管制者，由完美原则支配，属于人格结构中的道德理想部分。它有三个层级，一是抑制本我的冲动，二是对自我进行监控，三是追求完善的境界。

我个人一直认为，超我是一个从被动到主动的过程。什么叫从被动到主动呢？就是说超我本来是没有的，人如果不是一个有精神有灵魂的动物，人如果不是置身于一个庞大的社会集合体中，就可以不存在超我。

从小被猿带大的泰山，就不可能有超我意识，因为他不需要有超我意识。所以，超我是从被动开始，是进入社会后，被社会习俗和规矩所制约，最后慢慢发展到主动追求超我的过程。

一个人为什么要主动追求超我？

追求超我的核心点是：对自己的生存是最有利的。人都是自我利益驱动的动物，所以追求超我，也一定是对自己有利的。

比如雷锋同志，为什么要拼命去帮助别人？首先，帮助别人这件事情，毫无疑问是非常好和善的；同时，帮助他人的背后，是雷锋同志得到了自我实现和社会认可。这种实现和认可，对于雷锋的社会地位和社会认同，是有极大帮助的。

王阳明说，一个人是被良知和良心所左右的。王阳明认为良知和良心是天生就有的。所以，王阳明主张致良知，意思是你做任何事情都不用去问，只要扪心想一想，这件事情这样做到底合适不合适？做合适的事情，就是有良知的做法；如果不合适，你还要坚持去做，就是没有良知的做法。

实际上，再往深层次探求，良知和良心也是社会强加给人的责任。作为一个社会人，社会自然会对你的良知和良心有所要求；如果你违反了良知和良心，也一定会受到惩罚，所以你自然而然会诉诸良知和良心。如果你处于一个完全弱肉强食的社会里，良知和良心就有可能发挥不了作用。

我们为什么要主动追求超我？因为被社会认可能够给你带来强大的安全感。不论是获得的社会地位，还是随之而来的社会荣耀，你是在用另外一种方式，把自己变成无冕之王。

在世界上，有一种人是依靠获取强权，获得社会地位。比如刘邦、项羽、朱元璋等人，他们行事，靠的不是道德水平的高低，他们做的很多事情完全没有道德水平。因此曹操会说：宁可我负天下人，不能让天下人负我。

但并不是每个人都能做到强权之王的，我们普通人追求的是什么呢？是一定范围之内的无冕之王，通过达到这个状态，成为对社会和人类产生影响的人物。

我们每个人或多或少都会这样做。通过做各种好事，让社会更多地认可自己，给自己带来安全感和崇高感。这个无冕之王，是没有标准的，你认可什么就去做什么。你可以学习用一生帮助他人的特蕾莎修女和雷锋同志，你也可以学习用财富致力于社会慈善事业的比尔·盖茨和巴菲特。这些人不论做什么，最终目的都是一样的，就是被整个社会认可，获得的社会地位和个人荣誉也因此无以复加。他们从精神层面和心灵层面都得到了极大的满足，对于财富的追求和拥有也不再是他们的主要目标。

所以，超我是一个从被动到主动的过程，这个过程其实是人经过衡量和利益计较以后得出来的。如果从其背后的经济学原理来说，就是你会判断做哪件事情效率更高，对于人生更加划算，更加有意义。

有人可能会说，你怎么能把超我讲得这么世俗，人家其实可能是完全无私的。但我认为不是这样的。我自己算是一个不断追求超我的人，对追求超我的动机深有体会。当然如果追求超我，只是为了个人的功利，也是有问题的，而且只追求个人功利，也达不到超我的境界。

德国哲学家康德说过，这个世界上唯有两样东西能让我们的心灵感到深深的震撼：一是我们头上灿烂的星空，一是我们内心崇高的道德法则。

我一直认为，人心中的道德法则，是一个社会道德结构，不是人天生就有的。就像我刚才提到的王阳明说的良知和良心，也不是人的内心本来就有的，而是整个社会在不断升级和发展的过程中慢慢形成的。康德是一个极其自律的人，他这样的人对于自身的道德要求本身就很高。康德的道德律很像王阳明的良知，好像天生就应该有的。

天上的星空，的确让人敬畏。大自然能够形成如此有秩序有规律的宇宙，确实让人感到神奇。但我认为康德所说的人类心中的道德法则，是社会发展过程中形成的一个最佳人类心理状态，可以为人类带来最大程度的和谐相处和共同发展。

我们再来看另一个和弗洛伊德理论意思相近，但说法不同的理论。

美国心理学家亚伯拉罕·马斯洛于1943年在《人类激励理论》中提出了需求层次理论，将人类需求像阶梯一样从低到高按层次分为五种，分别是：生理需求、安全需求、社交需求、尊重需求和自我实现需求。

这五个需求其实是用简单思维划分的，现实中是互相都有交叉的。举个例子，比如说尊重需求，只要你身处社会中，即使是生理需求，也会和尊重需求融合在一起，但在这个分类中，尊重需求已经到第四个层次了。

中国古代的饥饿者不吃嗟来之食，指的是如果是被人居高临下赏赐食物，这种食物即使饿死也是不会吃的，虽然要饭，但也要有尊严（有饿者，蒙袂辑屦，贸贸然来。黔敖左奉食，右执饮，曰："嗟！来食！"扬其目而视之，曰："予惟不食嗟来之食，以至于斯也！"从而谢焉，终不食而死）。

中国现在很多人要饭已经完全可以丢尽颜面不要尊严了，我也不知道是为什么。中国在变得不断富有，但道德水平却一路下滑。整个社会发展到今天，大部分人的安全需求早已得到满足，但却依然可以不要脸，这是中国社会的堕落。比如高铁霸座男、霸座女；比如在家乡已经建了小楼房，却还要跑到大街上要饭的人；再比如跑到瑞典大闹宾馆，撒泼打滚的一家人，还有前两天在北大医院肆意殴打医生的女大学生一家。

按理说社会发展到今天，虽然不是所有的人，但大部分人已经解决了安全需求，甚至已经解决了社交需求，有的连尊重需求都已经得到满足，有成就、有名气、有地位，怎么做起事情来就这么不要脸。

一个民族道德崩盘意味着什么，意味着超我和自我实现的需求完全不在这个民族的思考范围之内。只要有好处就要占,好处占得越多越好,社会制度鼓励各种强行霸道的掠夺和欺诈。在这样的社会状态下,这个民族真的非常非常危险。

马斯洛的需求层次理论并不是说要明确完成第一层次才有第二层次,完成第二层次才有第三层次,它们是互相交替的。

当然,当你完成第一层次进入第二层次时,你的感觉会非常明显,不论是食物、水、空气、性欲还是健康。当你有了房子,生活会更加安全稳定;安全解决了,你会开始考虑婚姻和情感;社交解决了,你又会开始追求名声和地位,最后直到你体会到真善美,获得人生经验和生命感悟,整个需求实现的路径是没有问题的。

我自己就是走了这样的路径。我最初创建新东方是为了解决生理需求:食物、住所和安全。创建新东方第二个目的是为了赚更多的钱。我用新东方的第一笔钱,在北京买了一个农村小房子,总价3万元。房子在颐和园后面的一个农村,3万块钱三间小房子,每间房子12平方米,三间加起来30多平方米,加上一个小院,院子里面还有两棵枣树。

3万块钱,当时觉得好贵。到今年4月份的时候,这个地方要拆迁,三间破房子,拆迁补贴了接近一千万。这是我有史以来最成功的一笔投资。我在股市里投资的钱,到现在反而稀里哗啦全没了。

我当初为什么要买一个3万块钱的房子呢?为了解决人身安全问题,让自己和家人的生活能够免遭风吹雨打、居无定所的痛苦。在此之前,我一直是租别人的房子,还经常被赶来赶去。有了钱以后,自己和家人看病也能找到更好的医生,得到更好的服务。

安全需求满足后,我对于社交的需求也开始产生。我觉得自己一个人做新东方没劲,要是把大学、中学的同学都找来,大家一起大碗喝酒、大块吃肉,多带劲。所以我把徐小平、王强、周成刚他们都叫来了,社交的需求也得到了满足。

然后我们一起写文章,到全国各地去演讲,和各个机构合作做互动,到电视台做各种各样的节目,一点点积累,成就、名声、地位慢慢都有了。现在,我开始参与一个又一个慈善基金,一次次跑到乡村地区,给孩子们上课,这就是第五个层次,自我实现需求的产生。

在我身上,5个层次的需求都还存在。第一需求,生命需求依然存在,要吃更好的饭,要呼吸更清新的空气,但这并不影响我同时追求第五层次。

那有没有第五层次打不过第一层次的时候,一定会有的。就像超我有的时候控制不住本我一样。只不过随着年龄和控制力的增加,你会逐渐靠近孔子所说的从心所欲不逾矩的境界。不论是靠自我毅力,还是靠豁达的思想,我们可以走得更高,看得更远。

个人修养提升的四个方面

从个人修养提升这个角度来说,我觉得有四个方面是比较重要的。

第一,是知识结构。人要在世界上得到升华,实际上是一个人世界观的形成。我们对世界的看法来自于哪里?来自于听、看、读。听别人说,听老师说,听朋友说,听广播,听全世界的人说,这些都是听。

看,就是看世界。走遍世界去看,看别人是怎么过的,看其他国家是如何管理的。我每到一个国家,都会有很多感悟,不论是英法美这样的大国,还是不丹、柬埔寨这样的小国家。看了后,我就会忍不住去思考,思考中国的社会和其他国家的社会有哪些共同点,又有哪些差别。

第三就是读。读各种书籍,科学的、文化的、历史的、哲学的、政治的、经济的。大量地阅读,形成多角度多维度思考问题的习惯。大部分人都是通过听看读,完成了自己知识体系的构建。

有知识体系,对于一个完善的人格,是远远不够的。所以我们还要去做第二步,去经历人世沧桑。经历人世沧桑,就是去亲身实践。所谓"曾经沧海难为水",你经历了人世间的所有东西,从小到大的成长,家庭环境的影响,爱情、事业、痛苦、悲伤、喜悦等,直到你跟整个社会能够和谐融合。在融合的过程中,有时候你会对世界感到失望,有时候会发现自己也能如鱼得水,这个过程就叫"历尽沧桑"。要做到"曾经沧海难为水"是很不容易的,很多人历尽沧桑就一直沧桑下去了。

历经沧桑是沉浸在里面,但我们需要浮到上面,需要进入更高层次,所以就要进一步净化升华。就是说你光有知识,光有人世沧桑还不够,不管你去游学也好,旅游也好,与人交往也好,还是打拼事业也好,这些事情本身是不够的,你一定要有一个净化升华的过程。

通过净化升级,你最终能形成对世界较为理性和乐观的看法,形成自己不再受外界事件影响的,经过自己思考和观照后的世界观和人生观。

很多人问我,你被人抢劫后,难道一点心理阴影都没有吗?其实还是有一点的。比如说,身边有响动的话会产生紧张情绪。

但我的心里依然是阳光。为什么呢？因为我发现，这个世界上偶然性事件总是会有的，你要做到的是尽可能去避免偶然性，去追求你能比较肯定和确定的稳定世界。人不能因为一次偶然性事件，就对整个世界全部否认。当然，这需要有一个前提，就是你从内心确定，这个世界是美好的。你要做的是，去追求这个世界的美好，同时有智慧去避开或者对付这个世界的邪恶。

如果你把世界看成一片黑暗，那么你的世界观就是悲观的、绝望的，就谈不上你后面的人生观和价值观的提升了。

第一点，大家要明白一件事情，如果你要去经历人生，一定要明白什么事情你是最喜欢去经历，最喜欢做的。人生苦短，不应该把时间浪费在自己不喜欢做的事情上面。

你是愿意在新东方工作，还是愿意去创业？是愿意去当公务员，还是愿意到美国留学？所有这些都是自己的一个选择，这个选择会影响到你以后的人生经历，也由此影响你一辈子的幸福和成就。

比如读书到底要读什么样的书，又是我们的一个选择。马云读了金庸所有的武侠小说，因此武侠情结浓重，对阿里巴巴的管理产生了重大影响。他管自己叫风清扬，给下面每一个高级管理干部都用金庸小说里人物作为称号。但我就没有认真去读过金庸的作品，因此我不会给新东方人起一个侠客的称号（金庸前天刚刚离世，在此表达我深深的哀悼和怀念）。我倒是认真读过《水浒传》，但把新东方的人这个叫李逵，那个叫林冲也不太对。因此你拥有什么样的知识结构，会对你的生活和事业产生很重要的影响。

我们再来看第二点，就是个人的情绪脾气、个性修炼问题。

每个人都有自己的情绪和脾气，但是你的情绪脾气是被本我所控制，还是被超我所控制，就会形成两种完全不同的人格特征。很多人一辈子情绪和脾气都是被本我所控制，自然地爆发，自然地消失，对自己和别人都产生强大的破坏性。很多人很容易自我失控，发脾气不过脑子，情绪化不过脑子。

这样的人会带来什么样的后果呢？反复无常的情绪和脾气，对一个人来说，是伤害他自己最大的武器，因为没有任何人愿意跟一个脾气无法预测，情绪不够稳定，不知道打交道会有什么后果的人，去深交，去打交道。

一个人想修炼自己的脾气性格，方法其实很简单。你可以个性坚定，坚韧不拔，你可以做事情非常果断，但所有的这些都不影响你把自己的情绪、个性和脾气修炼成一个和善、宽容的个人修养状态。很多人做不到，是因为他们并没有想到要去做，甚至根本没有想过做这件事情能带来什么好处。

如果你天生是个没脾气的人，天生是个窝囊废，那是另外一个状况。实际上，每个人都是有脾气的，你怎样能把自己修炼成一个宽容、和善、可靠，值得别人信赖和依赖的人，是你的修养问题。你如果和别人是一个针尖对麦芒的关系，你会觉得这个世界很操蛋，但如果你能够和别人宽容和谐相处，你会发现跟人打交道是一件很美好的事情。

我跟人打交道时，会抱着和善、宽容的态度。当然我也有脾气失控的时候，但这种时候非常少。现在身边发生的事情，不管多么不合理，对我的影响会越来越小。我会在遇到事情时，迅速抚平自己的内心，想好处理问题的方法，如果没有方法就暂时放一放。我会很安静地去散步，回来继续工作；我也可以在书房里，继续思考工作上的一些问题；我还可以安心地听音乐。其实到了这种状态,很少再会情绪失控了。

如果新东方某人做了某件让我感到非常生气的事情,我不会立即找他。当你生气的时候,说的话和做出的决定常常会有问题,所以先静下来等一等,等到明天,至少等到心气平复了再找他,这样我就能够心平气和地处理问题,不至于既伤害了自己又伤害了别人。

这个世界就是这样,你跟别人对抗,别人会跟你对抗;你跟别人和谐相处,大部分人都愿意跟你和谐相处。

那么会不会碰到坏人呢?不管你怎么对他好,他都想置你于死地。当然会碰到坏人,总有人你不管怎么对他好,他都很坏,但90%的人都是好人。如果你身边90%的人都是好的,并且你学会了如何规避剩下的10%的坏人,你不觉得人与人相处的世界很美好吗?一个美好的世界就很值得你过下去了。做到这一点,为什么要活下去这个问题,不就部分得到解决了吗?

第三点,一个人做事情的时候,必须要具备三种能力:判断力、决断力和执行力。三力中,最可怕的是判断力出问题。很多人一生的问题,都是判断力的问题。

前两天,我参加一个演讲节目当评委,上来了7个演讲选手,有5个人的演讲,论点和论据、事例之间没有任何逻辑关系。就是他们想要证明自己的论点,而他们讲述的事例和他们的论点是没有关系的。我才发现,有很多人其实是头脑不清的,头脑不清就意味着轻重不分、是非不分、对事情的判断混乱,就是判断力不行。

这就是为什么很多人当了管理者或者创业者,却干不下去的问题所在;很多人生活中处处受挫,也是因为判断力问题。

判断力既是一个判断是非问题的能力，也是一个理清前后逻辑关系的能力。有人说我是学文科的，想象力丰富，创造力丰富，但是没有逻辑思维能力，所以判断力不好。但学文科真的不影响你的判断力。

我是一个直觉思维超强的人，我的逻辑思维很差，但我很少去做一些是非不分、前后逻辑关系不清的事情。

这件事到底该不该做，跟你的价值体系和人生观也有关系。路上有人掉了一万块钱，你是捡起来放在口袋里，还是上交警察，还是设法找到失主，也是一种如何做人的判断力。

第二是决断力，就是你判断了这件事情该不该做后，你能不能果断地去做。

以我对自己的认识，我的判断力没大问题，但我的决断力是有问题的。决断力是什么？杀伐决断，是要有手段的。所谓"斩魔鬼，要用锋利的刀"，这是完全不一样的感觉，但我不行，常常临阵退却，或者有妇人之仁。

比如，我已经觉得这件事情应该这样做，但当我发现有个人挡在中间，我就会退让，因为我担心会伤害他。新东方很多事情推不下去，跟我的决断能力是有关系的。如果有决断力，本来应该怎么做呢？见佛杀佛，见鬼杀鬼，必须推下去，但是我没有这个魄力。

这个跟我个性的懦弱有关系，说得好听点是慈悲，说得难听点是妇人之仁。决断力就是果断、果敢，这个能力在我身上是不够的。

第三是执行力。执行力是什么呢？就是说这件事情确定了往哪个方向走，把它彻底干下去的能力。新东方的管理者中，有执行力特别好的,但是判断力出问题的,这个是最麻烦的。执行力好,判断力有问题,就是走的方向是错的,方向错还执行力强,事情就做成一堆屎了。但也有判断力好,但执行力不好的,业务推动速度就很慢了。

真正完善的人应该是什么样子呢?就是判断力、决断力和执行力都好,判断对错的能力强;判断完了做决断非常果断;做完决断,执行又非常坚决,这是最牛逼的人。

这三个力中,如果让你拥有一个力,我建议大家拥有判断力。因为这是核心,也是方向。有了核心方向,你再修炼决断力和执行力,慢慢往前走,是会有成就的;但是如果你光有果断和执行,但判断是错的,就会出大麻烦。

为什么任何专制体制,最后都会出大问题。因为不管一个人多么英明神武,总有在某件大事上判断失误的时候。所以,当我们需要对个人事业走向和职业走向做出判断时,需要和朋友们一起讨论商量,这样才能从多角度来看问题,做出正确的判断。就算你判断对了 100 件事情,只要有一件事情错了,这件事情恰好是最关键的点,基本上你就会前功尽弃。

当年希特勒带领德国经济从一次大战后的低谷,到 1936 年德国柏林举办奥运会,走向繁荣,创造了很多辉煌。但他实行专制、集权、杀害犹太人、发动第二次世界大战,这些就完全错了,把德国带向了深渊。但当时在他的身边,没有任何人可以制约他。

所以,当你做判断时,如果没有更聪明的头脑,或者集体的智慧,一起参与决策,这件事情是非常危险的。这就是为什么尽管我在新东方是老大,但我要设立总裁办公会,还有总裁办公会扩大会议,二者在群策群力方面都发挥了很大的作用。至少在我坚持要做一件事情的时候，会有人跟我一起考虑后果。这件事情如果做成了会怎样，做不成后果又会怎样，几个大脑一起思考。

人是习惯线性思维的，线性思维会让人更轻松。大部分人想要往某个方向走的时候，会寻找所有的论据，来证明自己往那个方向走是对的。我们常常自以为是，以为做事情时已经进行了充分的论证和论据，但实际上，百分之七八十的人，是先达到那个结论，再来反复证明这个结论是对的。

我也常常反思自己的一些决策，发现真是这样。当我做决定以后，我并不是思考这个决定从客观上来说是对还是错，我在思考我怎样可以说服总裁办公会的成员同意我的决定。我搜集到的所有数据、背景和资料都是为了帮助自己说服别人同意我的决定。

这就是为什么做一件大事的判断时，必须要有其他人参与，建立制约与平衡系统。

第四点，是生命的迭代升级。你一生的上升，是你审美能力和精神空域不断提升的过程。这个过程不是你的钱越赚越多，不是你的房子变得越来越大，也不是你的汽车从 20 万换成 50 万换成 100 万。中国有一些人就是这么做的，他认为个人的升级就是这些硬件的升级。

但真正生命的迭代，和对自己一生的交代，是个人精神空域的不断提升。追求房子、车子和票子，追求更好的生活条件，都没有问题。但到了一定程度，你有没有能力对自己的审美能力和精神空域进行提升，就成为你生命是不是更有意义的最核心保证。

从没有吃饱饭，到能吃一桌饱饭，那是超级兴奋的。但一桌饭是吃 5 个菜还是 10 个菜，对你来说是没有本质区别的。房子也是这样。我是从 8 平方米、没有窗户的地下室住起，到地上的十平方米房子,到住农民的三间茅草房,到买了两居室公寓,到最后买了300平方米的别墅,一家人住足够了,再大的房子也不会给我带来任何兴奋了。

如果你很有钱,个人审美能力和精神空域又没有能力提升,就会产生不知道该怎样才能把钱花出去的困惑。你也许会去买奢侈品,去赌博,去过分消费,陷入这样一种低层次的循环中。

另外一些人,会去追求审美能力和精神空域的不断提升。为什么审美能力特别重要?因为审美能力是审自然之美、社会之美、人情之美、友情之美、工作之美、事业之美。对面来个美女或俊男,审美能力大爆发,那个叫本性,不是审美能力。

为什么要精神空域不断提升?精神空域不断提升意味着你往精神空间里装的东西越来越多,这些东西能给你带来丰富的情感体验和内心充实。你会更加愿意读书,愿意背着包去旅游,愿意和朋友探讨各种问题。不论是事业、友情,还是爱情,只要是真实的,都可以使你的精神空域不断提升。

花掉了才是你的钱,这句话是一句真理。但实际上,把钱花在什么地方,如何让钱变得更加有意义,才是更加重要的。

你去赌博,输掉了一万元人民币,回来觉得很懊恼,钱是从你手里花掉了,但是没有任何意义。如果你用一万元人民币买了一个高级音响,放在家里听音乐,这个感觉就是生命精神空域的提升。如果你用一万块钱,支持了两个贫困地区的孩子的学费,精神空域就提升得更高了,你会从内心对自己产生骄傲感。

我听音乐都是用手机听,就戴着手机公司的耳机听,后来发现戴着耳机听并不是很好。外面声音很吵,耳机音质也不行,影响听的效果,声音开大后还会影响听力。有一次,我在机场看到了BOSE消音耳机，就买了一个，一戴上，整个世界的杂音都被隔绝了，音乐流淌出来的那种感觉就是一种精神享受。但这个带来的乐趣，远远不如我到贫困地区把我为孩子们买的学习机发给他们。

我们每时每刻都要寻找生命的迭代，这是我们生命的第一要素，是生命的滋养，非常重要。

走向更高生命状态的路径

讲了半天提升精神空域的事情，现在我们来讲讲通向精神丰富的路径。我从四个方面展开来讲。

第一，检点内心。物欲、性欲和功利的东西，你有我有大家都有。检点内心不是教你怎么摆脱它们，不是说你摆脱了它们，它们就没有了，而是如何摆脱它们对你的控制，不让它们成为你生命的主导，想办法把它们引导进入一个正确的渠道。比如说物欲，你要怎样让自己的物欲得到充分地体验，但又不过分，这就值得我们去思考了。

一辆汽车，15万元的汽车和51万元的汽车，它们的区别在哪里？其实它们的区别只有一点，就是51万元的汽车能够满足人类的虚荣心。开15万元的汽车，你可能会觉得丢脸；但开51万元的汽车，比如宝马、奔驰，就感觉比较牛了，就这点区别。

这点区别再往里深究，为什么要买51万元的汽车呢？是因为你对自己不够自信导致的。如果你出去，不是因为你背了一个名牌包，也不是因为你开了一辆名牌汽车，别人才看得起你，而是你往那一站，哪怕穿着破衣服，别人也看得起你，这才叫厉害。就算你骑着自行车去，人家照样看得起你。

我给大家讲一个我自己开车在小区里的故事。前段时间，我买了一辆马自达。我给马自达做了一个广告，买车可以便宜，原价20万，16万就卖给我了。我就买回去了，我老婆嫌太丢脸：我们这小区哪有这种车啊。刚开始每次我开车进门，门口的保安都不让进。那个保安想，这个小区全是宝马、奔驰、沃尔沃，怎么来了一辆马自达。我就把车窗摇下来：认识我吧？哦，认识。我就能进去了？能。

这样七八次后，保安终于明白，这就是俞敏洪的座驾。从此，每次看到马自达抬杆抬得最快，一看就知道是我的车，赶紧抬起来。

你看，马自达变成了我的骄傲。

为什么？因为我已经不需要靠买一辆豪车，奔驰或者玛莎拉蒂，来证明我是有身份的人。我就是我，我有自己的价值体系。汽车就是用来代步的，为什么非要买那么贵呢？能用低价钱买有同样使用价值的东西，一定不要用高价钱去买。价钱和价值是两个不同的概念，并不是高价钱的东西就是高价值的东西。

每个人都要学会检点内心。尽管你们现在比较年轻，要做到检点内心有些困难，因为功利和物欲还比较容易控制你，你自己都搞不清在什么地方。但一定要学会回归理性，不要让物欲控制自己。

物欲弱一点、功利心轻一点，色欲正常一点，就会让自己的专注力集中到更加重要的事情上去。

我要说的第二点，是静心禅定。禅定不是说一定要坐禅，呆若木鸡，一坐坐上半天。我比较喜欢六祖慧能的理论，他说坐着打禅是没有用的，六祖慧能是反对打禅的，因为打禅并不一定能够让人真正开悟。这是禅宗南北两派的区分，南宗讲究顿悟，北宗讲究渐悟。所以慧能是"明镜亦非台，何处惹尘埃。"神秀是"时时勤拂拭，勿使惹尘埃。"但慧能毕竟是高手中的高手，不是我们普通悟性的人能够随便学的。所以对于很多人来说，坐禅也不是一件坏事，坐在那里一动不动，内心就静下来了。比如咱们上海学校校长杨鹏老师每天都要打禅一个小时。他曾经连续五天坐在那儿一动不动打禅，他现在的管理能力就很高，打禅打出来的，坐那儿没事儿就想，很多事情想想就想通了。

不管怎样，你坐在那儿想也好，不坐那儿想也好，你要静下心进入禅定。禅定是什么？禅，为梵语 dhyaˆna 之音译；定，为梵语 samaˆdhi 之意译。禅与定皆为令心专注于某一对象，而达于不散乱之状态。所以，禅定就是不去想其他的事情，只想我自己这个人和最重要的事情；想的核心也很简单，就是力求对自己最重要生命幸福之物到底是哪些？在你的生活中让你最高兴的东西是什么，最想做的事情什么，你把这些东西写下来，没有限制地写。

结婚，是不是能够带来特别的幸福？有些人是，有些人心里想，我才不想结婚呢；生孩子，对你来说是不是幸福？有的人期待孩子，有的人说，我还没生过孩子呢，我怎么知道。单身，幸福不幸福？有房子，幸福不幸福？有汽车，读书，旅游，幸福不幸福？

通过静心禅定的思考，你会发现，哪些需求是被第一个需求层次给控制的。思考的过程就是如何降低被本我控制，走向超我的过程。从第一需求层次走向第五需求层次的过程。

比如买房子。你说，有房子才幸福，OK。但如果你定的是一千平方米的房子，那是不是太大了？根据你的现状，你的财力，在不给你增加太多压力的情况下,在什么地区购买什么样的房子,对你来说,既能给你一个安定的家,又能给你一个没有太大压力的生活?把这些写下来,比如五环以外的房子,两居室也许就够?不要在物欲和功利方面,提出自己根本就拿不到,拿不起,不但不能给你带来幸福,反而会给你带来伤害的要求。

你可以每年写一个list,列出做了能够让你的生命变得更加幸福的那些事情。也许你第二年的list会提出更高的要求,因为你每年都在成长。随着你的成长,你让自己得到幸福的各种条件会越来越完善。比如贫困时候的我,只能到北京周围去旅游一下,而现在的我,每年旅游的目的地大多已经是比较远的其他国家了。

我自己每年都会写个list,要做哪些事情。比如每年旅游几个国家,要跟孩子待在一起多少小时,读多少本书,读哪方面的书;还有哪些东西是不要去碰的,比如过度喝酒。我对自己喝酒的要求是可以喝,但不能喝得过分。但我年轻的时候,常常一喝就过分,会喝到失意的状态。喝完了两天都不能清醒,还号称自己是豪爽。因为喝酒惹了不少事情,还被送到医院去,胃不好,肠子也不好了。

喝了酒以后也很容易说胡话,现在在社会上流传的我说的那些不靠谱的话,基本上都是喝酒后说出来的,最后被人家露了出去。喝酒没有让我的生命走向幸福之路。但少量喝酒,热闹气氛,和朋友相处融洽,又不太伤身体,是可以的。我的少量其实不少啊,因为每个人的酒量不一样,我给自己定的少量是不超过半斤白酒(捂嘴笑)。这样,跟朋友一边喝一边聊,大家都是半斤白酒,我喝半斤,对方也差不多半斤,大家的情绪兴奋起来,该聊的事情也聊了,而且我能保持清醒,控制住自己的情绪,自己的行为和语言，这就是我喝酒的幸福点。当然我举喝酒这个例子不是很恰当，容易误导。我想说明的是，经过深思熟虑，控制自己的冲动，去做让身心健康愉悦，又不违反心灵自由的事情。这就是所谓的越自律，越自由。

第三就是打开精神追求、心灵充足的大门。

前两天，我家乡的徐霞客文化旅游大会到北京举办。徐霞客和我是老乡，都是江阴人。江阴市政府和国家旅游局让我一定要去讲一讲。其实我每年都要做一回徐霞客，让自己的足迹留在高山大水之间。徐霞客的游记我也翻看过。我讲的主题是：徐霞客追求的是精神自由和身心自由。

徐霞客的曾祖父徐经跟唐伯虎一起到京城去赶考，两个人一路相伴。徐经有钱，家里是做生意的富翁；唐伯虎有才，两个人一拍即合，一路又说又笑到了京城。很快，两个人就在京城变得名满全城。有人就问唐伯虎，你猜，科举考试大概会出什么题目。唐伯虎就说了一个题目，结果还真猜中了。于是，所有人都怀疑他们事先得到了考题，就开始查，查了很久没查出来，但这件事情不能这么了了。最后，弘治皇帝也没办法，说两边都罚，举报的人也罚，被举报的人也罚，被举报的人就是唐伯虎和徐经。弘治皇帝说，这两人终身不能参加科举考试。结果，因为弘治皇帝一句话，带来了两位中国文化界的伟大人士。一位是唐伯虎。另一位就是徐经的曾孙徐霞客。

徐经是个商人，他没有太多的才华可以施展。但这个家族也因为这次事件，无法参加科举考试，所以到了徐霞客的父亲，干脆也不参加科举考试，天天游山玩水，从小就带着徐霞客到处走，结果徐霞客也不参加科举考试，家里又有钱。我们刚才说了，当第一、第二需求层次得到满足后,追求的一定是第三第四第五个需求层次,中国古代文人追求的就是参加科举考试当官。当当官的抱负被切断后,徐霞客主动选择了游山玩水,在名山大川中去施展自己的抱负。他追求的是一种精神自由、心灵自由和人身自由。

我们要追求一种什么样的生命状态,决定了我们会有什么样的人生态度,会做出怎样的人生决策。所以我们要想清楚,什么样的生命状态是我们最想要的。想的过程中不要走火入魔,不要情绪用事,要心平气和,冷清剖析自己。比如有的人并没有弄清楚为什么要信佛,就不顾一切去信了,抛弃了一切,但到死都没有对生命大彻大悟。

这样入迷,并不一定是一个真正能够实现人生圆满结局的路径。人生实现圆满结局有多条路径,宗教不是唯一的皈依。当然,在尘世中,我们要能寻找到自己实现生命价值的路径,也不是一件容易的事情。寻找路径,不能偏离的指导方针是:以精神丰盈、心灵自足、身心愉快、幸福圆满为核心。当然要做到这些,下面的第四点也必不可少。

第四是和周围环境和谐相处。这个和谐相处,指的是什么?就是一个人能够融入周围环境,包括自然环境、人文环境和社会环境,与周围环境相融而了无挂碍。在和环境相融的同时,还能保持自己的精神自由和心灵自由。

所谓大隐隐于市,小隐隐于野。为什么小隐要隐于野啊?因为他一到尘世就变样了,受不起尘世的诱惑和烦扰。大隐隐于市才牛,因为纷扰的人世中,任何东西都不会给他的精神追求和发展方向带来丝毫影响,这才是厉害的。

我讲过一个原则,这个原则我讲了好多次,就是一个人"越自律越自由"。为什么？不自律，就是行为没有边界，没有边界就容易触犯别人的利益，别人就会因为你的触犯而反击，最后的结果常常是你自己自由和空间的失去。

比如到瑞士旅游的那家人，提早一天去，非要住到人家宾馆大堂里，又哭又闹，撒泼打架，最后的结果是被警察扔到大街上，给中国人丢脸。他们没有行为边界，不尊重规矩，把中国人一哭二闹三上吊的行为带到了国外。他以为这样一闹，事情就能得到解决。现在中国社会有种不好的风气，越蛮不讲理，就越能得到好处，别人就越害怕。所以就有了碰瓷现象，有了在医院里大吵大闹的人，或者家长到学校里面跟老师大打出手。

那越自律越自由是什么概念呢？这是一个比较深刻的道理，就是说在这个世界上，与人相处时，你越不去碰触别人的边界——当然如果别人的行为边界过分了，那是另外一回事——当别人在正常状态的时候，你不去碰触别人的边界，甚至给别人带来一种很强大的，跟你打交道的安全感的时候，其实你的空间是最大的。

大家可以了解一下美国的法律，会发现他们的法律对人的行为进行了条分缕析的规定。这种规定让你感到好像会动辄得咎。但到了美国你会发现，其实自己并没有受到限制，除了法律规定不能做的，你什么都能做。法律清晰界定了每个人的边界，凡是侵犯边界的都会受到法律的惩罚，因为人人都在边界内做事，所以每个人的自由空间就变大了。

中国的法律常常含糊其词，明确的行为规范不清晰，违反了规矩常常可以动用人情不受惩罚，结果人们很容易互相碰触对方边界，碰触了也常常不会受到惩罚，如果对方有权势，被罚的有的时候还是对的一方。

比如像碰瓷这样的事情，如果处理的话，任何已经被证明是碰瓷的人，管他是不是老人，都应该关进去再说，接着全国通告，你要敢碰瓷，就把你关起来。但我们用一条很模糊的理由，要照顾老人，把法律处罚放到脑后。很多碰瓷的事件，发现是老年人，教育一下就放了。结果这些人发现，碰瓷成功的可以拿到10万8万，不成功也没有任何处罚，所以碰瓷的人就越来越多。赏罚不分明，看人下菜碟，反而培养了人不自律的恶习。

再比如拐卖孩子，很多被证明了拐卖孩子的人被关进监狱两三年，又被放了出来。有的因为孩子虽然被拐卖了，但还在，没有带来严重后果，只能算是拐卖未遂，所以教育教育就放走了。因此拐卖儿童，失败了成本很低，一旦拐卖成功收益很高，一个孩子可以卖几十万块钱。结果由于国家处理不力，现在中国老百姓把孩子带到马路上都很紧张，有的地方已经发展到了明目张胆抢孩子的地步。

两个星期前，北京的一位妈妈推着自己的孩子逛超市，三个妇女把孩子给抢过去了，有人叫来了警察，把孩子留下了。结果这三个妇女到了警察局后，说我们认错人了，就又被放了出来。后来这个家属不干了，写完微博写微信，造成了一定的社会影响，警察又把这三个妇女给抓回去了，到今天怎么处理的也没有报道。

还有中国家长动不动就会到学校去闹，孩子摔伤了胳膊，弄伤了腿，家长不把学校折腾半死不罢休。但在日本、加拿大等国家有明确规定，我不管你孩子在学校里面是不是受到了不公平对待，你可以上法院告，你可以搜集证据，但任何家长只要敢走进校园闹，立刻逮捕。

我女儿在加拿大上学的时候，我每个学期都要签两次生死协议书。因为孩子有春游和秋游，他们一游就是一个礼拜，都是去深山老林。加拿大每隔一两年就有学生到雪山上去玩儿，就被雪崩埋进去了。

家长是签了生死协议书的，如果孩子出了事故，唯一能做的，就是在校园门口放点鲜花和蜡烛，如果不被允许，连校园都不能进。中国孩子蹭破点皮，摔掉个门牙，家长就跟学校闹，法律无法做主，也没有能力做主。导致的结果，就是校园的老师，天天都要应付家长闹事，为了防止孩子出了问题家长来闹事，课间孩子任何活动都不让做。老师确保你的孩子进来，再出去是完好的，身上皮肤没有受伤，至于孩子身心健康不健康，老师已经管不了了。一个家长闹一下，千百个孩子失去了自由自在幸福成长的机会。老师的想法就是：我保证孩子的安全，我也不让孩子春游，也不给孩子安排体育活动，你的孩子眼睛近视500度跟我没关系，反正多一事不如少一事。在这样的心态下，中国孩子如何健康成长呢？

有点扯远了，再重复一遍，越自律越自由。再送大家一句话：无所求便无所害。就是你做任何事情，内心要没有私心和欲求，如果希望过分占有，过分得到，那就一定是有害的。

无所求便无所害，你才能和周围环境和谐相处。其实就是为别人做好事，别人吃掉我一个桃子，我笑一笑；我有两个苹果，我分给别人一个；别人需要水，我给他打水去，这就叫无所求也无所害。该让的时候让，该吃亏的时候吃亏。中国老话句句都是真理：吃亏是福。你把这些话的精髓理解到了，你做人的一大半就已经到位了。

生命的无常和我们的坚守

在我们的生命中,有一大意识,大家必须时时知晓。

这个意识是什么呢?是生命的无常。

明天和意外哪个先到,没有人知道。咱们深圳学校校长陈俊杰老师 28 日带着员工们去爬山,爬到一半突然倒下去,心脏骤停,一分钟就没有了生命迹象。家里所有事情都没有安排好。感谢新东方全国的管理者和员工,捐了一部分钱,我个人也捐了一些钱,新东方给了很好的安置补助。但是即使这样,那有什么意义呢?

他在深圳贷款买了房子,所有的贷款都还欠着,但一分钟,人就过去了,很悲伤的故事。

我们每个人都难以意料,明天和意外哪个会先发生到我们身上。但即使这样,也不能说我就今朝有酒今朝醉,不知明朝在哪里。因为你想死还不一定死得了呢,说不定一活就活到 90 岁、100 岁了。

那怎么办呢?我的观点是,既要意识到生命的无常,同时也要知道生命坚守和精神永恒的重要性。只要没有战争,没有其他的自然灾难,我们大部分人是能活到 80 岁、100 岁的。

我本来应该死去好多次了,20 岁时得肺结核,30 岁时跟朋友喝酒被抢救过来,40 岁被抢劫,都有可能就回不来了。我现在每年都去做全身麻醉肠胃镜检查,每次我醒来,都感觉自己又重新活了一次。因为麻醉下去就是几秒钟时间,你根本来不及想什么,等到醒过来,所有的肠胃镜检查已经做完了。

我想,万一要是醒不过来呢,不就没了嘛。当然,现在的麻醉剂是不会让你醒不过来的。基于对医生和医疗的充分信任,你才敢让麻醉剂给你推进去。不管怎样,只要你活着,就是既要对得起眼前,又要对得起未来。

未来有不可控因素,所以要过好每一天;因为知道未来不可控,所以要更加努力把握未来。

把长远的打算和今天的幸福结合在一起。今天做的事情,既是独立的,又是未来长远打算的一部分。你每天要为自己活,今天做的事合算吗?开心吗?有意义吗?这些问题特别重要,意识到生命无常,这个意识非常重要。

意识到生命无常,认识到世界上任何东西的结局都是空的,甚至连地球都是空的,早晚它也会没有,5亿年、10亿年、30亿年,不管多少年,地球没了,当然这个结果已经跟你没关系了。

回到人的意义上来说,人又是可控的,我们的行为和未来也是可控的。

佛教,不是轮回最后为了变成更高级的人,佛教不是这样教导的。佛教是摆脱轮回。摆脱轮回就是,你不再在这个世道中一会儿变成狗,一会儿变成猪,一会儿变成人,一会儿变成什么,你永远在天堂,永远在极乐世界待着,这是佛教最初的宗旨。但我们已经把它变成了这样一种观点,你此生努力,下辈子会变得更好,变成了一个世俗轮回。

我一直认为,既然没有任何人知道你的前世,也没有任何人可以预测你的来世,你要做的事情就很简单,今世的过程最重要。

我到埃及看三四千年前的木乃伊,这些人都是帝王将相,从法老到贵族,才有资格变成木乃伊。

他们做木乃伊的原因是什么?就是希望来世活过来的时候,肉体还在,可以借肉体复活。但是你看到有哪具木乃伊复活的。

最后木乃伊变成了什么？火车的燃料，当地木材和煤炭匮乏，而木乃伊则多的是。英国人占领时期，火车就不用煤了，烧木乃伊，木乃伊一具具往火里扔。

现在剩下几具国王的木乃伊，放在埃及的博物馆和英国的博物馆里，从来没有看到过木乃伊复活，结局和对来生的期待，都是空的。

我相信死后，我们的灵魂还在。但我说的灵魂，不是一个实体，不是一个游荡的精灵，而是我们留下的音频、视频、文字、思考。通过我们的音频、视频和文字留下来的，就是我们的灵魂。灵魂有没有在天空先飘过两圈，再飘向深空，我不知道，也不在乎。但至少我们活着的时候，人生的过程是丰富的，我要把生命过程的丰富性记录下来。

有人和我说：你写的东西都是一些流水账，只是把发生的事情记录下来罢了。我平常都写日记，为了节约时间写得也不多，每天的日记差不多都是三四百字。如果我觉得事情很有意思，我就要写出一篇文字来。在别人眼中这是流水账，在我心里，这是生命的记录。

我准备明年出一本书，书名就叫《我的日子》，内容就是我平常的日子从工作到学习到生活是怎么过的，用文字记录下来。

我准备今年还要出一本我的游记，游记和日子是两个概念。日子是平常的一天。比如今天我就可以写《我的日子》，记录我的一天。

我们的心态决定了我们的人生。

我个人的心态是这样的，我对世界的未来只能用悲观、悲悯的心情去对待，我对人类未来的美好前景是没有信心的，我对各族人民、各种宗教之间和平相处也是没有信心的，我对最后人类走向毁灭，在某种意义上是不怀疑的。

尽管我对世界和人类很悲观，但我依然要用悲悯的心来看待人间发生的一切事情。同时，因为我们的一生很短暂，我们不一定能看到人类的毁灭，不一定能看到地球的毁灭，也不一定能看到第三次世界大战在我此生就开始。

因此，我的每一天，我的一生，都必须用积极乐观的心态来对待，并为维护世界的和平和人类的和谐做出努力。这个心态是很有意思的，一方面是对整个人类悲观、悲悯的心；另一方面每天的生活，我都抱着积极乐观的态度，即使做一天和尚撞一天钟，也是挺好的感觉。只是我这个钟，撞得比较积极，不是消极地去撞。

人间有苦难，人间有挫折，人间有黑暗，人间有无奈，但我自己的感觉是，滴水定能滋润心田，云开必然能看到日出。

我个人常问的问题是什么？我常问的问题有几个：未来的方向，今年的目标，今天的任务。

大的方向是一辈子我往哪个方向走？我们要奠定自己前行的基础。我此生到底将用什么方式了断自己？这个问题我必须回答。我此生部分的目标，是尽可能去帮助别人，帮助孩子，推动中国教育，只要有能力就去做，花钱、花精力、花时间都没有关系。

今年的目标就是想清楚在大方向今年做什么，要一二三四五写清楚。我今年有工作、阅读、旅游、交友等事情，一一列出来。

今天的任务，就需要细化。今天要完成什么？我电脑里的日程，一个月、一个礼拜、一天都做了很好的规划。今天我要完成什么事情，我会比较清晰，根据事情来布局。每件事情都要花时间，怎么花，在什么地方花，再分配到每天的任务里去做。

做事情要有标准。我的标准是，任何一件事情它必须本身是有意义的，不要做没有意义的事情。当然放松轻松快乐，是没有问题的。散步、旅游有意义，喝酒、K歌也没关系，难得放松，是为了你有精力去做更加重要的事情。

同时，做任何一件事情，最好能让自己取得进步，这个也很重要。

第三，是任何一件事情做完后，要觉得这件事情值得珍惜，不是做了以后会后悔，做了以后会觉得不好。我怎么会做这件事情啊，真是见鬼。

第四，要去反思。每天睡觉前反思，今天做的事情，哪件是不应该做的，哪件是做得很好的。我们有的时候会做不应该做的事情，而且永远避免不了做不应该做的事情，不管你思维多么缜密，你都会做不应该做的事情。人的情绪、脾气和思维的缺陷，一定会导致你做不应该做的事情。但你要去反思，去纠正，保证下次你不再犯同样的错误就好了。

面对世界和人与人之间的关系，我的态度是这样的：第一，和光同尘，"挫其锐，解其纷，和其光，同其尘；是谓玄同。""玄同"就是世界大同了，为人不要太锐利，不要跟人发生各种纠纷，要和光同尘，让人感觉到你就是他们中的一员，让自己做事的空间更多，更加自由。

第二，是积极进取。有人说，和光同尘和积极进取不是矛盾的吗？不矛盾。因为和光同尘是和这个世界的关系，积极进取是和事业的关系，明白这两者的区别吗？

在事业上，我们必然要积极进取，因为这是我们生命取得丰富意义的必经之路。但在跟世界的关系上，和人的关系上，和光同尘这种状态，好。让自己不显山露水，不锋芒锐利，自由而广阔地生存。

我们的新东方

今天全国加起来有上万的老师在听我讲这一堂课，所以我专门起了一个题目叫《我们的新东方》。因为已经好久好久没有给老师们讲过课了，尤其在新东方工作时间一年之内的老师，很多都跟我没有见过面，没有接触过。全国的新东方老师加起来有数万名，我也不可能一个一个城市、一个一个学校给老师们讲课和交流，所以，感谢现代技术让我们今天在这个地方，可以把我的声音和形象传达到全国各地老师的身边。

今天我要讲的内容既不是教学怎么教，也不是作为一个好老师需要具备哪些教学技巧，我要讲的是新东方的理念，讲咱们新东方现在正在做的事情，所以我们要从最高的地方开始讲起。大家来到新东方都有一个个人的目的，通过在新东方工作你最终能够走向何方？你想要做的事情和新东方到底有什么关系？所以我要先讲一讲愿景，也就是新东方的未来希望达到的一个状态。这句话咱们制定了差不多有十年了，很多人能背出来——成为中国优秀的、令人尊敬的、有文化价值的教育机构。

实际上这里面有三个层次，每一个层次都要比上一个层次更加高。第一个层次是"优秀"，什么叫作"优秀"？优秀的教师有很多，我们一般来说教育质量达到优秀，就是学生来了以后，他们学到了自己该学的东西，他们达到了自己想要达到的目标。比如说他需要提高分数，他需要通过某个考试，他需要为了出国去某一个学校，我们帮他申请成功了，我觉得这就算已经接近优秀的状态了。

大家都知道，我们常常说一个教育机构如果是优秀的话，除了孩子到这里来成绩得到提升以外，我们有时候还会加上一点，孩子是不是在人品上、人格上、性格上得到了更好的发展，提出了更高的要求，更高的要求到第二个层次就是"令人尊敬的"。"令人尊敬的"就是指你做了很多一般来说家长并没有想到的事情。比如说家长为了让孩子提高分数，而我们让孩子增加了对于知识的渴望和对于学习的兴趣。家长是希望我们监督孩子学习，我们把孩子培养成为自觉学习的学生；把一个本来心中没有热情的学生，培养成了心中有热情的学生；把一个对未来没有任何追求的学生，培养成了一个对未来有追求的学生；把一个只关心自己的学生，培养成了一个既能够关心自己，又能够帮助别人的学生。这样的话，我们就做了更多的事情。所以，令人尊敬是什么概念，是做的事情让人从内心感到肃然起敬。

那"文化价值"又是什么概念呢？就是我们要在文化中和在历史中留下自己的痕迹，在民族发展的道路上起到某种推动或者是进步，甚至改变某个方向的作用。为此，我们常常说有些事情需要有文化价值。

五四运动为什么是一个有文化价值的运动？因为五四运动是中国新旧文化的交替点。五四运动以前，中国是循着旧的传统制度，也会有一点点小变革。大家都知道中国科举制度是在1905年就取消了，五四运动是1919年爆发的，这里有十几年的差距。从

1905年到1919年，中国也在改变，也在学习各种新的东西，但是并没有产生一个真正推动新旧交替的变革，所以五四运动实际上把中国反帝国主义、反封建的主题凸显出来了。到今天为止，我们一直在说五四精神影响着中国发展，它是一种青年精神，它是一种勇敢精神，它是打破旧世界走向新世界的精神。为什么我们常常说北京大学是有文化价值的机构呢？因为北京大学它是一个从原来的京师大学堂，也就是光绪皇帝希望京师大学堂培养出为清政府服务的人才这样一个地方，最后变成一个拥有新的教育理念、新的人才和新的思想的发源地。它主要培养了一大批后来为中国的发展做出重大贡献的人物，所以这是一个有文化价值的，为中国历史留下了影响的地方。

我们新东方的文化价值是什么呢？是希望在中国发展的道路上，教育发展的道路上，未来人们提起来的时候，能为新东方书写上一笔。到今天为止，新东方已经留了一点东西，什么叫留了一点东西呢？比如说大家提到了90年代以后的中国留学事业，没有任何人能避开新东方。没有新东方，留学事业照样可以开展，但是新东方与这件事情重合了。没有五四运动，中国照样会走向现代化是一样的概念，但是有了五四运动，走向现代化的脚步和速度就不一样了。新东方也是这样，没有新东方，中国留学依然会开展；有了新东方，中国留学的发展速度在1990年以后变得极快，新东方是第一个走出来，把留学变成一个规模化运动的这样一个机构。在新东方之前，中国的留学基本上是零零碎碎的；在新东方之后，1990年以后，我是1990年从北大出来的，新东方让北大、清华这样名牌大学的学生，全国著名大学的学生，可以成群结队去留学了。中国一年有一万人以上拿到全额奖学金，慢慢上升到两万、三四万。在中国现在的"千人计划"里，还有大学教授，政府的重要官员，科研重要力量中间有很多人都是在新东方上过学的。实际上，我们潜移默化推动中国走向世界，也把世界先进理念、先进科技带回中国。到今天为止，我们推动了本科生的留学，推动了中国留学生往全世界所有的国家走，这件事情本身来说，我们是在影响，不是直接也是间接地影响了中国走向现代化的发展速度。但是我们这样的事情做得不算多。比如说我们现在做K12，我常常说新东方K12做得不好，并不是说新东方K12做得不大，因为我们K12加起来一年也有几百万学生。而是因为其实没有新东方或者有新东方，K12这件事情在中国本质上不会改变，总会有其他培训机构做，也总会有人把这些学生的分数给提高。我们当然也帮助大量的学生提高了分数，也有很多学生本来连一本都去不了，后来进了一本，重点大学去不了，后来进了重点大学，考不上大学的也有考上大学的，我们做的依然是好事。我说的K12做得不好，不是从提升学生成绩这个角度来说的，也不是说我们的老师质量不好，而是说我们在改变学生的思考，以及这件事情本身做这么大，和中国的命运去联结起来考虑的时候，我们做得是不够好的。我觉得是这样的，如果做同样的事情你做得不如别人好，或者说你做得不是与众不同，这件事情从企业的选择到人生的选择其实都是不应该的。除非你这辈子想变成一个平庸的人，比如我们老师说，我就在新东方当个普通老师，我也不要当最牛逼的老师，我也不是最差的老师，反正我就这样，反正你也不会不用我，那这就是一个平庸的想法。咱们新东方很明显不能这样，所以K12我觉得我们能做的几件事情就变得非常的重要。比如说通过我们K12这样的积淀和成绩，能不能推动中国的教育均衡发展；我们现在所有的教学教研，以及和科技结合所产生的系统内容的沉淀发展，能不能对贫困地区的几百万中小学生起到重大作用。近几年，新东方把好未来拉进来，共同成立一个情系远山基金。为什么要把这些资源往乡村地区推动呢？因为只有通过这个，我们才能够证明，我们是能够为这个国家的发展作出更大贡献的。

再比如说在科技与教学内容的结合上，新东方到底最终能走到什么地步，这件事情非常重要。从日常来说，每年有二三百万 K12 学生在新东方学习，我们除了把他们学的数学、语文、英语等成绩提高以外，我们还能不能在他的人品、人格和个性发展、学习的兴趣爱好、对知识的追求、好奇心的发展上做些事情，这是我们要去思考的东西。每个老师要意识到我们教学生的时候，不仅仅是给他一点点提高分数的诀窍和知识，而是希望把他们整个人给带起来，每个老师都能把学生托起来才是合格的。我们说这个人是个优秀的人，对他印象很好，这个人是个令人尊敬的人，这个评价就更高一点。比如在培训界，不管是我们的对手，还是我们的朋友，大部分人都会评价说，俞老师是个令人尊敬的人，比说俞老师是个优秀的人，评价要高很多。大家知道为什么吗？因为这个里面包含了太多的内涵。令人尊敬，他不仅仅是资历很深，还表示人品好，还表示我在培训机构中间，我不欺负比咱们小的人，也不去对抗比我们大的人，我能够把培训机构老大一起组织起来，就算互相业务都是竞争的，但我能把他们组织起来一起为贫困地区发力。我去年只是号召了一下，全国加起来前 20 家培训机构，为贫困地区捐款了两个多亿。这就是为什么说"令人尊敬"是很多本来不应该你做的，但是你做了，大家觉得你就是做得好。

现在还没有人说，俞敏洪是个有文化价值的人。什么叫有文化价值的人？比如康德写出了"三大批判"，这就叫有文化价值的人；柏拉图写出了《理想国》是文化价值；孔子写了一本《论语》奠定了中国人为人处事的基础，这个是有文化价值；鲁迅也是有文化价值的人，因为鲁迅的文字影响了中国人文思想的发展，等等。要做到有文化价值的人不是那么容易的事情，所以大家明白我们的愿景其实是蛮难实现的愿景，给我们提出了特别高的要求。

我们讲的愿景，英文是Vision。Vision就是你往前看，最终想要变成什么样。我们现在每天应该做的事情，就是Mission，是使命。Mission也是三句话——为提升学生终身竞争力，塑造学生公民素质，赋予学生全球眼光而努力。这三句话有一个重点。新东方提了很多口号，但是每个口号之间互相关联，想一下三句话和前面我们的愿景是连在一起的，有公民素质，并且有全球眼光，实际上我们就已经达成了从令人尊敬到有文化价值的这样一个路径。

下面给大家解释一下这三点，第一，什么叫终身竞争力，主要有三点。我们在座的每个人其实都希望自己有终身竞争力，不管怎样我一辈子至少能够变成人群中的前20%，更加有作为，并更加有成就的人。大家都知道二八原则，你一旦变成前20%的人，你就符合这样的一个原则。你作为前20%的人，能够使用80%的资源；而后面80%的人，实际上只能使用20%的资源。你一除一加一减就会发现，你比后面80%的人，至少多拥有了几倍以上的资源。所以我觉得终身竞争力实际上是指，不管科技怎么发展，未来人工智能对我们人类的工作取代了多少，你依然能够在这个世界上找到自己的位置，找到自己的工作，找到自己的成就感。

终身竞争力主要包括三点，第一个是优秀的学业背景。我说的不仅仅是指你上了什么大学，还指的是你在什么样的人群中，在什么样的背景中进行工作和研究。大家知道我们中国有句话："近朱者赤，近墨者黑。"就是你周围五个最亲密的朋友，他们的水准一定是决定你的水准，所以人一定要往那个水准高的人群里去走，因为这样的话，能把你给拉高；往人群低的里面去走，会把你给拉低。所以这个学业背景不仅指大学文凭，当然我们的大学文凭对我们来说也是一个重要的指标。比如说你只是一个大专文凭，一辈子不再想去读本科，那就意味着你没有进取心态；你拿了一个本科，一辈子不思考再去读一个更加高的文凭，也是没有进取心的表现。这只是表面上的路径，深刻的路径是什么呢？你能够让自己的学业能力、研究能力和背景不断提升。

就以我个人为例，我的学业背景是北大毕业，算是优秀的背景，但是我从北大毕业到现在为止，没有正经的去拿过硕士学位和博士学位，那是不是意味着我停止进步了呢？不是，因为对于我来说，拿那个文凭本身已经不再是我追求学业背景表面的证明，我要追求的是，对于我喜欢的每一门课、每一门知识深刻的理解，这个东西变得比较重要。

第二点就是我们对知识和智慧要有一种渴望心理。今天上午我在听万维钢的课，我听了一个半小时，他讲爱因斯坦的相对论，原来我已经听过好几次了。因为我的理工科背景等于零，我总会有一种隔靴搔痒，或者完全不懂这样的感觉，但是我知道这个东西背后它蕴含了某种意义和真理，蕴含了整个世界和宇宙的运营规律，运营规律跟我们人类的生命和发展又是息息相关的。尽管不懂，也要不断地听，反复地听。

薛兆丰的北大经济学课程，我现在已经在听第三遍了。大家都知道一种知识，尤其是一个知识体系，能够在你日常的工作、生活、思想、行动之间运用的时候，它必须变成一种状态才能应用，这种状态叫作什么呢？叫作大脑的熟练性记忆状态，什么叫熟练性记忆状态呢？大家都知道，比如说我们学会了开车，或者学会了骑自行车，如果你十年没骑自行车，再让你去骑自行车，你会不会骑？一定会骑的。原因是什么呢？原因是因为你的整个身体形成了对于骑自行车的记忆状态。我们大部分人除了对大学要考试的那些知识，会去看第二、第三、第四遍之外，对于考试以外的知识，不断地去反复琢磨，把它转化为你自己的思想体系这样的能力，99%的人是缺失的，最多看一遍。对你来说最重要的书，我们在座的有多少人是看了两遍三遍四遍的，不多是吧？所以在中国古代人们常常说，半本论语治天下。你真把一本书弄到滚瓜烂熟了，它会对你整体上的思想意识产生一种熟练化、不加思考的反应。这种东西倒过来会指导你的行为，指导你的思想，指导你的决策，这套东西对你来说才算是产生了作用。

我们把一本书读一遍，或者说把一个思想听一遍的过程相当于什么？相当于你扶自行车走了一圈，你永远不可能会骑自行车这样的概念。通过你对某个理论、某个思想反复的琢磨，让它能够应用到你的工作和生命中间来，这个才算是对于知识的真正掌握。

刚才咱们不是提到了文化价值吗，我想我这辈子不大可能会写出有文化价值的书来，除非我现在就彻底把新东方扔掉，去做某个领域的深入研究，对那个领域的理论思想提出颠覆性和推翻性的想法，现在我是不可能有这个时间，到这个年龄不可能有这个智慧了。我想对你们年轻人来说，你要想在某个方面真正掌握的话，你就必须要努力地去把你研究的东西更加深入下去。

第三点就是不断探索未知世界的兴趣，这个也非常重要。一方面跟前面对知识的渴望是有关系的，但是另一方面它又是什么呢？为什么很多人愿意到国外去留学，而不是在中国读研究生，是因为他同时可以完成两件事情：第一，完成对外部世界的了解；第二，完成对知识的追求。比如说在北大和在剑桥大学学习，这两个大学名声相当，而且两个教授水平也相当的话，除非你是没有钱到剑桥去，否则的话你一定会选择去剑桥，为什么？不是因为剑桥这个教授能教你更多，我哪怕把剑桥教授调到北大来，你可能还会选剑桥，为什么呢？因为剑桥拥有不同的文化，不同的文明，不同的制度，不同的民风，不同的同学。你在北大接触的是中国人，你在剑桥大学接触的是来自全世界的学习的人。这样的话，你对未知世界的了解不自觉中就会被打开。对于我们来说，一个人有没有不断探索对世界的兴趣和热情，这个特别重要。新东方的老师如果不爱旅游，我就觉得他不是新东方的老师，当然有的老师是没有时间旅游。每年，你总会有一段时间是可以休假的吧，10天、8天或20天，宅在家里发微信，只在自己的城市待着；还是说能挤出一段时间去逛一逛这个世界，是完全不一样的。探索未知世界也包括了对于知识领域未知世界的探索。所以我觉得只有把这三点学好了以后，人的终身竞争力才会具备。实际上，只要你对于知识和智慧的渴望有着无穷无尽的兴趣，就会产生竞争力，因为人只有停止发展，他的竞争力才会停止发展。

第二个叫作"公民素质"。"公民"这个词简单来说，你住在一个国家,这个国家的老百姓就叫作公民。公民有一个特点,就是要有素质,比如说随便闯红灯就是没有素质的表现。前天我还看到一个视频,四个漂亮的女生在红灯亮起来的时候过马路,刚好边上有警察执法,把这四个女生给截住了,说你们违反规则了,这四个女生就跟警察打起来了,这就是公民素质非常不到位的表现。

去年的瑞典酒店事件,一家人提早一天到酒店,待在酒店的大堂里不走,非要在那儿打地铺,当酒店告诉他们不能这么做的时候,在酒店里面又吵又闹又撒泼,最后警察过来要把一家人给请出去,还死活不走,最后被警察抬着,扔在了公园里,这就属于完全没有常识的表现。他这么做了就很明显不对。对于我们来说,提升学生的公民素质非常重要,要提升学生的公民素质,我们自己就先要有素质。

素质有三个要素:第一是过有良知的生活。什么叫有良知的生活?持正念,走正道,做正事,修正果。一个人做一件事情,对内,对得起自己的良心良知;对外,对得起任何其他人,不管有没有任何人在面前,这就叫有良知的生活。比如说,你不能说没有人的时候,我在马路边上随便撒尿;有人的时候我就变得很正人君子;没有人的时候,我擦鼻涕的纸可以随时扔在马路上,然后有人的时候,我知道把纸放在口袋里面,这就叫背后一套当面一套,有人在和没人在完全不是同一张面孔,这就叫没有良知的生活。

第二是要尊重他人的权利和自由,这件事情也非常重要。所有的人都很关心自己的自由,但是,我们常常在关注自己的权利和自由的同时,却忽视了他人本来同样应该拥有的权利和自由。

尊重他人的权利和自由是这么一个概念，我拥有什么自由，但是我知道你也同样享有这种自由。在同一个办公室，你拥有大声喧哗的自由，另一个人大声喧哗你就不能怪他，是吧？如果说你拥有在办公室里吃饭，弄得饭味到处都是这样的自由，那别人如果也吃饭，弄得办公室到处都是味道，你也就不能指责他。这样的自由如果过了边界的话，其实你就影响到别人的自由，或者别人的生存上的愉悦性，这个时候其实你最好的选择是什么？你不要大声喧哗，你也不要在办公室里吃饭，这样的话，别人享受到安静的工作环境，以及没有饭味的工作环境，所以这实际上是一个如何尊重别人的问题。

因为人总是更加关心自己，而不去想别人，所以这就是为什么，我们有些人到国外去，常常会出问题的一个重要的原因，因为他们对国外的法律体系不了解，常常自己认为是一件小事，会被国外的法律法规认为是冒犯性的，甚至是违法的事情。最典型的例子，就是几个中国小女孩在美国打另一个小女孩。在中国，如果几个上学的小女孩打了另一个上学的小女孩，不管打得多么严重，最严重的后果就是校长叫你到办公室去，把你们说一顿，最后这个事情就过去了。但在美国这是严重侵犯他人的权利和人身自由的事情，这几个小女孩本来都要被判无期徒刑的，后来经过各种运作，最后一个女孩被判了15年，一个被判了8年，一个被判了5年，为什么要判刑呢，因为已经严重侵犯了他人的权利和自由，严重威胁到了他人的人身安全。所以只有在你尊重别人的前提之下，你才能够拥有公民素质。

第三，为社会和国家的进步而努力。一个国家的公民最重要的是，你除了在这个国家生存以外，你应该为这个社会的进步而努力。为社会和国家进步而努力这件事情，大家稍微想一下，如果说你能够把一个老师做好，让这些学生学习成绩变得更好；因为学习成绩变得更好，性格变得更加阳光，他会上到更好的大学；上到更好的大学，未来能为这个国家作出更多的贡献，是不是等于你为社会和国家的进步而努力了。这件事情其实特别重要，我们不一定要做到像范仲淹说的一样：先天下之忧而忧，后天下之乐而乐。我们不一定能做到这样，因为我们就是一个普通人。我们生活在社会中，我们有自己的喜怒哀乐，有自己的私心，我们也有自己的发展，但是把这些东西和某一个东西结合起来，在满足自己的所有愿望和发展的同时，这件事情确实对个人和社会都是有好处的。

我对新东方老师还是挺感激的，每年我们会招募一些老师给贫困地区的教师进行培训，或者到边疆地区去支教的时候，报名的老师常常超过我们要招募人数的 10 倍以上。为什么大家会产生这样一种积极性呢？给的工资就那么一点点，有的岗位甚至不给工资，是做贡献的志愿者，为什么大家还踊跃去做这件事情呢？实际上就是在完成我们所说的第三点。你实际上是觉得这些人需要我，我去了以后能够帮到他们，而且帮助比较大。

在公民素质这件事情上，我特别喜欢我的朋友梁晓声。梁晓声是大家比较熟悉的中国著名作家之一，跟我认识整整 10 年了，我们俩在全国政协委员同一个组里面，号称"全国政协的两门炮"。就是我们常常说话比较直，不愿意绕着圈子说。梁晓声说了四句话，我觉得特别对，如果把这四个方面做好了以后，公民素质就全有了。"植根于内心的修养，无须提醒的自觉，以约束为前提的自由，为别人着想的善良"大家稍微想一下，如果一个人做到这四点绝对是翩翩君子了，内心的修养这不用说，无须提醒的自觉，是什么？就是我刚才说的，不至于说人在的时候你做一套，人不在的时候你就是另一套，以约束为前提的自由和为别人着想的善良，这里面很多东西是要把你的私心排除。

在中国，公共场合卫生纸和擦手纸的消耗速度是国外消耗速度的3倍左右。知道为什么会消耗这么多吗？两个原因，第一，很少有人只拿一张纸的。上完厕所以后洗完手，一般至少是两张，甚至三张，手擦一下就扔掉了，两张纸都浪费掉了，没有任何环保概念。我少用一张纸，地球可能就多一片绿色，在他们脑袋中是完全没有的。还有更要命的，把纸弄出来全放到自己口袋里去了。你放一张、两张，我觉得是可原谅的。因为你可能擦鼻涕，擦眼睛，或者说擦擦手都可以。但是我亲眼看到过，一卷卫生纸卷完了以后，直接装到皮包里，这就是很没有公德的行为表现。当然，现在这种的情况已经少了，但是你可以感觉到，什么叫无须提醒的自觉，约束为前提的自由，为别人着想的善良，是很难很难做到的，真要做到这些事情，就已经到了君子这个级别了。我自己努力对自己提出要求，但有的时候发现也真是不那么容易，没有办法百分之百做到。

第三是全球眼光。"全球眼光"我觉得也是三个方面，第一是多角度思维。所谓盲人摸象，是只强调自己的一个角度，有的人说像扇子，有人说像大树，但是其实整个大象是需要你用眼睛去看的。多角度思维意味着什么，你不能坚持一个观点到底，我们很多人都是坚持一个观点到底。世界上很多东西如果从极端的角度出发，最后就会形成一个极端的思想。比如二次大战时，希特勒就是从自己的角度出发，最后走向极端。从多角度出发会增强你的宽容度和理解力。平如我们工作的时候,同事们在一起,你发现周围有一个人你容不下,觉得这个人各方面都有问题,那还可能情有可原,也许是那个人的问题;但你发现你周围总共五六个人,三四个人你都容不下,这件事情就有可能是你有问题。因为每个人都有自己的优点,每个人都有自己的缺点,你如果不从多角度去思考的话,找到的就总是别人的缺点,只强调自己的那套思想是对的,别人的都是错的,这件事情谁都知道是一种狭隘的表现。

第二,其实我们需要去理解不同的文明和文化。比如说不管你是在哪种文明中,需要了解另外一种文明到底是怎样一种形态,为什么这种文明它也能繁荣。举个简单的例子,中华文明和西方文明是明显不一样的。其实我们对西方文明的接纳度是非常大的,从饮食方面麦当劳、肯德基,到文化方面,各种美国的电视、电影,到教育方面,我们愿意到美国去留学,包括对美国政治体制和商业原则创新的接纳,几乎是没有障碍的,所以我们中国其实是非常开放的一个国家。但是反过来呢,我现在发现美国人对于中国文化和文明的了解和接纳度比中国人要差很多。

举一个简单例子,我们现在在马路上问任何一个中国人,美国总统是谁,可能连三四岁的小孩都能说出来;但是你在美国,抓住美国大学教授问中国的国家主席是谁?我估计说出来的人都不到一半;你在马路上随意抓住美国人去问的话,每十个人有一到两个能说出来就很了不起了,为什么?美国人在过去一百多年中,他们从经济、政治到文化的发展,影响力覆盖全球,他们已经形成了老子是天下第一的心态,所以对他们来说,不了解世界是没有任何损害的。对于我们来说,要理解不同的文明不同的文化,对世界上发生的任何事情,能够带有一份包容心去看待的话,这个世界就会和谐很多。

第三,叫作学习先进的理念和科技。第一是理念,只有思想变了,社会才会变。咱们中国在1978年改革开放之前,思想也没有放开。后来我们脑子活了,开始建设有中国特色的社会主义,全中国人民就富有起来了。对我们来说,所谓的先进理念,就是你的理念要改变。

思想变了带来什么?科技,大家都知道,蒸汽机的发明,第一次工业革命、第二次工业革命为资本主义社会带来了发展。所以对于我们来说,如果我们要拥有全球眼光,你就要掌握全球最先进的发展理念,以及最先进的科技。

我曾经给新东方国际游学起了一个口号——让孩子们走向世界,把世界带回中国。这个就是全球眼光的一种表现,我们走向世界,把世界带回中国,同时我们也把中国带向世界。我们新东方能做的事情,是在我们上课的过程中能够潜移默化地影响学生的终身竞争力,他们的公民素质,他们的全球眼光,这就意味着我们做了一件很了不起的事情。

所以沿着我们刚才所说的新东方的使命,新东方的核心教育理念自然就出现了。这个理念是四句话,大家都能背得差不多了,是"终身学习、全球视野、独立人格、社会责任"。和我刚才讲的基本上是一体化的内容,我们的教育理念就是要培养学生终身学习、全球视野、独立人格、社会责任的能力,下面进行一下解释。

第一个是终身学习,就是一生都有获取新知识、新思想、新远见的能力,能够不断刷新能力和思想,这跟我刚才讲到的终身竞争力是一样的。不管你年龄增加多少,你的知识总是要不断地更新。最近我读了几本书，分别是《世界观》《思维简史》和《人类简史》，这几本书也刷新了我对世界的看法。只要你去读了，接触这样的新知识，你才能够刷新，所以要有不断地获取新知识、新思想和新远见的能力。比如直到我听了施展的中国历史的课程，我才知道中国文明的发展其实是二元文化不断搏击的过程。从中国古代开始，草原文明和汉族文明就不断互相交融和搏击，最后产生了独特的中原文化。

原来我认为，中华文明之所以发展得那么不顺利，是草原文化总对中华文明的入侵带来的后遗症，比如说元朝的时候，清朝的时候，还有五胡乱华，大家都知道，消耗了中国大量的财力。后来发现中华文明之所以存在，一方面是在跟草原文明的不断交融中，获得了发展的活力；第二是因为总有强敌环视，不得不增强自己的生命力和发展能力，所以才有了中华民族。尽管一个朝代更替一个朝代，但是就在这样的过程中，中华文明也变得更加强大，所以这就是新思想、新知识，你能够用一种不同的视角对这个东西理解得更加深刻。

前两天我在听一门关于领导力的课程，是原来我的一个学生刘澜讲的。他是全中国第一个考了 GRE 满分的人，2400 分，在北大就是我的学生。我上课的时候他就说你讲得不好，因为他本身就是天才学生。后来到新东方听我的 GRE 课，GRE 考了满分，他也告诉我说，我的这个满分跟你也没什么关系。后来他从哈佛大学毕业以后，开始研究领导力的课程，确实研究得非常棒，也很有口才，所以我现在倒过来在听他的领导力的课程。

他说一个人或者一个企业必须要有反思能力，什么叫反思呢？就是思之再思，反思不是说你做出一件事情，就说我做错了，那下次我不做错,他说这不叫反思,最多叫行为纠正而已。反思是对你原来思考过的事情,进行颠覆性的重新思考,得出一个不同的结论,这就叫作反思。

比如说,咱们举个简单的例子,中国民营企业的发展,很难说是我们政府反思的结果,它是一个自动增长的过程。当时国有企业发展不好,最后民间力量产生,政府说民间力量产生能鼓励那么多人就业,还能造出那么多老百姓需要的产品,那我们让他们去做。结果中国民营企业占到中国企业发展份额的百分之六七十,就业的百分之七八十。

民营企业是这样一个状态,自我发展起来了,那我们中国走向未来的时候,民营企业和国有企业的地位到底是什么?民营企业到底应该放在什么位置上去发展?最后定出一系列鼓励民营企业的发展政策和中国长远发展的规范,这个就叫作思之再思。每个人都要有一个思之再思的过程,对,还是不对?好,还是能更好?这就是不断刷新自己能力和思想,不断地颠覆自己。实际上,我们很少有人能不断颠覆自己,其实我自己一直试图想颠覆自己,但是颠覆得很困难。人颠覆自己就和你拎着自己的头发脱离地球是一样的概念。

第二个,全球视野。跟刚才我们讲过的全球眼光是一样的概念,站在世界发展的角度思考自己和祖国的未来,为社会和世界进一步做贡献。这个观念不是站在本民族的角度,也不是站在个人利益的角度,而是站在世界角度,这两件事情非常的重要。

第三个,独立人格。英文是 independent personality,如果你人格能独立就没有依附关系。依附关系有两个方面,第一个是没有经济上的依附关系,也就是没有身体上的依附关系。为什么现代中国的女性，个性上变得更加的平和，更加的开放？因为她们获得了一个经济上的独立性，人生上没有依附关系，不用看男人的脸色过日子。对于已经工作的女生来说，甚至也不用看父母的脸色过日子，这样有了一个经济上的独立性。还有精神上的独立性，独立性既可以分开，也可以不分开，你有自己的思想，有自己的价值观，有自己特立独行的一种精神。独立之精神，自由之思想，这是一个什么概念？这句话在王国维的纪念碑上，今年清华大学一百年校庆的时候，纪念碑被一堆东西给围起来了，这一围反而受到了全世界的关注，如果不围的话没有任何人感觉到。提到独立精神，自由思想，在中国还有点敏感，其实我也不知道为什么有敏感，因为一个人就应该有独立精神，自由思想才对呀，是吧？你的思想不能自由，你就没有创造力，你的精神不能独立，你就没有做人的尊严，那还谈何个人的发展、国家的发展？这就变成了无本之木，无源之水了对不对？所以实际上就是两个独立性，人身的独立性和精神的独立性。特立独行并不是你想干吗就干吗，跟刚才讲过的自由概念是一样的，考虑到他人的自由，独立而不失对他人和其他文化的尊重，这才叫独立人格，这是特别重要的一件事情。

　　第四个，社会责任。说得好听一点就是，天下兴亡，匹夫有责，但是呢，对于我们来说，为社会的进步，为需要帮助的人做点事情，我们就尽到了社会责任。在一个已经运营得相对美好的社会中间我们愿意出一份力，相对美好的社会就能够继续运营和存在下去。为什么我们每个人在合理的前提之下，要去遵纪守法？为什么我们每个人现在已经自觉到了喝酒以后坚决不开车？一方面是因为你对法律的恐惧，因为你喝酒开车被抓起来，要被关进去好几个月。但是更加重要的是什么？是你养成了一种自觉。你知道酒驾以后开车，是对别人生命安全造成了威胁，是会扰乱社会秩序的，所以你才不开车。社会责任是在小事中间体现出来的，不是在大事之前，不是说这个国家要灭亡了，最后我站起来扛着枪上战场才叫社会责任，那个时候就已经晚了。还有最怕的就是什么呢？只说不做。大家知道有些政府官员，在口头上喊着要一心一意为老百姓服务，背后做着大量的贪污工作，那就叫作真正典型的没有社会责任。我们新东方，是一个挺有社会责任的企业，为什么？因为我们认真地在做着培养人的事情，我们也都在认真地向国家交税，更加重要的是我们的很多老师，也包括新东方，每年都在为贫困地区孩子的学习作出自己的贡献。这件事情除了我以外，我还在鼓励我的两个孩子在做。上个礼拜我儿子刚刚去了甘肃定州贫困地区，他们在那儿为孩子们捐了一个小小的图书馆，我的儿子现在是高二，我要求他下个礼拜，为留在北京乡下的留守儿童开英语课。我女儿现在对于慈善事业特别感兴趣，源于她15岁的时候，一个人背着书包坐了36个小时的飞机，跑到了非洲赞比亚的农村，为那里的黑人孩子上了整整一个月的英语课。她在那里的时候把一张照片发回来，是她抱着一两个月都不洗澡的黑人小孩，抱得那么的亲密，我女儿是很爱干净的，但她脸上露出了在家里从来看不到的笑容。那一瞬间我就觉得这个孩子没有问题，因为她有爱心。我比较注重培养孩子们内心的爱心，其实这也是我们要做的事情，把一个有爱心的人培养出来了，他未来无论如何，对自己，对别人，对社会都会好。

新东方的价值观，也是16个字：诚信负责，真情关爱，好学精进，志高行远，这也是大家都能背出来的。价值观是什么？价值观对人、对企业是一样的，都是指做事情要沿着一个方向去做，不能越过这个边界。诚信负责是什么概念？不做欺骗同事和客户的事情。对于我们来说，一旦承诺就坚决兑现，做一个负责任，有良知的企业，这就叫诚信负责。大家都知道从与人交往的角度来说，你也会特别喜欢一个诚信的人。我常常说中国人学会了很多投机取巧、斤斤计较、偷鸡摸狗、偷梁换柱……像这样的成语特别的多，表明中国人做这样的事情挺多的。但是这些人所没有意识到的一点是，其实他在表面上看占了一点好处，但是通过欺骗也好，不诚信也好，所占那么一点好处，到最后往往一辈子亏的是特别特别大的。中国另外一套理论是吃亏是福、难得糊涂，其实这是两种价值观的较量。这种较量到最后的结果是什么？是要靠你一生的经验来得出结论，我是可以比较明确地来跟大家说，任何什么投机取巧，斤斤计较，坑蒙拐骗之类的，这辈子其实骗的就是你自己。原因非常简单，因为你做的行为，你周围跟你认识的人，一定能够知道的，没有任何人会笨到，认为这个人是一个斤斤计较，坑蒙拐骗的人，我还把你当作我的好朋友的，除非我也想骗你一把，你表面上骗了我，我假装好人最后把你骗得血本无归，除非你抱着这样的心态，你才会去跟坑蒙拐骗的人打交道，否则的话你打交道的人一定是你认为这个人很安全，如果对方也认为你很安全，你们两个人互相帮助，就会没有隔阂，你们之间的关系，永远是1+1大于2的。当然这前提条件是，两个人都有着一份宁可舍弃自己的利益也愿意帮助别人成长和成就的这样一个心态。

人性中自私的东西是天生的，但是在社会上混日子，又要求你把自私的基因转化成为对社会有利的行为，你才能生存得更好。

这个矛盾如何转化？第一，用法律条文和社会习俗来规定，你的哪些行为是不能被接受的，比如当面抢人的东西肯定不被人接受。如果一旦社会秩序被破坏了，抢人的东西也变成一个特别正常的事情，你看美国卡特里娜飓风的时候，本来好好的那些美国人，抢东西抢得一塌糊涂。在一个社会秩序受到破坏的情况之下，依然能够不抢东西秩序井然的，到目前为止在全世界没有几个民族能做到，咱们中国也是秩序一乱到处乱抢。不过有一个国家做到了，所以这个国家我一直认为是特别可怕的，也是特别值得尊敬的，也是特别值得我们学习的，那就是日本。

在日本福岛核辐射以后，日本老百姓在缺乏各种各样资源和帮助的情况之下，派送来的食物、衣服依然是排队领取，没有一个人去抢，日本所有的商店里的人跑光以后，商店里的食物没有任何人去拿。所以这个民族很可怕，如果中国跟日本再干一仗的话，中国能不能打赢，真是个问号，因为这个赢与不赢不在于你有几颗原子弹，而在于你到底有没有整个民族的一种高素质和万众一心的那种感觉。当然中国和日本现在打不起来，为什么？因为毕竟中国有原子弹。所以诚信负责其实是很重要的一件事情，如何通过我们的诚信负责，来做到让所有的人明白，我们是一个这样的值得你信任的，值得你放心的一个机构或者是一批人。

那真情关爱是什么呢？叫对员工客户真心相待，这个跟上面其实是连在一起的，把他人的事情当作自己的事情做，把来新东方的孩子，看作自己的孩子，这件事情说起来挺容易的，但做起来并不容易，因为我们对自己的孩子才能不会失去耐心，但是对来上课的孩子常常会失去耐心，对自己的孩子点点滴滴都能关注到，对外面来的孩子我们不一定能做到，所以我说爱心在人与人之间传递这件事变得特别的重要。

第三个是好学精进，这个跟我们刚才提到的全部是一致的，大家可以看到，我们用不同语言表述新东方同一个维度，只有努力学习不断进步，持续变革才能让自己更上一层楼，也才能培养出更加优秀的学生。好学精进对我们来说是三个层面的，一是我们老师们自己必须要好学精进，二是新东方这么一个企业本身不断变革，不断地进步，三是我们要让我们的学生，也变成好学精进这样的人才。

第四个志高行远，说起来叫志向高远，志存高远我们常常说，志高行远，就是志向高走得远，不违法乱纪，做志向高远的人，做有济世救民情怀的企业。在新东方我一直认为，要有一段济世救民的这个情怀，这种东西从小到大做，比如说在过去的十几年中间，新东方有个"梦想之旅"的活动，我要求新东方的"梦想之旅"，不应该变成营销的工具，而应该变成一个真正的是去帮助学生成长的这样一个活动，所以我要求新东方所有的"梦想之旅"，必须放在二三线城市，也就是说实际上没有新东方的地方。我自己连续做了8年，每年10天，"梦想之旅"的过程中间，我要求走的全是基本上没有新东方学校的城市，那些城市，去中学大学尤其是二本大学，三本大学当时去演讲，对新东方没有任何实际的价值，我们没法把这些人群马上转化成新东方学习的人群。但为什么还要去这么做，很简单。我觉得我对北大和清华学生做一场演讲，顶多也就是一个锦上添花的事情，甚至对北大、清华的学生产生不了任何影响。因为他们已经变成了天之骄子，所以我对北大、清华的演讲我是很少去的，如果我跑到一个像榆林地区师范学校，鄂尔多斯学院做个演讲，那这些学生有可能从此他们生命就不一样了，实际上这里面抱的是另外一种情怀，而这种情怀我觉得是新东方应该有的，帮助一切最需要帮助的人。对我们来说，我们不排除帮助精英阶层。所以大量的出国学生在新东方学习，出国学生要不就是政府官员的孩子，要不就是有钱家庭的孩子，我们依然要给他们提供帮助，因为这些人未来也是中国的精英阶层，第二这些人所交来的钱会部分转化为国家的税收，以及新东方的利润，我们倒过来可以用到贫困地区去，所以我们常常说新东方在做的一件事情叫"杀富济贫"。所谓的"杀富济贫"，不是真的把富人给杀掉，而说让这些交得起更多学费的人，交过来学费的一部分，我们通过我们的运营，可以转化成面对贫困地区学生的教育资源，这是我们要做的事情。

我们看新东方企业文化，大家都在新东方工作，在新东方工作最重要的是要感受到这四点，如果没有感受到这四点，那么就意味着新东方没有做好，我认为这四点最重要：一个是坦诚，一个是协作，一个是创新，一个是尊重。我把它们用了四句话来表达，叫作无芥蒂的交流，就是人与人之间心中没有芥蒂，没有障碍地交流，当然这个交流的前提要基于最后一个，尊重，无偏见的尊重，因为只有人与人在无偏见尊重的前提之下，这样的交流才能达到。在中国不同种族的人很少，我们没有像美国一样种族那么的多，是因为美国一天到晚强调，我们不能有种族偏见，他越是强调我们越知道，美国人根深蒂固种族中间有很多种族偏见，不然他不会反复这么强调的。咱们中国现在就很少去强调你对妇女不能有偏见，现在我们反而倒过来强调，妇女不能对男人有偏见，表明女性在中国地位的提高。我不管你是什么宗教背景，不管你是什么家庭背景，不管你是什么学术背景，不管你是什么民族背景，当我在跟你交流的时候，我是一律抱着对你人格的尊重，来进行无芥蒂的交流，如果没有尊重的交流。无芥蒂的交流并不意味着你什么都能说，而是一定要在有尊重的前提下去说。所以我觉得坦诚尊重很重要。

协作，无障碍的协作。人与人之间要互相协作和谅解，只要两个人在一起干活，就有协作关系。夫妻之间一定要有协作关系。夫妻之间没有协作关系，这个夫妻关系一定是搞不好的。工作中间就更加要协作关系，如果夫妻之间协作管理搞不好，工作之间协作关系搞不好，那这里边就要来区分原因了，你跟你家庭成员协作不好这个到底是谁的原因？这个要分清楚，如果你分清楚了，觉得这辈子这个人就是协作不好，一个办法就是离婚，因为已经一辈子协作不好了。如果协作不好是两个人之间的方法不对，或者两个人之间的态度不对，那大家要改方法改态度。实在不行，分手之前一定要坦诚地，无芥蒂地交流，最后谈清楚这件事情。工作也是一样的，在我们工作中间，有的人可以交流，可以协作，有的人交流协作不好的，那到底是你的问题还是别人的问题？这件事情要弄清楚。常常有一些新东方的主管，比较强势，我就会比较愤怒，我觉得强势是好的，但是你强势不是协作的态度，尤其当你强势已经变成了一种命令，这件事情大家就干不好。

创新，无边界的创新，这也是特别重要的事情，因为对于我们来说，创新是一个人也是一个企业不断生存和发展的基础，所以我觉得这几年新东方是落后了，落后在什么地方？落后在创新上面，在创新上的投入不够，人才建设不够，颠覆性的思维不够。新东方就会落后，所以现在我在不断地提创新。

坦诚是人与人之间无芥蒂沟通，在尊重他人感受的前提下，用同理心进行充分而有建设性的交流。上礼拜我带领总公司读了一本书——《刷新》，作者是美国微软的第三任CEO萨提亚，他是个印度人，在微软工作25年，在2014年的时候被提为CEO，在他上去的时候整个的微软都已经不行了。微软中国在我们新东方隔壁。紧接着他上去以后从微软市值只有三千亿美元，现在提到了一万亿美元，增长了三倍。他中间强调的最大一个特点什么呢？就是人与人之间的交流要有同理心，同理心就是你要能够理解别人，站在别人的角度考虑问题。协作，一个人可以走得快，一群人可以走得远，伟大的事业是一群人的事业，这就是为什么要协作，新东方如果是一个伟大事业，必须一群人一起来做。任何组织目标达成都需要一个团队的通力协作。大家都知道，为什么党要强调九千万党员的重要性，就是因为中国这么一个巨大的组织，必须要有一帮人是目标一致，理想一致，信念一致，通力协作，才能够达成的。这就是组织的重要性。所以新东方也有自己的骨干力量，新东方骨干力量不能达成一致的话，每一个个人，都是不可能把新东方做好的。创新什么？创新就是不断革命，革旧思维的命，革旧体系的命，旧方法的命，创新就是没有最好只有更好，永远的好就是上面还有更好。苟日新，日日新，又日新。大家都知道，这个就是天天要更新，每天要再次更新，大概这意思。所以新东方有一句话是对学生说的，"你比你自己想的要好得多"。这是我们要激发学生潜力的一句话，但是反过来我们说，我们一定能够比我们想的还要好很多，这就是一个不断创新的过程。

尊重，唯有尊重让一群人互相砥砺前行，我们一群人互相砥砺前行，只有尊重是最能做到的。我说人有职位不同，但是没有人格高低。我最讨厌新东方管理者，自己以为自己在更高的岗位上，自己就有了领导力，自己有了权力，并且可以对底下的员工，用侮辱性的口吻，说三道四，批评指责。这样的主管本身人格就没有健全好。他说话的时候对别人也有人格上贬低的行为，这是最糟的。我是新东方最高的董事长，但是我大概还能够说一下，我对新东方所有层次的人进行交流的时候，好像几乎从来没有侮辱过别人的人格，没有说出过对别人不尊重的话。我批判过别人，指出过人工作的不到位，甚至开除过别人，但是没有侮辱过别人的人格，我觉得这是一个最起码的修养，植根于内心的修养，这件事情我觉得我是做到了。还一个就是对他人隐私、思想、自由、宗教、人格、成果的尊重。这也是新东方企业文化的核心要素。

讲完这个，我们看咱们新东方的定位和战略方针，这个也是说到很多次了。给大家读一下，这就是新东方的重点了，我们前面讲这么多理念，定位和战略方向就是抓手。前面是很高的理念，那这些东西要实现的，要在具体中间实现，所以我们就要有抓手。第一个定位，叫作："以学生全面成长为核心，以科技为驱动力的综合性教育集团。"我们新东方，一个是学生的全面成长，我刚才说过了，学生来到新东方不是仅仅为了一个成绩的提高，光成绩的提高不够，他要在人品人格方面变得不断地健全，个性方面变得不断地阳光和灿烂，对未来不断地坚毅和勇敢，我觉得这是我们要的全面成长的学生。第二个是科技。下面根据这句话的定位，我们定出了新东方的战略方针："以教育产品和教学质量为核心，以科技为驱动力，为学生全面成长创造价值，推动中国教育的进步和发展。"这里面我专门提了核心词，核心词：教育产品，教育产品不仅仅是指一本书，包括教学内容、教学产品的呈现方式，教学体系，甚至教学服务在内的一整套系统，这叫教育产品。因为现在没有任何一个东西，拿来一本书你可以告诉对方说，这是我们的教育产品，教育产品还包括了高科技融入的呈现方式。那教学质量就是当老师走进去把教学产品呈现在学生面前的时候，我们老师的素质以及老师的讲课水平，这叫作教学质量。这是新东方现在的两大核心，用科技对教学产品和教学质量赋能，通过这些东西的结合，促使学生的全面成长，也促使社会的进步和发展，教育的进步和发展，这是我们要做的事情。

除这个以外，紧接着我们常常讲新东方的精神，今年年会上我的主题演讲就是讲的新东方精神。这句话现在已经不用了，但是大家依然不要忘，因为这句话："追求卓越，挑战极限，从绝望中寻找希望，人生终将辉煌！"激励了至少20年中国一代又一代的年轻人。有的人说这句话已经过时了，其实不过时。从绝望中寻找希望这件事情跟你的经济条件是没有关系的，跟你住什么房子没关系，跟中国的繁荣发展没关系。为什么在这么一个经济繁荣发展如此强盛的时代，中国大学里的精神紧张症、忧郁症的人越来越多，而且已经蔓延到了高中生和初中生，为什么我们变得越来越不快乐？这就是大家要去思考的话题，是什么原因？当很多人陷入绝望的时候，从精神层面上来说，我们应该怎么样让他寻找到希望？新东方鼓励一种朝气蓬勃奋发向上的精神，从绝望中义无反顾寻找希望的精神，当世界上的一切都成为如烟往事，唯一能够珍藏心中的是我们在今天的奋斗中所得到的精神启示，在将来的岁月里，我们的心灵将引导我们，使我们能够潇洒地对待生活中的成功与失败，并在成功与失败时做出更加奋发的努力，取得最终的辉煌。这是我对上面这句话，从心底里的一种说明，也是我自己一直在做的事情，我认为世界上任何的东西，荣华富贵终将没有，你唯一能留下来的是在心中得到的一种充实和一种努力。

为什么我要每年一本一本出书，因为我觉得出书，印就要印好几万本，总有人能碰到，我最终希望的是成就自己、成就他人。

我这一次，在全国年会演讲的时候，把新东方精神做了一个梳理，新东方精神我分成了五点，第一点，追求极致的精神，用最好的质量和教学服务家长和学员，只争第一，只争朝夕的精神。第二，新东方精神是一种人文情怀，我们相信学生的成长不仅仅是成绩的提高，更是一个人完整的成长，是心灵的成长，灵魂的成长，人格的成长，思想的成长，整个人认知水平和智慧的成长，新东方人相信自由、平等、尊重、坦诚的力量。所以我们为什么反复穿插这些要点，我讲了这么多页大家都明白，在我心目中，我们作为一个人，作为一个企业的要点到底在什么地方？其实这些要点不仅是对新东方提的，对在座每一位老师提的，这辈子想要活得像人样，你就应该照着这些去做，没有任何捷径的。

新东方精神，是创业打拼，绝对不满足于现状，勇于探索挑战极限，对于一切僵化和懒惰进行挑战，我们拒绝官僚主义，拒绝享受心态，拒绝论资排辈，拒绝拉帮结派，拒绝心胸狭窄和信息屏蔽。勇于创新，对新事物充满好奇，崇尚年轻精神和从头再来的勇气，新东方精神，是一种不断推动社会进步的精神，我们推动中国留学的开放和繁荣，我们新东方确实一直努力推动社会进步，我们还没达到文化价值的层次，但是我们已经做了不少事情，推动中国留学的开放繁荣新东方做了。梦想之旅，推动大学生的学习热情和理想新东方做了；通过教育扶贫，推动中国贫困地区教育新东方做了；通过家庭教育，让父母更加懂得如何培养孩子，新东方做了。所以尽管我们是一个商业教育公司，但是我们的立足点是通过做有意义的教育，推动社会进步。这个是我们的方向，当然我们做得还不够，今年我们还要发起一个活动，吸收老师们踊跃参加。我们将发起一千个老师，每个老师带一到两个农村地区孩子。我们要求从小学或者是初中带起，一直带到这个孩子上到当地的名牌高中为止。大家知道为什么吗，因为农村孩子需要有人不断地鼓励他激励他。我们不一定要给他们多少钱，我们会给老师们一点钱，让他们给孩子们买点文具、买点书，但更重要的是，孩子们遇到问题通过微信给你发一个，你就能够解答他一些问题，花不了多少时间。这个孩子有一个大姐姐大哥哥，或者干爹干娘的帮助。我跟他们说了，要挑农村孩子家庭贫困，但人比较聪明的孩子，这个很重要，因为我知道一个农村的孩子，如果把他培养成上中国一本大学的人，如果这个人未来发展，可能他的整个地区都是有希望的。我们通过培养一个人去为一个地区未来的人才去进行布局。所以你看，这就是我们在做的新东方的事情。新东方精神，也是一个团队合作精神，反复强调了，没有团队就没有新东方，目标一致，精诚合作，为共同的事业而努力，是我们应有的态度。

除了这个以外，我刚才反复讲过，正确，我们新东方要做正确的事情。这也是我在2016年的时候，发给新东方的全体管理者、老师和员工的，我把它叫作正确的事情，持正念、走正道。新东方的精神，以及新东方的理念，新东方的定位，落实到下面，我们就要做一系列这样的事情：要坚持教学质量高于一切，坚持留引最优秀的老师和人才，这是永远不会错的事情。坚持以客户的需求为核心，研发设计客户真正需要的教学产品、教学系统、信息系统和服务系统，这是永远不会错的事情，坚持诚信负责的核心价值，不忽悠学生，真心为学生服务，不夸张，不欺骗，不做假材料，不帮助学生作弊，这是永远都不会错的事情。做任何事情都不以金钱收入为主，而是以质量和品质为主，把质量品质做到极致，这是永远不会错的事情。管理者用崇高的理念来引导自己，以无私的胸怀来关心员工和老师，用发展的梦想来激励团队，这是永远都不会错的事情。当我们能够一心做正确的事情时，我们就走在了正道上，当我们理解了如何做正确的事情之后，我们就要学会正确地做事情。

做正确的事情是引领，正确地做事情是手段，所以叫作"做正事，得正果"。知道什么是正确的事情，并且能够执行下去，通过优秀的领导和管理，让正确的事情变成现实，就是正确地做事情；知道如何把团队团结起来，制定一致的目标和方向，大家一起共同努力，共享成果，就是正确地做事情；知道如何识别并使用，能够做正确事情的人才，并且淘汰和排除无能的人、捣乱的人、心术不正的人，就是正确地做事情；知道如何开源节流把钱花在刀口上，布局正确的产品和项目，通过合理的节奏和手段把事情做成功，就是正确地做事情；知道世界上的事情不是一个人能够做成，需要各部门之间的协调和合作，所以在工作中采取协调和合作的态度，就是正确地做事情；知道在这个多变的时代，革命日新月异，我们保持学习和变革的心态，随时接受新的思想和改造，就是正确地做事情，我们能够足够成熟，做事情进退有据，不乱章法，目标明确，步步为营，不为利益所动，不为眼前所惑，胸襟开阔，心底无私，就是正确地做事情。这也是对新东方做事情的要求。

讲到老师这一块，大家都是老师，也有两页PPT是专门讲老师的。第一个新东方教学的课堂呈现到底是什么？原来我们是通过精熟、快乐和励志的课堂呈现和内容分发，大家说精熟读起来不太熟悉，其实精熟在我心里还是蛮好的一个词，又精炼又熟练，娴熟有点非常熟练的意思，但不管怎么样表达就是这个意思。通过课堂呈现和内容分发鼓励学生进步，培养学生的"终身学习、全球视野、独立人格、社会责任"的能力。我们通过在新东方另外一句话，就说"通过满足家长的功利性需求，达到对孩子们的非功利性培养"。不知道大家能不能听懂，家长的功利性需求——我的孩子要提分，我的孩子要考试通过。什么是非功利性需求呢？就是把孩子培养成一个全面成长的人。这个东西对我们老师提出来一个极高的要求，因为我们大部分的老师到现在，勉强能够做到第一点，后面的自己都没有想法，所以要先把老师的水平提高才行。新东方的课堂呈现是这样的：

第一是娴熟，对于传授学生的知识和技巧能够烂熟于心。你完全知道怎么当老师，知道当老师你自己有知识，其实不是那么一回事，在原来新东方的时候也有老师，是北大博士毕业，跑到新东方当老师，被学生轰下去了。他满肚子的知识，但对于如何传授知识不娴熟，没有技巧，就会很麻烦。

第二是快乐，我们常常说对于孩子们来说你制造一个快乐的课堂，是提升孩子的学习专注力，以及孩子的学习效率的最好的方法。怎么样用快乐的语言、行为、方法和工具，当然新东方也在做，泡泡少儿做很多动画的东西，就是为了让学习过程变得更加的互动，以及变得更加的有乐趣，来把知识呈现出来。

第三个叫作励志，激发学生向上的精神和追求未来的勇气，鼓励学生突破能力极限，向更高的目标攀登。其实原来我们的励志只针对大学生，后来到了高中生。我在大学生人群中属于励志老师之一，讲了这么多年，听了我演讲的人都会很兴奋。这个远远不够，所谓的励志，穿插在我们讲课的课堂中间，这个点点滴滴，在形式上表现出来。我要求现在新东方教材教学体系，不管是电子呈现的方式，系统呈现的方式，还是纸质呈现方式，至少在形式上把一些励志的故事、语言、文化给它印上去，这样的话至少学生和老师，翻到那一页的时候，也能看到这样的一句话，比如突然看到"从绝望中寻找希望"，翻到另外一页，突然看到就是"少年如果不流汗水，就会变成老年的泪水"。这东西对人是有用的。

讲完了课堂呈现以后，新东方能为老师做什么呢？当然这个不完整，我觉得新东方能够为老师做很多东西。

第一点，新东方的老师们，是新东方最宝贵的财富。这毫无疑问，我深刻地相信，任何现代的技术都代替不了老师们对于学生的宣导作用。我们老师讲的每一门课，用人工智能和机器人讲解了，课堂中间依然离不开老师。理由非常简单，我们老师可以专注于做我刚才讲的那些事情，就是专注于学生全面成长，把提分的事情交给机器人，未来有可能会达到会实现的。但是即使到了那个时候，也是任何现代技术都代替不了老师对于学生进步和人格塑造的巨大作用。

第二点是新东方要为老师们提供更好更大的成长空间，这个成长空间不光是提供更多上课的机会，也不是提供线上线下交叉上课的机会，更重要的是给老师提供更多培训的机会，更多的往外看的机会，更多的未来能够成长的空间。只有老师变得更好，才能教出更优秀的学生,所以我说我们今年要加大对于老师的培训力度,要加大对于老师的发展力度。今天这堂课,只能算是小小的开端,不能算是正经的培训。但是未来我们会有比较多的组织海外的海内的,请著名的老师来讲课的,还有集中起来进行封闭式培训,为老师提供更好更大的成长保障平台。

第三点,新东方为老师们提供更好的保障和服务,让老师们能够真正做到安心教学,用心沟通。我觉得老师们只要做两件事情就行,一个是安心教学,第二个是能够用心跟孩子沟通。包括有的时候跟家长的沟通。有的老师现在还要打扫卫生,尽可能不要做了,不是老师做的事情,不该老师做的事情,老师不要去做,该老师做的事情,老师就应该完成。而且老师要把这件事情做得更好,咱们新东方另外一句口号,叫作"打动人心,超越期待",我能做得更好,所以我常常说在家里家庭生活好坏,完全在于能不能做打动人心的事情,这件事情中间一样也是家庭教育。

第四点,新东方通过科技手段,让老师们上课变得更容易、更丰富,实现线上和线下结合,现实和虚拟结合,人工和智能结合,让教学变成一场学生和老师共舞的盛宴。不是老师单独凭自己的能力走进教室,教科书一打开,教书,相关科技什么都没有,所以要提供有用的科技手段,当然还包括其他的手段。现在新东方正在做教学点成长中心的实验,我们会把一些教学点,慢慢地变成,既有学生的读书室,家长的休息室,还有学生的AR、VR的体验互动室,还有包括机器人等这样的实验室,让孩子除了上课以外,能够在这个地方认真地学习到一些东西,我们会把一些教学区的走廊,打造成两边都是学生随手触及可以阅读的书架,边上有懒人沙发,舒适的座位,学生随时可以坐下来读书,读完这本书想要拿回去一点问题都没有，因为他出门的时候自动扫描就会扫描出来是哪个学生把哪本书带走了，这是我们要做到的。

第五点，新东方要为老师们设计更大的舞台和平台，包括我刚才说的，比如说老师要分出层面来。除了新老师，优秀老师，一级老师，二级老师，三级老师，分出来哪些老师真正具备可以在更大的教室里，或者是更大在线系统讲课的这样一种能力。根据不同老师的能力，希望打造出充分发挥老师能力的舞台，最后我们希望在新东方有能够年收入几百万甚至上千万的老师，但是也有几十万，甚至只有几万收入，而依然觉得自己教书教得很兴奋的老师。

昨天读了一本书，说了这么一句话：一个人薪酬的高低，对企业来说尽管很重要，因为薪酬高低确实能够起到两个作用，一个是把更多优秀人才留住。第二薪酬高了大家工作热情会稍微高一点。但是对于一个人的发展来说，和对一个企业发展来说，薪酬的高低，其实不起到决定性的影响，除了薪酬以外，薪酬达到社会平均相对有竞争力状态以后，最重要的是什么？这些人做事的发展，做事情本身挑战所带来的兴奋感这件事情是最重要的，重要的是要有这样的感觉：我做这件事情觉得对我自己个人发展极好。

我举个简单例子，现在我要招两个助理，我告诉你三年没有工资，谁愿意当？我估计我们这儿应该有一大批人会愿意当。为什么？为什么不给你钱你还愿意当，理由非常简单，你知道在我身边的三年，你获得的成长速度，应该比你在其他地方能获得的成长速度会快很多。这就是为什么上研究生你要交钱的原因，这就很正常。当然了也有到我这儿来工作适得其反，三年一点没成长也是有可能的。一个平台上个人的成长多么的重要，同时你在做挑战的事情中间的兴奋感，让你愿意做下去这也是一个很重要的原因。大家都知道为什么花钱去坐过山车，那么恐怖是吧？因为你是在对自己提出挑战，对自己的胆量提出挑战，最后你会产生一种兴奋感。我觉得这两件事情，是新东方未来需要为老师们设计的。首先新东方的薪酬体系，必须要有竞争力，在此之上我们要做到，第一是老师成长平台必须要做好，第二要做到让老师们，能带来挑战、刺激和兴奋感的事情。当然这个不能常常发生，但是必须总是发生。比如说原来，我看到新东方老师在新东方教书，教得比较烦。当时新东方老师一天要上十几个小时的课，工资也给他们发得很高。后来发现老师们教着教着，也挺平淡的，我就设计了很多新的挑战，比如说要求所有的老师必须会骑马，不管会不会，你就得会骑马，不会骑马你就别在新东方当老师了，结果所有老师都去学骑马，就带来挑战和兴奋感。

新东方老师应该是怎样的呢？我觉得新东方老师主要是下面几点，当然也不完整，第一新东方的老师是对孩子们有无与伦比的热爱和热情的人。我觉得这个很重要，我之所以后来坚守教学岗位，一直没有离开，就是因为，我看到下面坐着学生我就兴奋，看到学生脸上放出光来，开始变得兴奋，我就比他们更加兴奋。

新东方老师是不断要求自我成长和自我成就的人。新东方的老师，是有着良好社会责任感，不断为社会进步努力的人。新东方的老师是要快乐、自信、阳光、内心坚定的人，因为你如果自己都不快乐、自信和阳光，你怎么可能让学生自信、快乐、阳光呢？你自己都得了忧郁症，你怎么能让学生变得内心坚定呢？新东方的老师应该是不管遇到多少挫折，依然内心充满希望的人。跟上一条有点雷同。新东方老师应该是愿意为新东方的发展贡献力量的人。负责任都不用说了，这是底线，如果一个老师连负责任都没有的话，那这老师就没法当了。

这四句话，跟刚才梁晓声讲的有点相同，但是强调的是不一样的东西，刚才讲的是素质，这个强调人的气质："刻进生命的坚强，融进血里的骨气，长在心底的善良和扬在脸上的自信"。在新东方的我一直弘扬独立人格，特立独行，有志气，有骨气，有豪气，新东方很少弘扬那种唯唯诺诺的精神，几乎就没有去讲那种听话和服从的精神。这个给新东方带来一个比较严重的后果，就算到现在新东方标准化、流程化和系统化都很难做起来，因为每个人都有自己的一套东西，并且坚决认为自己的东西才是最好的。当然新东方的三化我们还要做，美国人每个人都很有个性，但是美国人的国家运营体系，其实是非常规矩的。但是新东方的特立独行，也带来一个好处，有没有发现？新东方的人出去创业成功率极高，为什么？因为他这种精神骨气，这种感觉在里面，新东方的人出去创业的人比别的培训机构多，创业成功率也比别的机构高。而且很有意思的是，出去创业的人抢新东方的生意，背后还总是感谢新东方，没事几个大的创业的人还老到我家里去吃饭，吃完饭第二天又开始挖新东方的人。为什么他们能这么做呢？因为他们知道老俞这个人对什么东西比较欣赏，当然我不欣赏他们到新东方来挖人。他们要把事情做成功的豪气骨气，只要不破底线我还是欣赏的。

新东方的26年，我们已经做了很多事情，也值得大家骄傲。我们走得不容易，26年风雨我们走到今天，新东方经历了太多的事情，好在我们有一种精神，跌倒了爬起来，继续勇往直前，我们还有很多问题没有解决，但只要我们有进步和变革的心态，事情就会好办。新东方有人进有人出，凡是来到新东方的人我们都表示感谢，凡是出去的人我们都希望他们更加成功，你们在座的也是，有人进有人出。但是我希望新东方不变，希望新东方永远像一座山，不会因为人们的来去而改变颜色和高度，但是愿意为来去的人们提供一次又一次登高远望的机会。就是希望你们能在新东方变得眼光更高远，能力更强。

最后，我为教育在做些什么？未来不管我在不在新东方当董事长，我这一生，如果从主题词来说都在为教育做事情，主要是做这四件事情：

第一是通过家庭教育提升中国家庭教育的教育水平。因为我常常觉得中国家庭教育现在实在太麻烦了，现在"80后""90后"生了孩子以后，连自己都没摆脱孩子气，怎么教育孩子？完全一头雾水，中国的家庭有50%的家长，用尽了自己全力以赴的努力，把自己孩子送在把他毁灭的路上。所以这个家庭教育就变得非常重要，挽救一个家庭是一个家庭，尽管也有很多家庭，确实比较会家庭教育的。

第二是推广"全人教育"，"全人教育"是全面成长教育。为孩子的全面成长而努力。

第三是热烈拥抱科技，让科技为教育变革来赋能。今天上午还有媒体记者采访我，问了我一个问题，说 AI 还有 5G 还有大数据，到底哪个对教育未来更重要？我说任何一个单独拆开都不重要，但是把它们放在一起，AI、5G 时代、云计算、人工智能、大数据结合起来变成一个完整系统的时候，它将颠覆中国产业的几乎任何一个领域，那毫无疑问，教育领域首当其冲。我同时提出另外一个观点，由于科技的发展和科技结合产生我们现在所不可预料的能量，我们其实没有任何人能知道，科技未来对于社会的改变到底能起到最终怎样的作用！但是我们都要去探索，因为这件事情是不可避免的，如果不探索的话，未来极有可能变得全面落后。

第四点，我要投身均衡教育，均衡教育就是贫富人群的教育均衡，教育资源均衡，让优质教育资源往农村去流动，往山区去流动，让千百万中国乡村孩子得到优质教育资源。这个当然也是来自于我从农村出来，因此深刻地了解，一个农村孩子命运的改变，会为家乡人带来什么样的改变。

除了这以外，我个人要做的事情就比较简单，年纪越来越大了，那种不靠谱的想法，就变得越来越少了，不靠谱的欲望也变得越来越少了，吃喝玩乐对我来说也不是那么的重要。如果让我选择，工作，不管什么形式的工作，依然对我来说是首选。劳动者是幸福的这句话，一直是我的一个信念之一。其次就是读书，这是我的终身爱好，旅游实际上是走向全球的思考。下个礼拜，我要出一本书了，这本书是我在过去四年全世界的游记，每一个地方有自己独立的思考。我有一个习惯，每年会带我的两个孩子，到全球去旅游一到两趟，而且都是到文化、文明知名的地方去，像去年我带着孩子考查了古希腊的每一个文明遗址。从斯巴达到雅典到德尔菲到奥林匹克古运动场去考查。我先自己研究，半个月到一个月，这些地方所有的历史资料、文化，到了现场我就跟我两个孩子讲。其实我很喜欢这种文化深度性的旅游，当然我度假也有，比如去潜水、去滑雪，但是更多的旅游就是对于文化文明的考察。

235

思考,人不思考就像猪一样。所以尽管思考有的时候没有什么效果,但是还要思考,表明你是个人。这是很重要的工作。写作,把你思考、旅游、读书、工作记录下来,形成文字资料,既可以自己阅读,也可以为你的反思提供证据,同时也有可能合适的时候给别人带来某种影响。

我拍过的一个天门山的照片,从天门山脚下,一直到了天门山顶上,道路总是弯曲的。道路是曲折的,前途是光明的,这是我们小时候背诵的一句话。不管道路多么曲折,只要我们一心向上,人生就一定能到达更高的巅峰。

第二,只要我们努力我们就能让世界改变一点,并且向好的方向改变。

第三,就是持正念,走正道,做正事,得正果。这个正连续四个正,什么叫正呢?我还是想让大家明白,在我心目中什么叫正?刚才一句话讲了很多正确什么的。正,就是对内,对得起来自己的良心和良知,你做这件事情,本身对内,对自己良心和良知;对外对得起所有其他人、社会,这就可以了,对外对得起社会,对内对得起良心,做的事情基本上不会太偏离,你犯点错误,有的时候因为某种欲望什么的也犯点小错误,这东西都不要紧,一旦坚守了"正",你走偏了路会走回来,这样的话你永远不会犯大错。

成为一个国际人才，需要做哪些准备？

坦率说我自己都不算国际人才，因为我没有真正留学过，尽管迄今为止我走了世界上四五十个国家，但是去走一走，并没有在那工作过、生活过、学习过，离国际人才还比较远。

所幸我有两个资格来讲这个话题。第一，从新东方走出去的中国留学生现在加起来已经达到二三百万。有很多走出去的人才，是二三十年前出去的，现在他们中有些人真的变成了国际化人才，而有些依然没有变成国际化的人才，所以我会对他们进行一些分析。第二，我的孩子是在两种文化和语言中长大的，他们的语言既包括了英文，也包括了中文，因为我希望他们能够两种语言随时切换交流。我认为孩子面向未来世界，一定要把世界作为自己的舞台，而不是把中国或者国外，只选一个作为自己的舞台。中美贸易战影响了全世界的格局，也表明世界已经连为一体，未来两边交流和交往，这是最容易使一个人取得成功的平台。

基于这两个理由，我可以聊一聊这个话题。我认为成为国际人才，有四大要素，一是从语言上来说，一是从文化上来说，一是从规矩上来说，一是从心态上来说。

从语言来说，我个人认为四点特别重要。第一，学外语英语必须是首选。很多人会学法语、德语、日语，这些语言使你多了跟世界、别的文化交流的工具。但是从国际化、全球化角度来说,任何别的语言都可以放弃,但英语一定不能放掉。比如你只学日语、不学英语,你就只能在日本和中国间打交道,这条路相对来说比较狭窄;如果你是时尚、艺术专业,学法语会变得非常重要,如果你做工业制造、智能制造相关,懂德语也变得很重要。但是不管你懂哪种语言,核心是你不能把英语扔掉,去学另外一种语言。

当然,面向未来,光会中文是不行的。有人说未来人工智能发展,我们任何语言随时都能被翻译成英文,英文也可以随时转化成中文,我们就不需要学语言了。现在科大讯飞这样的科技公司,已经造出了翻译笔,这么一只小小的笔,这边说中文,那边英文就出来了,是不是就不需要学了呢。不是这样的,因为任何深度机会的获取,都是靠你自己本身已经彻底掌握的一种才能。不要忘了语言背后还涉及交流、情感、学习,这是人工智能没法帮你解决的。唯一能帮你解决的,比如你不懂英文,出去旅游、日常吃喝玩乐中的对话拿人工智能翻译笔能稍微翻译一下,不至于迷路,不至于找不到某个地方,不至于点菜的时候点的牛排给你上的是一只鸡,这个是可以的,剩下任何想要在世界上获得成功的事情,语言的掌握是一个前提条件。

不管你学的是什么语言,英语真的不能放过。因为英语是唯一一个被界定为全球化语言的语言。尽管讲中文的人数不比讲英语的人数少多少,但是中文严格来说还是地方性语言。之所以讲中文的人多,是因为我们中国人占14亿,加上世界各地华侨接近1亿多,所以有15亿多。好像人挺多的,但是只能中国人和中国人交流。中国的经济已经发展到现在的地步,号称全世界人民都会来学中文,所以曾经有一段时间大家都在说,中文会变成全世界交流的语言,甚至会胜过英文。这是完全没有判断力的人说出来的。首先全世界所有的科学、学科用语最核心的语言系统都是英语,它不可能转化为中文。我们中国任何一个科技词汇、现代词汇都是从外语翻译过来的,不是从中文翻译成外语的,这个要记住。

你不可能让全世界所有的国家都学了中文,再来跟中国打交道、做生意。全世界的国家,除了极个别的中小学规定中文是学校的第二外语外,大部分国家都不可能让每个人必须学中文、不学中文你大学都考不上。但看看中国是怎么规定的?你英语考不过就不能上大学。现在在马路上碰到个中国人基本上都会讲几句英语,所以外国人一到中国来,发现他们根本没有必要学中文,因为中国人都能讲英语。在可见的将来,中文依然是地区性语言、亚洲地区语言。而英语是世界性语言,所以为使你一辈子成功,一辈子有一个强大的语言工具,英语一定是首选。你学了英语,有能力再学别的语言也没关系。

第二,中国英语教学有一个误区,耽误了我们中国一代又一代人,包括把我也耽误了。中国的教学到今天为止,除了极个别的学校和个别老师外,依然是以词汇、语法和课文为主的思路。一个老师讲一篇课文能讲两天,重点讲语法、翻译、词汇。我们中国孩子考试的时候,涉及语法、词汇、翻译和课文的,考试分数都相当高,涉及听、说、写,分数就相当低。这件事情到今天中国的高考依然没有解决,中国的高考依然是词汇、语法、课文、翻译为主。这件事情一下子改不过来,为什么改不过来?因为中国的中小学老师大部分人自己听力口语和写作是不过关的,除了那些留学回来的老师写得很好外,大部分老师都写得非常差,尽管他们语法非常的好。

这件事情在中国，估计不过10年、20年依然解决不了。好就好在现在国外一些考试已经以听、说和写为主。比如托福和雅思考试，以听说写为核心的考试，阅读只占到了其中一部分，语法在托福中已经取消了。正确的思路是听说写，如果你的孩子很年轻，你的重点就不要放在学校英语考试有多高分数上面，而是放在你的孩子写听说方面水平有多高上面。这件事是可以完成的，比如多让孩子从听的角度去学，让孩子听各种国外的新闻媒体、报道文章、电影电视剧，也可以听TED比较标准化的演讲。即使学新概念、学我们教育部规定的课文，也可以从听开始学。因为现在所有课本都有非常好的听力系统。你先从听开始学，比从读和语法开始学，水平要高很多。

第三，备考语言的重要性。这里我想纠正一个概念，我们很多家长有一个概念：孩子出国越早，学习就会越好；出国越早，孩子越抓住先机；出国越早，孩子英文水平就提高越快。这里面其实有很大的误区。

如果你把孩子送到国外学校或语言学校，他的口语可能会稍微提高一点，但他整体英语水平的提高是不一定的。托福和雅思这两门考试，分数的高低跟孩子的综合英语水平直接相关。SAT考的是逻辑能力、阅读能力、数理能力，不是英文水平，这是另外一回事。SAT和ACT专业考试考的是学科能力，跟英语本身也没关系。所以真正决定孩子英语水平高低的，一定是托福和雅思的分数。

美国每年大概有5000个左右的中国学生会被终止学业，或者劝退或者开除。开除主要因为考试作弊。那为什么不作弊也会被劝退？原因很简单，学不上去、考试不及格。考试不及格主要原因就是英语水平不过关，英语水平不过关最主要的原因就是没有考一个托福和雅思的好分数就出国了。凡是雅思考到6分以上、托福考到90分以上到国外去学习，英语水平基本就能跟上，就不存在去了以后，过了一年老师上课还听不懂，导致考试成绩上不去，学习失去信心，最后不得不退学这样的事情。凡是在国内托福考过100分，雅思考到7分以上的，被退学的非常少，我不能说没有，因为有的孩子自己不学没办法。英语水平过关了，老师上课能听懂，没有理由考试不及格。

你的孩子早出去没有问题，但如果直接出去读本科，就是中国高中毕业直接去读本科，不是出去读小学、初中、高中。如果出去读小学、初中、高中，英语水平差点没关系，他有足够的时间来适应。如果直接出去读本科，只要不是野鸡大学，就必须让他托福和雅思考到一定的分数再过去。我建议最低的分数原则上雅思6分，托福至少85分以上。

孩子过去后，坐进课堂，老师讲课能听懂三分之二左右，是他能够坐在课堂开始认真学习的标准线，这就是备考语言的重要性。不是要鼓励大家到新东方来学习，你可以到任何地方去学习。总而言之，托福、雅思这两个分数一定要达到基本水平以上，这个很重要。千万不要让你的孩子进入每年被大学劝退的学生行列。那些被劝退的孩子不愿意回国、重新再申请大学的话，既要过语言关，又要过申请关。我有一个朋友在国外办语言培训加上重新申请这样的机构，一年能够收到几百万美元。孩子语言能力不行，最后要成倍地多花钱。

第四，真正的语言能力完成，至少需要国外三到四年正规化的学校训练。如果孩子到了工作的时候，交流写作语言够用，一定要进入正规的教育系统学三到四年。三年是研究生三年，其实有的时候是不够的。咱们中国本科毕业的学生，出去读三年研究生，结果一开口说英语，讲的还是中国英语。但是本科生只要是认真学习基本没问题。有的家长说我的孩子学了四年本科毕业，结果英语依然不能交流。那是什么原因呢？因为他并没有真正融入英语学习系统里去，四年学习只和中国同学进行交流。所以并不是孩子在国外毕业了，水平就过关了，如果你的孩子毕业并且英语过关，那实实在在要学四年，每篇论文都要自己写。有的孩子不认真学，毕业写论文要请人写。

如果用英文写东西水平变高了，就意味着你能够部分融入了西方社会。因为笔头交流在西方是十分普遍的。我的笔头就不行，我写一封英文Email，一个小时也就1000字不到。我女儿写一封Email，1000字，二十分钟写完了。这就是语言能力的训练完成了，能用一辈子的。我们孩子要记住，到了国外一是要尽可能进入西方的学习圈，二是所有的东西应该自己完成，三是一定要弄清楚，到了大四毕业的时候，英语水平全世界通用基本上没有问题。

今天我要讲的第二个主题是：文化准备。大家知道语言背后是文化，我讲的文化不仅是西方文化，也包括中国文化。大家看，第一句就明白了——中国语言和文化的功底必须有，孩子应该有一个公立学校学习的经历。为什么必须有？中国的孩子未来是跨两边的，这件事情只有中国人能做到，美国人做不到。美国人从来一直是以美国为中心，他们可以学其他语言做生意，但他们始终认为我们美国人牛，他们只认自己的工作岗位在美国，只有极少数美国人把工作岗位弄到中国，有的还是家庭原因。对于中国孩子来说，我刚才讲到的英语语言水平必须过关，再加上中国的文化和传统功底，意味着你在两个大国之间随便切换没有任何障碍。对我们年轻人这一代人，未来大部分的机会都是来自于这两种文化和两种经济体之间互相切换所带来的机会。只要记住这一点就明白，中国传统文化是不能放的。

为什么说孩子应该有一个公立学校学习的经历？我不太鼓励家长一开始从幼儿园就把孩子送到全英文幼儿园，全英文国际学校、全英文中学，我们很多家长甚至牺牲自己的工作，把孩子带到美国。我两个孩子都在国外长大，英语水平都没有问题。没想到出了另外一个问题，孩子长大后中文不行了，在我女儿小学的时候，我意识到了这个问题，所以我女儿四年级的时候，回到中国来读了一年中国学校，结果把我女儿折腾得半死。因为除了英语她能考一百分以外，数学语文全部跟不上。咱们中国小学四年级的数学，是国外初中的数学。中文，我女儿也是回来后紧赶慢赶，认识了几百个中文字。但字变成词，她就又弄不懂了。老师表达的内容不懂，因为背后涉及中国文化的思想和逻辑，政治体制，文化习俗，她就搞不清楚了。到了四年级结束的时候，她死活不愿意在中国上了，没办法又把她送到国外去了。

直到大学三年级，我女儿自己意识到了不懂中文绝对不行。所以她用三年时间学完了美国大学四年的课程，三年就从美国大学毕业了。那时候她的大学和北大刚好有一个交流项目。我女儿出于对中文学习的迫切要求，选了北大中文系的课程：古汉语选读、中国现当代小说选读等，十分艰难地啃下来。她在北大学了一年，居然爱上了中国现当代小说，结果到现在读了几十本中国当代小说名著，我们熟悉的贾平凹、莫言、陈忠实的作品，路遥

《平凡的世界》她都读了,还读了阿来的《尘埃落定》。我觉得这个很好,她现在中文水平基本过关了。前天在北京刚好有件事情,参加一个会,临时担当同声翻译,五个小时翻译没有出大问题,就表明中文水平基本达到了随时可用的水平。

我儿子就更麻烦了。因为我儿子出生在加拿大,也没回国来上公立小学,现在已经高二了,回到了国内,但只能上国际学校,跟不少家长把孩子放国际学校一样,结果中文水平一塌糊涂。天天被我强迫学一个小时中文,结果这个礼拜学了,下个礼拜忘掉。英文作业又那么多,跟不上。我只能期待他跟我女儿一样,到了大学的时候意识到中文的重要性。他现在觉得不一定要学中文,中文那么难学,不回来了。这是高中的情况。高中的时候我女儿也是这个情况。所以各位家长,现在你们的孩子就在中国,你不能不抓紧机会把中文学好。你孩子从小在中国长大,结果公立学校没进去过,中文水平一塌糊涂,这就亏大了。公立学校是学中文最好的地方,如果在公立学校待过三年,哪怕从小学一年级待到三年级,他一辈子的中文基础就有了;如果他待到小学毕业,基本就过关了;如果他待到初中毕业就可以写小说了。到初中以后再进入全英文环境一点都不晚。因为中国孩子进入全英文环境只要四年,英文水平就跟上了,至少从语言角度来说,不是从文化角度来说,一点都没有问题。

英文其实比中文好学,中文后面的文化博大精深、稀奇古怪,没有在里面实践过、深入过,就完全没法理解中国文化到底怎么回事。美国文化很好理解,一本独立宣言读完了,美国文化就不难理解了。

第二,如果有可能让孩子从小就行走世界各地,游学或者考察。这个也比较重要,当然不是每个家庭都能做到。现在很多家庭从小带着孩子到处走,当然不一定是非常昂贵的游学,有的游学其实来回也就几千块钱。到美国游学,两三个礼拜的学习,也可以到非洲去待两三个礼拜,参加一些公益活动。比如我女儿15岁就参加了一个组织到非洲农村地区教孩子英文的活动,一去就是一个月。连自来水都没有,连洗澡都没有。但一个月下来孩子的成长速度是非常快的。当时单独飞到非洲要飞30几个小时,我老婆死活不让去,说那边各种乱七八糟的,还有战争,万一出点什么事。我说这是孩子的命,必须把她放出去,让孩子自己锻炼,结果15岁一个小丫头,背着包就自己过去了,什么事都没出。回来以后她增加了很多对于贫困地区的人们的同情和爱。这对孩子是了不起的一种进步。

我们一想旅游,就是到一个海岛上度假一下,这种东西对孩子来说可以做,但没必要做太多。真的要做什么?真的要做文化考察。比如我带着孩子到埃及,一个个古埃及的遗址、陵墓和古庙去看去讲。到希腊我们一天能开车500公里,就是为了从一个古希腊文明的遗址到另外一个遗址,给他们讲。今年10月1日我还带他们去了不丹,要让他们了解东方佛教文化。我这么干,其实很累。去任何一个地方前一个月,我就在反复研究那个地方的各种人文地理历史。因为到了那个地方,你找导游的话,一般的导游就是拉你到哪吃、哪喝,拉你买个东西而已,所以大量的导游根本不入我的法眼。我这辈子旅游了几十年了,只碰到了一个导游是牛逼的,这个导游在西西里岛,一个北京出身,定居在西西里的导游。原来他是北京手球队的队员,后来到西西里岛去,突然灵魂被撞击了一下,发现这个地方就是一辈子待的地方。手球队退了以后,就跑到西西里岛生活去了,一个人在西西里岛生活了十几年,每棵草、每块石头他都很熟悉,风俗民情文化就更加理解。我去的时候,刚好碰到他当我的导游。我在西西里岛的那个礼拜,收获了无数的东西——西西里岛是怎么产生的,文化从古希腊到后希腊时代,怎么到伊斯兰教时代,后来怎样又回到西方文化时代的……你听完以后觉得学到很多。后来我问孩子,除了爸爸以外你们最喜欢的导游是哪个?最喜欢的是那个导游。因为你难得碰得上牛逼的导游,所以我就必须把自己变成导游。我每次旅游不光能给孩子们讲,而且一趟旅游我常常能写出两万字的旅游笔记。大家只要关注我的公众号"老俞闲话",上面有大量的旅游笔记。

第三,长大后沉浸到西方完整教育体系中,获得思维模型的转换。这就是为什么孩子们至少在正规国外大学必须去上四年,实在不行研究生至少要上三年。到英国去一年的,现在美国也开始有一年的了,那些一年的项目设置,其实有点像咱们中国的职业提升的Program,而不是真正的学位,只不过加一个学位,这样的话对大家有吸引力。为什么一年的学位越来越多呢?很多是为了吸引中国人。但是一年能学到什么东西呢,一定是不够的。大家想一下,您一年一天学15个小时,你能学到什么东西?是不够的。

所谓的获得思维模型的转换,不要忘了我们东方人思维模型和西方模式完全是两种思维模型,一个人未来在全球生存,西方的思维模型变成你的思维模型至少是最重要的之一,是不能放下的。从中方的直觉思维变成数理逻辑思维,从东方的形象思维变成批判性思维,从东方的人际关系思维变成法律规则思维,这些东西你只有在里面泡足够的时间才能达到。当然所谓的正规教育体系，并不一定说常春藤学校才是正规教育体系。我觉得全世界排名前200内的基本上都是算正规的教育体系。这也是后来为什么，我女儿上大学我考虑半天，还是送到美国大学去了。因为我是北大出来的，北大待了十几年，我知道北大教授的思维模型，基本上是沿用中国教学的思维模型。在重要的教育阶段，学会了一种不能跟世界完全契合的思维模型，可能是有点问题的。当然，现在的北大，和我当初的北大，已经完全不一样了，应该是进步了很多了。

第四，如果有可能在西方的创新公司和大公司工作一段时间。这是指大学毕业后、研究生毕业后，大家都明白是什么意思。因为你在大学学习和社会现实依然是脱离的，但如果你进入到公司中，那这件事情就契合了。我不觉得一定要进咨询公司、银行或者金融系统。因为那些东西都是表面高大上，但依然和现实离开很远的。为什么要创新大公司，大公司GE、迪士尼这样的公司，创新公司像谷歌、Facebook还有Apple这样的公司，在里面真的学到东西。这些公司都是跟世界未来对接，跟商业模型对接，跟商业发展的生死存亡直接对接，这样当然比进入金融系统好。我们很多家长都希望孩子一毕业进入金融系统，进入华尔街，当然也能学到很多本领，但反而把他一辈子的发展限制住了。因为进入这些系统后，拿的工资是很高的。大家都知道一个人一旦拿到高工资后，就不太愿意动了，表面上在华尔街工作，到了四五十岁也能拿个差不多50万到100万美元一年的工资。但实际上一个人发展的潜力往往不只是50万到100万美元。好机会背后有一个陷阱，这个陷阱就是因为你在舒适区，你的经济收入比较不错，反过来限制你一辈子的想象力,这种情况常常发生。所以不要以为有好事就必然有好报,做好事才会有好报。我当初20世纪90年代联系出国没有成功,我的大学同学都成功了,当时我羡慕他们羡慕得半死。因为都是世界名牌大学。现在我这些朋友大部分也就是美国一年拿10万美元左右,我因祸得福,把新东方做成了美国上市公司。这源于我当初到美国去没有成功的惨败经历。

第三个要点,我们来讲规则,也分成四点。

第一,对于世界各地宗教习俗的了解。大家知道为什么中国人到国外处处碰壁?其实不是我们中国人故意要不礼貌,高声讲话,到了教堂大声说话,是因为对国外习俗不了解。中国的旅游者到了德国,结果被德国老太太起诉。为什么呢?订了一桌饭,吃掉一半就走了,在德国人看来是不可接受的,浪费粮食是一种罪行,这个老太太就把中国人给告上了法庭。现在中国和世界的交流已经40年了,你到了一个国家去旅游,你在网上搜一下这个国家的行为规范就知道了,你把中国"耍无赖、越横蛮最后越能得到好处"的想法,实现的场景放到国外去,一定会处处碰壁。

第二,对于重要国家的政治体系和运营模式的了解。这个也非常重要,因为在这里面是能深度学到东西的。我们对中国已经非常了解了,中国的体系、中国特色的社会主义我们了解了,我们对美国是不是真的了解,美国的法律法规你有没有读过?美国的政府体系是怎样的?美国每一个县议会、州议会到国家议会之间有什么关系?美国的联邦政府和州政府之间是什么关系?这些东西你一定要了解,因为你不了解,就很难知道为什么这个国家的人民,背后的行为逻辑是这样的。比如你要到阿拉伯国家去,就要了解阿拉伯国家的运行逻辑,否则你可能闯祸,比如某个行为无意中就构成了对伊斯兰教大不敬。你明明觉得很正常,但却触犯了法律,如果被抓起来,想回来都是不可能的。所以这些重要的国家政治体系和运营模式一定要去了解的。当然还要了解人们根据这些体系和运营模式,所带来的相应行动。你就会知道为什么美国记者敢跟特朗普对骂,常常把特朗普骂得狗血淋头,但特朗普拿他一点办法都没有。

第三,对于经济规律、商业规律和科技发展的了解。这个也非常重要。咱们中国之所以跟世界对接还会处处碰壁,最主要的原因之一是我们对世界的贸易规则、商业规则,有的时候不了解,有的时候不争取。

这一次美国跟中国贸易战,美国一个最重要的借口是什么?是中国进入WTO这么多年,承诺的很多东西没做,美国人就问,你们没做,为什么要进入这个世界经济贸易体呢?这一次美国基辛格来到中国交流,据说来谈的最重要的一个条款,就是为了使中国和美国能够达成很好的合作,希望中国WTO承诺的一些条款能够实现。据说其中一条对大家可能有好处的,就是汽车的关税从25%降成5%(没有核对是否属实)。但这对在座的大部分人没有用,因为大部分人都有汽车了。

对于经济规律、科技的了解也非常重要。因为科技的发展定义了未来任何一个产业的发展方向。

还有一个就是对于常在国法律法规的了解和遵守。跟上面第二条有点差不多。中国人的法律法规意识是比较薄弱的。中国遵纪守法不一定有好处,违法乱纪不一定有坏处。前几天万州一个女的抢方向盘,结果把这个汽车抢到河里去了,一车人全死光了。这种抢方向盘的行为,如果在美国发生的话,可能立刻就进监狱了，根本就没商量的余地。在中国抢完了以后是没事的，最多教育教育就放出来了。中国拐卖儿童为什么屡禁不止？拐卖儿童成本太低了，已经被证明了这个人有拐卖儿童的行为，进去最多两三年就放出来了，放出来继续拐卖儿童，所以弄得中国人看护自己孩子成本超级高，现在竟然发展到在商场里抢孩子的地步。

中国的有些法律条文，该没有弹性的时候弹性很厉害，该有弹性的地方缺乏弹性，所以遵纪守法这件事情在老百姓心目中就不那么清晰。但在国外可不是这样的。你看瑞典，中国去的一家人，以为跟宾馆闹一闹，宾馆就会害怕，结果被警察扔到野地里去了。这一家人还来忽悠说受欺负了，结果瑞典根本就不买这个账，因为在西方人看来，这种行为是不可理喻的。中国是人情，一切以和事为主，结果是非边界不清楚，导致中国人的行为在国外常常以为可以占点便宜，比如到了国外飙车，到了国外不排队，到了国外闯红灯。

两三年前，三四个中国孩子，打了一个中国女孩，人身伤害。为什么这些女孩到了国外还这么做？因为他们根深蒂固的概念就是，在中国打个人最多被老师教育一下，被校长叫到办公室骂一顿，被家长训一顿，不可能有后果。结果到了国外，习以为常整别的孩子，最后是一个被判了15年，一个被判了8年，一个被判了5年。还有三个没判，是因为还没到18岁。当时三个人不认罪，不认罪的话就终身监禁，认罪了可以判得轻一点，最后只能认罪。中国家长又犯毛病，拎着钱跑到法官家里去，家长也被起诉。跑到国外去想用中国的思维模型在国外处理事情，很明显不行的。在国外，尤其是在西方国家，最好的办法就是老老实实了解他们的法律法规，并且认真按照他们的法律法规去做事。当然也有意外的一面,据说那几个学生,在学校英语从来没有学好过,进了监狱,英语进步居然神速。

在中国,孩子在学校受了伤,摔伤了胳膊,很多中国家长会去闹的。闹了以后学校没办法就开始赔钱,政府也会说就赔一点,息事宁人。结果弄得很多家长看他闹一下,拿到十几万,那么我也闹一下。有一次我记得报道说,一个孩子得了脑膜炎死了,据说是被学校的一只蚊子叮了,家长就去闹。这个蚊子到底什么时候叮的,根本就不知道,家长认定就是学校蚊子咬的。学校最后还是赔了5万块钱。中国人一哭二闹三上吊,反正有好处,所以就出现闹来闹去的现象。但在日本,不管发生什么事情,可以上法院告学校,但绝对不能到学校进大门去闹,闹一定会被抓起来的。

我孩子在加拿大上中学的时候,每年我都要签生死协议书。因为春天和秋天学校会组织孩子到野外生存训练一个礼拜。野外生存训练有的时候是冬天,11月份到雪山里去生存训练。加拿大每隔一两年就有孩子埋在雪崩下面。我记得有一年一个报道,是5个孩子一下子找不到,被雪崩埋了。所以要签生死协议书,在户外发生任何事情,学校没有责任。如果孩子出了事,你只能做一件事情,就是在学校门口,放上鲜花点上蜡烛。如果你觉得学校组织违反法律了,你就到法院去告,但是严禁走到学校进行吵闹,吵闹立刻抓起来,而且一抓起来就被判刑。国外有国外的规矩,有咱们中国家长跑到美国中学去闹,结果进校园还没两分钟就被警察抓起来了。

所以了解世界的规矩,我们才能行走世界。随心所欲的前提,是不冒犯别人,更不能冒犯文化和法律。

成为国际人才的第四大要素是心态。什么心态呢?就是在学习的时候，要从心理上了解应该怎么来做这件事情，我们要注意如下几点。第一，一项喜欢的深入的专业钻研，比泛学科学习更有后劲。中国家长让孩子选择专业的时候，常常选择什么专业？商科。孩子最好学的，最不用花力气的，然后东一榔头西一锤，能把大学学完。我们很多孩子自己也不太想学，所以就选轻松的学科。表面上好像大学毕业了，其实孩子没有学到太多东西。任何真正的本领，是四年专注于一个领域，并且在这个领域越研究越深入。孩子毕业后这个领域可能一辈子都不用了，因为即使在美国，也有接近50%的人所从事的工作跟他大学本科学的专业没有关系。但是为什么还要学？因为你从一个学科中，得到的是我刚才说的思维模型的训练，批判性思维的训练，逻辑思维的训练，还有深入学科层层剥皮，像剥洋葱的状态，达到最后去找中间最核心的能力的训练。所以一定要想办法去找孩子自己喜欢，又愿意深入学下去的专业。

选择哪个专业本身并不重要，可以学物理，学化学，学数学，可以学生物，学地理，学历史，学心理学，学法律，学经济。所有这些东西，只要深入下去了，就会得到一种研究能力、研究方法，这种方法他是可以用一辈子的。我想告诉你，所有在后来创业中，还有在大公司中，包括在世界上各个领域、政治中，岗位最高或者成就最大的人，很少是来自一个泛专业的学生。统计也表明，凡是本科就开始学工商和金融，尤其是泛工商和泛金融的学科，到最后后劲反而是非常小的。原则上像工商、金融这样的内容，应该先有工作经验再学，才能够得到感悟。如果没有工作经验去学了，实际上只学了一点点理论上的皮毛。我常说如果学工商，还不如直接就学经济学。为什么？因为经济学背后是整个社会经济运营逻辑的定位，工商不是。工商是表面上如何去赚钱的一个学位，是泛学科。像英语学习，连泛学科都不算，所以我在北大特别亏。因为我在北大就是学语言，语言背后是什么呢？就是读读文学作品，读读英美诗歌和散文，结果大学四年就这么浪荡过来了。幸亏我自己读了一些哲学和历史著作，因为哲学历史著作是属于需要打开思路的学科，但是自己学，没有老师引导还是不行。很多家长问我要不要让孩子学英语？我说千万别，英语专业只是一个工具而已，它不是一门学科，学不到思维，学不到思维就等于白学了，所以不好。

第二，立足美国、中国两个大国之间的关系来考虑问题和未来。我刚才说了，现在偏向任何一边都不行。你说立足中国，但不了解西方不行；你说就在西方待着了，我跟中国从此断绝往来，更加不行。因为这两个国家之间的问题和未来，就定义了个人的问题和未来。这两个国家交流中所发生的任何倾向，就意味着人类发展的倾向。我们只是在这个倾向洪流中的一滴水而已，你这滴水能自己独立出来吗？所以沿着这个未来和倾向去发展一定非常重要。未来很明显，美国跟中国不管怎么较劲，除非是真的打第三次世界大战变成死对头，否则一定在互相较劲又互相合作中共同发展。站在这个点上去想，你就知道了，到美国去留学依然是大家的首选，只要美国人让我们过去，我们就应该过去，把他们的技术和人文学习过来。

第三，摒弃纯粹中国式的思维，从心理上把自己当全球人看。我们很多中国学生过去留学四五年，所交流的人群全是中国人。到国外去，周末的时候到有大学的地方的酒吧里、歌厅里，都不能用一堆一堆中国人来形容了，是一坨一坨中国人，跟外国人很少打交道。为什么呢？一是从国内过去，语言上还没有过关。二是现在很多家长把孩子放在学校外面的公寓房里，不住在学校的宿舍里。很多中国孩子娇生惯养，说宿舍隔壁吵吵闹闹都是不认识的人觉得很孤单，结果家长就把他们干脆放到中国人聚集在一起的公寓里去。结果不是打"拖拉机"就是打麻将，平时的整个语言思维都是中文化的，上课的时候勉强跟老师讲英文。语言跟思维是密切相关的，没有语言就没有思维，所以你老是用中文，你的思维就是中文化的，你老是用英文，你的思维就是英语化的，在这个过程中，有了这么好的机会，还把能够融入世界的能力白白错过，实在不合算。所以在美国学习，你就要学会思维的切换。不是说不能跟中国人打交道，而是至少要更倾向于用英语思维。

第四，在最有保障的地方建立自己的事业基础。这句话其实也比较深刻，大家知道做一件事情要有三个保障。第一有公平的保障，做事情相对公平，有规则可寻，而且这个规则没有任何人可以超越。第二财产保障，你干了半天最后发现不是自己的，也很麻烦，所以一定要在法治比较健全的地方做事业。第三人身安全保障，这件事情其实很简单，公司成立在中国，公司也可以成立在美国，你公司可以成立在任何国家，但前提就是一旦你这个公司成立了，只要你在运作，你基本上能够满足这个公司长久运作的一个逻辑。

未来在中国，这三个保障越来越好的情况下，在中国建立自己事业基础依然是最好的选择。因为中国毕竟是个大市场。但中国不少公司拿到香港或者是美国去上市了，为什么呢？一方面是外面的资本市场大，你融资速度会更快；还有另外一个方面，就是外面的市场规则更加透明，更加透明就意味着公平保障、财产保障这两件事情就能做得更好。

最后三句话，第一，一定要立足中国放眼世界。这是我们在小学就学过的，叫作立足中国放眼世界。现在我们真的要做到了，你不做到的话就很麻烦。

第二，一定要站得高才能看得远，最后才能走得宽。我们人生三大要素，第一要站得高。站得高意味着什么？你接受全世界最先进的教育，最好的教育就是站得高，站得高了以后你就一定看得远。刚才我说了建立你的思维模型，跟世界最先进的科技接触，这样人生道路一定会走得宽，这三个是循环螺旋上升的关系，步步高的关系。

第三句，并不一定每个人都能够成功，但一定要到有成功机会的地方去。不管你怎么努力，不管你怎么在世界平台上，并不一定每个人都能成功。但有成功机会的地方，成功的概率就大很多。这个地方既是中国又是美国又是全世界。地方是你自己选择，任何人帮不了你。当然这是不容易的事情。还是我的例子来讲，当时王强、徐小平到美国去，觉得留在中国一辈子都没有什么希望，但当初我留在了中国、没有去美国，最后最大的希望在中国。中国是一个正在开放的大国，从这个前提出发，中国的机会一定是最大的。为什么我说美国和中国两个大国之间的关系构成我们未来最主要的层面，就是因为这个概念。中国跟巴基斯坦关系也很好，你到巴基斯坦去搞个机会试试？一定是比中国和美国的机会少。人必须要寻找地方。人跟动物不同的地方是什么？动物一辈子只能待在自己的地盘，人可以选择自己的地盘。我们希望孩子们能够一辈子选好自己的地盘，让自己不断走向成功。

A better you, a bigger world

全世界没有一个国家比中国更加封闭,也没有一个国家比中国更加开放。中国的封闭是制度上的,大家都知道,2000多年前,我们造了一个长城,想把草原民族给封闭掉。但我们都知道,我们的努力其实一直是失败的。因为从古代秦始皇跟匈奴作战,一直到五胡乱华,再到唐太宗李世民实际上是鲜卑人,再到辽金,加一个西夏,加上元朝和清朝。我们从来没有把所谓的外族人挡在外面。中国历史上有很多次,是外族人在统治。

但是,没挡住给我们带来了巨大的好处。中国的汉文化实际上是多元民族混合的结合。

大家稍微想想,如果没有元朝和清朝跟汉民族的融合,我们今天不可能有这么大的疆土。今天的中国的疆界,实际上是清朝,帝国的最后一个朝代,给我们留下来的,挡不住。

明朝的时候海禁,老百姓退后50里不允许入海。但是我们也发现,从明朝到清朝延续海禁的结果,就是中国的大门不是被草原民族撬开了,是被海洋民族撬开了。大英帝国横跨上万公里,开着它们的战船商船,最后打开了中国的大门。

中国改革开放的40年成绩,实际上最主要是来自于开放。邓小平当时做了一个伟大的决策,改革开放(open polity)。我是改革开放的第一代受惠者，如果没有当时的改革开放，我不可能去考大学，因为在1978年以前，我们农村人如果走出自己的公社，是会被当作盲流送回去的，甚至有可能被抓进监狱。1978年，全国第一次高考，我没考上，到了1980年，我考上了。我背着行囊，来到了北京，从北京一发不可收拾，我走向了世界。

我还没有走遍世界，我心中有两个世界的打算还没有完成。第一个打算就是要了解这个世界，了解这个世界的现在、过去，了解各个民族文化之间的融合，还要了解这个世界未来可能的走向。高科技的走向也好，世界的走向也好，比如说，昨天法国、英国和美国往叙利亚打了那么多导弹，打到最后是不是有可能引起世界大战。当然，现在这种互相的制衡，不能马上出现这种极端情况，但世界正在不断变革，现代科技、军事、政治、包括宗教力量、文化力量，未来会把这个世界大概带到什么地方？我们必须去想，去预测，去理解。我们在座的每一位年轻人都带有某种前瞻性。当然前瞻性首先来自对历史的了解。我们如果了解了西方世界是怎么形成的，东方世界怎么形成的，中东世界怎么形成的，奥斯曼帝国是怎么分裂的，印度为什么分成印度和巴基斯坦两个国家，最后还加了个孟加拉。追根溯源，我们就了解到了世界格局是在什么力量的运营下形成的，面对未来我们就会有一定的预测性。中国站在世界这样的舞台上面，那我们应该去起到什么样的作用，担当什么样的角色，表什么样的态，是非常重要的。

回到改革开放40年。40年的改革开放毫无疑问给我们中国带来了繁荣富强和世界上的地位，这个地位从今天我们国人随时可以出国看得出来。我们当时不是这样的。1990年前后，我想去美国留学，仅仅差了那么一点点钱，到美国大使馆去签证，连续拒签三次，历时一年半，每拒签一次要等半年。中国合伙人电影中间有个场景，成冬青被从美国大使馆拉出来以后，仰天大喊：美国人民需要我。我当时真没这么喊过，我喊的是：我需要美国。今天的我们，一个普通老百姓的护照上面都有好几个国家的签证，美国的签证很多都是10年。这不是美国人现在对中国人好了，而是中国强大了，中国人民也跟着一起富有起来了。

所以你看到世界也在向中国打开，不管世界对中国有多少意见或者有多少不同的看法，这是一件伟大的好事。但是我们也可以看到今天的中国依然还是带有封闭性，我们希望它更进一步开放，比如说我想上Facebook去看一看，有的时候还上不去，是吧。我们想看看外国人都在表达什么东西，我们还要绕很多弯。我们想要直截了当对我们的政府和党说说真心话，有的时候还找不到渠道。中国现在一方面还带有一定的封闭性，但另外一方面，已经变成了世界上一个极其开放的国家。这样的开放会把我们中国不断地引向未来，引向"a bigger world"，一个更大的世界会在我们眼前展示出来。面向未来，我们每一个人面对的就是巨大的不确定性，你工作的不确定性，你现在大学学的东西，百分之八九十将来都将没用。5年之内，60%的工作，现在人做的工作，将会被机器所取代，被人工智能所取代。被取代以后呢，难道你就没工作了吗？我们把工作的这个概念想象得太窄了。工作是什么呢？就是办公室坐8小时，到一个公司去上班，最后有人给你发工资就叫工作吗？其实你没有发现现在大量的小年轻都在自己给自己发工资吧。随便一个网红一年拿的钱比在办公室做的要多很多。你在网上给提供唱歌、跳舞、说段子的快乐，通过这样的才华去挣钱,你能说这不是一项工作吗?那未来工作都被人工智能所取代,世界财富并不缺乏来源的时候,人总要在创造性和成就感中才能生存下去,我们做的事情要带来成就感,自我认可,被社会所接受。这样的工作不管你从事科技领域,还是独立研发,还是唱歌跳舞,其实都是工作来着。

未来我们的工作也可以做得更加崇高,因为当世界财富不断积累的时候,你的工作可能就是去帮助别人,比如说现在我们到贫困地区去支教。支教是什么概念,就是你不能拿钱,你要自愿到贫困地区去工作,去帮助那些贫困地区的孩子。但是未来也有可能这就是你的工作,因为你干不干活国家都会给你一笔钱,就像现在北欧和加拿大人,什么活都不干,一个月就是6000到10,000元人民币的收入。但是,在那种情况下你一定会去找觉得对你的生命更加有意义的工作。我们为未来到底该准备一个僵化的自己还是准备一个灵活的自己?准备一个多方面的才能并且可以应付这个世界或者参与这个世界的自己,还是一个只是面对着确定性的工作,才能够生存下去的自己。第二个不确定性是所有高科技所带来的商业模式的改变,政府机制的改变以及世界格局的改变,在这个改变中,你到底未来会处于一个怎样的地位,你应该准备一些什么样的才能和才华,就非常的重要。这些才能和才华,并不一定是科技才能,比如每个人都变成人工智能专家。这个世界需要各种才能的人共同合作,繁荣兴旺。

比如这个世界其实离不开郭德纲、赵本山给中国人民带来的巨大快乐,尽管有的时候他们被标上低俗的概念。但是人类不就是在崇高和低俗中不断地做斗争,才能获取真正的幸福的吗?崇高当然很好,但世俗的开心的日常生活不也是我们幸福的来源吗?

前天晚上我高兴了，在抖音上拍了几张照片，有什么爆炸头之类的，发到了微信的朋友圈里。结果新东方公关部就让我赶快拿下，我说为什么要拿下，他说这个太毁你形象了。然后我就看朋友圈里的留言，我发现，30岁以下的朋友都说俞老师真酷，俞老师真潮，俞老师真好玩，而40岁以上的朋友都说，我靠老俞你在干什么。大家明白了吗，这是两代人的区别？任何一个人甚至一个组织把自己打扮得太神圣、太崇高，太没有缺陷，就表明你这个人是有真正巨大缺陷的，任何一个人愿意参与生活，愿意让自己快乐一点，世俗一点，也没有什么不好。你可以去三星级米其林餐厅，带着你的女朋友烛光鲜花，非常高雅，但你也可以到大排档用手扒龙虾，吃得满嘴流油，也是人生的另外一种快乐，所以我想说，这个世界有多元化的需求，我们也没有必要追求千人一面的存在。

尽管面对未来，我们要去准备各种才能，但并不意味着你不深度学习。现代世界给我们带来的最大困惑是，信息量无限大，但注意力无限分散，平均每天在各种零碎的事上，例如：手机、iPad上花的时间太多，明显没有深度思考的时间。我原来一年能读150本书左右，因为我想要赶上这个世界，区块链一出来就拼命读区块链，人工智能一出来就拼命读人工智能，管理学的书一出来，达里奥《原则》，我是第一个读的。尽管表面上跟上了这个世界的知识，年轻的朋友在一起聚会时所讲的东西，我也能插上一句说我也知道，我也读过。但是后来我发现这样不行，为什么不行呢？我发现自己正在不断失去深度思考能力。两个原因，一是因为你的手机、微信、微博、公众号等不断的日常杂务，使你变成了对于接收信息的直接反应而不是思考；第二是我读了很多书，但每本书的思想都是浮光掠影，这种思想其实并没有能够指导你的人生或者你的工作，因为一种思想的沉淀必须变成自己本身思想的一部分，才能反过来用于指导你的工作和生活。

所以我今年就改变了一个方式，书我还是要读，但是我决定不读150本，读到40本、50本就可以了。那样的话我就省下了大量的时间，这段时间我干什么呢？我就做两件事情，第一深度研究某一思想或者理论，挑来挑去我决定从中国的儒学研究入手，抓住核心人物，我抓住的是王阳明。所以今年开始我深度研究王阳明，他的心学系统跟原来的心学，跟朱熹的理学到底有什么关系？他的心学对后来中国的影响有什么关系？在明朝思想控制严格的情况下为什么会产生心学？他有没有突破明朝思想的单一性？心学到底本身是不是一个思想体系？他的知行合一，致良知，在他去世前说："此心光明，夫复何言。"到底他是不是一个想通达的人，他的立功立言立德，立功包括"破宁王之乱"、平叛江西叛乱，消灭广西的匪患，到底跟他的心学有没有关系？还是说心学其实是个理论，但做起来其实用的是另外一套东西，这两套东西到底是不是合在一起的？当然我读了大量别人的东西，这就开始深度思考了，深度思考会使你变得更加智慧，更加系统，甚至会有更加豁然开朗的感觉，当然到底最好是不是能达到豁然开朗是另外一回事，但是你得明白有时候你得不断去思考学习。在这么一个无比变动的时代，并不意味你就跟着变动走，你甚至还要倒过来产生更多的定力，但是又不能脱离时代。你看，今年我研究的另外一个主题，就和王阳明一点关系都没有：区块链，刚好周围有一帮搞区块链搞得很深的朋友，我也担心区块链未来对教育领域产生颠覆式影响，所以就一定要把它弄懂。什么叫区块链，什么叫去中心化，什么叫信息不可更改。你发现这个世界上需要学习的东西太多，那你用什么方法去学习，用什么方法去介入，用什么态度能够走向世界？今天我们这么多演讲的学生们，他们那么棒的英语表达水平，在向世界表达自己的看法。未来人们只在乎你表达，你表达了以后，其次才在乎你表达的东西到底对不对。这些同学们的表达能力相当相当的棒，更让我感到吃惊的是今天我们坐在这至少有六七百人吧。大家是在听一场英语演讲比赛而且听得津津有味，那我就可以判断我们这百分之七八十的同学其实都能听懂他们在讲什么，这才是最要紧的，最关键的。你要明白对方在讲什么，你才能去判断对方讲的对还是不对，你要不要回应。我觉得中国人最伟大的一点，就是说中华民族一个特别大的特点，就是我们什么都能吸纳。尽管我们原来造了一个长城但后来我们身上穿的衣服，用的物品，唱的音乐其实都是少数民族来的，到今天为止我们有些乐器，这个叫二胡，那个叫京胡，那个叫大胡，都是少数民族的。这就意味着我们在不断地吸纳。大家稍微想一下我们对西方饮食的吸纳，是比西方人对中国饮食的吸纳强很多的。我到美国去以后问10个美国人你们知道中国的国家主席是谁吗？现在知道的多一点。因为习大大现在变得越来越有名了，原来的时候我去问的时候美国人是不知道的，最多10个人有一个人知道。还常常会说错。你问中国人现在美国总统是谁，连3岁小孩都知道是特朗普。我们中国人渴望对整个世界的了解，所以从这个意义上来说中国未来必将会雄踞世界之林。当然雄踞世界之林是为世界带来和平，为世界带来发展。包括"一带一路"，这样的事情其实都是为了世界共同发展。大家都知道这个世界已经完全互相依赖，特朗普再跟中国打贸易战，他都不敢把中国的贸易全部关掉。中国人再强烈反对美国的贸易战，中国人也不会把美国的贸易全部关掉。如果真这么做，意味着两个国家的经济水平会下降一半。世界实际上连在一起了。那么，谁能把这个世界联结得更好，谁能在联结这个世界的同时，是抱着为这个世界做贡献的心态去联结的，那么谁就会雄踞世界之林。从这个意义上来说，我觉得中国已经先了美国一筹，因为美国现在特朗普的政策是"我要美国人好，世界跟我没关系。"啊，典型的商人心态。但是我们中国的政策现在是我要中国好，我想要世界跟着中国一起好。我觉得这就是伟大的地方。当然我们要更加放眼世界，更加放宽自己的心胸，使我们能够在一个变得越来越大的，没有边界的世界上，这个没有边界的世界，尽管有国家存在，但实际已经没有边界，在这样没有边界的世界里，我们行走得更好。让我们变成一个更好的自己，拥抱一个更大的世界。这就是 A better you, a bigger world。

正事篇

拥有怎样的精神,我们才不会被打败?

非常高兴,又是一年一度表彰大会,又是新财年的展望会。新东方的每一个人都在付出努力。我们都是平凡人,每个人都只有24小时,每个人都只有一个脑袋,但是我们这么多人加在一起,新东方六万多员工老师加在一起,确实打造了中国教育界的一个神话。这个神话持续了26年,到今天依然在持续下去。今天上午,我在对获奖代表讲话的时候,说其实任何一个机构都有两种影响力,一个是靠权势的影响力,一个是靠精神的影响力,我希望新东方是一个靠精神的影响力来发展自己的地方。我相信这也是我们新东方与众不同的地方。我们每个老师走进教室都会想一想,我除了教孩子,让他分数提高之外,我还能教给孩子什么?我是不是能够让孩子在精神上、人格上可以进一步提升?也正是因为这样的疑问,使我们新东方的教学在很多老师身上显得与众不同,也正因为这样的疑问,我们就多了一份责任,孩子更加健康成长的责任,家庭更加幸福的责任,以及未来为社会的进步做更多贡献的责任。

回顾新东方二十多年来的历程,正是我们兢兢业业的努力,每一个一线员工、老师、管理者的付出使我们有了今天。我在想,我为新东方贡献了什么?当然我是新东方的创始人,但是我不是唯一一个把新东方做大的人。新东方走到今天，从新东方的第一年开始，我就提出了一个词，叫作"新东方精神"，这个词的起源来自于新东方的一句口号，从绝望中寻找希望。后来有人说这个有点太悲观，我说一点都不悲观，因为我们是从绝望中寻找希望，不是从希望中寻找绝望，希望总是有的。后来又改成了："追求卓越、挑战极限、从绝望中寻找希望，人生终将辉煌！"

回顾我们走到今天的历程，新东方其实有很多东西做得不完美，层次做得很落后。新东方很有点像当时李鸿章描写清朝时候那个感觉，说表面上看它是一栋很漂亮的房子，实际上都是用纸糊好的，你稍微用点力气把这个纸给捅破了，你就会发现这个房子内部有多破烂。当然新东方还不至于达到这种状态，但只有我们新东方内部人才知道新东方有多少毛病，新东方的科技系统远远不能说是完善和先进，甚至在某种意义上我们还处于起步阶段。新东方的教学教研和教学产品，尽管这几年投入了大量的精力，实际上也依然在初级阶段。

到今天，新东方除了因为全体人员的努力，使新东方每年还能增长30%的发展速度外，坦率地说，真的乏善可陈，我们看到一个个竞争对手，要么在某些领域逐渐超越我们，要么在某些地方紧急追赶我们。总而言之我们遇到了很多的挑战，我们也遇到了很多的危机。在这样的环境中，我们唯有改革一条路，所以今年的主题叫"变革、创新和赋能"。定这个题目的时候我就在想这三个词到底什么意思？三个词归根到底就是两个意思，第一个，要拼命地干，而且要正确地干，要用最好的方法来干。我们现在是拼命了，但实际上不一定是最好的方法，最好的方法怎么来的？通过变革而来，我们要进行人事变革，要进行组织变革，要进行系统变革，只有通过变，才能够使我们耳目一新。也只有通过创新，我们才能用世界上最优秀的经验、最优秀的高科技成果来赋能新东方。赋能当然不仅仅是指高科技的赋能。我们刚才看到了几个奖项，比如说企业创新奖。为什么发给总裁办和北京学校总裁办公室呢？就是因为年会办得非常热闹，其中的节目《释放自我》，红遍了全中国，算是大大宣传了一下新东方宽容的企业文化。团队协作奖，是因为新东方人习惯单打独斗，团队协作常常一盘散沙。所以在去年我就提出来要有团队协作奖，一定不是一个部门能干起来的，要几个部门联合在一起，才能有真正的成果。所以刚才那两个奖都是新东方在某个项目中几个团队合起来干得风生水起，获得这个奖项。

今年我在集团总公司总监的考核指标中有一个要求，就是部门与部门之间的协作，部门与业务之间的协作，总公司部门和全国各个机构的协作，要占到考核指标的至少30%以上。那就意味着如果任何一个部门把这个30分丢了，总监的奖金将会全部丢失。为什么要有这样一个举措？因为我觉得新东方不能再单打独斗，光是一个部门突飞猛进，而是要整个新东方协同作战努力前进，我们才能达到最大成就。

再回头来说，新东方的起源就是新东方精神。我今天的主题实际上讲了这么多，就是想稍微说一下新东方精神的回归，到底什么是新东方精神。我觉得新东方精神主要体现在以下几个方面：

第一，新东方精神是一种追求极致的精神。当初新东方的托福、GRE、GMAT等面向大学生出国考试的课程，当时唯一的目标就是我的教学以及新东方当时所有老师的教学必须是全中国最好的，有新东方在，就不能让任何一个机构再开托福、GRE、

GMAT的班，当然这件事情我们用了两年时间就做好了。当时全中国所有的托福课程几乎全军覆没，学生从新疆到西藏，从广州到黑龙江都来到北京新东方学校学习。新东方追求的是什么？追求了一种极致，这种极致如果用今天的话来说，就是我们要用最好的教学质量、最好的老师、最好的系统来服务我们的客户，也就是我们的家长和学员。什么东西我们都应该最优。在两三个月前，我给全体高管写了一封信，题目是新东方只能第一。我觉得我们新东方都是有个性的人，都是有尊严的人，新东方人不能容下平庸的存在。不管是我们人的平庸、产品的平庸、服务的平庸，都不应该是新东方的基因。面向未来，我们要用的就是最优的产品、最优的教学设计、最优的老师队伍、最优的教学素质、最优的教学环境、最优的系统服务。我觉得这就是新东方精神。

第二，新东方精神是一种宽阔的人文精神。今天上午我也在回顾，现在在外面教育市场，大家都在说，新东方几乎就是一个教育军团。当然这不仅是说我们新东方本身，还有我们新东方已经出去创业的大量人才，包括新东方的高管、中层管理干部、基层干部、基层老师，不少都有自主创业的经历。我大概统计了一下，出去干的教育类相关公司大概有五百多家，而大部分居然都没倒闭。表明了新东方人是有着干劲的人。常常有人问我说，俞老师，这么多人去创业，有的人都成立上市公司了，你是不是内心会愤愤不平。我说我内心只有充满骄傲，因为他们背后都有一个新东方，是新东方人。所以我觉得，新东方是一种宽阔的人文情怀。人文情怀体现在教学上，就远远比教课这件事情更加开阔。我们相信新东方的教室，我们的老师不仅仅能够提升学生的成绩，而且相信学生来到新东方，他们能够作为一个完整的人全面成长。

学生来到新东方，他们不仅是成绩的提高，他们是心灵的成长，是灵魂的成长，是人格的成长，是思想的成长，是整个人认知水平的成长。我觉得新东方只有做到这点，我们才能真正把自己叫作新东方。这也是为什么我们反复强调，除了精进熟练的教学水平以外，我们要求老师要有快乐教学的能力，因为只有通过快乐教学，才能点燃学生对学习的兴趣，点燃学生自动自觉的求知欲。为什么我们反复强调老师要励志教学风格，甚至从小学就要开始？因为我们相信励志这件事情，可以点燃学生对于未来的向往和对于理想的追求。只要一个人有对于未来的想法和对于理想的追求，他就会自觉产生无穷无尽的人生动力。所以我们希望新东方教出来的学生，不会去狭隘地追求个人的成功，不至于变成精致的利己主义者。我希望他们，包括新东方的每一个老师，新东方的学生，都能够拥有推动社会进步的情怀，都拥有济世救民的慈悲。

　　新东方的教学理念叫作："终身学习、全球视野、独立人格、社会责任。"我们希望我们的学生，当然也包括新东方的所有人，拥有终身学习能力，拥有全球视野，拥有独立人格，也就意味着有独立思想，同时要为社会承担责任。在日常的层面，我们也在反复强调，要求所有的新东方人每年至少读20本书，终身学习。我们也希望新东方的人有机会多到全世界去走一走，开阔自己的眼界，了解不同的文化，这叫全球视野。我们也希望新东方人独立思考不要人云亦云。我们可以不说真话，但我希望新东方人不要说假话，尤其不要说违心的、恭维的、拍马的、奉承的、舔屁股的话。新东方一直在做社会责任的工作，每年我们会派大量的老师到贫困地区去培养农村老师，我们会通过技术系统对农村地区的中小学生带去质量非常优质的教学内容和教学体系。

第三，新东方精神体现的是一种创业打拼精神。所谓的创业打拼我觉得有以下几个特点。一是永远不满足于现状。我个人尽管已经五十多岁了，但我确实从来没有对自己满足过，也没有对新东方满足过，我觉得每一个人都要不断地成长，年龄跟成长没有关系，大家只要看看任正非就知道了，多少年轻人的思想境界、成长速度、高瞻远瞩都远远没法达到任正非那个境界。所以我们不能满足于现状，要不断进取。所谓的更强、更大、更好，既是新东方追求的目标，其实也是我们个人追求的目标，这就是新东方的口号"A better you, A bigger world"包含的意义。新东方的打拼精神，体现的第二点，就是敢于对一切僵化和懒惰的事情进行挑战。新东方现在的僵化和懒惰是非常明显的，大家常常说这是大企业固有的毛病。我不相信，华为比新东方已经大了好多好多倍，人家是千亿美元的收入，依然没有僵化，新东方二百个亿就僵化了？新东方那么多年轻人平均年龄才只有30岁不到，就僵化了？新东方出了问题？我们问题有很多。我们要坚决拒绝官僚主义，拒绝一切享乐心态，拒绝一切论资排辈，拒绝一切拉帮结派，拒绝一切心胸狭窄和信息屏蔽。对于新东方来说，真的应该发起一场运动，清除官僚主义、清除享乐主义、清除论资排辈、清除心胸狭窄的运动。第三，敢于打拼就是创新精神。我们必须对新事物充满好奇，努力探索新东方新的发展路径和方法，每一次探索即使失败也是一次值得庆祝的盛宴。这些探索可能已经消耗了新东方好几亿元人民币，但是我依然觉得是值得的，我们的探索还不够。所以在上个礼拜，我要求首先向总公司的全体员工发出创新和创意大赛的指令，希望每一个人能把自己的创业和创新能力拿出来，并且给予奖励，让新东方变得更快、更好、更新，这是我们要去做的事情。第四，我们永远要有危机感。除非你是鸵鸟，闭着眼睛，再也不看外面的世界，否则在这么高速发展的世界里，新东方的发展速度就像绿皮火车一样，而很多竞争对手都已经换上了高铁。我们还在乡村道路上痛苦地前行，竞争对手的大客已经开上了飞驰的高速公路。我们变得远远不够，我们危机感远远不够，我们很多校长觉得每年增长一点就够了，我们的产品研发和系统研发觉得每年有一点进步就够了，这是远远不够的。这个世界现在在资源如此集聚的时代，不存在好、更好、最好，只存在要不就是最好要不就是没有。新东方其实就在这个十字路口，如果我们不努力、没有危机感，就会走向衰败，如果我们努力有危机感，并且进行各种各样的主动积极调整，也许才有一个更好的未来。

毫无疑问，我们有了这样的创业打拼精神以后，才能够时时前行。孙东旭去接了新东方在线后，给我说得最多的话就是拼了拼了还要拼。要不就把自己拼到最好，要不就把自己拼到最后被老板开除，我觉得这种心态很好。当然光拼是不够的，要用正确的方法拼，要找正确的人去拼，没有正确的方法、没有正确的人，把自己拼死了，也是一介莽夫，当然我这里不是说孙东旭。

其实我还想批评新东方的人，现在缺乏打拼精神的。新东方连续两次在八个新开辟的城市招聘校长，结果我认为应该来应聘校长的人都没来应聘，为什么？因为他们在现有岗位上已经有了比较舒适的待遇，在现有岗位上人熟、地熟、项目熟，不用花太大的力气，当然还有在现有岗位上各种理由的，我都理解。新东方从来不强迫任何人干任何事情。我们跟我们的竞争对手不一样，我刚才说了新东方精神的第二点是人文精神。人文精神意味着博大、意味着宽容、意味着平等、意味着尊重每一个人个人的选择，但是我依然想说，面对挑战性的岗位，其实就是你最好的发展机会。每个人都应该有给我一杆枪我来打天下的勇气。至于说这杆枪能不能使好，这是另外一回事。至少你愿意扛上这杆枪去打天下，证明了你有勇气，而且这样的勇气其实跟你的年龄是没有关系的。

我再举个简单例子，新东方的双师课堂最后都已经处于极其危机的状态，但是贾春一以五十多岁的高龄，接受了东方双师的挑战，一脚跨进来才发现里面是一个个巨大的很难爬出来的坑，到今天他还在积极往上爬，跟我说过好几次挺后悔的，原来在镇江小城市挺舒服的，拿的工资也不少。你看他依然没有摆脱小农经济的思想，但是他的脚已经跨到了一个面向全中国的大坑里，在这种情况之下，你爬也得爬，不爬也得爬，爬出来算你英雄，爬不出来就是狗熊，爬出来你会有奖励，爬不出来这辈子新东方鄙视你。你就要把自己放入这样的一个状态才行，我希望每一个有志向的新东方人，都要有这样的勇气。这就是我想说的，新东方最重要的精神，就是永远年轻，年轻跟年龄没关系，年轻跟我们的志向有关系，跟我们的勇气有关系，跟我们敢于接受挑战的能力有关系。

第四，新东方精神是一种不断希望推动社会进步的精神。我们应该为新东方感到骄傲，尽管我们有太多的不足之处。最初开新东方的时候，我们把一批又一批的中国学生通过培训拿到一门又一门的高分，进入一个又一个的世界名牌大学去读书。从1990年开始，我从北大出来，到1993年新东方成立，正式步入正轨，从此以后，每年都有几万的留学生，通过新东方学习跑到全世界去留学。现在中国顶级的世界高科技人才，有不少是通过新东方的学习最后出国的。现在中国的很多创业者、政府官员、在各个领域的顶级高手，或多或少来到过新东方，学过新东方的英语，并且接受过新东方精神的洗礼。这些学生见到我的第一句话都是"从绝望中寻找希望"，这几乎成了新东方人接头的暗号。通过鼓励留学，我们从另一个侧面推动了中国人才的国际化，推动了国际化人才回到中国，继续为中国的进步而努力，也推动了中国的改革开放和思想解放。我们通过梦想之旅这样的活动，推动了中国无数大学生的学习热情和梦想。上个礼拜白岩松找我，要专门做一个面对非重点大学的演讲。他说名牌大学不用去，因为非重点大学的大学生才需要激励，所以我准备去鼓励他们。我想，我15年前就有了新东方的梦想之旅，我们走的都是二线城市的二线学校。通过梦想之旅，我们让已经认为自己平庸和平凡的大学生，重新燃起年轻的热情和火焰。我们也在通过教育扶贫，推动中国贫困地区的教育发展。我们得到了很多扶贫奖，我的扶贫攻坚奖也是因为这个。每年有几万的中国高中生，未来肯定是几十万，到最后可能会是上百万，中国贫困地区、山区的高中生，因为我们翻山越水互联网的高考辅导，使更多的高中生能进入好大学去读书。通过家庭教育，我们让每一个家庭更加懂得如何培养孩子，让中国的后一代变得更加好。

尽管新东方是一个商业化的教育机构，但是我们的立足点是通过有意义的教育和服务，来推动整个中国社会的进步，我们也许没有力量一瞬间改变中国，但是细水长流，滴水石穿，我相信新东方在中国进步的历程上，依然能写下浓墨重彩的一笔。

第五，新东方精神是一种团队合作精神。可以说没有团队就没有新东方。最初，新东方主要是我家族团队，都是没有文化的农民；后来新东方是我大学同学的团队，王强、徐小平加入；后来紧接着新东方又是我中学同学和职业人士的团队，包括周成刚是我中学高考补习班的同学。现在的新东方，拥有年轻、强大、创新的优秀团队。新东方是一批拥有相同精神的人，从四面八方汇聚到新东方，来参加新东方的事业。也许团队的成员会不断地变化，但是新东方的团队精神从来没有改变过。今天的新东方规模越来越大，也就意味着我们的团队合作精神更加重要。新东方的互相扯皮、互相扯淡的现象，现在确实挺多的，我们要坚决地摒弃和打击。大家都知道，中国的每一个朝代过了几百年都会灭亡，中国历朝历代的灭亡基本上首先都来自于内部的斗争和纷争，要不就是太监和大臣斗，要不就是外戚和宦官斗，要不就是东党和西党斗。斗到最后，把整个朝代斗没了为止。

前两天我看到一个视频，两只鸟，拿着一条肉，一只鸟咬肉的这一头，一只鸟咬肉的那一头，咬住了死盯不放，主人把另外几条肉放在那两只鸟的边上，嘴巴边上、脚底下，那两只鸟完全无视，就死死咬住嘴巴里面的肉条。很多时候，我们人也是这样的，看到了眼前的利益，就再也不会去关注长远利益，眼前自己的权力或者尊严得到了满足，就再也不去追求人生长远的发展和人生格局整体的提升。为了新东方的进一步发展，我们一定要摒弃任何非团队合作、互相扯淡的现象，一定要达到目标一致、精诚团结和合作。这才是新东方人应该有的态度。

今天的我们，站在时代变迁的前沿阵地，承担着为祖国培养下一代优秀人才的神圣使命。毫无疑问，每年来到新东方的五百万学员，都是未来中国社会的精英阶层，我们对他们培养方向的不同，提供的环境不同，决定了这些孩子未来发展的不同。这就是为什么我们要做有情怀的教育的原因。一个民族的发展和兴旺，最重要的就是教育，真正的强大不是我们有多少摩天大楼，不是中国马路上跑了多少名牌汽车，不是我们有多少法国的奢侈品，也不是有多少高速公路甚至不是有高铁，真正的强大是一代又一代的中国人接受教育的强大，是少年强则国家强的强大，是国民素质不断提高的强大。所有这一切我们新东方都能够做点事情。面对这片受尽了苦难的祖国大地，面对祖国改革开放四十年的繁荣，面对中国当今在世界范围内遇到的各种各样的挑战，我们新东方的每一个人，都对中华民族的有序的、健康的、稳定的发展负有一份责任。让我们带着这份沉甸甸的责任，沿着正确的方向，永不言败，勇往直前。让我们在人生流逝的岁月里有一句话时时在我们心里回响：我们是骄傲的新东方人！

技术进步推动教育变革,老师应该走向何方?

《数字经济时代的企业发展》,这个题目定得有点大。我要说的是教育行业的变革,而不是其他产业。

一、数字经济时代,教育行业的商业趋势和技术趋势

首先,讲一下教育行业的商业趋势与技术趋势。大家都知道移动互联网时代加上人工智能,加上未来的区块链,对许多产业产生重要影响,但是影响最深刻的是教育行业。为什么是教育呢?**因为科技不仅对教育本身的商业模式,还对教育自身的发展有影响,更加重要的是对未来会产生重要的影响。**今天我们决定用什么方式教育孩子,把孩子教育到什么程度,直接决定了未来20年、30年,甚至50年中国的人才布局和配置。所以,从这个意义上,我觉得我们谈的不只是人工智能或移动互联网对中国教育的效率、效果能起到什么样的作用,而是我们打算利用这样的新技术培养什么样的孩子,即考虑中国未来需要怎样的人才。

在教育领域出现的一个现象是,**过度地夸大人工智能、移动互联网对教育的影响。**一些民间教育机构在做大量的实践,把技术和教育结合。不管是互联网+教育,还是教育+互联网,在教育领域出现了两群人,一群是互联网领域出来的,并不懂教育,觉得加上教育就能用另一种方式来颠覆传统教育;一群是像我一样原来在传统教育领域的,现在要＋互联网,通过互联网进一步提高教育的效率,颠覆传统的学习方法。但不管怎么样,大家都有一个核心点,即如何找到一个商业模式让学生和家长不管出于什么原因更多地来到你的系统里,最终从家长或投资者身上获得盈利。**现在很多教育公司,把人工智能和互联网加起来后,唯一主要目的是为了拿到投资者的投资和利用投资进一步发展,但这恰恰可能违背了教育的本质。**

人工智能、移动互联网对教育领域产生革命性影响是不容置疑的。每一次社会的进步,其实都是教育的进步。从没有文字到有文字,再到可以把字写在纸上,到后面印刷术的出现,再到电视、广播的出现,再到一代互联网的出现,都在推动教育的进步。但这次人工智能、移动互联网的出现,有一个典型的新特点,就是**交互性、随时性、及时性、碎片化的教育已经变成学习的主流**。举个简单例子,以前我从北京到乌镇的路上,最多可以阅读一本书,没有其他任何的学习方式。但现在我可以打开"得到""TED"进行碎片化学习,在走路的时候,飞机起飞的时候,也可以把音频下载下来继续听课,我的学习轨迹也会被记录在案,这就是互联网带来的学习方式改变的特征之一。

教育行业追求的是商业化趋势,和技术相结合,给教育领域的变革带来了无穷无尽的可能性。比如,如何从被动接受到"主动学习"?如何对学生的数据进行分析以达到满足学生个性化、定制化的学习需求?如何通过人工智能和人结合达到Social-Emotional Learning(社交情感学习)更高档次的状态?从技术趋势看，下面的这四个趋势是互相交互的，对话式生活助手已经有了，比如语音智能音响，大量的问题已经可以随时问随时答，把老师的功能局部代替掉了。数字化的测评也已经被广泛应用了。自适应学习，目前已经有一半的教育系统实现非人化，即不需要人的操作，通过自动适应来匹配学生想要学习的内容，达到为学生个性化定制的状态。到未来的VR、AR沉浸式学习，将会对教育领域进一步产生推动性的革命。比如现在做物理、化学实验必须去实验室，未来这就可以通过虚拟方式完成。现在我们去卢浮宫旅游，都要亲自去到现场才能感受，但未来可以虚拟旅游，而虚拟旅游会成为孩子最重要的课堂内容之一。

二、数字科技渗透教育的三个阶段

教育、数字经济和互联网渗透发展分为三个阶段，2000-2010年为第一阶段即教育在线化，现在一些大的和教育相关的公司比如网易公开课都是在这个时候出现的，他们都是单向性地把教育知识无边界扩展。第二个阶段是移动化，尤其是人工智能、移动互联网终端的出现，已经达到了移动化，可以随时随地学习。第三个阶段是移动化+智能化，这里有很多大公司出现了，我发现在教育行业不仅是新东方想把传统教育与现代科技结合，包括今日头条、百度、阿里巴巴、腾讯都开了教育公司。现在这些大公司在教育领域真正取得颠覆性成功的案例还不多，但他们的介入，表明了教育领域潜在的巨大机会。但随着互联网公司对教育内在实质的了解，教育内容、产品深度研发的能力是可以缩短时间的，但是不能跨越。对传统的教育公司，把原有的教学服务、教学内容和教学产品在线化、智能化、移动化也是有障碍要跨越的。

我原来做新东方得心应手,但现在感觉非常吃力。我是文科出身,对技术的东西带有一种天生的排斥,这非常要不得。面对未来,我也深刻意识到,通过数字经济推动教育无边界发展是未来新东方能够生存和发展最主要的道路。这就需要我去进行不断的研究。

三、教育企业数字化变革之路

(一)利用数字化技术驱动。在传统地面教育中,我们有很多是能做到的,包括预习、学习、练习、复习等,但是原来都是单项互动,要么是学生和老师互动,要么是老师和学生互动。而这个互动还有非常多的障碍,因为他能找到的老师就是自己教室里的老师,而教室里的老师和学生有交流障碍,因为老师做了评估后会和家长交流,并且动不动会发脾气,这就阻碍了学生互动的流畅性。在数字化上线后,就能达到深度轻松互动,教育领域是互动越多,效率越高,学习的乐趣越强。所以,我们可以看到人工智能和移动互联网应用到教育以后,学生的兴趣是变强了。当然这里面也有负面作用,比如学习的浅层化,学生专注度下降,等等。但能让学生与课件交互,学生与老师交互,学生与学生交互,学生与测评交互,带来的是学生在自己遇到学习障碍时心理上的放松,以及可以寻找多条路径去解决学习中遇到的问题。

现在不论是公立学校、培训机构还是其他教育企业,都基本实现了线上线下数据的打通,这是非常重要的。以互联网起家的教育公司在开地面店铺,而以地面店铺起家的教育公司在做互联网。为什么?因为只有双向采集数据,并双向对照后才能完成教育的全过程。线上更多是智能化学习,线下更多是学生情感和学生心理上的深度交流。一个线上线下同时覆盖的教学链条，可让学生自由选择，选择在教室、在路上、在睡前利用自己的时间，回家做家庭作业可以和同学、老师做到即时的沟通。

（二）以用户（学生）为中心。在教育的数字化变革中最重要的是，如何从原来以考试和老师教学为中心转向以学生为中心，学生不仅是指中小学生、大学生还包括成人。到底我们如何能让学生学到他应该学的东西，这就涉及运用大数据深度学习对学生数据研究的问题。虽然目前新东方很多涉及人工智能的产品还没拿出来，但研发的速度很快。新东方每年沉淀500万名的学生数据。而500万名的学生数据经过深度学习，足以计算出一个群体的学习习惯，比如3—6岁学生的学习习惯和爱好，这样就可以设计出对于这个群体的最佳教学和学习方法，这比观察一个学生效率高很多。现在对用户360°画像的产品，可以通过数据对产品持续进行不断更新，同时可以对一个学生进行个性化的规划，给家长提出建议，比如一个学生的数据显示学习和运动不平衡时，可以提醒家长关注孩子的身体健康。

（三）教师的角色从教逐步转化为研和育。未来中国教育对老师提出了一个严酷的要求，就是老师的知识传授会被人工智能取代。现在中小学老师和培训机构的老师都是以教学生知识为主，我认为未来5到10年之内，老师对于知识的重复性教学这件事情，会被人工智能所取代。未来学生对着机器学会比对着老师学更加有效。但老师也是必不可少的，因为老师在学生情感激励、批判思维、品德培养方面是人工智能至少在10—20年内不可取代的，我认为可能永久不会取代。所有老师的要点就要充分运用在人类的优势上，但是这对现在的中国老师提出了非常大的挑战，因为中国的老师在这些方面是有欠缺的。不论是中小学老师还是大学老师，都习惯照本宣科，以找标准答案的教育方式教育学生，而这恰恰是最容易被人工智能取代的。这件事就对中国老师的未来发展提出了更高的要求。未来老师的总数是不会减少的，想要孩子健康成长，老师带孩子的量只能这么大，就好像一个母亲带二十多个孩子，是不可能把每个孩子都教育好的。对老师的要求提高了，这就意味着中国老师到底能不能达到人工智能后时代对老师的要求，是一个重大问题。

　　下面这个主题，教育变革的三个阶段，主要是对教育产业而言，对投资者可以起到启示作用。第一阶段，因为信息分散、效率低、信息不透明、体验差，有很多小机构的时代。现在小机构泛滥已经开始过去，政府也在整顿很小、不规范的培训机构；第二阶段，达到服务标准化、教学规模化、服务效率提升，大机构会越来越强，像新东方、好未来等教育机构，因为有规模优势，反而发展会更加顺利；第三阶段，是终身学习平台，我就是希望为中国的孩子打造终身学习的平台，并且让这个平台成为最优质教学资源和内容对接的平台，这也是新东方未来的发展方向。

时代与个人

今天这个讲座现场让我有两点感受，第一点是要求别人比较容易，要求自己比较难，因为在这个演讲之前王石老兄反复跟我说15分钟坚决不能超时，因为我们是直播，结果我发现他自己演讲的时候讲了差不多一个小时。

第二个感受就是，不管你做好多么充分的准备，即使在外面没有变量的前提之下也会有改变，而这些改变带来的结果是比较深刻的。比如说我大概知道今天来演讲的人他们会讲什么内容，结果发现上台来演讲的嘉宾大部分都没有照自己原来的稿子讲，为什么呢？当他们一下子面对灯光和观众的时候，要不就是忘了，要不就是想到了别的故事。

其实这很能象征我们的人生，不管我们做了多少准备，因为这个世界在变换，你周围的人在变换，你周围的人的想法在变换，你自己也在变化，所以你的准备再充分也必须面对每时每刻的改变，而只有你充分地做好了改变以后，你才能应对一切场面。

在我的"不当女性言论"以后，其实我拒绝了所有的公开活动和演讲，因为觉得也确实应该踏踏实实做点更重要的事情，但是我这个人非常讲义气，只要是朋友要求我做的事情一般上刀山下火海，只要不是要我命的事我都会答应，所以当王石老兄向我发出了邀请以后，我还是答应了。

第二个原因是，这个活动的主题是改革开放40年，我上个月刚刚参加了在人民大会堂举行的改革开放40周年大会，尽管有100人上台领奖并没有我，但是我坐在第一排，已经离得很近了。所以我觉得这个主题也确实值得来讲一讲。

今天的主题是未来、时代。所以我给自己定的主题叫"时代与个人"，因为任何一个时代都是离不开个人的，所有的个人加起来组成这样的时代，所以我把这个主题稍微延伸一下，就以我个人的经历来讲吧。

我想说的第一点是，我们每一个人其实都像是大江大河里的一条鱼，任何鱼都是离不开大江大河的，鱼不可能爬上山，也不可能跳上岸，你可以逆水而流，你也可以顺水而流，但是这个大江大河的存在是必然的。

最近大家应该看过电视剧《大江大河》，我是一口气一天看完的。大家可能会问，你这一天时间怎么能看得完，很简单我以倍速放映，你一点都不丢信息同时又省了一半的时间，我是一个节约时间的专家。大家可以看到人的生命有的时候是一样长的，但是为什么有的人能做一倍甚至高出一倍的事情呢？通常是分两个本领，第一个，他想得高站得远，所以做的时间比你做得重要，所以他必然能做出重大事情来。你看今天上台的人都做出了比较重大的事情，就是因为他们想得高站得远。第二个就是他们特别知道如何充分利用时间，我是想不高站不远，所以我只能用我的第二大特长，就是充分利用时间来做事情。

《大江大河》给我的最大感受是，某种意义上，我在里面看到了自己的影子。不管是从王凯主演的宋运辉身上，还是从雷东宝身上。因为我是农村来的,我看到了农村改革开放40年的成就,我大量的亲戚朋友包括我姐还在农村。

我又是从农村出来上了大学,就像宋运辉从农村出来上了大学一样,又在北大当老师当了六七年,所以有很多深刻的体会。但这部电视剧给我最大的感受是:每一个人在时代中间,都被时代裹挟着往前走。

我想就讲一下我个人吧,如果说我是"那么一个人"的话,在1978年的时候参加第一次高考,一直考到80年考了三次,后来终于进了北大,在北大经历了思想解放运动,大家都知道"实践是检验真理的唯一标准",北大是一个充分自由的地方,在这样解放思想的氛围下,我读了大量的有关思想的解放的书籍,不管是中国的还是国外的,到了1988年的时候又经历了出国热潮,参加了几次出国考试,当然后来美国人不给我奖学金所以没有出成国,但是也经历了时代的动荡,也经历过没有希望的那种感觉。

但是到了1992年的时候,邓小平南方讲话了,这个讲话就像带来了阳光,中国在1994年之前是没有公司法的,所以我在1993年因为没能出国,也觉得在当时的社会有了希望,所以就成立了新东方学校,到1995年的时候,我就到美国去把我的大学同学请回来。刚才王石讲到的《中国合伙人》,其实新东方的真正的故事跟《中国合伙人》没有什么太多的关系,尤其是那个主角的个性跟我的个性实际上是截然相反的。但不管怎么样王强他们回到国内跟我变成合伙人,最后有了这么一部电影。

那么再到了2002年的时候,中国的《民办教育促进法》出来了,因为在《民办教育促进法》出来之前国家有一个规定,只要你办学,你的任何财产都是国家的,不管你赚多少钱都是国家的。

所以到了2002年，我才有了这样的机会，自己挣出来的财产可以算在公司名下，这样才有了新东方集团的成立，才有了2006年新东方教育集团到美国去上市。而2006年到美国去上市也是中国在2001年以后出台了中国的公司可以到国外去上市的规定，最后才有了这样的机会。

所以大家可以看到，实际上我个人的过程，就是从一个农村孩子到北大上学、再在北大当老师、再出来闯荡下海，之后成立了新东方，再之后新东方由学校变成公司、到美国去上市，到今天新东方依然在世界商业的大潮中奋斗。

其实你会发现，我的命运的全部轨迹跟国家发展的轨迹是完全重合的，中国经济要衰退我的业务就会衰退。中国的经济要发展我的业务就要发展，中国人民斗志昂扬我就会斗志昂扬。如果所有的中国人民感觉到眼前一片黑暗，那我不会一个人感到眼前全是光明。所以我们知道国家的政策、国家的发展、国家的进步、国家的改革开放以及国家的胸怀，决定了我们每一个人在这个时代的命运。

毫无疑问我们这一代人是挺幸运的，为什么？我们用了40年的时间走完了国外两三百年走的道路，我们还年轻，我们认为还年轻，我们经历了这个时代从农业社会变成工业社会、高科技社会这样的一个浪潮。也就是说，我们已经活了古代人几辈子几十辈子都活不出来的精彩，当然这个精彩有的时候是别人的不是我们自己的。

那是不是每个人在这个精彩的时代都活得精彩了呢？我不认为是，因为从某种意义上来说，如果随波逐流，你的生命是不可能有精彩的。所以说在这么一个精彩的时代，个人的精彩依然要靠你自己个人去奋斗，只有通过你个人的奋斗，精彩才能不断地呈现出来。

有那么两个农村孩子，在农村高中毕业以后参加了第一年高考，又参加了第二年高考，在两年高考之后，其中有一个孩子放弃了高考，他说我只能在农村待着，我的命运就是农村人。但是有另外一个孩子不屈不挠地考了第三年，最后他进了北大。这个考上北大的就是我，我那个农村的朋友，现在还在我们家乡的农村的房子里住着，拿着国家每个月几百块钱的养老费养老，一生几乎没有走出我们那个县，也从来没有看过这个精彩的世界。

这里面的差距是什么呢？因为都在改革开放的时代，这里面的差距就是奋斗精神、坚持精神的不同。

我再讲另外一个故事，有一个大学生到了大学以后得了肺结核住进了医院，同时有另外一个大学的一个大学生也得了肺结核也住进了医院，而且两个人在同一个病房。两个人在一起常常会灰心丧气感到绝望，因为在那个时候，大家觉得得肺结核这样的事情是一件蛮严重的事情。但是其中有一个人迅速醒悟过来了，觉得这样哀叹自己的命运不是个事，在病痛中必须要奋起直追，所以他在住医院的一年读了两百本书背了一万个英文单词。而另外一个人变成了沉浸在这种悲伤中不痛快，天天看看病房的电视，找一帮病友打打扑克牌就过去了。那今天的结果也是非常明显，其中的一个人变成了著名的企业家之一。另外一个人现在依然过着平庸的甚至有点贫困的生活，而那个变成企业家的人就是我。

那我再来讲第三个故事。有一个人在大学工作的时候因为跟领导对着干最后被处分了，其实他有另外一个朋友在另外一个大学也是跟领导过不去，尽管没有被处分但是很难受。这个被处分的朋友最后毅然决然地从大学辞职，跑出来干自己的事，后来干了一个企业叫新东方。而他的那个朋友，到今天为止还在大学跟领导对着干，但是他只能作为一个普通的平凡的尽管带有个性的，但还没有任何学术成就的教授来了却自己的余生。

因为这三个故事都是发生在我身上的，而且我都是故意把这些放在一起对照的，因为这是实实在在的人和事。我们能看到的是，即使在一个精彩的时代，人的命运也是要靠我们自己来决定的。不管是中国的精彩还是个人的精彩，其实他又是跟世界的精彩连在一起的。如果没有全世界高科技的迅速发展，没有中国和世界的改革开放全面结合，一定不可能有中国的今天，也不可能有中国的一代又一代。从20世纪50年代，王石是50年代，到60年代是我，到70年代刘强东他们，到80年代王新他们，现在还有90年代、00年代。

一代一代人的精彩事跟世界的精彩结合在一起，互联网的发展、移动互联的发展，到人工智能的发展，每一个发展都在推动着不光世界的发展也在推动着中国的进步。没有世界的发展你难以想象这个世界会有马云，会有马化腾，难以想象中国不改革开放会有俞敏洪，会有全中国从1990年开始到今天接近400万名留学生跑到全世界各地去留学。这些孩子去接触世界，并且把世界带回中国。

有那么一个人连续了三年考大学，连续考了三年想到美国去读书没有成功，但是他最后创办了一个出国培训学校，25年间送出去了三百多万人。

有那么一个人15岁的时候ABCD都背不完，到了18岁的时候考上了北京大学，尽管没有出国学过英语，但是25年间培养了接近两千万学生学英语。

有那么一个人从来没有走出过国门,但是最后他终于意识到了世界的重要性,在32岁那一年终于跑到了美国,完了自己在美国自驾,30天开了接近一万英里,访遍了全美国他所认识的所有的朋友,以及美国的著名大学。他终于知道这个世界是无比的宽阔,知道了这个世界每个人的思想都是如此的不同。

他是在1995年的那一年接触到了互联网,才知道世界是可以用另一种方式联系起来的。我当时说1995年有两个人在美国接触了互联网,一个是马云,他最后创办了阿里巴巴,还有一个眼光不高思想不宽的俞敏洪也是在那一年接触了互联网,但他至少把新东方也办大了。

这个世界的精彩跟我们的精彩是连在一起的,这就是为什么到今天为止我要再鼓动所有的年轻人,只要有机会都要到世界上去看一看,只要有机会就要跟不同思想的人打交道。因为思想的碰撞带来的火花才能使我们走得更远看得更高。

我们常常会说这个世界太大,我们作为一个个人好像没有办法来回馈这个时代,为这个时代做贡献。我想大家可能从《大江大河》中间也看到了,雷东宝就是一个农村企业家,宋运辉就是一个普通大学生,后来到了工厂当技术人员,就是这样的一个一个的小人物加起来使我们中国变得伟大了。中国的伟大不仅仅因为有邓小平和其他的领袖,中国的伟大是有着13亿的接近14亿的中国的每一个老百姓在奋斗。

我上个月在法国演讲的时候,他们问我中国为什么会兴旺,我说就是三个要素。第一个要素是因为中国的政策好改革开放好了,但是更重要的一个要素,是中国人民的勤劳勇敢和勤奋,每一个中国人都对钱和自己的前途充满了热情和激情,而且这个激情是发自内心的没有任何障碍的比你们西方的清教徒还要对钱更加喜欢的一种热情。

这是不可阻挡的,只要给我们机会,给一点阳光雨露我们就灿烂,这就是中国人民对繁荣富强充满了天生的热情和激情,第三世界市场和中国市场的自由开放,使我们可以自由贸易,我们每一个人不要小看自己,因为大江大河的形成是由每一滴水形成的,我们就是其中的一滴水,这滴水可以发挥巨大的作用。

有一个人从来没有想过自己能养活自己,能养活家庭,但是他最后不光养活了自己养活了家庭,还创造了一个现代雇佣接近6万人的一个公司,这个人是我。

有一个人在大学整整五年拿着国家的助学金,从来没有想过能为这个国家的未来做什么,但是今天的新东方每年不光为国家培养几十万到上百万个人才,而且还为国家带来大量的税收。

所以不要小看我们自己,尽管我们是一滴水,但是只要我们汇入大江大河中,我们就能够让自己永不干枯,永远能够跟大江大河一起去奔流和奔跑. 只要请大家记住一点就行,永远不要放弃自己,因为你不放弃所以你有未来,因为你面对艰难困苦你坚持下去,所以你有阳光,因为你面对未来的时候永远对自己说 Yes I Can Do!你才会有未来。

人生所追求的永远不是长度,如果你一生没有创造、一生行尸走肉、一生没有对自己有突破和对社会有贡献,你活多长又有什么意思呢?我们追求的是人生的浓度,像茅台酒一样热烈的浓度,我们追求的人生的高度,像珠穆朗玛峰一样的高度,不管你人生是多长我觉得不是我们思考的问题,尽管我们要保养好身体活得越长越好，但是更加重要的是每一天你过精彩了吗，这个礼拜你过精彩了吗？回顾你过去的人生你觉得精彩吗？面向未来10年、20年你感觉到你自己能够创造更加精彩的生活和未来了吗？

这个时代也对我们提出了非常大的挑战，像我这样的人，一个文科出身的、抱着《唐诗宋词》《红楼梦》可以一天不放的人，每天不得不研究人工智能，每天不得不研究系统应用。像我这样的每天都想游山玩水、喝茶喝咖啡的人每年不得不读一百本到二百本书。没有办法，这是这个时代对我们的要求，除非你想放弃这个时代，但是当你放弃这个时代的时候，这个时代同时也把你给放弃了。所以为了拥抱这个时代，为了让时代的精彩变成我们精彩的一部分，也为了让我们的精彩给这个时代增光添彩，我们不得不努力。"我们的生命就是在这样努力中间不断地开花结果。"我用这句话与大家共勉。

人生要素和当好老师的关键

今天我讲的这个主题主要有两个方面，第一个方面是人生最重要的一些要素，因为我觉得如果想要当好老师的话，那么这些人生的要素其实必不可少。第二个我想说的是当老师的一些重要的素质到底是什么。那么以这两个方面来展开我们今天晚上的交流。

首先，我们要讲的就是人生最重要的几个要素。

我想讲的第一个要素就是确定好自己的人生目标和适时修正自己的人生目标，这两个首先是要先确立，其次才修正，因为你没有确定就不可能有修正。那什么叫确定好我们自己的人生目标呢？最重要的就是要为自己的未来做好布局，比如说未来三年你到底想变成什么样子？你未来5年想变成什么样子？人一辈子到底想变成一个什么样的人？这件事情特别重要，因为这个是属于人生的大方向。比如说你一辈子就想当老师，那么就要开始当老师的修炼；但是如果你一辈子的目标不是当老师，而是其他别的事情，也需要你从头到尾进行修炼，所以，确立人生目标是我们人生往前走的第一步。

我个人觉得我能够走到今天，最主要的一件事情，其实是自己能够适时知道后面到底应该干什么。比如，我在农村的时候自己的目标非常明确，就是要考上大学，不考上大学就不罢休。所以，有了三年的考试，最后进入了北京大学。到了北大以后，人生目标就变得比较简单，为什么呢？因为，无非就是要把大学读完，并且取得一个相对来说比较不错的成绩，所以尽管在北大我读得很艰苦，成绩也不能算是特别好，但是最终还是在北大顺利毕业了。毕业的时候，我的第三个目标就是决定成为一个老师。因为当时我觉得国家机关朝九晚五的工作不太适合我，而在北大作为一个老师，尤其大学老师，可以过一个比较懒散、随便读书的生活，对我来说也是一个非常不错的选择。

当然我们定的人生目标，并不一定每个都能达成。比如，我在北大当老师之后，下一个目标是成为一名优秀老师。在北大奋斗了三五年以后，我的教课水平确实达到了一个不错的状态，但是这个时候又有了一个新的人生目标，希望到国外去读书。因为我们的目标也是会被其他人所影响的，那时影响我的就是我周围的朋友、同学，他们一个一个都到国外去读书。到国外的名牌大学读书、进修，毫无疑问是每一个人的梦想。所以，我为这个国外读书的目标又奋斗了三四年的时间，但是这个目标非常可惜，完全没有实现，一直到今天为止，其实我还没有真正到国外的大学去读过书。但是一个目标不能实现，并不等于我们要停止自己的人生道路，这是我要讲的第二点，我们要赶快修正自己的人生目标。

我出国不能成功的主要原因是什么呢？不是因为我的大学成绩，不是因为美国大学不要我，最主要的原因是因为我没有钱，因为美国不给我奖学金，我自己没有办法自费出国留学。这个时候我的目标就变成了出国去赚钱，后来就有了新东方。新东方实际上是因为我想挣更多的钱，到外面去兼课而产生的一个想法，这个想法直接导致了我人生目标的改变。因为最初我的人生目标是出国，但现在我的目标变成了赚钱。想要赚钱，就发现新东方是一个不错的业务模式，那么就希望自己能够通过做新东方来把事情做好。

所以，新东方并不是一开始我就想好的一件事情，而是因为要出国，想要挣钱，为别的培训机构代课，发现这里面有一个非常好的商业机会，就是如果自己来开学校的话，挣钱会挣得更快、更好。当时的目的其实还是想出国，但是后来终于发现如果能把新东方做大的话，其实是比出国更好的事情。所以谈到修正人生目标，其实有这样一个前提条件，就是你新出现的这个目标比你原来的目标更加让你激动，或者更加让你觉得生命能有更多的成就感，这样才能坚持下去。

所以，确定人生目标是第一步。确定目标的过程中，目标不断修正，最后逐渐达到你最想做的那件事情是第二步。当然，后来我做了新东方以后，发现确实是我想做的事情，一个是我喜欢当老师，二是我在帮助学生不断成长，心里也感到非常的高兴。

我们确定了人生目标或者修正好人生目标后，就要进入到第二个要素，就是愿意为目标付出汗水和努力。

我们都知道，任何事情你不付出努力的话，是不可能达到一个境界或者收获一个成果的。而我们很多人是定目标的时候觉得挺容易，但是实际上付出的努力是不够的。比如，常常有人说，我要到国外去学习，我要创业，我要考研……实际上在定了目标以后，你不付出足够的汗水和努力的话，就达不到你想要的那个目标。当一个目标没有达到，第二个目标也没有达到的时候，你对自己整个人生就会失去很多信心。所以我觉得我之所以能走到今天,就是因为我大部分目标还是达到了,如果没有达到目标的话,很难坚持去寻找新的目标,并且为新的目标继续努力。比如,我寻找到了新东方的目标以后,就一心一意做新东方,一直做到今天。

所以努力和勤奋是你达到目标,人生不断向前的一个前提条件。毫无疑问到今天为止,我还是每天连工作带学习差不多16个小时的时间,我记得从我高考开始到现在,几乎没有一天是真正轻松放松度过的。当然,我也有轻松放松的时候,比如夏天有的时候去骑马,冬天有的时候去滑雪,但这完全是因为在付出艰巨劳动和努力的前提之下对自己的一种犒劳,是一种对自己的奖赏,通过这样的奖赏使自己充实更多的能量,继续为自己的目标努力工作。到今天为止,我也养成了从年轻时就有的习惯,每天早上6点半起床,晚上12点睡觉,保证自己有6个小时左右的睡眠,剩下的,就是做一些体育运动让自己有足够的精力应付繁重工作。

所以对于我们来说,第三个要素就是不要把时间浪费在没有意义的事情上面。人的一生时间是有限的,我们要把重要的时间放在最重要的事情上,我觉得这里面有几个要素:第一,我们的专注力其实是非常重要的。如果我们一心一意在一段时间内只专注于做那件最重要的事情,往往容易取得最好的成果。

第二,就是当我们时间被分散以后,其实时间会变得没有价值,比如每天刷微信、刷微博等。这样的情况下,我们就很容易把自己的时间浪费在没有意义的事情上面。人一生只有三件事情是重要的,一个是时间,一个是精力,一个是金钱,金钱丢了有时候还能找回来,但是时间丢了永远不能再找回来。精力呢?有的时候能恢复,但是精力一旦浪费在别的地方也等于是浪费时间,所以对于我们来说，千万不要浪费这三样东西。

　　人生的第四个要素就是一定要保持进步心态，不断敦促自己努力学习。我有一个心态，就是即使在我最迷茫的时候也要保持进步。比如我在北大的时候，曾经得了肺结核，得了肺结核以后就很容易颓废，而且在医院住了一年。在我颓废了一段时间以后，我就想即使是生命没有希望，或者即使是未来没有希望，但是我依然要保持进步。因为你不保持进步的话，就会落后。我们常常说，其实你原地踏步也是一种退步，即使你小步慢跑，实际上也是一种退步，因为总有人比你跑得更快，总有人比你跑得更勇猛。所以我后来在医院的时候，就开始背单词，开始读书，结果一年住院的时间读了大概二三百本书，背了一万个单词，这些东西都给我后来的人生发展奠定了非常坚实的基础。所以即使在迷茫的时候，我们也要保持不断进步的心态。

　　人生的改变，永远不是一蹴而就的事情，而是点点滴滴进步的结果。就像我们登山一样，是靠一级级台阶爬上去的。突然有一天你爬到了山顶上，极目四望，突然发现视野辽阔。生命常常也是这样的，在你进步的过程中常常会感到迷茫，感到痛苦，感到没有出路，但是只要你不断保持进步，修炼自己，让自己达到某种境界，这样的话，我们人生就有可能不断取得进步。

　　在保持进步心态的同时，第五个要素就是要向优秀的人看齐，和优秀的人交往，这是一个什么概念呢？因为人是社交动物，叫作 Social animals，也就是说意味着我们总是要向别人看齐，会受别人的影响，所谓的"近朱者赤，近墨者黑"就是这个意思。所以对于我们来说，一定要"近朱者"，接近优秀的人，不知不觉就会被他们所影响，向他们学习。

对于我来说，我觉得我受到优秀的人的影响还是蛮大的。大家稍微想想，如果我一直在农村，没有进北大的话，那么到现在就是一个农民。我之所以能有今天，就是因为到了北大，交往了一批特别优秀的同学，这些同学后来还跟着我一起创建了新东方，比如说王强、徐小平老师他们。

我后来在北大当老师的时候又交往了一批特别优秀的老师，这些老师不光有知识和学识，而且还有智慧和思想。我开始做新东方以后，尤其是新东方到美国上市后，又交往了一批中国最优秀的企业家，包括柳传志、马云等，这样一大批人，他们的境界和做企业的智慧也给我带来了很大的影响。所以，当我们身边总是围绕着有智慧、有才华的优秀人物时，我们不知不觉就会把自己变得更加优秀。所以我们要跟优秀的人打交道，而不是跟让自己舒服的人打交道。

第六个要素是我们要保留自己的道德底线，这个就是我常常说不要为了自己的利益或者欲望去改变自己做人的底线。做人的底线到底是什么呢？我觉得作为一个人，作为一个社会人，在和别人打交道的时候，我们保持自己的真诚，保持自己的善良，保持自己的真实，这个就非常非常的重要，用英文讲就是 integrity，这是特别重要的一件事情。

因为对于一个人来说，我们最怕的实际上是什么呢，就是被利益或者被欲望所诱惑以后，改变自己的行为，所谓"一失足成千古恨"，这样的事情在很多人身上都发生过。大家都知道很多官员其实最初都是很好的官员，能力也非常强，但是后来因为贪污，就被抓进去了；有很多企业家本来是很好的企业家，但是因为官商勾结或者其他一些原因，结果企业也做坏掉了。我们做人也是一样的，我觉得最重要的底线就是不管你面对什么样的诱惑，都要保持自己的真诚，保持自己的善良，保持自己的真实，保持自己做人的底线，不会因为利益和欲望去伤害别人，去伤害他人，我觉得这种东西是特别重要的。有了这样的底线，我们就没有了障碍。

因为对一个人来说，最重要的就是两件事情，一个就是不断勇往直前，不断取得进步；二是一定不要自己去惹很多会拖累自己生命的事情，惹很多麻烦。只要你保持一种善良的心态，保持一种真诚的心态，保持一种真实的人生，那么这些会给自己惹麻烦的事情就会减少。麻烦一旦减少，你的身心就会变得相对比较愉快，身心愉快，你也会很容易专注于去做你认为最重要的事情。

刚才我们讲的所有这些都是跟对人、做对事，实际上，我们还有一件事情特别重要，就是要选对人。我觉得人生一辈子，选对人这件事情是特别重要的，主要要选四种人，第一要选对朋友，第二要选对爱人，第三要选对领导，第四要选对合作者，要知道我们一生中打交道的人主要就是这四种人。

第一种就是朋友，因为朋友对我们来说特别重要，为什么呢？因为他们不管在工作中还是在生活中，都能够和我们进行真心交流。比如，你不能对爱人说的话可以对朋友说，不能对领导说的话可以对朋友说，不能对同事说的话，依然可以跟朋友说，朋友就是无边界的交往。

所以生命中如果连一个朋友都没有的话，那就是一个特别孤单的人生。如果生命中你没有好朋友的话，那就要看一看你自己做人做事，到底是不是到位，以及你生命中为什么没有好朋友，是因为你的原因还是别人的原因？

总而言之，生命中有一些特别好的朋友随时可以交流，随时可以沟通，可以无话不说，不论对我们的心理健康，还是对我们的事业发展都会有重大好处。

第二种就是选对爱人——跟你过一辈子的那个人，选对你的老公，选对你的老婆，这件事情也非常重要。因为一旦一个人选错的话，对人生的影响将会非常巨大。那爱人应该怎么选呢？就是看心情、脾气、爱好、价值观，还有生活习惯是否能够保持一致？如果你选择未来要孩子的话，还要看对方是不是能成为一个好妈妈或者成为一个好爸爸，这个也非常非常重要。

选错了朋友或者选错了爱人对自己的影响都非常大。如果选错了朋友还可以跟朋友说byebye，那选错了爱人说byebye的代价就会非常大，甚至对心理上也会造成重大伤害。尤其是有了孩子以后，才发现对方是不对的人，不光会伤害到你们两个人，而且还会伤害到孩子，确实会带来不可承受之重。

第三种要选对领导。因为领导部分意义是你的朋友，但是更加重要。领导一定是比你更加高瞻远瞩的人，比你能力更强的人，比你更加包容的人，并且是要欣赏你的人。在这种情况之下，你能够不断地从领导身上学到东西。而且如果领导本身能力比较到位，你也可以不断跟着领导来做更加重要的事情，让自己的能力得到迅速发展。

所以当你发现你跟的领导不对的时候，比如领导比较小气，比较自私，比较斤斤计较，没有眼光，没有格局，在这种情况下，我觉得如果你换不了领导的话，你就一定要离开这个领导。

除了以上三种以外，还有一个就是如果未来你要创业的话，选对合作者也非常重要，因为合作者就是一起共同把事情做成的人。中国的创业公司有三分之一都是因为和合作者互相合不来，最后散伙，结果把自己创业的事业也散掉了。我觉得新东方能做到今天，主要还是因为我选的合作者很好，包括王强、徐小平、周成刚老师等都是非常好的。

因为合作者是要跟你一起共建事业，选不好的话，一旦开始做事情，最后又散伙，很容易前功尽弃，把你前面的生命和时间都浪费掉了。

总而言之，我觉得人生中除了自己的子女没法选，因为生出来的孩子就是你的，那么以上四种最重要的人，朋友、爱人、领导和合作者，对于我们来说，如何选择真的非常重要。选对了人，做对了事，我们人生一身轻松，而且一辈子都会有成就感；如果选错了人，做错了事情，人生有的时候将会一无所有，甚至还会给自己带来危险。所以，对我们来说，选人非常重要。

讲完了选人，下面我们再来讲一下，我们的人生态度是什么？

我们人生中除了刚才说的做对事、选对人以外，其实人的心态也非常重要。我觉得心态主要是两个，第一，我们一定要相信，其实没有一个人的人生是一帆风顺的，总会遇到各种磕磕绊绊的事情，各种艰难困苦的事情，各种让人绝望痛苦的事情。我们要明白，我们所遇到的一切都是为了让我们的生命更好，所以这像孟子所说的，"天将降大任于斯人也，必先苦其心志，劳其筋骨"，这件事情实际上给人奠定了一个心理基础。一个人心理强大体现在什么地方？体现在当一切困难来临时，你都会觉得是为了让你更好；如果一切困难来临，你觉得都是老天对你的不公平，老天想把你压倒，最后，你自己也会精神崩溃。所有的艰难困苦，对你来说就是压死骆驼的最后一根稻草，但是如果你心态对了，艰难困苦就变成了财富。

所以对于我们来说，一定要不断保持人生的乐观心态，相信未来，相信明天的自己会比今天更好，不管你今天陷入怎样的困苦境地，而且有时候时间还不短。比如，我因为肺结核在医院住了整整一年，那是一段极其困苦的时间。但是不管怎样，只要你相信未来会变得更好，也许未来就会变得更好。我特别相信这句话，人的心态决定一切。只有人是被心态和心智所决定的，动物才是被环境所决定的。

除了心态、心智以外，我觉得做人，一定要做一个大气、大方和大雅的人。所谓大气就是不计较小事情，根本就不在乎，那么斤斤计较、心胸狭窄、自私自利的事情就会跟你无缘。同时会让人感觉到你这个人特别可信，特别棒。

所谓大方，就是你不计较利益，愿意把自己的利益分享给别人，你愿意更好地善待别人，宁可自己吃亏也让别人得到更好的东西。

大雅就是不做世俗的事情，不去做俗气的事情，比如赌博、吸毒等，会给人生带来不好的事情。喜欢读书是雅致，喜欢书法也是雅致，喜欢音乐，喜欢登山，喜欢滑雪都是大雅的事情。

所以，如果我们能变成一个大气、大方和大雅的人，毫无疑问，我们的人生就会变得更加开阔，我们的道路会变得更加广阔，我们和朋友一起前行的可能性也会变得更大。

讲完了人生做对事、交对人、用好的心态以后，下面我们再来讲讲老师。

我当老师已经几十年了，我觉得当一个好老师真是特别了不起的事情。因为做老师这件事情，叫作功德无量。为什么功德无量呢？因为我们是在帮助人。当然，做老师如果做不好的话，也会误人子弟，那就是非常糟糕的老师。就像医生有好医生和庸医之分，老师也有好老师和庸师之分。对于我们来说，一旦想要当老师的话，那只有一个可能性，就是让自己变成最好的老师，而不是去误人子弟。当人们把一个孩子交到我们身边的时候，家长是希望我们把孩子带好，让他成长，而不是让我们把孩子给毁掉。毫无疑问，老师就变成了学生最好的朋友，也是最好的导师，所以我们一定要往好老师的方向前进才行。

到底什么是好老师呢？我觉得有如下几个要素，第一就是对学生的热爱，对孩子的热爱，看到他们成长的喜悦，我觉得这是天生的。

比如，我看到这个学生，我就从心底里感到开心；我看孩子们的活泼和笑容，我就会从心底里产生笑容；我看到孩子们有任何一点点进步，我就会心花怒放。所以，我会千方百计给孩子们讲我觉得他们应该掌握的知识，包括在大学里给大学生讲课，在课堂上不断想办法增加知识的含量。

我在北大本来是教泛读的，但是后来我除了泛读以外，还会给学生讲圣经的故事，讲古希腊罗马神话故事，带他们一起去学习当时流行的英文歌曲，就是为了在同样时间内，希望学生能学到更多的东西，也希望学生能够喜欢上我，我觉得一个老师要拼命讨好学生才对。

所以，对学生的热爱是一种从内心生发的热爱，有了这样的热爱以后，我觉得我们就可以进入第二点了。

好老师的第二点是什么呢？就是我觉得教学不仅仅是知识的传授，韩愈说过是"传道授业解惑"。解惑是解决学生的知识疑问和问题，授业是教会学生技巧，传道就是给学生树立道德榜样，或者说树立学生的理想情操。老师是学生的榜样，所以，我们一定要有树立榜样的意识。你的一言一行，一举一动，你的语言，你的笑容，你的风度，你的知识结构，你对世界的看法，都是在为学生树立榜样，不知不觉影响学生的人生进步。

除了老师要为学生树立榜样以外，我觉得从教课本身来说，老师精益求精的钻研精神也极其重要。

我常常发现有不负责任的老师是备一课就去讲一课，备一课就去讲一课，其实后面到底讲什么老师都不知道，反正前面照本宣科就讲完了。

老师最重要的能力是什么？是举一反三，旁征博引，所以如果你教的这门课本身，你自己都没有精熟，没有学透的话，怎么可能举一反三，旁征博引呢？那么就很容易带来一种浅薄的教学，照本宣科的教学，学生不仅整个知识结构不完整，学得也很浅，似懂非懂，因为老师本身也是似懂非懂。所以精益求精的钻研精神和备课精神，举一反三的专业能力就成为一个好老师最重要也是最值得我们努力的方面。

如果一个老师备课特别到位，哪怕上课的表达能力稍微差一点，我们也会认可，为什么呢？因为你知道他很认真，想把所有知识通过他的整理，展示到你的面前，你也知道这个老师是很有这个水平的，那么对他本身也会非常佩服。很自然的，学生也愿意跟着这样的老师往前走。

除了精益求精的专业精神和举一反三的专业能力外，老师另外一个重要的能力就是语言表达能力。我们在当学生的时候，发现会有两种老师。一种老师，尽管本身水平不能算顶级的，但是表达非常清晰、活泼、生动，我特别喜欢这样的老师上课；另一种老师，我们能看出来，知识结构非常丰富，肚子里也非常有货，但是就是倒不出来，我们最不希望看到的就是这样的老师。

所以，只要你是把老师作为自己的职业来对待的话，那么锻炼自己的语言表达能力就变得十分重要。

语言表达能力主要是基于什么呢？基于我们对于所教内容非常熟悉、非常精到的前提之下，再来进行语言组织。因为如果你对教的内容本身都不能清晰理解的话，语言表达能力就变成了无源之水，无本之木。

语言表达能力我觉得主要有以下四点：简明，清晰，幽默，活泼。简明即我们最怕的就是碰到老师啰里啰唆，话都讲不清楚，不知道你在讲什么，所以简明扼要有逻辑的，把你要讲的知识结构讲出来，这件事情就变得非常重要。简洁简洁再简洁，一句话就能让学生懂，或者两句话就能让学生懂。

第二就是表达的清晰性，也就是你想表达什么，逻辑要清晰，让学生跟着你的思路往前走，并且能够懂得你在讲什么。用故事也好，用例子也好，用实验也好，用举一反三的能力也好，总而言之，你要表达得非常清晰。

第三个就是要幽默。当然，幽默并不是每个人都有，但是如果我们上课的时候能够在语言上更加生动活泼或者语言上能有包袱可抖，让学生由于你讲课的生动性和幽默性，跟着你的思维往前走的话，那么毫无疑问你就能紧紧抓住学生的注意力。因为你抓住了学生的注意力，那么你讲的重要内容，学生自然也能够跟得上，能够记住，所以这件事情对我们来说也非常重要。新东方的课一直都是以幽默著称，新东方也要求老师上课要非常幽默。

有老师问，俞老师，幽默怎么能产生呢？实际上，幽默的语言有的是可以设计的，比如经常读一些灵活运用语言技巧的书，听听相声，自媒体上也有各种幽默的段落和文字。有的你读完、听了之后，是可以应用到自己的课堂中去的；或者开开学生的玩笑，当然不要涉及学生的人格尊严，也不要涉及学生隐私，在尊重学生前提下开开学生玩笑，和学生一起说说笑话，这些事情都是可以让课堂气氛变得更加活跃的东西。

除了幽默以外，我觉得第四个要点是活泼。活泼不仅仅是指语言上的活泼，而且是你肢体上的活泼，笑容上的活泼。我们最怕的是一个老师坐在讲台边上，从头讲到尾，头都不抬，跟学生甚至没有眼神交流，这样的话，学生还不如对着一台录音机听课。所以我说的活泼，是指老师整体上的活泼，他的肢体语言，课堂气氛，如何调动学生积极性，哪怕在教室里来回走动，眼神时时和学生进行交流，这些都是增加课堂气氛，让课堂更活泼的重要环节和要素。

有人说，如果教室人多的话就没法活泼了。不是的，我当初在一千多人的课堂里都能非常活泼。我可以拿着话筒，随便到下面去找学生提问，学生的注意力马上就被吸引回来了，而且学生回答问题的时候常常会发现一些很幽默的回答，或是意料不到的爆款，老师和学生的对话中间的幽默就开始出现了。

总而言之，只要你坚持这四个要点，简明的语言，清晰的思路，幽默地讲课，活泼的态度，那么整个课堂气氛就会被调动起来，毫无疑问，我们的课堂也会变得更加有吸引力。

作为一个老师，我们在给学生上课的时候，到底要教学生哪些东西呢？有的老师说，我可以帮学生提分，我可以帮学生记住知识点。当然这些东西是很重要，但是我觉得更重要的是我们面对一个学生的时候，就像我们面对自己的孩子一样，你要想到底要让他们在哪些方面得到不断的提高。

我觉得除了成绩的提高，还有以下六点，第一是升级学生的思维能力，第二是改进学生的学习习惯，第三是提升学生的学习乐趣，第四是增加学生的学习自信，第五是完善学生的人格，第六是开发学生的梦想。这六点我觉得极其重要，任何一个老师都应该要牢记在心中。

第一，升级思维能力。大家都知道学生的思维有时候是僵化的，习惯于老师说什么就做什么。这样的学生从小到大慢慢会形成惯性思维，也就是一致性思维，但是思维能力的提升却谈不上。

所谓批判性思维，独立思考能力，这样的东西对我们学生来说是非常少的。所以我们教学生一门课，不管教语文还是教数学，包括教英语，都是能够用提升学生思维的方式来教的，让学生通过教学，通过互动，能够提升他的思考能力，能够让他从不同的角度来看待问题。

除了提升学生的思维能力，第二是改进学生的学习习惯。很多学生的学习习惯是比较糟糕的，比如说死记硬背的学习习惯就很糟糕。还有很多学生上课不能专注，如果我们能够帮助学生形成一个良好的学习习惯，使他们能够在学习的时候很专注，能够不断用新的角度思考问题，学生的学习效率就能够迅速提高，达到事半功倍的效果。

第三，要提升学生的学习兴趣。毫无疑问，学生尤其中国的学生，常常是老师给标准答案，要求死记硬背，使得学生追求知识的好奇心全部失去了。对于我们来说，如果我们是个好老师的话，提升学生的学习兴趣，让学生最后能够主动愿意去探索学习，去探索知识，才是真正让学生达到了自动、自觉学习的状态，因为不论你给学生灌输多少知识，都不如他内心产生自己学习知识的火焰更加重要。

第四就是增加学生的自信，通过提升学生的成绩，通过提升学生的思维能力，来不断地增加学生的自信。对于学生来说，如果他在班级总是最后几名的话，一定会不断失去信心；如果老有人骂他笨，说他不行的话，他也一定会失去自信。我们要做的最重要的事情，是不断地鼓励学生，找出他的长处和优势，并且让他在经过一段时间的学习，学到非常精熟后，让学生感觉到他自己其实也是能够学会东西的。通过这样不断的训练，增强学生的自信心；通过增强学生的自信心，他未来就能够重拾学习的兴趣。

第五，完善学生人格。因为我们都知道，学生有的时候被逼到一定程度以后，他精神上的压力会非常大。那我们应该如何鼓励学生，如何让学生变得更加开朗乐观，如何让他能面对困难不气馁呢？

就是我前面讲到的人生几大要素，其实可以用到鼓励学生身上，让学生拥有一个健全的人格。新东方的教育理念之一就是独立人格，指的就是这个东西。

最后一点，开发学生的梦想。我们都知道，一个人如果有梦想、有志向的话，他是很容易被牵引往前走的。如果一个人对现状感到满意，或者说一个人对未来感到畏惧，那么他就不可能有前进的动力。所以，我们要引导学生建立自己的志向和梦想，他们才会不断自我奋发，自我进步。

总而言之，这六条我觉得才是老师真正核心的六条，当然提升学生成绩、关心学生考试都很重要，除此之外，我们还要关注学生的全面开发和发展。

说了这么多，老师应该是什么样子以及应该注意那些事情，基本都说完了。作为一位老师，就是需要不断进步，不断学习，才能让自己变得更加优秀。

我在全国很多城市都做过调研，问中小学老师，你们一年读多少本书，结果超过 5 本书的 10% 都不到。新东方要求新东方的老师、员工一年至少要读 20 本书以上，其实 20 本书还是远远不够。

翻书也是读书。周末到书店去，坐在那儿我两个小时可以翻掉三四十本书，其实也是一种进步。通过自己的学习，通过不断的精进，让自己变得更加优秀，就是你作为老师最重要的立身基础。

总而言之，人只有在不断取得进步的过程中，才能够使自己变得更加完美；也只有不断去琢磨自己到底应该做什么，才能让自己做正确的事情；在教学上，只有通过自己不断的努力，才能变成一个更加优秀的老师。

我们要知道，作为一个老师，身上承担的重任，远远不是说你把一门课教好，而是你承担了一个孩子在你身边是不是能够健全健康成长和发展的重要任务。知道了我们作为老师身上肩负的重担，你就只有两个选择，一是你负担不了这种重担，可能就要选择放弃当老师；第二，如果你想选择做老师，就必须做一个完美的老师，做一个优秀的老师，而不是做一个"毁人不倦"的老师。

做好父母有多么重要？

今天是父亲节，早上我在公众号里边专门发了一篇文章——《父亲节：如何划分好父亲和坏父亲》，我想所谓的国际教育、所谓孩子未来的成才，其实归根到底就是如何当好父亲和如何当好母亲的问题。

大家都知道，做父母其实不存在国际化不国际化的问题，做父母有些基本的原则，所以我今天在这儿先讲父亲节，先讲一下父母要做的事情，作为母亲，三个最重要的事情；作为父亲，三个最重要的事情；以及父母亲在一起三个最重要的事情到底是什么。

作为母亲，在我看来，身为人母，咱们先不说作为老婆怎么样，我觉得三件事情特别重要。一个是面对孩子的时候，遇到事情心平气和的态度。女人比较容易急，心急气短常常是女人的特征。孩子成绩好了，高兴得不得了，孩子成绩不好的时候着急得不得了。着急的时候常常还会溢于言表，尤其是北方的女性更加是这样，因为直来直去，我从我老婆身上就能看到这种情况。高兴的时候好话说尽，不高兴的时候说出来的话能把你气得跳河。

为什么要遇事心平气和？因为你能带来孩子对于遇到的任何事情的平静心理。他能够预期，不管我遇到多少坏的事情，母亲依然会用她的可以预料的态度来对待，这个跟你严厉没有什么矛盾的。一个人可以严厉，心平气和不是说放任自流，心平气和意味着什么？意味着你做事情的标准和规律一直在那里，让其他能够达到预期。

我们知道，比如你在单位工作，那个常常对你发脾气的领导实际上是最没威严的领导，那个领导从来不发脾气，甚至有的时候嬉皮笑脸，但是你心中依然害怕他。为什么？因为你知道你的任务不完成、业绩不完成、规矩不完成这个领导还会嬉皮笑脸，能让你吓得半死。对孩子其实也是一样的，不断地表面上很凶、总吼的家长其实是管不了孩子的。真正能管孩子的家长都是表面上心平气和，但是心中依然让孩子保持一份对你的敬畏感，这才是好家长。所以为什么对于母亲来说心平气和更加重要？因为母亲主内，跟孩子在一起的时间，尤其是日常跟孩子在一起的时间比较多。

二是整洁、干净、勤快。我觉得由于母亲是主家的，如果整个家里都是乱七八糟的，东西乱扔，这个家里从来不是温馨、有条不紊的这样子的话，孩子就会产生两种问题，第一，他不认为这样的温馨、有条不紊的东西是重要的。其实非常重要。因为人的习惯性的有条不紊和这种勤快、干净跟他的头脑思维、有条理其实是连在一起的。第二，因为整洁、干净、勤快就意味着让孩子学会了生活自理，比如孩子把自己的房间收拾得干净而温馨，逐渐地扩大到孩子必须负责每天洗几次碗、每天打扫几次卫生。现在我们父母是包办一切，还有条件好一点的家庭是让保姆包办一切的生长环境，对于孩子实际是极其不利的，所以你要故意创造能够让孩子自己独立动手整理的这样一个状态。这个状态从小时候就能开始。比如我们的孩子喜欢玩具的时候，孩子通常是把玩具扔得乱七八糟，这时候就是父母帮着去收拾。其实孩子开始玩玩具的时候就应该告诉孩子，这个玩具玩儿是可以的，玩儿完了从什么地方拿出来，你要放回什么地方去。有的时候家长说孩子不放回去怎么办？这个时候就是树立家长威严的时候，不放回去不能吃饭，不放回去不准睡觉。

今天是父亲节。我有两个孩子，女儿已经大学毕业了，儿子现在在读高二。昨天他们同时都给我送了父亲节的礼物，其实我两个孩子对我是有敬畏感的，为什么？小时候培养出来的。我儿子3岁的时候，擦完鼻子的餐巾纸往地上一扔，自己从来不捡。我老婆特别宠孩子，从来不说孩子让孩子捡起来自己扔垃圾箱里。小时候他们在国外，我在国内，我出去以后，后来发现我儿子怎么把餐巾纸扔在地上不捡呢？我说捡起来，不捡。因为那时候他不知道父亲有多厉害。我说了三遍"捡"，他还不捡。因为我老婆特别宠孩子，就培养了孩子的坏习惯。完了被我一把拎起来，往门外一扔，把门一关，就在外面待着。在外面就开始害怕了，就开始哭，哭了我也不开门。最后在那边敲门，我说你知道进门第一件事情应该干什么吗？他说我知道。我说干什么？我去把纸捡起来。我说好，把纸捡起来，扔在纸篓里，跟爸爸道歉，说对不起，完了上房间睡觉。从此以后，我让我儿子干什么都干。从3岁开始到今年17岁，比如他有的时候遇到事情生气了，把房门一关，我老婆敲门是怎么都敲不开的，只要我回家，"咚咚咚"三声，门一敲，我说爸爸回来了，最多10秒钟门就打开了。为什么？培养孩子的敬畏感，培养孩子的习惯。你看母亲要培养，父亲也要培养。我说母亲的这个习惯，不要以为父亲不需要，父亲也要的。只不过我认为母亲在这三件事上如果做好了，能带出一个好的孩子来。

母亲拥有阅读学习的爱好，这个就不用说了。如果孩子从两三岁开始，你就带着孩子读各种绘本，一直带着孩子每天读半小时，读到六七岁、七八岁的话，这个孩子一辈子的阅读习惯就全部养成了。从此以后，从 8 岁以后，一直到他 80 岁，他的阅读都不用你担心。我女儿小的时候，我就这么带的她。但是我儿子小时候生在国外，我不在他身边，我爱人不太喜欢读书，所以我儿子现在的读书习惯是比我女儿要差的，我女儿一年能读 50 本书，我儿子一年能读 20 本书就了不起了。父母的习惯真的是特别重要。

刚才在门口有人采访我，说怎么样培养孩子？我说培养孩子很简单，就是泡咸鸭蛋的方式，你这个咸鸭蛋放在盐水中间，放一天是不管用的，掏出来还是新鲜鸭蛋。你在盐水中间泡一个月、两个月、三个月，才能变成真正的咸鸭蛋。我们的家庭就是一缸盐水，把你的孩子泡成一个特别甜美的咸鸭蛋，他是必须要在这个盐水中间天天泡着的。你的家庭环境不好的话，就会泡成一个臭的咸鸭蛋。如果你的家庭环境不好的话，可能泡了一辈子，这个咸鸭蛋依然没有变成咸鸭蛋。所有这些习惯都是泡咸鸭蛋的方式。

所以我要大家去读我那篇文章，读那篇文章比听我今天讲的这些更为管用。我觉得作为父亲，最重要的是为孩子打开一个外面的世界，这个特别重要。

怎么打开外面的世界？作为父亲，至少在孩子 18 岁之前，在孩子心目中父亲的形象必须是顶天立地的，18 岁之后有了自己对社会的看法，这时候他觉得父亲原来也就那么回事儿，也就没事儿了。为什么？因为如果他不觉得父亲也就是那么回事儿的话，意味着他没有成长。到三四十岁的时候，回过头来看到七八十岁的老父亲的时候，他想，父亲一辈子真的是不容易，这时候就是三阶段走。如果他是18岁之前就觉得这个父亲什么都不是，你这辈子在孩子心目中就真的什么都不是了。为什么？作为一个年轻的孩子，不管是女儿还是儿子，他都在看父亲到底在干什么，来构建自己未来的想法。女儿一般都会把父亲的特质作为自己未来找男朋友的特质。所以我女儿常常跟我说，爸爸，我找男朋友太难了。她说我不知不觉地看到任何男生都会跟你身上的气质、知识、才学去对照。我说你这个要求太严了，因为爸爸在二十多岁的时候什么都不是。我说你要找一个潜力股，而不是找一个蓝筹股。她说什么叫潜力股呢？我说你看这个男的身上有没有理想主义的光辉，是不是脚踏实地，是不是愿意自我奋斗，是不是勤奋，是不是思想开明，千万不要去管他的背景。因为我女儿现在从我这个家庭出身以后，她打交道的男生都是相对来说条件稍微比较好的男生了，很多都是富二代的子弟，至少她到现在为止一个都没看上。我说你为什么没有看上呢？你看那户人家100亿的资产。她说我不要，一看这个男生就是一个花花公子，一看这个男生就是没有吃苦精神的，一看这个男生所谓的成功就是利用他父亲给他的钱取得的成功，他说这样的男生我不要。为什么？这是我给她从小灌输的结果。因为从小我就告诉她，千万不要找这样的男生。结果发现我犯了一个重大的错误。当然，这个是开玩笑的。

作为父亲，正直、有担当的个性这件事情是特别重要的。一个父亲，如果是腻腻歪歪、斤斤计较等各种小家子气，面对社会各种抱怨、各种计较，像这样的男人，你怎么能在孩子心目中间建立一个伟大的形象呢？不可能。

第二，作为父亲，要带着孩子去探索世界，要钻研这个世界、钻研知识。

从我孩子懂事以后，我每年都要带孩子去至少两个国家，到了这两个国家，尽管有导游，因为导游要告诉我们这个路怎么走之类的，但是导游从来没有资格对我孩子讲这两个国家的历史。因为这些导游对这些国家的了解远远不如我，为什么？因为凡是去一个国家之前，我都要用一个月的时间来对这个国家所有的风俗、明星景点进行了解，完了到了这个国家，全部是我现场讲解。我能够从下飞机开始对我的孩子把整个国家的文明起源、中间发生了什么事情等一直讲，在讲的过程中间，我自己也受益，因为我自己也是要研究调研的。旅程一般都是10天，我两万字的旅游笔记就出来了。一举两得，对孩子讲完了，我自己还形成旅游笔记。下个礼拜我马上就会出一本游记。就是这样的一种探索精神，直接导致我两个孩子现在的历史特别的好。我女儿的历史书是读了一本又一本，作为一个女孩子，那是很难得的。结果我儿子现在学IB课程，也是不自觉的历史成绩最高。为什么？他们就养成了这个习惯。而我深刻地意识到，一个孩子要了解世界历史这件事情对他们未来大局观、全局观和智慧是多么的重要，这是父亲要去做的事情。

不乏追求理想的勇气。父亲的眼睛是往前看的，所以我昨天那篇文章跟所有父亲说，你不要说你工作忙，没关系，你一年到头不着家也没关系，但是你可以带着你的孩子到你工作场所去看看，你要告诉孩子你的工作的意义。这个意义不是说你做了大事才有意义，不是别人告诉自己的孩子有意义，哪怕你是个捡垃圾的父亲，只要你为自己的工作而骄傲，你就能告诉孩子意义所在。我除了给家里钱，我还给了孩子什么东西，我觉得这个是特别重要的。所以我觉得这是父亲要做的事情。

我为了带孩子去探索世界,我今年58岁了,我在52岁的时候,我的两个孩子要学潜水,他们自己说去学的时候害怕,我就直接自己去潜水,带着孩子潜到海底30米左右,去考察太平洋海底在二战时候被击沉的军舰、飞机等。孩子就会感觉到,爸爸居然是愿意陪着我们在这样的环境中生长和努力的,孩子没有理由不敬重你,也没有理由说你告诉他做什么事情他不跟着做,所以说特别重要。

父母亲在一起呢?首先是要一起制订孩子合理的成长计划,父母要达到一致。最怕的是父亲要往这边走,母亲要往那边走,最后孩子处于失力状态。

一定要制定孩子的规矩。这个规矩一旦形成以后就不能变,不能有变化。小时候特别要求我的两个孩子,任何的你想得到的都要有付出。现在我女儿身上艰苦奋斗的能力比较明显,包括对时间的管理能力。我儿子还小,只有16岁半,所以还不太明白这些东西。但之所以我儿子现在相对来说规矩能力要差一点,是因为什么?是因为他妈妈太宠孩子了,所以就变成了我跟我老婆之间发生冲突的一个最重要的原因。

我给大家举一个简单的例子,什么叫凡得到必要付出努力。你的孩子说想去吃个肯德基,OK,没有问题。咱们父母常常都是恨不得自己主动去告诉孩子要不要爸爸给你买个玩具、要不要爸爸给你带一份肯德基?这种主动讨好孩子们的行为一定是给孩子们带来重要的伤害和更多的索取。更加重要的是让孩子提出来要求,孩子说我想买这个玩具。OK,买玩具没问题,一个玩具总共100块钱、200块钱、300块钱,可以买。但不要是孩子一提出来你就买，你告诉孩子怎么可以买。买这个玩具的前提条件，你先把自己的课文背出来，或者先把这个数学题做出来，或者说先把这个英语读好，读完了给你，这就是要你付出劳动来换取你所要的这些东西，让孩子从小就明白他想得到任何东西必须付出。犹太人就是这么教育的，犹太人的孩子从小到大任何想要的东西必须加倍努力地付出，没商量的余地，所以犹太人就变成了全世界最智慧、最聪明、最有独立性、最有创造性的民族。咱们中国从20世纪80年代的"独生子女"以后，把孩子全部变成了"小皇帝"，最后我们大量的孩子就变成了"巨婴"，到了18岁、28岁都还像孩子一样，思维、脑袋都不成熟。当然，加上现在大量的外卖，孩子们也不会做饭。当然，现在做饭已经不是一个必要的条件了。

我再跟大家讲个事情，我儿子10岁的时候，当时刚好iPad兴起，他处的那个班级的学生家庭条件也都比较好，很快就人手一台。我儿子回来就告诉我说也要一个iPad，我说好，我说你知道这个iPad多少钱吗？他说我不知道。我说5000块钱。我说你知道5000块钱什么概念吗？我说我们家的那个阿姨从早上6点半起来给你做早饭，一直干到晚上9点把碗洗好了再去睡觉，阿姨一个月就是5000块钱。我说，你能随便买这样一个iPad吗？他说那怎么办？我说爸爸会给你买。他给我来一句，你又不是没钱？我说我的钱关你屁事！他说那你要我干什么？我说你看到这些书没有，把这20本书读完，把书中间讲了什么讲给我听，爸爸确认你20本书全部读完了，iPad就会到你的手上。他说我不要了。不要拉倒，不要没关系。后来过了10天又来了，说，爸爸，我还想要。我说好，你还想要，我的条件不变，20本书。他就真的开始认真读了。因为他知道这个条件不可变,通过规矩制定孩子良好的发展习惯嘛。过了差不多20天,他差不多读完了10本书了,我出差去了。我出差回来发现他手里拿了一个iPad,我说怎么回事?妈妈给我买的。父母之间不一样。后来那10本书他就再也没有读完。所以说夫妻之间要一致。

有人说,我都离婚了,还怎么夫妻之间一致?离婚不影响你们两个对孩子未来的筹划,因为孩子一旦出生,永远都是你们两个的,不会因为离婚了,孩子就不是你的了。你能改变孩子的基因吗?中国家长做得最糟糕的就是夫妻一离婚,孩子没人管了。离婚没关系,人志趣不一样、心情不一样、脾气不一样、理想不一样,那离婚就离婚了,有了孩子并不能意味着不能离婚。当然,尽可能不要离婚。等孩子到了18岁以后再说嘛,对不对?但是就算你离婚了,只要你做好一件事情就没有问题,就是父亲永远在孩子面前要说妈妈的好话,不管你多么恨这个女人。妈妈应该在孩子面前永远说父亲的好话,不管你多么恨这个男人。过去的就过去了,不要在孩子面前撕扯。你想,这个孩子天天听到妈妈骂自己的父亲,看到父亲天天骂自己的妈妈,这个孩子能好吗?所以咱们中国的孩子大部分长大以后就会心理有问题,都是被父母弄出来的。

我到巴西去看,巴西的离婚率比中国还要高。有一次我到了巴西以后,我的朋友请我到他家去吃饭,一下子来了9个孩子,4个大人。怎么回事?夫妻两个先生了3个孩子,后来大家觉得不行就离婚了,离婚后各自找了一个,又各自生了3个。这9个人在一起和4个大人在一起完全是一家人的感觉。我说你们是怎么做到的?他说我们巴西人就是这样的,离婚了依然是朋友,离婚了依然是一家人，他们9个孩子依然是兄弟姐妹。那些孩子的个性就养得特别奔放，他们把4个大人都看作自己的父母。

第二件事情是什么？不管有没有离婚，两个人在一起，要把孩子未来的前途给设计好，达到一致。这个不难吧，孩子是你们共同的财富。所以这就是当好父母的本身。

美国调查了一下，美国人是时政主义研究，他们不会随便说的，他们调查的是家庭背景好的人容易成功还是上了好大学的人容易成功，还是在富有地区的人容易取得成功。结果调查了半天，他们研究了全世界几千个成功人士，各个领域的，结论是家庭条件、出生地区跟成功没有必然的联系，而真正有联系的反而是这七个东西，好奇心、坚毅、自我控制、社交情商、热情、感恩和乐观。

这七个东西是什么东西？我昨天在讲父亲的这个文字中间也讲到了，这里面有一大半是和父亲有关的。好奇心的培养更多的和父亲相关，坚毅能力即不怕失败，勇于前进，也是父亲的能力。自我控制是父母亲一起来，孩子要对自己的情绪有自我控制能力，对欲望有控制能力，知道为了未来更伟大的目标愿意牺牲现在的快乐，这是我们要教会孩子的最重要的能力。还有社交情商，就是怎么样跟人打交道，怎么样理解这个社会，还有热情，这个热情是指对生命的热情。

比如我常常说你有没有带孩子到大江大河去玩儿过，有没有在明月当空的时候带孩子到海边去坐一坐，看一看什么叫"春江潮水连海平，海上明月共潮生。"有没有在长城下面看月亮是怎么从长城脚下升起来的，这些都是培养孩子对生命的热情和情怀的东西。

感恩意味着什么？不仅仅是我们要对父母感恩。当我两个孩子回家的时候，我的老母亲现在已经变老年痴呆了，我对我的老母亲会尤其的好。当然，平时我对我老母亲也很好。我是属于新东方有名的孝子。但是孩子回来了，我会更加好，为什么？我要做给孩子看。万一我老了，你们就得这样。在我的两个孩子心目中，我对我的母亲是非常孝顺的，所以两个孩子只要是回家，因为他们有的时候，尤其是我这个女儿住在外面，只要回家，第一个问候的就是老奶奶。这就是感恩。但是感恩远远不止这个，感恩还有很多。比如说你在进饭店的时候，饭店的服务员给你开门你有没有说声"谢谢"？这是最基本的感恩。服务员给你端上一碗面条，端到你的饭桌上，你有没有说"谢谢"？你不要以为这个世界上一切都是应该的。回家把灯一打开，灯光就出现了，把水龙头一拧开水就出现了，这都是现代世界进步的结果。我小时候还喝着河水，天天生病，甚至还有血吸虫病呢，随着社会的进步，其实这些都需要我们感恩。在心目中对这个社会先感谢，然后再来想怎么样去让这个社会变得更好，再去想你怎么样能够在这个社会中更好地生存，这才是人应该有的态度。

要有乐观精神，遇到任何困难、任何挫折都不怕。什么叫乐观精神？我跟大家讲一下，什么叫坚毅和乐观？把这两个连在一起，因为有坚毅，在艰难的时候依然敢去前行。为什么在艰难的时候敢于前行？因为他知道，只要我前行，未来就一定会有一个更好的结果。怎样是乐观精神？你的孩子数学考试如果抱了40分回家，你有两种态度对他，一个是把他打一顿，说下次你不考到90分你就别回来，你就不是我儿子，这是一种教育方法。还有第二种教育方法是更加乐观、更加鼓励的教育方法。像我对我的孩子就是这样子，40分已经很不错了，为什么？因为已经做对了40%，但是我们还有60%的空间，那就意味着你可以不断地进步，怎么个进步法？循序渐进地走，更加努力地进步。但是我对你提的要求很简单，下次考到50分，就意味着你进步了10%。这样的话，只要你给孩子多敦促几次，他一定会考到50分的。因为他知道爸爸提出了一个特别合理的要求，这个合理的要求再不做到的话他自己都觉得过意不去。你看50分到60分、到70分、到80分，到最后孩子就到90分去了，这就是乐观精神和孩子面对失败时候的坚毅能力。

咱们中国人在孩子摔倒了以后，老年人或者是父母都是拍桌子、拍凳子说怎么把我的孩子给绊倒了，其实我们要做的事情很简单，自己爬起来，继续往前走，继续摔倒，自己爬起来，继续往前走，这是学会走路的正确姿态。很简单，你看美国的那些研究，要求的都是这些东西。

这个是我的研究。我觉得作为一个完善的人，实际上最重要的就是三大要素，第一是智商。

智商都是天生的吗？智商不是天生的。智商是天生有点差距的，但是不影响后天的发展，除非你孩子弱智。有智商高的爱因斯坦是170，北大、清华的学生的平均值是135左右，我在北大，智商连测了3次都是在100左右。也就是说我跟北大的平均值差了30分。差30分是个巨大的差距，但是我今天不比北大的任何一个人或者说不比大部分人差，为什么？因为我比他们更加的勤奋。我知道我是个正常人，正常人和高智商的人相比需要弥补的更重要的一个能力，是你比人更加的努力，我从北大毕业的时候已经充分认识到这一点。所以我在北大毕业典礼上给我们全班同学的讲话就是同学们都很厉害，我5年追着大家，到最后还是以全班倒数第五名毕业。可是我说我不会放弃，你们做5年的，我做10年，你们做10年的我做20年，你们做20年的我做40年。如果这辈子实在赶不上大家，我保证身体健康、心情愉快，把你们全送走了我再走。其实我不需要这么长的时间，其实大学毕业以后，我的很多同学工作以后就不怎么读书了，我依然保持在北大每两天读一本书的速度在往前走，我在北大当了6年半老师，每年几乎都读100—150本书。最终的结果，我拥有了我自己的新东方的事业。到今天，我也不认为我的学问比我的那些一天到晚在大学搞研究的同学会差太多。这就是你不断努力精进的结果。学习能力、考试能力、研究能力，最重要的是学习能力。

第二，情商。有的时候我们说情商是个八面玲珑的事情，根本就不是。情商是什么？最重要的是你这个人在社会上立足，周围的人都对你抱有一份敬意和信任。为什么新东方这么多的人才能够围绕在我身边努力，因为他们信任这个老板，他们知道这个老板对我没有任何花里胡哨的东西，老板讲的每一句话他都是从内心相信的，做的每一件事情都是同时考虑了所有团队的利益的事情，你得让人相信。我周围那么多的企业家，随便我向谁借钱都是不要写借条的，我在新东方已经借过好几次钱了，大家不用写借条。为什么不用写借条？他们说俞敏洪借钱，我要让他写借条，这个是对他的一种侮辱。就是这么简单，因为我从来没有欠过朋友一分钱，不管借多少钱，最多的时候能借到上千万美元，那是什么？接近七千万元人民币。我向牛根生借钱的时候，牛根生说不要借条，你不用给我借条，你也不用给我利息，你告诉我几号还给我就行，就这么简单。被人信任的基础就是你乐于助人，你喜欢去帮助别人，而且是无私地帮助别人，这个最重要。

逆商是什么？是培养孩子面对困难、挫折、失败的抗打击能力和自我鼓励的能力，不断地重新站起来。什么叫失败？当一个人在失败中间尝到失败的甜头的时候，他容忍失败的能力就会不断增强。就像我的高考，第一年没考上，第二年没有考上，第三年考上了北京大学，我就知道，原来前两年考不上就是为了让我考北大的。我大学二年级得了肺结核在医院住一年的时候，我在想老天为什么对我这么不公平？因为我知道得了肺结核等于是痨病，后边的大学生活一个人，任何女生都不会愿意跟你谈恋爱。对于我来说，生病住在医院，又离开了大学同学的学习氛围，感到很难受。我一个礼拜就想通了，我说老天一定会有特殊的安排，之所以让你生病，一定会有一个更大的事情安排出来。后来我终于发现了什么是更大的事情？我在医院里整整一年读了300本书，背了一万个单词，后来新东方怎么办起来的？就是因为我的词汇量比谁都大，当时有一门考试叫GRE考试，美国研究生入学考试，至少需要掌握2万个词汇量才可以。而我在北大当老师的时候，全北大老师能掌握到3万词汇量以上的就我一个，所以我上那门课是不用备课的。你看，老天是让我在医院的一年种下了办新东方的种子。老天的安排你是不知道的，所以你不要就眼前这件事情的发生，你就觉得是一个灾难、是一个苦恼，不要这么去想，真的。

有的时候，有些事情也可能是自己作的，我认识一个政府领导，最后因为贪污被关到了监狱，先是死刑，后来是无期徒刑，后来改成有期徒刑，他现在变成了中国写书法最牛的人之一。因为他在监狱里没事干，然后我帮着把他孩子的前途给安排好了。

本来他已经对生活完全失去信心了，然后他觉得世界上还有这么好的人，孩子也在拼命鼓励他，说尽管你犯过错误，但是你依然是我的爸爸。我们依然敬重你，你好好地改造，最后出来重新做人。孩子的鼓励，让父亲重拾了对生命的希望。他在监狱里不能干别的事情，因为他本来是个科学家，中国著名大学的工科毕业生，但是监狱里没有这样的实验设备，然后静下心来写毛笔字。现在他的书法在中国已经真的是可以排在前20位我都觉得不为过了。老天给你了一个灾难，一定在后面给你有一个安排。当然，我们不要以这种形式去安排，这个不好，这个叫自己找的就不行。比如我生病不是自己找的，高考失败也不是我自己找的。后来我想到美国去读书，连续三年，美国大使馆给了我三年的拒签，也不是我自己找的。不要自己去找苦难，但是当苦难来临的时候，你要有能力承受苦难，这是我们培养孩子的最基本的能力。父母把什么东西都替孩子挡住了，有一天孩子突然走出了温室，外面是雷鸣闪电，孩子就受不了。

上面我说了好父母的特征，加上成功的要素，再加上国际化的思维能力，就等于成功的全部条件。前面两条讲完了，下面开始讲的就是国际化的思维能力了。

为什么要先讲父母和成功要素？我觉得那些东西比我现在要讲的国际化思维还要更加重要。当然，如果你拥有了国际化思维，再来做前面的好父母和做前面的成功要素，那就再牛不过了，那就太好了！

龙应台，大家非常熟悉。龙应台说了一句话，她说，国际化是什么？她说它是一种知己知彼。知己，所以要决定什么是自己安身立命、生死不渝的价值。知彼，是有能力用别人听得懂的语言、看得懂的文字、讲得通的逻辑思维去呈现自己的语言、自己的观点、自己的典章礼乐，找到别人能理解的方式，需要的知识。越是先进的国家，对于国际的知识就越多。其实这句话有点拗口，它其实是什么意思呢？知己就是你要明白你一辈子的人生价值观到底在哪里。知彼是什么意思？你要告诉别人你心中的所思所想，并且让别人理解。这件事情举个例子就明白了。

咱们中国对于世界的了解是仅限于教科书上的东西，所以我们发现现在中国人到全世界旅游的很多，但是全世界没有几个国家对中国人的好感是特别强烈的。我常常会被问，你是日本人吗？为什么？因为我很礼貌。到什么地方我都要求我全家人礼貌。当我说我是中国人的时候，往往会带来一丝不同的感觉。他们会心里想，中国人怎么会这么礼貌？那就意味着什么？中国人在国外是完全不融入国际的文化的。我到了很多国家，经常看到用中文写的"严禁随地大小便""严禁乱扔东西"或者是严禁在墙上写、墙上画的，这些东西用中文写出来，就意味着中国人老在外面干这事。意味着根本没有能力来和这个世界随和。而"入乡随俗"是咱们中国最基本的礼仪。

再来看这个PISA所讲的国际化是什么意思，它讲了四个要素，第一个要素是什么？所谓全球胜任力，有能力去理解、考察地方性的全球性的交叉文化的世界和交叉文化的问题，要能够理解并且能欣赏其他人或者其他民族的不同角度的看法和世界观。并且要致力于去为开放的、合适的、有效的和不同文化、人文之间的交流，并且要为了集体的美好以及可持续的发展采取行动。它就讲了这四点，其实这四点非常清晰，从个人的价值观Value到对世界的态度，到我们要有的技能，以及我们的知识结构，达到四个方面的东西。

这一点，一讲到中国教育体系，我就要批判，因为中国的教育体系是非常狭隘的，只是为了高考赢得高分的教育体系。从幼儿园开始就是以学科成绩，到小学学科成绩、初中学科成绩、高中学科成绩，我们只是在一定范围内要求学生记住这些知识，并且把他背出来，并且在考试的时候获得高分，就是典型的中国教育模式。这套教育模式已经和现代世界、社会、时代太不吻合了，所以我们会发现中国的孩子高考以后、到了大学以后，中国的大学也是一塌糊涂，因为中国的大学也是用的高中模式，期末考试考完了你得到高分就算过去了。本来大学应该学会独立思考、思辨能力、对世界的更多的了解，就是这四个要素，但是我们发现中国教育体制中间从来没有为这四个要素去设计过。

所谓的国际教育，绝对不是说到国际上去采取国际教育的，国际教育是一种眼光，是一种态度，是一种愿意接纳全球最优秀的东西，并且把它融入我们的教育体系中的这样一种状态。但是中国在这一点上真的是没做到。所以我常常为中国的孩子们感到可惜，因为中国的孩子们从智商甚至是到情商，完全不下于犹太人。但是以色列这么一个小小的国家，全世界50%的创新在以色列。全球最大公司所有的实验基地全在以色列，包括美国的谷歌、Facebook，包括现在我们的华为等，都在那边有基地。为什么？因为那边的孩子们没有一个不是在创新的环境中长大的，没有一个是不具备全球眼光的。以色列人培养了他们两种能力，第一种是战斗力，你到以色列咖啡厅去喝咖啡的时候，发现年轻的男男女女全是背着冲锋枪进来跟你喝咖啡的，每一个人战斗力超强，因为他们生活在四面都是敌人的环境中间。以色列人知道，一个民族要想生存的话，这个民族的智慧是非常重要的，而这个智慧不是传统智慧，就像中国，现在天天去讲国学，天天去背儒家、背论语，背什么"了凡四训"，没有用的。我们可以背、可以了解，但更加重要的是这些内容。这些内容在中国的教育体制下没有，怎么办？我们父母就要有。因为我们父母有了，可以把孩子带出来。我就是按照这四个标准来带我的孩子的，所以我相信我的孩子对于全球的理解力，对于不同观点的接受能力，为社会更加美好的未来去奋斗的能力，没有问题的，真的没有问题。

我女儿15岁的时候，一个人只身背着包就跑到了赞比亚，非洲腹地，边上还在打仗。去了一个月，教农村的黑人孩子学英语。我从来没有想过，我女儿那么爱干净的一个人，左拥右抱那些黑人的小孩儿，那些黑人的小孩儿都是几个月不洗澡的。脸上露出了我从来没有看到过的笑脸。从那以后，我女儿一直对贫困地区的孩子们非常关心。你看，这就是培养出来的。我女儿对黑人的孩子没有任何的排斥，为什么？她在那儿的一个月教黑人孩子，成了她生命中最美好的回忆时光，她就是这么来的。当时我老婆死活不让去，说15岁的女孩儿跑到那边。我说没有关系，首先，是有公益组织作为保障的；其次，对孩子就是个锻炼，这是命，如果在非洲真出什么事儿了，那就是我们女儿的命，如果没出事儿也是她的命，就让她过去。一个人坐30多个小时的飞机，跑过去了。这就是父母要去做的事情。

即使孩子在小镇长大，你也要让孩子胸怀世界。何况我们的孩子都在北京，那就更加应该胸怀世界了。胸怀世界不是天天看美国电影，也不是天天吃着肯德基、麦当劳，胸怀世界是了解世界的思想，了解世界上不同的文明，了解世界上不同的生命状态。

所以他提了十个建议，我觉得也很好。

家长要有意识让孩子接触世界；要鼓励好奇心、开放性和毅力、独立，这和刚才我说的七大要素是一样的；本土文化根基特别重要，所以我反复强调我们要先把中文学好，如果你把中文都丢了，那拉倒了。

我对我两个孩子的要求都是要学中文，我女儿学得要快一点，女孩子语言能力更加强一点。因为他们都是在国外长大的，在女儿小学四年级的时候，到中国公立学校学了一年的语文，后来回去差不多忘了。到了上大学的时候，我女儿真的深刻意识到了中文的重要性了，结果她用了三年的时间，把国外大学四年的课就全部学完了。最后一年回到中国来学中文。三年学完了所有的课。第四年，她那个大学跟北大有交流项目，到了北大，结果选了中文系的课，选了中国古代汉语，选了中国当代、现代小说阅读。刚开始的时候完全听不懂老师在讲什么，结果用了一年的时间，中文水平飞快地上去了。等到一年以后，她已经能读路遥的《平凡的世界》了。结果一读中国小说，她觉得中国小说很好，一发不可收拾，一年读了50本中国小说。从路遥读到阿莱，读到冯唐，读到贾平凹，把中国当代、现代的优秀小说读了个遍，包括陈忠实的《白鹿原》全读了，这就是她意识到了这个东西。这就是本土文化的根基。我说你们是中国人，不管未来你们是在纽约、伦敦还是在哪里，但是你们的根就在中国，所以对中国必须了解、必须理解。

巧用图书馆，多读书；广泛接触多元文化，乐于游学。

我再讲一下，现在我们新东方的游学每年都有三四万人参加，当然，每个家庭都要掏三四万块钱。这个钱不是掏给新东方的，是掏给新东方的合作方,因为它要有旅行社、要有对方的承接单位,要安排课程体系,新东方自己本身安排不了,但是我们保障孩子们整个过程中的顺畅性,保障孩子们到了国外以后尽可能地学到更多。但其实这个东西不一定非要机构来办的,像我刚才说的,我每年都要亲自陪孩子出国两趟。

我有一个规矩,每年两趟是全家旅行,每次10天。除此之外,我还要求我女儿单独再跟我走一趟,要求我儿子单独跟我走一趟。为什么?因为只有单独走的时候,才能加深跟孩子的感情。两个孩子一起走,他们两个孩子自己就玩耍了,根本就不理你。我怎么样加深我跟孩子的感情?很简单,一个人跟我走,你不得不跟我讲话,不得不跟我聊天。这样的话,孩子们就会更多地、很自然地、自觉地跟你交流。

我们常常发觉孩子不跟我们交流,尤其是孩子到了十二三岁以后他是真的不跟你交流了,他有自己的朋友,太多了,他为什么要跟你交流?一跟你交流还有那么大的压力。那你怎么样解除这种压力,并且保持交流呢?很简单,带孩子出去。你跟我跑一趟,你还能不跟我交流吗?必须跟我交流。其实孩子这么大了,我一出去玩儿都是安排住在一个房间的,现在我女儿已经大学毕业了,所以不能住一个房间了。但是我女儿到20岁的时候,都是非要跟爸爸住一个房间的。我们两个人只能全部不脱衣服,和衣而卧,变成了卧谈了,一边躺在床上,一边讲话,讲着讲着看谁先睡觉。你看,这种感情是很难建立起来的。这就是为什么我的两个孩子跟我的感情那么好的原因,你要去设计的。

如果是父母带着出去,我告诉你,真的不要4万块钱的。随便到美国跑一趟,10天,再回来。我觉得一个人花8000元~

10000元人民币就够了，包括机票和住宿，有太多的可以省钱的地方了！比如到美国去，你直飞过去可能来回就要6000块钱，你只要来回转一趟飞机可能就变成4000元了，转两趟飞机可能就变成3000元了，所以你要知道这些东西的时候，你就会发现到国外去旅游比在国内旅游完全不会多花钱，连机票都不会多花钱。住宿更加省钱，青年旅社、老百姓自己开的旅行小店，有的时候是很便宜的。在国外吃饭，一个麦当劳就是几块钱，一两英镑或者是一两美元就能买到，美国垃圾食品多的是。你为了去考察文化，你吃点垃圾食品怕什么呢？

咱们常常说没那么多钱，一想就是在中国所谓的贵族式的这种旅行，而中国的贵族概念就是有钱、土豪、大房子、豪华汽车。其实在国外贵族概念是什么？牺牲精神，吃苦能力，为国奉献。咱们中国对贵族精神的理解完全是错的。

欧洲工商学院的一位教授说过，那些过着全球生活的人，能够发展出这样一种心态状态，使这些人能够处理非常复杂的问题。现在中国与世界的问题怎么出现的？现在最重要的国家领导人都没有国际视野和眼光，包括特朗普。因为特朗普是个商人，从来没有真正离开过美国，以为完全用做生意的心态能够解决一切，也完全缺乏世界大政治家和大国风范的这样一个总统，把世界搞得乱七八糟，没有全球眼光。而我们中国反而现在在弘扬全球眼光，习大大的"一带一路"、习大大的构建人类命运共同体，反而有全球眼光。但是我们中国在全球事务处理上的经验又不够。我们光有眼光，又没有处理的经验，为什么呢？我们中国的所有的这个领域的重要官员，不是指中央常委，而是指下边那些干事的人，什么外交部、经贸部，这一代人几乎都是我这样年龄的人，很多人比我年龄还要大,都没有在全球环境中长大过。谁才真正具有全球眼光呢?是这一代又一代的留学生回到中国,未来是很牛的人。因为他们就泡在这个咸鸭蛋的盐水中间,一泡泡个十几年、二十年,至少泡个五六年,没被泡过和泡过的这个感觉不一样。所以我常常不认为我有国际眼光,为什么?因为我没被泡过。我走遍世界上很多的国家和地区,在美国、新西兰、澳大利亚以及香港等,全去学习过,但都是短期学习,那都不管用的。短期学习一下,把鸭蛋放在盐水中泡一下拿起来说这已经是咸鸭蛋了,所以我来讲这个问题是不算合格的。

不管怎么样,它就是这么一个概念。你要面对世界的多角度的挑战,你就得有世界眼光。而我们所有中国孩子的平台,未来都是国际平台。中国再也不可能封闭到"文化大革命"那个时代了,他就不得不放在全球位置来考量中国的这个前途和发展。他必须要有成长的思维模式,要灵活,要open,要有学习能力。全球化的思维模式,要在世界上把事情做对,就要把地方思维和全球思维放在一起,要有一个创造性的思维模式,要有好奇心,要有各自争议的能力。人的生命不是非黑即白的,如果夫妻两个在家里非黑即白的话早就打架打得半死了。我要有好奇心,要相信人是有能力发现、创造新的解决方案的,这就是人的思维模式。咱们中国的思维模式是不断进步的。大家稍微想一下,"文化大革命"是什么?阶级斗争为纲,地主、资本家都是坏人,必须把他打倒。大家都知道,现在企业家、资本家是国家发展的力量了,这是一个进步。别争啦,从最底层的角度来看,这个世界怎么能最好发展?

最后我总结了国际人才四要素,第一是语言;第二是文化;

第三是规则；第四是心态。

语言，英语必须是首选。常常说我的孩子可以去学德语、法语或者是日语，我说可以，除非你已经打算你的孩子一辈子就待在法国、一辈子待在德国或者是一辈子待在日本，否则的话这些都是地区性语言，现在中文有16亿人讲，依然是地区性语言，因为我们在大陆就已经14亿人在讲了。你到全世界说我牛气，我用了一个16亿人的语言来跟你交流，你到全世界去你绝对会被饿死，因为你根本就找不到你想住的宾馆，根本就找不到你想吃的饭，根本就找不到你想问的路，为什么？人家不懂中文。而且现在到旅游点去，很多老外会说"谢谢"，但他仅限于"谢谢"。你再问他"有吃的吗？"他就搞不清了。我只会英语，我大学学过法语，后来早就忘了。我到全球任何一个地方去，包括在日本，我走遍日本，总能找到能讲英语的日本人。在柬埔寨，还有很多的落后地区，你找会英语的人没有问题，为什么？英语是一个全球语言。所以未来你的孩子想要在全球发展的话就是英语，没商量余地。同样五年时间学懂了俄语和同样五年时间学懂了英语，你觉得对生命哪个划算？除非你想嫁给普京。否则的话，学俄语肯定是不划算的。

很简单，人生的时间是有限的，应该把我们的时间、精力和智慧用在对人生最重要的事情上面。从语言角度来说，毫无疑问就是英语，同时把中文学好，语言就够了。全球的所有最顶尖的研究和商业都是用英语呈现出来的，全球最顶尖的法律文件只有英文，没有日语的，就是这么一个简单的概念。中国的英语语言教学误区是很明显的，到今天为止也没改过来，为什么？因为中国的中小学老师是不会说、不会听、不会写的，他只会读、只会语法。所以你会发现咱们中国的中小学语言教学永远就是词汇、语法和课文，正确的思路应该是从听说写入手，但是真正能从听说写入手教孩子的英语老师在中国不到10%。所以就是为什么中国学生花了这么多年学英语最后还学成这个样子的主要原因，中国的老师误人子弟，没办法！当然，我也是误人子弟的老师之一。

备考语言的重要性，托福、雅思的高分，直接和能否完成留学学业有关，这个非常重要。还直接和你能进入更好的大学有关。所以我们千万不要说我这个孩子现在托福不好、雅思不好，我就干脆先把他送到国外去，送到语言学校去，送到一个不要语言成绩就去的大学。你想，一个语言成绩都不要的大学它能是好大学吗？而且在国内学托福、雅思的效率是比国外高很多的。有的人以为说我孩子到了国外，考试成绩就哗哗地往上升，不可能。因为这些考试是技巧加上语言能力的结果，绝对只有在中国学习更好。有不少孩子到了国外两年，结果还不得不跑来新东方学托福和雅思，为什么？他在国外学了以后学不过去，没有办法。

真正的语言能力的完成需要在国外3～4年的正规化学校训练。说的这个真正语言能力是能写论文的语言能力了，能够跟国外所有的人进行完全无障碍交流的能力，那你就必须在国外4年本科或者是3年研究生，而且还必须住到外国人身边去。现在中国的孩子犯一个大毛病，世界上很多大学边上都有中国村，一整栋公寓楼全部被中国学生包了，进去讲英语是要被打的。这还叫什么国际环境？在国外制造了一个封闭的所谓的中国学生的环境。四年出来以后，这些中国学生学会了很多中国的地方方言，英语是一个都不会讲。这样的大学，去了上千名的中国学生，像UCLA、USC这样的地方，常常是三四千个中国学生在里面学习。

因为本身这些大学都是四五万学生,所以三四千个中国学生也就是占了10%～15%,也不算多。但是你想三四千中国学生聚在一起,那就是一个"黑帮",那可厉害了!这些孩子不讲话的,我跟我女儿说你千万不要跟中国孩子天天混在一起,因为你的语言能力会受到影响的。我女儿说我不会,为什么?因为她从小就在国外上的小学和中学,她说我用中文跟他们交流都有点困难的,所以他们跟我在一起必须是跟我用英文交流的,不用英文跟我交流的男孩子我一个都不要。我说这个好。

中国语言和文化的功底必须要有。我反复强调的,孩子应该有一段中国学校的学习经历,这一段至少上到初中毕业。实在不行的话,也得小学毕业。小学毕业,这个孩子的中文水平大概能记到很长一段时间了,因为他所有的中文字和所有的中文的语句、文化结构已经学了好几千遍了。

如果有可能的话,让孩子从小就行走世界各地,考察世界文化。刚才我已经讲了我的例子了。

大家以为俞敏洪出去考察肯定是私人飞机,各种奢侈——很少这样的,我背双肩背包的。我在希腊的时候,因为时间不够,我跟我的孩子都睡在汽车里。为什么?从一个景点到下一个景点快500公里,怎么算时间,这个500公里都必须是连夜开过去,500公里山路,那就是七八个小时到十个小时,我说没事儿,在汽车里睡觉。不要以为像我们这样的一考察,我特别烦那种所谓的富翁考察,派个私人飞机到那儿去,所有的助理一大堆,跟着七八个人,各种安排,所谓的考察就是当地最好的酒店住两天,最好的吃两天,完了就回来了。这不叫考察,考察是一种辛苦,考察是你不断去探究这个国家、这段文化的一个过程。

我常常鼓励家庭，如果经济够的话一定要去国外上大学，因为本科四年和研究生三年不一样的，研究生三年是跟着导师去做项目，它的交流空间是很小的，只是交流专业知识。但是上大学的时候，各种学生俱乐部、各种活动，各种大学生之间的互相探讨，而且大学是来自于全世界各地的学生。像我女儿在大学的学习小组，从埃及来的、从印度来的、从赞比亚来的，一堆一堆的人，各种文化，这是信伊斯兰教的，这是基督教的，这是佛教的，这是印度教的。大家同学一出去，这个印度教的看到牛赶快让，别的同学说我们应该杀了牛吃了，这个文化的冲突很明显。在这样的文明和文化冲突之间怎么样形成一个良好的学习小组和团队，就考验这些同学的智慧，就直接涉及了我们刚才所讲的这些能力，它就被锻炼出来了。所以我们中国的单线思维模式，什么东西都是永远正确的思维模式、什么东西都是永远错误的思维模式，这个对孩子的伤害其实是非常大的。如果有可能，在西方的创新公司工作一段时间，哪怕是打扫卫生、看门都没事儿。关键是现在我们中国的孩子一毕业就说我要去麦肯锡，我要去德勤，我要去高盛。全扯淡，创新公司、小公司、大公司像Facebook这样的公司，去看门和扫地，你天天见到的都是全球顶尖的工程师，那是不一样的。还说找不到工作，怎么可能找不到工作呢？其实只要你愿意放下身段，工作都在那儿等着的，这个也很重要。

规则，要了解世界的规矩。我刚才说过了，中国人给世界花了那么多的钱。有一次我到了肯尼亚，我发现肯尼亚人民对我们特别的友好，我说难道中国人给你们钱了？也不是。当然，中国人给他们钱，还派医疗队这个是肯定的。后来我发现肯尼亚人跟中国人有完全相同的特点，比如随地大小便，比如在马路上乱扔东西，比如大声说话。我才明白为什么肯尼亚人对中国人民没有任何反感了，因为他们发现原来这是同一个民族，只是长得颜色不太一样而已。

对于世界各地的宗教习惯习俗，这个东西你要了解的，不了解怎么行？根据这样的了解，你有一个不同的日常的行为规范，通过所谓入乡随俗，根据他们的规范来做。不能像那家去瑞典的中国家庭那样。一家人提早一天到人家宾馆去，坐在大堂里半夜不走，最后又吵又闹，最后被警察给弄到荒郊野地去了，最后还要中国外交部声援支持。那是中国人严重违反规矩的行为，多给中国人丢脸！人家国外是有明确的规律的。你哪天过来住就哪天过来，你提前一天过来还想免费住我的房子，我告诉你没有房间了，你还跟我又吵又闹……我看到中国人的这种行为，就特别的愤怒，因为它丢的是一个国家的脸，不光是丢他们自己的脸。

对于重要的国家政治体系和运营模式要了解。我最感慨的就是美国从小学一年级开始，美国政体三权分立、美国《宪法》就全开始学了，一直学到高中，让你彻底了解美国。学了一段时间以后，就开始学全世界的政体，英国是什么政体、日本是什么政体、中国是什么政体，等到他们高中毕业，对全世界的运行机制已经了解得透透的了。但是咱们中国的孩子们是没有这样的政体课程的，比如中国的人大起什么作用、政协起什么作用、中央常委是干吗的、中国的官员任命体系是怎样的、公务员是怎么回事，我们不用学的，你跟着我走就行了，我不用告诉你我为什么要这么做。这样的话就会出现中国孩子到了国际上不了解就会乱来的行为。咱们中国学生到美国的一系列的跟美国发生冲突的事情，都是因为对美国的政治体制、宗教体系、司法体系不了解所导致的结果。

对于经济规律、商业规律、科学发展的了解,这个也非常重要。

我儿子现在高二,给我拿回来IB的经济书,非常厚。我打开看了以后,全世界从17世纪开始到今天的所有的经济理论、著名的经济学家的观点、对于社会的分析,全在里面。而他们要考的就是这么厚一本书。咱们中国在中学是不学经济的,没有任何经济的。咱们唯一的经济就是政府领导的脑袋重视什么经济,那就是什么经济。

对于常在国法律法规的了解和遵守。所谓常在国,比如你到美国留学,那四年你在美国,这就叫常在国。到英国、法国去留学,不同国家的不同习俗、不同习惯你必须了解,否则的话,就会常常出问题。

心态对于我们的孩子来说,第一是要有一项喜欢的且深入地喜欢的专业研究,比泛学科更重要,一定要让孩子去学习,美国人特别喜欢这个东西。有一个孩子,学习成绩不怎么样,但是这个孩子有一个怪僻,一般的家长就把他给弄死了,但是刚好这个孩子的父母都是大学教授,所以也比较宽容孩子。这个孩子从小学开始就对昆虫感兴趣,所以从初中开始就在家里养昆虫,父母就引导他,你现在养昆虫就记录昆虫的习惯吧,孩子就开始记。一直记到高二,记了很厚一本《昆虫日志》。这个小孩到国外去读书,托福勉强考到了100分,成绩都是在班里中等水平,申请国外大学最多申请一个50～100名这样的大学。结果这个孩子把自己的日志在新东方老师的指导下原封不动地复印后寄给了耶鲁大学,两个礼拜以后录取通知就过来了。国外对所谓搞学问的这种感觉非常好。在咱们中国,这个孩子连个大专都考不上,你养一堆昆虫跟你考学有啥关系？没关系，但是国外就是有关系的。

摒弃中国式思维，要从心理上把自己当全球人看。未来如果你打算让你的孩子或者是你这个家庭就在国外待着了，就不回国了，现在全球就是你的家。我建议大家一定要选择这样的地方，先选择这样的地方，再看哪些国家符合这样的要求，就三个要求，公平保障，整个这个国家是有公平体系保障的；二是财产保障，它是非常非常神圣地保护个人财产的；三是人身安全保障。这样的国家一筛选，有些地方你就不能去，比如你要移民到印度尼西亚，我就坚决反对。为什么？因为印度尼西亚历史上发生过很多次把华人大规模屠杀的事件，这样的国家就算你去了能发财你也不能去。因为如果你选择了永久待在国外的话，就意味着你的子子孙孙都要在国外待，你绝对不愿意有一天你的后代突然被大屠杀了，这样的国家不能去。但是有很多这样的国家，是有公平保障、财产保障和人身安全保障的，我就不说国家名称了，你就可以去。比如说天天打仗的地方你也不能去，比如伊拉克那些地方你就不要去了。宗教观念不一样的地方也不要随便去，为什么？因为宗教冲突往往大于文化冲突，文化冲突更加大于国家之间的冲突，大概是这个意思，所以自己去看。

最后三个建议，第一是立足中国，放眼世界。中国永远是一块我们的子子孙孙建设的土地，不管这个土地有多少苦难，但是我们中国人的世世代代五千年就生长在这儿，并且繁衍在这儿。中国人要做的就是不要再互相整了，不要再互相扯淡了，而是要真正地团结起来面向世界。

二是要站得高，看得远，走得宽。站得高就是要让孩子的起点高，看得远是对孩子未来的 10～20 年的布局你要想清楚，走得宽是要走到全世界文化水平最高的地方去获得智慧。并不一定每个人都能够成功,但一定要到有成功机会的地方去,这个成功的机会有很多,中国有成功的机会,美国也有,很多地方都有,就看你自己怎么定义了。

在一个不确定的时代，有一件事情一定不会错

现在的年轻人比我们那个时候要有更多优势。比如，我们这一代是在艰苦环境下长大的，但是我们也很幸运，从"没有希望"走向了"越来越有希望"的年代，从一个贫困国家走向了一个富裕国家。

未来，尤其中国未来 30 年，更多是靠在座的各位年轻人，你们比我们这一代更加没有负担，没有被太多理论和观念束缚。你们大多是"90 后"，从长相上都显得比我们更加自信和好看，你们站在人前就是青春气息扑面而来。

但是我们还在起着更大的作用，一个是我们经历了改革开放 40 年的起起伏伏，有很多人生经验，虽然有些经验未来不一定管用，但是大多数还是管用的，因为钱永远是不过时的。

在座不少年轻人都在创业，创业就需要投资，所以我们这一代人在把自己的事业完成以后，不少人进入了投资领域。投资领域中遇到很多好的项目，年轻人的好项目，我们一般还是愿意出手的。刚才进来的时候外面有一个新东方的展台，有一个项目——把海外留学生请到中国最好的创业和企业平台上，并且精心给这些孩子做好创业和就业的准备。我们希望不光是把孩子送

出去，还要把孩子们请回来。

我觉得我的思想还算比较先进的——1995年的时候，我对新东方提出的口号叫"出国留学的桥梁，归国创业的彩虹"。我觉得创业这件事情特别好玩儿，因为天天可以点钱，这个感觉特别好。

我希望自己喊的口号和做的事情尽可能是一套，但是发现挺难的，因为口号喊出来比较容易，但是真正地知行合一，像陶行知说的那样，是比较难的。

但是，在一件事情上我做到了——我喊了"出国留学的桥梁，归国创业的彩虹"以后，我把当时新东方7000万元的移民业务收入砍掉了。为什么呢？因为移民意味着他出去以后不回来了，所以还是希望让留学生尽量回来。当时咱们中国留学生，100个能回来10个就了不起；但是我坚持做下去就是因为当时邓小平的一句话，我们让西方世界给我们培养真正的高精尖科技人才，哪怕出去10个只回来1个，我们就赚了。

随着中国经济的发展，我认为至少一半留学生未来一定会回到国内寻找他们的发展机会，为中国发展做贡献。实际上，我们的留学生归国率已经达到60%以上，更年轻一代已经达到70%～80%。康奈尔的峰会都开到北京了，不在康奈尔开，这就可以说明。

我们在座的有些是康奈尔的，有些是比康奈尔还好的大学的，大部分可能是美国的一般大学或者英国大学的；以大学为骄傲没错，到今天为止，我还是以北京大学为骄傲，但人一辈子最重要的不是毕业于哪所大学，不管有没有上好的大学，最重要的是你在一生中接受的良好教育，以及良好的自我教育。

那么，接下来我想跟在座的年轻人分享五个我个人认为比较重要的观点：

永恒的利益

第一点，说句实话，国家与国家、组织与组织、人与人之间，只有永恒的利益，没有永恒的友谊。这件事说起来很庸俗，但事实就是这样，即使夫妻关系，有时候也是互相帮助、互相进步的利益关系。

永恒的友谊和爱情可能会有，但是爱情和友谊也是和现实相关的，现实中能够互相进步、互相得到好处、互相有种感觉和情怀才能持续下去；利益是有区分的，有的人坚持一辈子自私自利也是利益，有的人坚持的是短视的斤斤计较也是利益，但是我们还有国家利益和民族利益，所以到底拿什么利益衡量我们的行为这件事情就特别重要。

我们不要一谈利益就是坏事，其实不是坏事，首先你如何摆平利益，其次如何在利益的纠葛中互相发展，最终是否促进社会和民族的和谐进步，这件事情很重要。

我觉得新东方现在发展得还不错，每年仍然以40%的速度在发展；我只想说，实际上新东方到今天为止也是各种利益博弈发展的过程。如果没有未来更多的利益，怎么能把新东方做大呢？5万员工愿意在新东方工作，也是有个人利益的，并且新东方的发展跟他们自己的利益是有关系的。

为什么有人离开新东方自己出去创业？因为发现了更大的利益和成长空间，任何成长空间都意味着背后有巨大的舞台。所以利益不可怕，可怕的是在什么立场下考虑你个人的利益或国家的利益。就像我们通常讲的家国情怀，所谓的情怀我们有个人的私情也可以有国家情怀，至少有一点不会错，就是你站在更大的利益、更高的高度来考虑事业发展，你未来的创业或者参与国家建设和世界建设，至少你抱着家国情怀来思考自己的未来，肯定比你抱着私情和私利思考未来要更加宏大。

其实很多人都不明白的一件事情是，他以为守着最有利于自己的那个利益、对自己最有好处的时候，其实恰恰失去了未来可以获得的更大事业和利益。中国有一句话叫作"吃亏是福"，当你把个人利益忘掉的时候，整个世界就是你的了。

契约精神

第二点是契约精神和诚实守信。遵守一个国家和地区的习俗和习惯，这件事情是中国能够发展也是中国能够融入世界的前提条件。中国在发展过程中不断地纠正自己，并积极寻求参与世界规矩，加入WTO到今天为止，我们自己在组成国家与国家之间的利益关系、利益链条以及规矩意识。

当你知道了对方很明确的规矩以后，如果还知错犯错，故意去违反规矩，是不对的。所以新东方上市我认为做得还是相当不错的，我用了整整一个月研究美国上市公司法案，之后新东方所有行为规矩我都照着那个规范去做。

所以，到2012年一个公司攻击新东方的时候，我连半点恐惧都没有，因为他们写的所谓新东方作弊、捏造虚假数据的报告几乎没有一页是真实的。当时我什么都没干，迅速给新东方所有的管理者和老师们重新建立了期权计划，最后每个老师都拿到了两倍以上的期权增长价值。新东方股票价格从刚开始的9块钱到现在的100块钱，这就是遵循契约精神的好处。

有一句话叫作"立足中国看世界，站在世界帮中国"，我们这代人可以立足中国看世界，但你们是有能力和舞台站在世界帮中国的。中国从一个封闭社会逐步往前发展——去年有一个事情，一个老父亲到美国看女儿，见野鸭子在路上走，就逮回来煮给女儿吃，结果美国警察把老父亲抓了起来。可他想不通这个怎么会违法呢？现在中国动物保护做得还不够，熊猫、金丝猴是保护起来了，但是野鸭、野鹅还没有保护起来。在他眼中自己是没错的，但是在美国的规矩里，他是有错的。后来，他女儿在当地大学都待不下去了，这就是规矩意识不足。

我们既然想融入世界，就要守世界规矩，这件事情非常重要。

个体力量

第三，大家不要低估个体力量对世界的影响。不要想着自己做的事情对这个世界没有什么意义，所以就顺应大势，能捞点好处就捞点好处，这是不对的。我觉得人活着是独立意志和独立思想的表达，尽管独立意志和独立思想会受到国家、地域、宗教等影响，但是对于每一个年轻人来说，你坚持思考世界如何变得更好，自己如何在世界变更好的过程中发挥作用，也许对结局没有影响，但你怎么知道自己所做的事情不是太平洋中的一只蝴蝶正扇动翅膀呢？你怎么知道自己说的哪句话、做的哪件事，不会在未来随着蝴蝶效应影响世界呢？

昨天，我跟另外一个朋友还在探讨一件事。因为中国农村小学生大部分是留守儿童，父母不在身边，留守儿童手里都有一部智能手机，这样方便父母在外打工时联系孩子。这本来是好事，但智能手机的坏处就是可以玩很多游戏，这就造成很多留守儿童下课以后不写作业，每天打游戏，老师管不了，爷爷奶奶也不会管，所以导致农村孩子一年级的时候平均成绩每门课七八十分，到小学毕业升中学的时候这些孩子平均成绩二三十分；而且打游戏的同学之间还在攀比，花钱买装备，这成了特别要命的事情。

昨天，我一个朋友说俞老师，我们要做点事情，应该好好想想怎么做。因为新东方每年有几千万对农村孩子的扶贫经费，这个经费如何用在孩子的学习上，而不是游戏上，这件事情很重要。也许我们可以从第一个孩子做起，也许我们可以从一个村的孩子做起，也许可以从一个县的孩子做起，总而言之要"做"！

也许有人觉得这是国家应该做的事情，比如国家应该让留守儿童做到不留守、让教育质量变得更高，但是我们的民间力量也应该参与；不能说我这件事情做了没用，我就不去做了，如果这样中国就不会有鲁迅，也不会有王小波，也不会有尽管一介平民但是愿意为中国发展、为世界人民幸福作出贡献的人。

我特别愿意回忆我们在北大的时候。我在北大的10年，我觉得是北大最好的10年，比今天的北大好多了。因为我们进北大刚好是改革开放以后，各种思想禁锢放开了，同学的经历比较多样，有比我们大10岁的、有参过军、有当过干部、有下过乡的，还有我这样什么经历都没有的，到北大以后大家一起读书，真的受到了太多独立精神、自由思想的熏陶，所以养成了什么东西都愿意提出一点质疑的习惯。

大家知道前一阵子北京大学校长说的焦虑和质疑，我们不要再焦虑和质疑了，我们应该不断努力地推进。这件事情本身没有问题，但是努力和前进不代表放弃焦虑和质疑，焦虑是希望向更好的方向出发，质疑是希望错误不要再犯。这些东西靠你们比靠我们更甚，因为未来世界掌握在你们手中。

突破精神

第四点,相比我们这些"中老年人",突破精神和进步的能力依然是年轻人成长最重要的要素。突破精神包括三个方面:个性突破、场景突破和见识突破。

个性突破,就是我们每个人都会有个性曲线,比如我的个性是不够果断、犹豫不决,这给新东方带来了无数伤害,后来新东方要继续发展,就需要我变得更加果断、更加坚决、更加不怕伤害别人,后来我逐步做到了;如果你不改变,就不可能有未来。

第二个场景突破也很重要。还说北大——我如果还在北大,今天就是北大的一个普通老师,这是毫无疑问的,我的很多朋友留在北大都是过着安逸生活的北大老师。但是我离开了北大,离开了这样一个保护伞,出来做新东方,结果就是独自奔赴生死战场,这个过程中场景变了,你的一切都在改变。

你毕业以后回到中国工作,和留在美国工作,都是场景的改变。某个场景不顺的时候,最后的方法就是场景改变——这就叫作"树挪死,人挪活",就是这个概念。

还有就是见识突破。人的见识是有高低的,人一辈子有几个"识":一个是知识,这个没有高低之分,是我们识得的;还有胆识,说明你有胆量;还有见识,见识和知识没有关系,见识很重要,见识的高低是根据你见识到不同的人和经历有关的。所以像康奈尔北京峰会让大家互相交朋友、互相探讨,通过演讲和争论带给你见识的提升,类似事情是你未来发展的重要途径。

进步就不用说了。现在光读书是不能全面进步的,读书是进步的途径,但是通过创新和合作也可以保证人的进步,通过旅行也可以保证进步。其实最重要的一个进步,大家可能没有意识到,现在中国人相对来说比较浮躁,所以有一件事情别忘了,就是"深度学习"。深度学习不是机器地深度学习,是人的深度学习,这件事情非常重要。

大家想一下,真正的科技根基依然掌握在美国人手里,目前有一些言论说把互联网掐断,如果美国人真的把互联网掐断了,我们中国所有的科技都断了,这件事情就说明中国还没有真正静下心把技术核心掌握在自己手里,这个事情可能需要你们这一代人去完成。

确定的事

第五点,在一个几乎没有任何确定性的时代,我们依然要做确定的事情。有一件事情一定不会错——永远站在思想和科技的前沿,永远站在世界的角度为中国的发展、为自己、为家庭、为你我做事情。这件事情永远不会错、不会变,要变的就是我们的思想,要变的就是我们对高科技的拥抱,这点我相信在座各位一定比我做得好。

做人和做企业是一样的

我早上去港交所的时候，戴了一个红领带，跑到门口被团队扯下来了。他们说在香港绿的代表上涨，所以你必须戴绿领带，最好再戴上绿帽子。我被迫换了一条带有一点绿色的领带，最后去上市了。但是，今晚我想一下，我要戴红领带，理由也非常简单，因为红色对中国人来说是一个喜庆的颜色，而且大家只要打开腾讯股票指南，红色都表示上涨。既然已经上市了，我们就要按照红色、喜庆的方式往前走，所以我想了一下，还是要戴红色领带过来。

今天的股价表现并不是特别出色，收盘没有跌破发行价，但是也没涨。我想说的是，在座的各位投资人，买新东方在线的股票一定不是为了今天买，今天卖。那些今天买和今天卖的人，建议看事情要看长远。我在大学的时候，整整五年，都显得不那么出色，以至于大学女生没有一个爱上我的。但像我这样的，实际上是真正的潜力股，但是要很久才能体现出来。如果你只是看当前，最后一定会长久吃亏。希望在座的投资人要相信我们，相信新东方是有事业心的，相信我们是不把事情干好，绝不罢休的一帮人，相信我们一定会跟投资者共同成长，当你股票持有 30 年的时候，一定发现这是一支特别好的股票，就像我的一些朋友，跟我交往了 30 年，终于承认我是一个好男人。

任何一件事情，都有背后的意义。新东方在线的意义不仅仅是为了赚钱。尽管我知道，赚钱是必需的，有钱并不等于一切，但没钱是万万不行的。一个国家没钱，经济就不能腾飞；一个公司没钱，它就没法创新和突破。今天在各位投资人的支持下，新东方在线终于上市了，所以至少现在，在线的口袋里是有钱的，接近 2 亿美元。但我想说钱也不是可以随便乱花的，我们不会用这个钱去买私人飞机，我们也不会用这个钱去买豪华轿车，我们也不会用这个钱去租赁豪华办公室。请相信我们，你们给我们的每一分钱，我们都会用在学生身上，用在老师身上，用在技术升级上，用在管理团队提升上，其最终的目的是希望 10 年以后我们真的有钱买私人飞机，而不是今天。

如何让每个学生能够真的在新东方接受好的教育，使他们的前途更加美好，如何让每个家庭更加信任新东方，不管是通过在线，还是地面，把新东方作为他们家庭成长、孩子成长真正的依托，我觉得这些事情是我们必须要做到的。这好像和做人一样，我到今天为止，还是受到了大部分朋友的信任，其中一个重要的原因，我是一个"宁可天下人负我，我不负天下人"个性的人。我会把这个个性用在新东方。

尽管新东方做的有很多不足，比如说系统做得不够好，教学内容、教学体系的研发也不够好，还有新东方已经有 25 年的历史，已经有很多老化官僚主义现象，革新做得不够。但是有一点，至少跟新东方接触的家庭中，80% 左右的家庭和孩子仍然对新东方寄予了厚望，对新东方寄予了信任，一次又一次把他们的孩子送到新东方来。有的已经到了第二代，甚至已经快接近第三代了。

我们希望通过新东方不断的变革,能够为家长、孩子提供更好的服务,而且能够服务更广阔的领域。这也是我们为什么要把新东方在线独立出来上市的一个重要原因。

在线上市,不是为了敛钱,也不是为了能够有一个上市的所谓名头。今天在网上不少网友说,俞敏洪还挺牛的,弄两个公司上市了。我说弄公司上市其实是不难的事情,更加重要的是你为什么要上市。新东方上市,其实是我们通过和资本市场的嫁接,既得到了资本市场的加持,更加重要的是得到资本市场的催促,让我们能够日夜奋进,同时也为自己找到了一个独立的地位。因为大家都知道,两人伙伴关系是平等关系,但是父子关系通常是从属关系。如果说原来新东方在线和新东方总公司之间是父子关系的话,现在我们把这个儿子送到世界上,让它去独立地生存,让它独立聚集资源,独立吸引更多的人才,进行更多的发展。实际上今天可以说是我们给了新东方在线一张出生证,让它在这个世界上从今以后聚合伟大的人才、伟大的系统、伟大的内容来独立生存。

新东方在线背后还有一个社会理想。我认为中国未来的均衡教育以及山区、贫困地区、农村地区教育的发展,真正能起到优质教育资源传递的一定是在线教育。5G 的来临,教育互动系统越来越完美,AI 系统对教育效率和效果进行提升,相信未来那些在边远地区的农村孩子和山区孩子,将像我们一样,像我小时候一样,终于有机会得到好的教育,通过不断的努力,最终走入中国乃至世界的名牌大学去读书。这是我们教育在线未来的社会责任和社会理想。这种理想跟商业模式的发展并行不悖,互相推动。

最后一点,我想说的是一个人和一个企业是一样的。我觉得一个人最重要的是几个要素。

第一个要素，你必须要有某个目标值得你去追随，值得你去努力，对于我来说，从考大学到留在北大当老师，最后出国，没有成功，最后做新东方，希望新东方做成一个上市公司，希望做成中国最大的教育集团，每一步目标每时每刻都在牵引着我，让我的生命一刻都不愿意浪费。

第二个要素，做任何一个事情，都要赋予意义，更重要的是赋予意义背后的激情。现在做新东方，我们充满激情，因为我们知道我们每一分努力都会在孩子成长当中体现，再往大了说一点，它推动着中国的发展和中国的进步。

第三个要素，最重要的是要不断更新和变革。刚才吃饭之前，有一个投资者跟我聊天，他本来准备了一段比较长的话来告诉我新东方哪些领域需要变革，我提早就把自己的缺点和计划说出来了，他认可我说的话，说那我就不说了，你们已经意识到了自己的问题。每天我们身上的细胞都在更新，我们的思想却常常是顽固透顶。所以我希望到了我这个年龄，50多岁，依然不断地变革，不断地更新，不断迎接世界上任何新的技术，任何新的系统和任何新的人才。

第四个要素，非常重要的是坚持，当你有了目标，有了理想，有了变革，有了创新以后，你要把自己认为对的事情坚持地做下去，并且坚持做在你所从事的领域，认为最有价值的事情。对于我来说，我在教育领域坚持到今天，我就必然坚持到明天，也将必然坚持到后天。

新东方在线和新东方总公司一样，我们有伟大的目标，我们有激情坚持我们所做的有意义的事情，我们有突破自己和变革自己的勇气,直到它变成一个真正伟大的公司,所以我们不仅仅要 getting involved 参与进来,参与中国的教育。我们要 get a seat at the table,我们要在主桌上占有一席之地。不仅要在主桌上占有一席之地,新东方教育、新东方在线,我们一定要 sit at the head of the table,一定要坐到中国教育的首席上去,这是我们的雄心,我们的理想。

编后记

本书是俞敏洪老师在不同场合的演讲集,时间跨度从2017年8月至2019年6月,每场演讲的主题均为教育。

为了便于读者阅读,编辑出版过程中对问候语、过渡性语言和场合语言等做了删减处理。对演讲中的口语除个别容易引起歧义做了编辑修改外,其他均保留演讲原貌,原汁原味呈现作者的语言风格。

新星出版社编辑部

2019年8月

图书在版编目（CIP）数据

一朵云推动另一朵云 / 俞敏洪著 . —— 北京：新星出版社，2019.10
ISBN 978-7-5133-3695-6

Ⅰ.①一⋯ Ⅱ.①俞⋯ Ⅲ.①演讲－中国－当代－选集 Ⅳ.① I267

中国版本图书馆 CIP 数据核字（2019）第 196108 号

一朵云推动另一朵云

俞敏洪 著

责任编辑：姜　淮
责任校对：刘　义
责任印制：李珊珊
装帧设计：冷暖儿

出版发行：	新星出版社
出 版 人：	马汝军
社　　址：	北京市西城区车公庄大街丙3号楼　　100044
网　　址：	www.newstarpress.com
电　　话：	010-88310888
传　　真：	010-65270449
法律顾问：	北京市岳成律师事务所

读者服务：010-88310811　　service@newstarpress.com
邮购地址：北京市西城区车公庄大街丙 3 号楼　　100044

印　　刷：北京天恒嘉业印刷有限公司
开　　本：880mm×1230mm　　1/32
印　　张：11.25
字　　数：217千字
版　　次：2019年10月第一版　2019年10月第一次印刷
书　　号：ISBN 978-7-5133-3695-6
定　　价：48.00元

版权专有，侵权必究；如有质量问题，请与印刷厂联系调换。